古典文獻研究輯刊

二九編

第 **19** 冊

神聖凝視：道教圖像與中國古代小說（下）

萬晴川 著

國家圖書館出版品預行編目資料

神聖凝視：道教圖像與中國古代小說（下）／萬晴川　著 --
初版 -- 新北市：花木蘭文化事業有限公司，2024〔民 113〕
目 4+222 面；19×26 公分
（古典文學研究輯刊　二九編；第 19 冊）
ISBN 978-626-344-569-7（精裝）
1.CST：中國小說 2.CST：道教文學 3.CST：文學評論
820.8　　　　　　　　　　　　　　　　　112022464

ISBN-978-626-344-569-7

9 786263 445697

古典文學研究輯刊
二九編　第十九冊　　　　　　　　ISBN：978-626-344-569-7

神聖凝視：道教圖像與中國古代小說（下）

作　　者　萬晴川
總 編 輯　杜潔祥
副總編輯　楊嘉樂
編輯主任　許郁翎
編　　輯　潘玟靜、蔡正宣　美術編輯　陳逸婷
出　　版　花木蘭文化事業有限公司
發 行 人　高小娟
聯絡地址　235 新北市中和區中安街七二號十三樓
　　　　　電話：02-2923-1455／傳真：02-2923-1452
網　　址　http://www.huamulan.tw 信箱 service@huamulans.com
印　　刷　普羅文化出版廣告事業
初　　版　2024 年 3 月
定　　價　二九編 21 冊（精裝）新台幣 56,000 元　　　版權所有 · 請勿翻印

神聖凝視：道教圖像與中國古代小說（下）

萬晴川　著

目次

上　冊

緒　論⋯⋯⋯⋯⋯⋯⋯⋯⋯⋯⋯⋯⋯⋯⋯⋯⋯⋯ 1

　一、選題緣起 ⋯⋯⋯⋯⋯⋯⋯⋯⋯⋯⋯⋯⋯⋯ 1

　二、國內外研究現狀⋯⋯⋯⋯⋯⋯⋯⋯⋯⋯⋯⋯ 9

　三、課題的研究價值、方法與路徑⋯⋯⋯⋯⋯ 21

第一章　小說中的道教神祇生成與圖像⋯⋯⋯⋯ 25

　第一節　從煞神到女仙領袖：西王母形象的演變⋯ 26

　一、先秦：五行神⋯⋯⋯⋯⋯⋯⋯⋯⋯⋯⋯⋯ 26

　二、創世神 ⋯⋯⋯⋯⋯⋯⋯⋯⋯⋯⋯⋯⋯⋯ 28

　三、西王母與東方帝王⋯⋯⋯⋯⋯⋯⋯⋯⋯⋯ 35

　四、長壽者和神仙領袖⋯⋯⋯⋯⋯⋯⋯⋯⋯⋯ 39

　結論 ⋯⋯⋯⋯⋯⋯⋯⋯⋯⋯⋯⋯⋯⋯⋯⋯⋯ 45

　第二節　從瑞獸到戰神：真武形象的演變⋯⋯⋯ 46

　一、由星象到人格神⋯⋯⋯⋯⋯⋯⋯⋯⋯⋯⋯ 47

　二、戰神的確立⋯⋯⋯⋯⋯⋯⋯⋯⋯⋯⋯⋯⋯ 50

　三、道教神祇⋯⋯⋯⋯⋯⋯⋯⋯⋯⋯⋯⋯⋯⋯ 58

　結論 ⋯⋯⋯⋯⋯⋯⋯⋯⋯⋯⋯⋯⋯⋯⋯⋯⋯ 66

第三節　從學者到神仙：老子文學形象的演變⋯⋯ 66

　一、先秦兩漢時期：從學者到異人 ⋯⋯⋯⋯ 66

　二、魏晉至唐宋時期：道教至上神 ⋯⋯⋯ 68

　三、元明清時期：世俗化的神仙 ⋯⋯⋯⋯ 79

　結論 ⋯⋯⋯⋯⋯⋯⋯⋯⋯⋯⋯⋯⋯⋯⋯⋯ 88

第四節　從女巫到海神：媽祖形象的生成 ⋯ 88

　一、由女巫到龍女⋯⋯⋯⋯⋯⋯⋯⋯⋯⋯ 89

　二、由龍女而海神⋯⋯⋯⋯⋯⋯⋯⋯⋯⋯ 92

　三、由海神到國家保護神 ⋯⋯⋯⋯⋯⋯⋯ 98

　結論 ⋯⋯⋯⋯⋯⋯⋯⋯⋯⋯⋯⋯⋯⋯⋯ 102

本章小結 ⋯⋯⋯⋯⋯⋯⋯⋯⋯⋯⋯⋯⋯⋯⋯ 103

第二章　道教插圖本小說研究 ⋯⋯⋯⋯⋯⋯ 105

第一節　《許太史真君圖傳》 ⋯⋯⋯⋯⋯⋯ 108

　一、《許太史真君圖傳》的文本系統 ⋯⋯⋯ 111

　二、《許太史真君圖傳》的性質 ⋯⋯⋯⋯⋯ 120

　三、《許太史真君圖傳》中的圖文關係 ⋯⋯ 123

　結論 ⋯⋯⋯⋯⋯⋯⋯⋯⋯⋯⋯⋯⋯⋯⋯ 138

第二節　《繪圖列仙全傳》 ⋯⋯⋯⋯⋯⋯⋯ 138

　一、《繪圖列仙全傳》的編撰情況 ⋯⋯⋯⋯ 139

　二、圖像的類型⋯⋯⋯⋯⋯⋯⋯⋯⋯⋯⋯ 144

　三、圖像的內容⋯⋯⋯⋯⋯⋯⋯⋯⋯⋯⋯ 147

　結論 ⋯⋯⋯⋯⋯⋯⋯⋯⋯⋯⋯⋯⋯⋯⋯ 152

第三節　八仙題材插圖本小說研究 ⋯⋯⋯⋯ 152

　一、圖文證史：八仙組合的演變 ⋯⋯⋯⋯ 153

　二、《全像東遊記上洞八仙傳》 ⋯⋯⋯⋯⋯ 161

　三、《飛劍記》 ⋯⋯⋯⋯⋯⋯⋯⋯⋯⋯⋯ 176

　四、《繡像韓湘子全傳》 ⋯⋯⋯⋯⋯⋯⋯⋯ 183

第四節　《封神演義》插圖本 ⋯⋯⋯⋯⋯⋯ 199

　一、日本內閣文庫藏明刻本 ⋯⋯⋯⋯⋯⋯ 201

　二、金陵聚德堂刊本 ⋯⋯⋯⋯⋯⋯⋯⋯⋯ 210

　三、上海廣百宋齋精石印《繡像封神演義》 213

本章小結 ⋯⋯⋯⋯⋯⋯⋯⋯⋯⋯⋯⋯⋯⋯⋯ 217

下　冊

第三章　圖像證文 …………………………… 219

第一節　古代小說中螺女故事的形態、傳播路徑
　　　　及文化闡釋 …………………………… 219

　一、螺崇拜的起源與發展 ………………… 220

　二、螺女故事的類型 ……………………… 223

　餘論 ………………………………………… 233

第二節　「竹林七賢」之「竹林」發微 ……… 233

　一、「竹林」出自中國本土文化 ………… 234

　二、「竹」與修道 ………………………… 238

　三、「竹」與道教法物 …………………… 243

　四、「竹林七賢」的仙化 ………………… 245

　結論 ………………………………………… 248

第三節　中古小說與圖像中的聖域 …………… 249

　一、居處 …………………………………… 249

　二、飲食 …………………………………… 253

　三、娛樂 …………………………………… 255

　結論 ………………………………………… 261

本章小結 ……………………………………… 263

第四章　道教圖像與小說文體及其敘事 ……… 265

第一節　道教連環畫體傳記小說 ……………… 266

　一、畫傳體小說產生的背景 ……………… 266

　二、道教連環畫體傳記的類型 …………… 268

　三、道教連環畫體傳記的敘事特徵 ……… 276

　結論 ………………………………………… 277

第二節　上清派存思術與宋前小說創作 ……… 277

　一、圖像存思與宋前道教小說 …………… 280

　二、存思與神仙降凡傳道 ………………… 282

　三、存思與仙凡豔遇故事 ………………… 289

　四、存思與神遊仙境 ……………………… 292

　結論 ………………………………………… 297

第三節　圖讖與古代小說中的預敘 …………… 297

　一、仙境敘事 ……………………………… 299

　　二、預言敘事 ················· 305
　　　結論 ················· 313
　　本章小結 ················· 314
第五章　道教圖像與古代小說關係的理論總結 ··· 315
　第一節　語圖關係 ················· 315
　　一、圖文互仿衍生 ················· 318
　　二、「語—圖」互文關係 ················· 322
　第二節　圖像文本與小說敘事 ················· 332
　　一、圖像小說 ················· 332
　　二、圖像與小說敘事 ················· 334
　第三節　圖像批評 ················· 340
　第四節　圖像的道教屬性 ················· 344
　　一、勸化功能 ················· 345
　　二、象徵意義 ················· 348
　　三、教義演繹 ················· 352
　本章小結 ················· 356
結束語 ················· 359
參考文獻 ················· 361
附錄一　權力版圖與方士想像中的聖域：
　　　　論《山海經》 ················· 377
附錄二　圖文環路：明清小說插圖前置對閱讀的
　　　　影響 ················· 391
附錄三　存思・神思・臥遊：道教修習技術與
　　　　藝術審美的會通轉化 ················· 419
後　記 ················· 439

第三章 圖像證文

　　道教形成了繪畫、石刻、壁畫、道符等圖像系統,「所謂圖像系統,是由核心圖像(同一母題的若干圖像)與關聯圖像(近似圖像或對比圖像)所構成的、能夠反映某一事象的圖像體系。它和相關的傳世文獻材料一起,構成一個整體意義上的信息系統,可以多維度地反映該事象的歷史內容和特徵。」〔註1〕這是就某一事象而言,如有關八仙的圖像系統,從更大的範圍而言,有關道教的一系列圖像是一個更大的系統。西方歷史學家認為,圖像「在某種程度上,能比文字資料更直接、更可靠地反映歷史原貌。」〔註2〕伏爾泰甚至認為:「一幅普桑的繪畫或一齣優秀的悲劇比宮廷記錄或戰爭敘述更具有千倍的價值。」〔註3〕因而,我們運用圖像文獻來佐證小說中的一些描寫就成為可能。通過圖像文獻,對小說作品中的一些描寫進行映證和補充,從而深化讀者對小說的理解,使小說史上存在的一些問題得到合理的解釋。

第一節 古代小說中螺女故事的形態、傳播路徑及文化闡釋

　　螺女故事起源甚古,後來演變為一種故事類型,數量眾多,形式繁複,在

〔註1〕姚小鷗:《文物圖像與唐代戲劇研究的理念、材料及方法——以〈唐代部夫人墓誌線刻《踏謠娘》演劇圖〉研究為中心》,《文藝研究》2020年第6期。
〔註2〕曹意強等:《藝術史的視野——圖像研究的理論、方法與意義》,中國美術學院出版社,2007年,第36頁。
〔註3〕曹意強:《圖像與歷史——哈斯克爾的藝術史觀念與研究方法》,曹意強等:《藝術史的視野——圖像研究的理論、方法與意義》,第42頁。

雅俗文學中都有不同的文本。鍾敬文先生上世紀三十年代撰寫的《中國民間故事型式》，記錄 45 個常見的故事類型，其中就有「螺女型」。丁乃通先生於上世紀七十年代編撰《中國民間故事類型索引》，將「田螺姑娘」列為 400C 型，收錄古今異文 30 餘例。這些故事主要流傳於福建、浙江、廣東、江蘇、遼寧等沿海地區。目前研究這一故事類型的論文有七八篇〔註4〕，主要是集中分析螺女故事的形成與演變過程及結構形態，但遺憾的是，這些研究成果大都未能擴展視野，運用漢代墓葬中的相關圖像進行研究，甚至出現了不少誤解。本文擬對這一問題進行重新檢視，主要解決大螺為何以少女形象呈現、螺女故事的演成文化機制和傳播路徑等問題。

一、螺崇拜的起源與發展

大螺為何以少女的形象呈現？其文化背景值得深究，《後漢書·禮儀志》中云：

> 殷人水德，以螺首，慎其閉塞，使如螺也。周人木德，以桃為更，言氣相更也。漢兼用之，故以五月五日，朱索五色印為門戶飾，以難止惡氣〔註5〕。

這條材料很重要，但向為論者所忽略。殷人以水為德，他們善於經商，可能經常航海，常見到海龜、海螺，因而產生龜、螺信仰，認為龜、螺有靈性，故以龜甲占卜，據殷墟出土龜甲推斷，很可能是海龜。他們模仿海螺製造大門鋪首，呈圓形尖頂狀，樣態似螺獅殼，取其閉塞守護之意，不但用以防盜，也與後來周人以「桃為更」一樣，用以「止惡氣」。可見大螺崇拜起源很早。《尸子》云「法螺蚌而閉戶」〔註6〕，應劭在《風俗通義》中說：「公輸般見螺出，頭潛以足畫之，螺引閉其戶，終不可開，故仿之設立門戶。」〔註7〕應劭認為大門門首是春秋時期的能工巧匠公輸般仿擬螺而設計的，但胡紹煐注楊雄《甘泉賦》中「排玉戶而揚金鋪兮」時引《尸子》《風俗通義》《後漢書》三書後指

〔註 4〕代表性的論文有劉守華：《中國螺女故事的形態演變》（《華中師範大學學報》（人文社會科學版）1999 年第 2 期）、劉魁立：《論中國螺女型故事的歷史發展進程》（《民族文學研究》2003 年第 2 期）、鄭先興：《漢畫螺女神話原型分析》（《中國漢畫學會第十屆年會論文集》，2006 年）、李道和：《晉唐小說螺女故事考論》（《文學遺產》2007 年第 3 期）等。

〔註 5〕范曄：《後漢書》卷十五《志第五禮儀》，第 3122 頁。

〔註 6〕尸佼：《尸子》，《二十二子》，上海古籍出版社，1986 年，第 182 頁。

〔註 7〕見張英：《淵鑒類函》第四四三卷「螺」，今本《風俗通義》中未見。

出：「則以螺立門上不始於班矣，蓋古人象形立制，後世因之，飾以龍蛇」〔註8〕。就是說，早在公輸班之前，古人就模仿海螺而製造鋪首，後世沿襲，但又加上龍蛇等裝飾圖案，用以驅邪。從《後漢書》中的記載看來，他的判斷是對的。因為螺有「閉塞」之特徵，古人甚至用以治療大便不暢、心情鬱結等疾病，此即中醫所謂「以毒攻毒」醫理〔註9〕。

古人認為螺有靈性，可以預示吉凶〔註10〕。首先，由於螺是水性之物，故可以兆示水災，《淵鑒類函》第443卷「螺」引《山海經》說：「邽山蒙水出焉，有螺，魚身而鳥翼，見則其邑大水」〔註11〕。其次，因螺有堅硬的外殼，是「兵甲象」，所以在占候中一般表示凶兆。如《宋書·五行志》載晉惠帝永熙初，「衛瓘家人炊飯，墮地，盡化為螺，出足起行。螺，龜類，近龜孽也。干寶曰：『螺被甲，兵象也。於《周易》為《離》，《離》為戈兵。』明年，瓘誅。」〔註12〕《太平御覽》卷九百四十一「鱗介部十三」引《廣五行記》云：「晉武帝時，裴楷家炊黍在甑，或變為螺，其年楷卒。」〔註13〕在兵書中還有「螺占」，如唐李筌軍事著作《太白陰經》中說：「武侯曰：田螺占兵之法，其來甚遠，龜易卦占，雖有正爻，學者不精吉凶。昔越范蠡曾用田螺占之，中間試之，頗有靈驗。」〔註14〕接著介紹了幾種螺占之法。可見田螺在戰國時已作為一種占卜的器具。此外，古人對螺旋形圖案也非常崇拜。

水為陰性，螺既是水性之物，又有靈性或者說是「妖性」，這樣就自然可以幻化成女性；且「螺」與女性生殖器有相似之處，故又是女陰的象徵〔註15〕。據晉皇甫謐《帝王世紀》卷一云：黃帝「元妃西陵氏女，曰螺祖，生昌意；次

〔註8〕蕭統編、胡紹煐箋證：《文選箋證》卷八，清光緒聚軒叢書本，第7～8頁。

〔註9〕洪邁：《夷堅支志辛》卷五，中華書局，1981年，第1424頁。

〔註10〕劉魁立先生在《論中國螺女型故事的歷史發展進程》一文中舉了很多例子，但《傳燈錄》《太平廣記》等書中的材料只是表達佛教戒殺的意思；又如《國語》中記越國大夫文種建議伐吳曰：「今吳大荒，其民必移就蒲嬴於東海之濱，必可伐。」這句話其實是講吳國發生災荒，將移居海濱以螺為食，也非預示吉凶之意。《魏書》中就記載荒旱時，袁術下令拾蒲嬴為食。

〔註11〕今本《山海經·西山經》中文作「蒙水出焉，南注於洋水，其中多黃貝，嬴魚，魚身而鳥翼，音如鴛鴦，見則其邑大水。」

〔註12〕沈約：《宋書》，中華書局，1974年，第891頁。

〔註13〕《太平御覽》，四部叢刊本，上海涵芬樓影印。

〔註14〕謝志寧、陳爽譯注：《白話太白陰經》，氣象出版社，1992年，第385～386頁。

〔註15〕徐華龍也持此說，見氏著：《中國螺女型故事中「螺」與「蚌」的象徵意義》，《廣西右江民族師範高等專科學校學報》（社會科學版）1999年第4期。

妃方雷氏女，曰女節，生青陽；次妃形魚氏女，生夷鼓，一名蒼林；次妃嫫母班在三人之下。」〔註16〕「螺祖」可能就是以「螺」為圖騰的部族，在皇帝的妃子中排名第一，可見這個部族力量強大。這說明，至少在殷商時期，大螺就以女性的形象而呈現。

在漢墓圖像中，有好幾幅螺女形象。如出土於南陽市宛城區石柱上的一塊畫像（圖3-104），畫面上是一個少女，高高的髮髻，髮帶飄揚，相貌秀麗，雙手傾舉，姿態優雅，下身蛇尾，尾部帶一螺殼。出土於南陽刑營二幅漢墓墓頂「三首神人‧螺神」（圖3-105），畫面左刻一三首神人，身如覆鐘，三頸頂端各有一首；中刻一人首龍身之神；右上刻一盤旋狀大螺。南陽婦幼保健院墓門有楣石二塊，左邊一幅畫由兩個畫面組成，其中一組是「龍戲螺女」（圖3-106），螺女伸出頭，從螺中伸出身子，雙手張開，似欲擁抱對著自己張開嘴的應龍。還有一幅「羽人戲龍」（圖3-107），一龍張口引頸，奮力前撲，前爪伸向其前一螺。

圖 3-104 螺女

圖 3-105 三首神人‧螺神

圖 3-106 龍戲螺女

圖 3-107 羽人戲龍

〔註16〕皇甫謐：《帝王世紀》卷一，守山閣本，第7頁。

其後刻一羽人，腳踏一物，傾身伸手欲抓龍尾。此外，南陽還出土有「祥瑞驅邪」、「大螺・龍」圖畫，這些圖像都是龍與螺處一圖，飾有雲氣，表示在仙界。龍和螺分別象徵陽性、陰性，是男女關係的性暗示，皆象喻仙界陰陽和諧，說明在漢代螺作為女性形象已形成集體意識。

另外，《幽明錄》中有篇小說，也可表明螺與女性有關聯。小說寫漢武帝砍伐樹木，興造宮室，木精前來訴冤，武帝聽從東方朔之勸，罷去工役。木精率眾前來奏樂，表示謝意，歌聲繞梁，並獻武帝一紫螺殼，內有蛟龍髓，對美容和助產，殊有神效。

總之，上述畫像都是表達漢人通過陰陽和諧維持宇宙秩序的觀念，隱含著男女關係的性暗示，因而後來演變為螺女與凡男的故事就顯得很自然了。劉魁立先生將螺女與凡男的故事分為 A 和 B 兩大類型，〔註17〕除此之外，其實還有第三種 C 類型，下面對此進行分析。

二、螺女故事的類型

A 類型是螺女與凡男故事，目前最早的記載見於西晉束皙所撰《發蒙記》一書，該書已亡佚，唐徐堅《初學記》卷 8 中「素女、青牛」條引《發蒙記》曰：「侯官謝端，曾於海中得一大螺，中有美女，云：「我天漢中白水素女，天矜卿貧，令我為卿妻。」〔註18〕文字很簡略，大致傳達了這樣一些信息：謝端是福建侯官（「侯官」和下面「晉安」都指今天的福州）人，大螺是從海中得到的；大螺幻化為少女，自稱是「天漢中白水素女」，因為天帝同情謝端貧窮無力娶妻，故派她下凡嫁與謝端為妻。但最後結果如何，文中沒有交代，也可能是引述不全，或原文已殘缺。其後，舊題晉宋時陶淵明的《搜神後記》中有《白水素女》篇：

> 晉安官人謝端，少喪父母，無有親屬，為鄰人所養。至年十七八，恭謹自守，不履非法。始出居，未有妻，鄰人共愍念之，規為娶婦，未得。端夜臥早起，躬耕力作，不捨晝夜。後於邑下得一大螺，如三升壺。以為異物，取以歸，貯甕中。畜之十數日，端每早至夜還，見其戶中有飯飲湯火，如有為人者。端謂鄰人為之惠也。

〔註17〕劉魁立：《論中國螺女型故事的歷史發展進程》，《民族文學研究》2003 年第 2 期。
〔註18〕徐堅：《初學記》卷八，中華書局，1962 年，第 192 頁。

數日如是，便往謝鄰人。鄰人曰：「吾初不為是，何見謝也。」端又以鄰人不喻其意，然數爾如此，後更實問，鄰人笑曰：「卿已自取婦，密著室中炊爨，而言吾為之炊耶？」端默然心疑，不知其故。後以雞鳴而出，平早潛歸，於籬外竊視其家中，見一少女，從甕中出，至灶下燃火。端便入門，徑至甕所視螺，但見殼，乃至灶下問之曰：「新婦從何所來，而相為炊？」女大惶惑，欲還甕中，不能得去，答曰：「我天漢中白水素女也。天帝哀卿少孤，恭慎自守，故使我權為守舍炊烹。十年之中，使卿居富得婦，自當還去。而卿無故竊相窺掩。吾形已見，不宜復留，當相委去。雖然，爾後自當少差，勤於田作，漁採治生。留此殼去，以貯米穀，常可不乏。」端請留，終不肯。時天忽風雨，翕然而去。端為立神座，時節祭祀，居常饒足，不致大富耳。於是鄰人以女妻之。後仕至令長雲。今道中素女祠是也〔註19〕。

　　與《發蒙記》相比，《白水素女》可謂內容豐贍，敘事婉曲。謝端是個貧窮的孤兒，而且沒有任何親人，但他人品很好，遵紀守法，勤勞踏實，深得鄰人喜愛，大家都想幫助他成家立業，但終因家庭條件差未能成功。於是天帝垂憐，派遣白水素女下凡，幫助他做飯。得到大螺的地方由「大海」改成了「邑下」，由於晉安是海濱城市，所以這個大螺仍可能是海螺。但因為謝端偷窺，違反了人與異類之間的禁忌，終於導致了螺女的離去，但留下一個螺殼，以之貯米，取用不乏。謝端終於脫貧，娶妻成家，後來還出仕做官。謝端為感謝螺女，建祠祭之，文末說「今道中素女祠是也」，可謂香火旺盛。由此可見，可能至魏晉六朝時，螺女崇拜及祠祭仍流行於世。

　　《搜神後記》之後，梁任昉《述異記》卷上也記有這個故事：「晉安郡有一書生謝端，為性介潔，不染聲色。嘗於海岸觀濤，得一大螺，大如一石米斛。割之，中有美女，曰：『予天漢中白水素女，天帝矜卿純正，令為君作婦。』端以為妖，呵責遣之。女歎息升雲而去。」〔註20〕這個故事比較簡單，螺女不是偷偷出來為謝端做飯，而是被動從海螺中割出的，謝端則變成一個「不染聲色」的道學先生，他「以為妖，呵責遣之」。據《南史‧任昉傳》載，任昉死後，梁武帝給予他很高的評價：「樂人之樂，憂人之憂，虛往實歸，忘貧去吝，

〔註19〕陶潛：《搜神後記》，上海文藝出版社，1991年，第499頁。
〔註20〕任昉：《述異記》卷上，中華書局，1985年，第11頁。

行可以厲風俗，義可以厚人倫，能使貧夫不取，懦夫有立。」〔註21〕可見任昉是個立身嚴謹的人，謝端身上無疑投射了他自己的個性。

　　要之，螺女故事最早滋生於海濱，或許這一故事孕育的時間很長，早在崇拜大海的殷人那裏已口耳相傳，至魏晉六朝時期，已染上道教色彩。「素女」之名最早見於《史記・郊祭志》中「太帝使素女鼓五十弦瑟」，王充《論衡・命義》中說「素女對黃帝陳五女之法」〔註22〕，《軒轅本紀》對此有較為詳細的描述：「修道養生之法於玄女、素女，受房中之術，能御女三百，授帝如意神方，即藏之崆峒山。」〔註23〕後來經道教的發展而演變為性愛之神，魏晉六朝時，很多房中書都與素女有關，《抱朴子・遐覽》即載有作者不詳的《素女經》，《抱朴子・釋滯》中云「房中之法十餘家」，排第一者即為「玄素」〔註24〕。可見小說將螺女命名為「素女」是有深意的。《白水素女》與《搜神記》中的《董永》《漢談生》等小說一樣，都是表現門閥制度下貧寒士子的白日夢。董永家境貧寒，幼年喪母，與父親相依為命。父親去世後，又賣身葬父，終於感動玉皇第七女下凡，與其結為夫妻。而談生勤奮好學，年四十猶無力娶妻，忽一日，一年可十五六，「姿顏服飾，天下無雙，來就生，為夫婦」，生一子。後因談生打破禁忌偷窺，女鬼離去，留下一珠袍。事情因這珠袍而真相大白——原來女鬼是睢陽王夭折的女兒，睢陽王「即召談生，復賜遺之，以為女婿。表其兒為郎中。」〔註25〕總之，這些幸運兒身世都令人同情，皆有孝順、正直、勤勞、好讀等美德，符合當時舉薦為官的標準，但因為出身貧寒，難有進身之階，因而幻想通過這種奇特的聯姻方式脫胎換骨，致富為官。

　　有論者將螺女故事的發生地定為南陽，將「天漢中白水素女」中的「漢」解釋為「漢水」，「白水」指環繞南陽城區而後注入漢水的白河；「侯官」是主人公的世襲爵位〔註26〕。這完全是望文生義，「天漢中白水」應該是指銀河中的白水，銀河又稱「銀漢」，道教將「白水」說成是源出仙山崑崙的水系，就是天上銀河的人間化〔註27〕。螺女是天河水中的大螺，是仙女，所以《述異

〔註21〕李延壽：《南史》卷五十九，中華書局，1975年，第1455頁。
〔註22〕王充著、劉盼遂集解：《論衡集解》，北京古籍出版社，1957年，第27頁。
〔註23〕張君房：《雲笈七籤》卷一百「紀傳部」，齊魯書社，1988年，第543頁。
〔註24〕葛洪著、王明校釋：《抱朴子內篇校釋》，中華書局，1980年，第137頁。
〔註25〕干寶：《搜神記》，上海古籍出版社，1998年，第162頁。
〔註26〕鄭先興：《漢畫螺女神話原型分析》，《中國漢畫學會第十屆年會論文集》，2006年。
〔註27〕屈原著、金開誠等校注：《屈原集校注》，中華書局，1996年，第102～111頁。

記》中寫她「升雲而去」。後來福州西北三十里地的江水因《搜神後記》等小說的描寫，「號江曰『螺女江』，洲曰『螺女洲』，廟曰『螺女廟』」〔註28〕。

這類故事發展到唐代，又有所變異。薛用弱《集異記》「鄧元佐」條寫潁川人鄧元佐遊學於吳，好遊山水。一日訪友，暢飲而別，將抵姑蘇，忽迷路，誤入一蝸舍，一年二十許女子，設席招待，元佐覺味美，女子乃就元佐而寢，元佐至明，忽覺其身臥田中，傍有一螺，大如升子，元佐想起昨晚所食之物，乃嘔吐而出，視之盡是青泥。「元佐歎吒良久，不損其螺。元佐自此棲心於道門，永絕遊歷耳。」〔註29〕這個故事顯然受到佛教和道教的影響，鄧元佐在發現美食原來是「青泥」、美女原來是大螺後，遂悟道。小說表現的主要是色空觀念，與六朝時螺女故事表達對財富、家庭、權勢的追求大異其趣。

B類型是「禍鬥」故事，即螺女幫助凡男戰勝世間的邪惡勢力，夫妻最終成仙而去的故事。

「禍鬥」在《原化記》《廣博物志》《西湖二集》卷二十九等書中作「蝸鬥」，在《海錄碎事》《紺珠集》《駢志》等書中作「禍鬥」，明萬曆間朱謀㙔《駢雅訓纂》卷七下訓纂十六云：「禍鬥，狀如犬而食火糞，復為火能，燒人屋。」又說「『蝸鬥』並作『禍鬥』，皆字形相近而訛。」〔註30〕「禍鬥」是民間傳說中的一種食火和糞便並能吐火的怪獸，《山海經·海外南經》中寫到厭火國「其為人獸身黑色，火出其口中」者，清吳任臣引《本草集解》注云：「國近黑，崑崙人，能食火炭，食火獸，名禍鬥也。」〔註31〕當然，「蝸鬥」的說法也不無道理，《淵鑒類函》卷二百八十九人部四十八引裴松之云：「當作蝸，蝸牛螺蟲之有角者也，先作圜舍，形如蝸鬥蔽，故謂之牛。」指在一個極小的空間中，螺蟲在裏面爭鬥，意即後世「蝸角功名」者。「禍鬥」是指食火獸，「蝸鬥」則形容螺相鬥的形態。

劉義慶《幽明錄》載：「陽羨縣小吏吳龕，有主人在溪南，嘗以一日乘掘頭舟過水，溪內忽見一五色浮石，取內床頭。至夜，化為女子，自稱是河伯女。」〔註32〕與劉義慶差不多同時的劉敬叔，在其《異苑》中也載有這個故事，但非

〔註28〕蘇軾著、王十朋集注：《東坡詩集注》卷二，四部叢刊景宋本。

〔註29〕李昉：《太平廣記》卷四百七十一，上海古籍出版社，1990年，第461頁。

〔註30〕朱謀㙔：《駢雅訓纂》卷七下訓「纂」，清道光有不為齋刻本。

〔註31〕吳任臣：《山海經廣注》卷六，清文淵閣四庫全書第一○四二冊，中國臺灣商務印書館1982年影印，第178頁。

〔註32〕劉義慶：《幽明錄》卷四，文化藝術出版社1988年版，第13頁。

常簡單：「陽羨縣小吏吳龕，於溪中見五色浮石，因取內床頭，至夜化成女子。」〔註33〕似乎是《幽明錄》中該故事的刪節。至唐皇甫氏撰《原化記·吳堪》，不但「吳龕」名字改作「吳堪」，而且故事大不相同了：

> 　　常州義興縣有鰥夫吳堪，少孤，無兄弟，為縣吏，性恭順。其家臨荊溪，常於門前以物遮護溪水，不曾穢污。每縣歸則臨水看玩，敬而愛之。積數年，忽於水濱得一白螺，遂拾歸以水養，自縣歸見家中飲食已備，乃食之。如是十餘日，然堪為鄰母哀其寡獨，故為之執爨，乃卑謝鄰母。母曰：「何必辭，君近得佳麗修事，何謝老身。」堪曰：「無。」因問，其母曰：「子每入縣後便見一女子，可十七八，容顏端麗，衣服輕豔，具饌訖，即卻入房。」堪意疑白螺所為，乃密言於母曰：「堪明日當稱入縣，請於母家自隙窺之，可乎？」母曰：「可。」明旦詐出，乃見女自堪房出，入廚理爨，堪自門而入，其女遂歸房不得，堪拜之。女曰：「天知君敬護泉源，力勤小職，哀君鰥獨。敕余以奉媲，幸君垂悉，無致疑阻。」堪敬而謝之。自此彌將敬洽。閭里傳之，頗增駭異。時縣宰豪士，聞堪美妻，因欲圖之，堪為吏恭謹，不犯笞責，宰謂堪曰：「君熟於吏能久矣，今要蝦蟆毛及鬼臂二物，晚衙須納，不應此物，罰則非輕。」堪唯而走出，度人間無此物，求不可得，顏色慘沮。歸述於妻，乃曰：「吾今夕殞矣。」妻曰：「君憂餘物，不敢聞命，二物之求，妾能致矣。」堪聞言，憂色稍解。妻曰：「辭出取之，少頃而到。」堪得以納令。令視二物，微笑曰：「且出。」然終欲害之。後一日又召堪曰：「我要蝸斗一枚，君宜速覓此，若不至，禍在君矣。」堪承命，奔歸。又以告妻。妻曰：「吾家有之，取不難也。」乃為取之。良久牽一獸至。大如犬，狀亦類之，曰：「此蝸斗也。」堪曰：「何能？」妻曰：「能食火，其獸也，君速送。」堪將此獸上宰，宰見之怒曰：「吾索蝸斗，此乃犬也。」又曰：「必何所能？」曰：「食火且糞火。」宰遂索炭燒之。遣食，食訖，糞之於地皆火也。宰怒曰：「用此物奚為？」令除火掃糞。方欲害堪，吏以物及糞，應手洞然，火飆暴起，焚燃牆宇，煙焰四合，彌互城門。宰令及一家皆為灰燼。乃失吳堪及妻。其縣遂遷於

〔註33〕劉敬叔著、程毅中輯校：《異苑》卷二，中華書局 1996 年版，第 10 頁。

西數步，今之城是也〔註34〕。

這個故事只是借用了《幽明錄》《異苑》文本中的人名，但故事形態卻與《搜神後記》中的謝端故事相似，不過有四個重要的變化，一是大螺由海中的變成了溪水中的；二是故事的主角由謝端（吳堪）男性變成了螺女；三是大螺現形不是因為對男主人身世的同情和品性的感佩，而是對他保護自身生存環境溪水的報答；四是《搜神後記》《述異記》《幽明錄》等文本中的白水素女故事，都沒有寫謝端（吳龕）與素女結婚，而《原化記》則寫吳堪娶素女為妻，而且添加了夫妻同心協力戰勝邪惡的重要情節。縣宰垂涎吳妻美色，故意反覆刁難吳堪並欲加害於他，螺仙被迫出手，是縣宰闔家毀滅，結尾「乃失吳堪及妻」，暗示夫妻倆已登仙。這篇小說後來又被明代馮夢龍收入《情史》卷十九「情疑類」，改名為《白螺天女》，突出螺顏色之「白」，暗示她是天上的仙女。《拾遺記》中記魏禪晉之歲，得一白燕，以為神物，於是以金為樊，置於宮中，旬日不知所在。然後作者引論者議論云：「『金德之瑞。昔師曠時，有白燕來巢。』檢《瑞應圖》，果如所論。白色葉於金德，師曠晉時人也，古今之議相符焉。」〔註35〕可見白色對應西方五行中的金色，也與西王母對應，故物種白色是長壽的徵候。也有可能白色動物乃白化造成，世上比較罕見，故古人以為是長壽之物。葛洪《抱朴子・對俗》中說：「按虎及鹿兔，皆壽千歲，壽滿五百歲者，其毛色白。……鼠壽三百歲，滿百歲則色白，善憑人而卜，名曰仲，能知一年中吉凶及千里外事。如此比例，不可具載。」〔註36〕因而瑞獸一般是白色，《宋書・符瑞志》中把白馬、白狐、白燕、白鶴、白兔、白象等動物都列為祥瑞之物，俄國學者康定斯基認為，白色象徵著生而黑色象徵著死，這基本是任何一個民族對色彩共同的感受。黑白兩色都是沉默的，他們象徵著生死之間的距離〔註37〕。所以，白色是長壽成仙之徵。郭璞引《歸藏・啟筮》注《山海經》中的羽民國云：「羽民之狀，鳥喙赤目而白首」〔註38〕，因而《山海經》中的白色異獸一般都是祥瑞的象徵。把漢魏六朝時期與

〔註34〕皇甫氏：《原化記》，載吳增祺編撰：《舊小說》三，上海商務印書館，1914年，第3～4頁。

〔註35〕《拾遺記》，中華書局，1981年，第170頁。

〔註36〕葛洪著、王明校釋：《抱朴子內篇校釋》，中華書局，1980年，第41～42頁。

〔註37〕〔俄〕康定斯基：《康定斯基論點線面》，羅世平譯，中國人民大學出版社，2003年，第50～51頁。

〔註38〕郭璞傳，蔣應鎬繪：《山海經傳》卷之六，日本明治35年（1902年）文光堂刊本，第2頁。

唐代的「白水素女」故事文本進行比較，可以看出螺女的故事由沿海向內地擴散的路徑及其在傳播過程中發生的文本變異，是研究小說發展史的一個很好樣本。

　　宋人葉廷珪的《海錄碎事》卷十三下、明代類書《說郛》和清類書《古今圖書集成》中皆收錄了《原化記》中的這個故事，並進行了簡寫。而明人周清源的擬話本小說《西湖二集》第二十九卷《祖統制顯靈救駕》入話中則是這個故事的白話文本，作者踵事增華，大肆渲染吳堪「秉性忠直，一毫不肯苟且」的性格特點，並給他起了一個綽號叫做「拗牛兒吳堪」，還有誤會鄰居張三娘幫忙做飯的描寫，對話和心理刻畫都極為細膩。總之，這類故事都是主人公娶得仙妻，但遭到邪惡勢力的刁難和搶奪，主人公在仙妻的指點下，戰勝對手，最後雙雙仙去。在文學作品和民間傳說中，這類母題故事很多。從唐代開始，道教小說就開始涉及世事和政治，如《纂異記·嵩嶽嫁女》（《太平廣記》卷第五十）寫神仙聚會，商討懲罰貪官浮梁縣令求延年和幫助朝廷平定藩鎮之亂。《逸史·李虞》（《太平廣記》卷第四十二）寫已成仙得道的杜子華見到凡人來訪後，「晝夜論語，因問朝廷之事」。謝端故事演變為吳堪故事就是這種道教政治文化背景下的產物。

　　清代大型類書《古今圖書集成》及《淵鑒類函》皆選入螺女的故事，並注明出自《夷堅志》，但查檢目前所見各種版本的《夷堅志》，其中並無這個故事，把這個文本與元無名氏所撰《湖海新聞夷堅續志》中《井神現身》比勘，發現兩者只是個別字不同而已：

　　　　吳湛居臨荊溪，有一泉極清澈，眾人賴之，湛為竹籬遮護，不令穢入，一日，吳於泉側得一白螺，歸置甕中，每日自外歸，廚中飲食已辦，心大驚異。一日潛窺，乃一女子自螺中而出，手能操刀。吳急趨之，女子大窘，不容歸殼，乃實告曰：「吾乃泉神，以君敬護泉源，且知君鰥居，命吾為君操饌。君食吾饌，當得道矣。」言訖不見〔註39〕。

　　可見，應是《古今圖書集成》《淵鑒類函》的編者誤把《湖海新聞夷堅續志》寫成了《夷堅志》。這個故事是由《搜神後記》中謝端故事和《原化記》中吳堪故事雜交變異而來，主人公「吳堪」三變為「吳湛」，螺女的身份也變為井泉之神，乃為報答吳湛保護泉水幻化而來，其故事結構形態與謝端故事

〔註39〕《續夷堅志·湖海新聞夷堅續志》，中華書局，1986年，第219頁。

基本相同，沒有了「禍斗」的情節，但道教故事的本色沒有改變，泉神臨別時說「君食吾饌，當得道矣」，暗示後來吳湛將得道成仙。清人程趾祥《此中人語》中的《田螺妖》、陸長春《香飲樓賓談》中的《螺精》等文本，皆與之類似，但增加了他（她）們結婚生子的情節，都是寫農民拾取田螺，和螺女結合生子，螺女身份暴露後離去，後來螺女所生子皆舉進士，為母請封祭祀云云，帶有濃厚的民間色彩，由此可以看出文化精英筆下的螺女文本與民間螺女傳說的異趣。

C 類型是修道故事。明徐𤊹《榕陰新檢》卷十三「勝蹟」中《螺女江》：

> 唐開元間，道士許甲垂釣於侯官白龍洲，俄有一大螺浮江而至，道士釣得螺殼，合抱中有女子，年可十五六，姿色絕佳，仰謂道士曰：「妾徐水仙第三女也，聞先生有沖舉之方，故假此而見耳。」道士因與印證所聞，各試其小方。有頃，女子復螺而去，至南洲，遂棄螺登高蓋峰，見其地有苦參，即採之洗於山下，皆成甘草。良久，乃於峰頂上升。今此峰名「徐女峰」，白龍洲因名「螺女江」，南洲因名「螺洲」〔註40〕。

故事又訛為唐開元間道士許甲垂釣而得螺女，螺女是水仙之女，深諳道術，與道士切磋「沖舉之方」，後登仙而去。這個故事主要是由福州遺跡「徐女峰」、「螺女江」而衍生，由此可見，螺女故事在福建地區也已演變成不同的故事形態。後來這個故事被明馮夢龍整合進其所撰《警世通言》第四十卷《旌陽宮鐵樹鎮妖》中，小說寫許真君命弟子遍處尋索逃跑的蛟精，「乃自立於一石上，垂綸把釣，忽覺釣絲若有人扯住一般，真君乃站在石上，用力一扯，石遂裂開。石至今猶在，因名為釣龍石。只見扯起一個大螺，約有二三丈高大，螺中有一女子現出，真君曰：『汝妖也！』那女子雙膝跪地告曰：『妾乃南海水侯第三女。聞尊師傳得仙道，欲求指教修真之路。故乘螺舟特來相叩。』真君乃指以高蓋山，可為修煉之所，且曰：『此山有苦參甘草，上有一井，汝將其藥投於井中，日飲其水，久則自可成仙。』遂命女子復入螺中，用巽風一口，吹螺舟浮於水面，直到高蓋山下。女子乘螺於此，其螺化為大石，至今猶在。遂登山採取苦參甘草等藥，日於井中投之，飲其井泉，後女子果成仙而去。至今其鄉有病者，汲井泉飲之，其病可愈。」

〔註40〕徐𤊹：《榕陰新檢》卷十三，見《四庫存目叢書‧史》第 111 冊，齊魯書社，1996 年，第 242 頁。

　　徐燉（1570〜1642 年）字惟起，又字興公，閩縣（今福州）人。馮夢龍的出生和去世都比他晚 4 年，崇禎七年（1634 年），馮夢龍任福建壽寧知縣，可見《旌陽宮鐵樹鎮妖》中螺女的故事，是根據福建當地的民間傳說改編的，道士「許甲」變成了許真君，螺女由徐水仙第三女變成了南海水侯第三女，但內容基本相同，都是寫螺女向道士請教修道之方。可見這種類型的故事完全道教化了。

　　我們把上述小說列表如下：

時　　代	篇　　名	作　　者	主人公	地　　點	結　　局
西晉	《發蒙記》	束晳	侯官謝端、天漢白水素女	於海中得大螺。	「天矜卿貧，令我為卿妻」。
晉宋	《搜神後記·白水素女》	題陶淵明	侯官謝端、天漢白水素女	於邑下得大螺。	「天帝哀卿少孤，恭慎自守，故使我權為守舍炊烹」，說完升空還去。
宋	《幽明錄》	劉義慶	陽羨吳龕、河伯女	於溪南五色石內得之	未知
梁	《述異記》	任昉	謝端、白水素女。	於海岸觀濤，得大螺。	「天帝矜卿純正，令為君作婦」，端呵責遣之。
唐代	《集異記·鄧元佐》	薛用弱	潁川人鄧元佐、田螺女	姑蘇水田中。	螺女薦寢。
唐代	《原化記·吳堪》	皇甫氏	常州義興縣吳堪、白螺	溪水	結為夫婦、鬥敗縣宰後夫妻仙去。
元	《湖海新聞夷堅續志·井神現身》	無名氏	吳湛、泉神	荊溪	「命吾為君操饌，君食吾饌，當得道矣。」言訖不見。
明代	《情史·白螺天女》	馮夢龍	常州義興縣吳堪、白螺	荊溪	結為夫婦，鬥敗知縣後夫妻升入天界。

明代	《西湖二集·祖統制顯靈救駕》	周清源	唐常州義興縣吳堪、白螺	荊溪	結為夫婦，鬥敗知縣後夫妻升入天界。
明	《榕陰新檢·螺女江》	徐𤊱	唐道士許甲、大螺乃徐水仙第三女	候官白龍洲	與道士切磋「沖舉之方」後登仙而去。
明	《警世通言·旌陽宮鐵樹鎮妖》	馮夢龍	許真君、大螺乃南海水侯第三女	福州南臺閩江	向許真君求道，後登仙而去。

　　由此我們可以歸納為幾個點：第一，從故事的形態上，A型故事產生於魏晉六朝時期，主要寫謝端於海中得海螺，螺女受天帝派遣，下凡與謝端結為夫妻或幫助做飯，有的沒有寫出結局，有的寫螺女說完「權為守舍炊烹」後升空而去，有的寫螺女說天帝「令為君作婦」後遭到謝端呵責後而去。但這時又出現了一個異型故事，就是劉義慶《幽明錄》中陽羨吳龕於溪南的五色石，收而藏之，石內出女子，自稱是河伯女。這一故事後來成為B型故事的改編主體，B型故事在唐至明代是主流，「吳龕」改為「吳堪」或「吳湛」（估計是「堪」的訛寫），海螺女變成溪水或泉水之神，主要寫吳堪與水神結為夫妻，同心協力智鬥好色的地方長官，勝利後升仙而去。但唐代也出現了一個異型故事，薛用弱《集異記·鄧元佐》寫鄧元佐發現與自己纏綿一夜的美女是田螺後，「自此棲心於道門」，這又誘發了明代C型螺女與道士切磋修道的故事。這說明螺女ABC三種類型的故事，是繼承、變異和改寫的關係。B類型的故事繼承了A類型故事中螺女為凡男炊飯的情節，但又發展出兩人成婚、夫妻合力智鬥惡勢力的情節；C類型的故事雖承衍了AB類型故事中白螺化美女的母題，但又徹底改變了螺女與男人的曖昧或夫妻關係，變成了螺女前來向高道求教，由宣揚愛情變為弘道。第二，從螺女故事的擴散和傳播路徑看，可能在魏晉六朝之前，民間已流傳海螺與凡男的故事，漢魏六朝筆記小說或許就是民間故事的載錄，其後文人和民間對螺女故事不斷進行改造書寫，因而故事越來越豐富。最早故事的發生地可能在福建沿海一帶產生，然後從六朝開始，向江浙內地傳播，螺女由海螺之神變為溪水或泉水之神，在《旌陽宮鐵樹鎮妖》中，螺女身份模糊，兼有海神與江水神的身份，許真君在閩江中釣得大螺，螺女自稱是「南海水侯第三女」。在故事的傳播和改寫過程中，帶有不同地區的地理特徵。

餘論

不過，無論是那種類型的螺女故事，道教元素是一以貫之的，螺女是仙女，在古代文學作品中，凡男與仙女的豔遇，被視為一條修道成仙的捷徑，如王嘉《拾遺記》卷四寫「始皇好神仙之事，有宛渠國之民乘螺舟而至，舟形似螺，沉行海底而水不浸入，一名『淪波舟』。其國人長十丈，編鳥獸之毛以蔽形，始皇與之語及天地初開之時，了如親睹」〔註41〕。宛渠國之民披羽衣，乘螺舟，壽與天齊，無疑是神仙。但這個故事又同時受到佛教觀念的濡染，佛教以海螺為法器，佛祖頭髮梳成「螺髻」，又有「螺螄殼裏做道場」之諺語。王嘉《拾遺記》卷十五云：「有大螺，名裸步……明王出世，則浮於海際焉。」〔註42〕「明王」即是佛教神祇，又稱忿怒尊、威怒王，「明」即破愚暗之智慧光明，指真言陀羅尼，可見大螺也是佛教的祥瑞之物。由螺女故事也可以考察當時佛道交涉之事實。總之，螺女故事的演變，與時代、作者、佛道等多種因素密切相關。螺女所生存的環境從大海、溪水、泉水到江水，始終離不開水，或許給了後來「女人是水做的骨肉」之說法以啟示。

第二節 「竹林七賢」之「竹林」發微

關於晉時「竹林七賢」之「竹林」出處，陳寅恪先生認為來自佛教，他在《陶淵明之思想與清談之關係》一文中指出：

> 大概言之，所謂「竹林七賢」者，先有「七賢」，即取《論語》「作者七人」之事數，實與東漢末「三君」、「八廚」、「八及」等名同為標榜之義。迨西晉之末，僧徒比附內典、外書之「格義」風氣盛行，東晉初年乃取天竺「竹林」之名加於「七賢」之上，至東晉中葉以後江左名士孫盛、袁宏、戴逵輩遂著之於書，而河北民間亦以其說附會地方名勝，如《水經注》玖「清水篇」所載東晉末年人郭緣生撰著之《述征記》中嵇康故居有遺竹之類是也〔註43〕。

此後，陳先生反覆申述此說，明確指出「竹林」「則為假託佛教名詞，即Velu 或 Veluvana 之譯語，乃釋迦牟尼說法處，歷代所譯經典皆有記載」。〔註44〕

〔註41〕王嘉：《拾遺記》，中華書局，1981 年，第 101 頁。

〔註42〕王嘉：《拾遺記》，中華書局，1981 年，第 223 頁。

〔註43〕陳寅恪：《金明館叢稿初編》，上海古籍出版社，1980 年，第 181 頁。

〔註44〕陳寅恪：《〈三國志・曹沖華佗傳〉與佛教故事》，陳寅恪：《寒柳堂集》，上海古籍出版社，1980 年，第 161 頁。

所謂王戎與嵇康、阮籍飲於黃公酒壚，共作「竹林之遊」，「都是東晉好事者捏造出來的，『竹林』並無其處。」〔註45〕

陳先生的觀點後來得到不少學者的響應，如范子燁教授稱讚是「凌越千古的卓見」〔註46〕，但也有提出質疑者，如蔡振翔教授認為：「這種說法倒是很有啟發，但幾乎沒有任何根據，而有關竹林的史料卻不少，多到簡直無法否認它的存在，輕易地把這些史料斥之為『附會』是不妥當的。」〔註47〕王曉毅教授通過詳檢《大正藏》經譯名，發現恰恰相反，「不是佛經的『竹林說法』典故影響了『竹林七賢』稱號的產生，可能是『竹林七賢』的典故影響了佛經翻譯」〔註48〕。滕福海教授也說「竹林七賢」之得名，與佛教經義以及印度「異型文化」沒有直接關係。竹林是實有的，「竹林」應該出自本土古籍〔註49〕。筆者同意後一種觀點，即「竹林」不是來自佛教，而是出自本土文化，並進一步對「竹林七賢」之「竹林」意涵及「七賢」在竹林聚會之原因等問題進行探討。

一、「竹林」出自中國本土文化

當時「竹林七賢」聚會的山陽實有竹林，《述征記》中的記載是可靠的，現代一些歷史、地理學者通過考察，也得出了同樣的結論，竺可楨先生研究發現，距今 3000 至 5000 年前，黃河流域的氣溫相當於現在長江流域的氣溫，氣候濕潤，曾是竹子的重要分布區域〔註50〕。兩漢時期，隨著竹樹的經濟價值被大力開發，黃河流域廣泛種植竹林，主要集中於關中、六盤山麓以及河南地區。〔註51〕河南境內的淇園、洛陽更是當時北方竹子的重要產地，其中淇園自殷商至漢代就是國家竹園〔註52〕。由此可見，「七賢」在山陽竹林中

〔註45〕 陳寅恪著、萬繩楠整理：《陳寅恪魏晉南北朝史講演錄》，黃山書社，1987 年，第 49 頁。

〔註46〕 范子燁：《論異型文化之合成品：「竹林七賢」的意蘊與背景》，《學習與探索》1997 年第 2 期。

〔註47〕 蔡振：《翔竹林名士交遊考》，《求索》1993 年第 1 期。

〔註48〕 王曉毅：《「竹林七賢」考》，《歷史研究》2001 年第 10 期。

〔註49〕 滕福海：《「竹林七賢」稱名依託佛書說質疑》，《溫州師範學院學報》2002 年第 2 期。

〔註50〕 竺可楨：《中國近五千年來氣候變遷的初步研究》，《考古學報》1972 年第 1 期。

〔註51〕 陳業新：《兩漢時期氣候狀況的歷史學再考察》，《歷史研究》2002 年第 4 期。

〔註52〕 文煥然：《中國歷史時期植物與動物變遷研究》，重慶出版社，1995 年，第 91 頁。

聚會是可信的。

　　其實，范子燁教授的觀點也有些游移，他雖贊同陳先生的觀點，但又說晉人愛竹是當時風氣，「謝安以『竹林』二字冠於『七賢』之上，亦絕非一時的『狡獪』，而是取其雙關意義：一方面是天竺的『竹林精舍』，一方面是最受晉人賞愛的自然物。」〔註53〕可見他的觀點與陳先生並不完全相同，「竹林七賢」之得名也有晉人普遍愛竹的影響。其實，陳先生「竹林」一詞來自佛教的觀點雖然不對，但他在《天師道與濱海地域之關係》一文中敏銳地認識到「天師道對於竹之為物，極稱賞其功用。琅琊王氏世奉天師道，故世傳王子猷之好竹如是之甚。疑不僅高人逸致，或亦與宗教信仰有關。」〔註54〕即謂「七賢」作竹林之遊，不全為閒情逸致，而是與宗教信仰有關。這就是道教，在當時及後來道教中，普遍存在對竹的崇拜。

　　最早記載「七賢」竹林之遊的可能是東晉初孫盛的《魏氏春秋》：「（嵇）康寓居河內之山陽縣，與之遊者，未嘗見其喜慍之色。與陳留阮籍、河內山濤、河南向秀、籍兄子咸、琅邪王戎、沛人劉伶相與友善，遊於竹林，號為『七賢』。」〔註55〕此後，袁宏《竹林七賢傳》、戴逵《竹林七賢論》等並有述及，《世說新語・任誕》云：「陳留阮籍，譙國嵇康，河內山濤，三人年皆相比，康年少亞之。預此契者：沛國劉伶，陳留阮咸，河內向秀，琅邪王戎。七人常集於竹林之下，肆意酣暢，故世謂『竹林七賢』。」〔註56〕其實，「七賢」只是「竹林之遊」中的主角而已，除他們外，其他士人如阮德如、呂安兄弟、郭遐周兄弟等人也不時參與其中。在才情、品性和政治傾向方面，「七賢」有所不同，但有共同的愛好，嵇康、阮籍、阮咸三人都精通音律，善於彈琴；阮籍、阮咸、劉伶和山濤則嗜酒如命，七人共同的特點是「越名教而任自然」，美國著名漢學家 Richard B. Mather 指出：「東晉懷舊的流亡者重新努力構建了一個想像中的聯合體，使之成為自由與超越精神的象徵，這就是『竹林「七賢」』。」〔註57〕這個「自由與超越精神的象徵」，後經東晉六朝畫家的圖繪和接受者的

〔註53〕范子燁：《論異型文化之合成品：「竹林七賢」的意蘊與背景》，《學習與探索》
　　　　1997 年第 2 期。
〔註54〕陳寅恪：《金明館叢稿初編》，第 9 頁。
〔註55〕陳壽：《三國志》卷二十一《嵇康傳》附裴注，中華書局，1962 年，第 606 頁。
〔註56〕劉義慶著，劉孝標注：《世說新語詳解》，上海古籍出版社 2013 年，第 478 頁。
〔註57〕Richard B. Mather. A New Account of Tales of the world, P.371, University of
　　　　Minnesota Press, 1976.

渲染，遂成為一個文化符號。

　　所謂「越名教而任自然」就是蔑視禮法，行為放誕，崇拜老莊，信仰道教。阮籍任性不羈，然喜怒不形於色，他「博覽群籍，尤好老莊。嗜酒能嘯，善彈琴。」〔註58〕阮籍在詩中表現了神仙不可企及的悵惘，如《詠懷詩》中云：「昔有神仙士，乃處射山阿。……可聞不可見，慷慨歎諮嗟。」〔註59〕在阮籍的詩中，竹是道教仙境中具有鮮明特色的自然景觀，如《詠懷詩》：「修竹隱山陰，射干臨增城」；「琅玕生高山，芝英耀玉堂。」〔註60〕嵇康與阮籍的性格很相似，但也有很大的不同，其兄嵇喜在《嵇康傳》中說他：「學不師授，博洽多聞，長而好老、莊之業，恬靜無欲。性好服食，嘗採御上藥。善屬文論，彈琴詠詩，自足於懷抱之中。以為神仙者，稟之自然，非積學所致。至於導養得理，以盡性命，若安期、彭祖之倫，可以善求而得也；著養生篇。知自厚者所以喪其所生，其求益者必失其性，超然獨達，遂放世事。」〔註61〕可見嵇康追求一種恬靜寡欲、超脫自然的生活。他在《與山巨源絕交書》中稱老莊「吾之師也」，「吾傾學養生之術，方外榮華，去滋味，遊心於寂寞，以無為為貴。」〔註62〕他雖認為神仙天生異稟不可學，但在很多詩中描寫了與仙同遊的願望，如《贈兄秀才入軍十八首》之十六：「乘風高逝，遠登靈丘。結好松喬，攜手俱遊。」〔註63〕《遊仙詩》：「王喬棄我去，乘雲駕六龍。飄遙戲玄圃，黃老路相逢。授我自然道，曠若發童蒙。採藥鍾山隅，服食改姿容。蟬蛻棄穢累，結友家板桐。臨觴奏九韶，雅歌何邕邕。」〔註64〕《重作六言詩十首》其六：「思與王喬，乘遊八極。」其七：「受道王母，遂升紫庭。逍遙天衢，千載長生。」〔註65〕可見嵇康夢想羽化登仙，與赤松子、王子喬等神仙攜手同遊，在仙界崑崙得到西王母傳道。向秀同樣「雅好老莊之學」，他針對嵇康的《養生論》撰《難養生論》，「與康論養生，辭難往復，蓋欲發康高致也。」〔註66〕就是說，他並不是否定嵇康的觀點，而是對他的觀點做進一步的完善和發揮。劉伶則

〔註58〕房玄齡等撰：《晉書》，中華書局，1974年，1369頁。
〔註59〕逯欽立輯校：《先秦漢魏南北朝詩》，中華書局，1983年，第630頁。
〔註60〕逯欽立輯校：《先秦漢魏南北朝詩》，第505頁。
〔註61〕陳壽：《三國志》卷二十一《嵇康傳》附裴注，第605頁。
〔註62〕殷翔、郭全芝注：《嵇康集注》，黃山書社，1986年，第117、125頁。
〔註63〕殷翔、郭全芝注：《嵇康集注》，第117、125頁。
〔註64〕殷翔、郭全芝注：《嵇康集注》，第14頁。
〔註65〕殷翔、郭全芝注：《嵇康集注》，第47～48頁。
〔註66〕房玄齡等撰：《晉書》，第1374頁。

形貌醜陋，嗜酒放蕩，「不交遊，與阮籍、嵇康相遇，欣然神解，攜手入林」。
〔註67〕阮咸「妙解音律，善彈琵琶」，「縱情越理」〔註68〕。王戎「澹沖清賞」
〔註69〕。嵇康等人喜歡音樂，也與養生有關。嵇康在《琴賦》序文中說自己少
好音聲，長而不倦，以為「可以導養神氣，宣和情志，處窮獨而不悶者，莫近
於音聲也。」〔註70〕他在《養生論》的結尾，強調善於養生的人應是「清虛靜
態，少私寡欲」，「又守之以一，養之以和，和理日濟，同乎大順。然後蒸以靈
芝，潤以醴泉，晞以朝陽，綏以五弦，無為自得，體妙心玄。」〔註71〕彈琴可
以修身養性，是漢代以來士人的共見，著名琴家蔡邕就指出，伏羲發明琴的初
衷即為「修身理性」：「昔伏羲氏作琴，所以御邪僻，防心淫，以修身理性，反
其天真也。」〔註72〕「竹林之遊」的其他參與者也大致與「七賢」志趣相投，
如阮德如陳留郡人，官至河內太守，精研本草，著有《攝生論》二卷。呂安恃
才傲物，蔑視禮法。郭遐周兄弟則都是隱士。

　　由此可見，「七賢」都性格狂放，喜讀老莊，精通音律，注重養生，信仰道
教，他們之所以愛在竹林中聚會，與當時道教的「竹」信仰密切相關。在道教
的影響下，魏晉六朝士人愛竹成癖，《晉書·謝安傳》記謝安每攜子侄遊集於「樓
館竹林」〔註73〕，王子猷稱「何可一日無此君（竹）！」〔註74〕據晉鄧德明《南
康記》載，翟矯因酷好種竹，竟拒絕赴任。而道士對竹尤為鍾情，他們認為竹
與桃有驅邪功能，因而竹、桃成為仙界標誌性的植物，如《桃花源記》中之桃
花，王子年《拾遺記》云：「蓬萊有浮筠之筦，葉青莖紫，子大如珠，有青鸞集
其上，下有沙礪，細如粉，柔風至，葉條翻起，拂細沙如雲霧，仙者來觀而戲
焉。風吹竹葉，聲如鍾磬之音。」〔註75〕劉宋時期，戴凱之撰成我國第一部竹
類植物專著《竹譜》，芶萃華指出：「戴凱之以『之』為名，與其宗教信仰有關」；
「戴凱之之所以愛竹葉受天師道徒之影響。」〔註76〕道書《桓真人升仙記》載

〔註67〕房玄齡等撰：《晉書》，第 1376 頁。
〔註68〕房玄齡等撰：《晉書》，第 1362 頁。
〔註69〕房玄齡等撰：《晉書》，第 1231 頁。
〔註70〕殷翔、郭全芝注：《嵇康集注》，第 92 頁。
〔註71〕殷翔、郭全芝注：《嵇康集注》，第 153 頁。
〔註72〕蔡邕撰：《琴操》，北京：中華書局，1985 年，第 1 頁。
〔註73〕《晉書》，第 2075 頁。
〔註74〕劉義慶著，劉孝標注：《世說新語詳解》，第 496 頁。
〔註75〕王嘉著，齊治平校：《拾遺記》，中華書局，1981 年，第 224 頁。
〔註76〕芶萃華：《戴凱之〈竹譜〉探析》，《自然科學史研究》1991 年第 4 期。

陶弘景「酷愛山水，栽種松筠。」〔註77〕後來宋吳淑《江淮異人錄》、元休息齋道人李衎《竹譜詳錄》等書中，都有仙道人物愛竹、種竹、住竹庵的記載。

二、「竹」與修道

竹子用途廣泛，是人民生活中的重要經濟作物，可用作弓矢、簡牘、樂器、兵符以及日常生活器具等，在鞭炮未發明之前，古人還以燃燒竹子發出的爆裂聲來驅逐邪祟，又用兩塊瓢形的竹占卜吉凶，稱為「磕竹」或「篤笤」。商代有個孤竹國，據《史記·伯夷列傳》記載，伯夷、叔齊就是孤竹君之子，武王滅商後，兩人恥食周粟，采薇而食，餓死於首陽山。竹有義竹、玉干、龍種等各種美稱，這些或許都是竹被道教化的重要原因。當然，竹被神化最根本的原因還是其自身的藥用價值，在古代醫家看來，竹木和桃樹可謂全身是寶，竹葉、竹皮、竹茹、竹瀝、竹根、竹筍、竹實等，皆可入藥，並有神奇的療效〔註78〕，當然，在竹被道教神化後，其藥用價值又隨之更被放大。在東晉葛洪的《葛仙翁肘後備急方》、南朝陶弘景的《神農本草經集注》，以及孫思邈《千金翼方》、李時珍的《本草綱目》等著名醫典中，都有大量以竹為藥料的醫方，如葛洪《肘後備急方》卷二載：治霍亂：「濃煮竹葉湯五六升，令灼已轉筋處」；治傷寒：「竹瀝少飲許」；「疸中雜治」：「切竹煮飲之」，還可用竹葉與小麥等一起煮飲〔註79〕。孫思邈在《千金翼方》卷三「草木部」，對竹子的藥性及其功能作了一簡要小結：

> 箘竹葉：味苦平，大寒，無毒。主咳逆上氣，溢筋急惡瘍，殺小蟲，除煩熱風痙，喉痹嘔吐，根作湯，益氣止渴，補虛，下氣消毒。汁主風痙；實通神明，輕身益氣。

> 淡竹葉：味辛平，大寒。主胸中痰熱，咳逆上氣。瀝大寒，療暴中風風痹，胸中大熱，止煩悶。皮茹微寒，主嘔啘溫氣寒熱，吐血崩中，溢筋。

> 竹筍：味甘無毒，主消渴，利水道，益氣，可久食〔註80〕。

〔註77〕《道藏》，第5冊，第520頁。

〔註78〕參見楊蓉：《竹之道──道教竹醫藥與養生研究》（廣西民族大學碩士論文，2012年），該文有詳細的論述。

〔註79〕《道藏》第33冊，第17～23頁。

〔註80〕孫思邈著，李景榮等校釋：《千金翼方校釋》，人民衛生出版社，1982年，第55頁。

　　總之，竹被廣泛運用於古代醫學治療中，舉凡瘡癰、兒科諸症、婦女產後疾病、飲醉頭痛、「時氣病」、「齒出血不止」、「婦人汗血吐血尿血下血」、「欬逆下血不息」、「噎聲不出」、風痺四肢不收、「消渴淋閉尿血水腫」等種種疾病，都可用竹藥治癒，小說等文獻中也有這類記載，如《神異經》寫南方有涕竹，「其筍甚美，食之可以止瘡癘。」〔註81〕漢末以降瘟疫流行，道教主要就是以驅邪除疾作為創教手段，故竹不但成為道士治病的藥料，也是他們修行的服食品，道經《太平經鈔・甲部》載「靈書紫文，口口傳訣在經者二十有四」，其中「二十二者即為竹筍」。「備此二十四，變化無窮，超凌三界之外，游浪六合之中，災害不能傷，魔邪不敢難，皆自降伏，位極道宗，恩流一切。」〔註82〕可知道教很早就把「食竹筍」納入了其養生體系，並神化為仙品，如《世說新語・棲逸》記阮籍與蘇門仙人交往時，劉孝標引《魏氏春秋》注曰：「（阮籍）嘗遊蘇門山，有隱者，莫知姓名，有竹實數斛，杵臼而已。籍聞而從之。談太古無為之道，論五帝、三王之義，蘇門先生翛然曾不眄之。籍乃嘐然長嘯，韻響寥亮。蘇門先生乃逌爾而笑。籍既降，先生喟然高嘯，有如鳳音。」〔註83〕「臼杵」據說是月中玉兔搗仙藥的工具，蘇門仙人孫登並把竹實作為服食的仙藥。後來道教又認為竹聚集了太陽之精華，《雲笈七籤》卷之二十三《食竹筍》曰：「服日月之華者，欲得常食竹筍。竹筍者，日華之胎也。」〔註84〕道士還認為竹葉可以益精通神，有助於修真，因而將竹葉製成飲品，如《上清太極隱注玉經寶訣》載：「真人曰：濃煮竹葉作飲，以讀經而存思，益精通神，和氣流行。」〔註85〕

　　其次，道士模仿竹的生理機制及其被賦予的品格進行修煉。老子的《道德經》中就以「橐籥」比擬宇宙結構：「天地之間，其猶橐籥乎？虛而不屈，動而愈出」。王弼注曰：「橐，排也。籥，樂器也。橐籥之中空洞，無情無為，故虛而不得窮屈，動而不可竭盡也。天地之中，蕩然任自然，故不可得而窮，猶若橐籥也。」〔註86〕就是說，天地之間中虛圓通，氣貫其中，因而宇宙才

〔註81〕《神異經》，《筆記小說大觀》第十三編，第31頁。

〔註82〕羅熾：《太平經鈔注釋》卷1，西南師範大學出版社，1996年，第10頁。

〔註83〕劉義慶著，劉孝標注：《世說新語詳解》，第433頁。

〔註84〕張君房《雲笈七籤》，齊魯書社，1988年，第143頁。

〔註85〕《道藏》第6冊，第643頁。

〔註86〕王弼著，樓宇烈校釋：《老子道德經校釋》第五章，中華書局，2008年，第14頁。

能保持生生不息。而「竹」正是一種中虛圓通的生物，與天地異質同構。東晉江逌《竹賦》曰：「有嘉生之美竹，挺純姿於自然，含虛中以象道，體圓質以儀天」〔註87〕。竹被用來製作樂器也是根據這個原理，《晉書‧律曆上》云：黃帝使伶倫取崑崙之陰的竹子，製作十二律，「則律之始造，以竹為管，取其自然圓虛也。」〔註88〕

　　在道教中，正是基於竹「合於道」的結構特徵，從而使得竹成為了「通天地之氣」的植物，並因而被賦予了極為突出的養生和生命象徵功能。「道者，導也」，漢代流行人稟氣而生說，認為人有氣則生，無氣則死，清代方東樹指出：「觀於人身及萬物動植，皆全是氣所鼓蕩。氣才絕，即腐敗臭惡不可近。」〔註89〕因此，道教認為，天地之間猶如竹管，中間是虛通的，氣來則通，因而生命的運轉機制就是「通氣」，天、人、竹同構，只有保持內部的「空虛」或「空靈」，才能使其氣流貫，生命得以正常運行。南宋張伯端在《悟真篇》中曰：「敲竹喚龜吞玉芝，鼓琴招鳳飲刀圭。」董德寧等注云：第一句「言敲叩其虛心，使之感通以采鉛，如吞啖長生之靈芝，故謂之『敲竹喚龜吞玉芝』也。」第二句「言鼓動其和氣，使之運行以取汞，如飲服延年之藥物，故謂之『鼓琴招風飲刀圭』也。」〔註90〕張伯端以「敲竹」來比喻內丹的修煉方法息氣。又如《青城山後岩棲穀子靈泉井歌》曰：「穀子有一妙竹竿，覓得之時骨永堅，心中節節皆通透，取水之時力又全，不使桶，非用瓶，只向竿頭敢把行，自使往來無損折，終朝取水不曾歇。此竹竿，堪愛惜，抽出水味甜如蜜，若人有病吃便安，能除饑渴難可匹。千經萬論露真訣，若是水竿須口說，不因師指實難尋，時人若把即便折。一竿竹，一泉水，濟度修學人不死」〔註91〕。在道教修煉中，「竹子」已成闡釋「道」或「通氣」生命運行機制的理想喻體。因而古代道士在醫療活動中，常以「律管」即竹管「導氣」。《漢武帝外傳》曰：「（封君達）聞有病死者，識與不識，便以要（腰）間竹管中藥與服，或下針，應手皆愈。」〔註92〕《葛仙翁肘後備急方》又載救卒中惡死方：「取雄鴨就死人口上，斷其頭，以熱血瀝口中，並以竹筒吹其下部，極則易人氣通下，即活」；「若小腹滿不得小便方：細

〔註87〕嚴可均輯：《全晉文》，商務印書館，1999年，第1130頁。
〔註88〕房玄齡等撰：《晉書》，第264頁。
〔註89〕方東樹：《昭昧詹言》卷一，人民文學出版社，1961年，第25頁。
〔註90〕張伯端著，董德寧、劉一明、朱元育注：《悟真篇三家注》，華夏出版社，1989年，第46頁。
〔註91〕《道藏》第24冊，第182頁。
〔註92〕《後漢書》，中華書局，1965年，第2750頁。

末雌黃蜜和丸，取如棗核大，內溺孔中，令半寸，亦以竹管注陰，令痛朔之通。」〔註93〕古代道士對「律管」的製作要求非常嚴格，唐司馬承禎《修真真義雜論》中說，必須「皆取山陽之竹孔圓者，其節生枝不堪用」〔註94〕。可見山陽竹在道教中的地位。《黃帝內經素問補注釋文》卷三又載「以竹管吹其兩耳」法，唐王冰注：「言使氣入耳中，內助五絡，令氣復通也。當內管入耳，以手密壓之，勿令氣泄，而極吹之，氣窒然後絡脈通也。」宋林億新校正云：「按陶隱居云：吹其左耳極三度，復吹其右耳三度也。鬢其左角之發方一寸矯治，飲以美酒一杯。不能飲者，灌之，立已」〔註95〕。元代道教醫書《仙傳外科秘方》還記載，有自縊而死者，急用竹管吹其兩耳，可使其死而復生。

　　道教又認為，竹感北斗精氣而生，因而被稱為「天竹」。《真誥》云：

> 我案《九合內志文》曰：「竹者，為北機上精，受氣於玄軒之宿也。」所以圓虛內鮮，重陰含素。亦皆植根數實，結繁眾多矣。公試可種竹於內北宇之外，使美者遊其下焉。爾乃天感機神，大致繼嗣，孕既保全，誕亦壽考。微著之興，常守利貞。此玄人之秘規，行之者甚驗。

> 紫微夫人詩云：「靈草蔭玄方，仰感旋曜精。詵詵繁茂萌，重德必克昌。」〔註96〕

　　「北機」指北斗七星中的第三星天機（又作「璣」）星，又稱「天竹星」。《周氏冥通記》陶宏景注云：「按竹是星精，多會神用。」〔註97〕按《晉書》卷三二《孝武文李太后傳》，簡文帝為相王時問道士許邁生嗣之道，此即許邁的回答。竹四季常青，根實籽繁，生殖力旺盛、生命力強勁，早在《詩經》中《小雅‧斯干》篇，就以「如竹苞矣」比喻家族興旺，六朝人更以竹為「靈草」，認為是北斗天機星的精氣孕成，故古人種竹於北窗之下以象天，婦人遊於竹下，能感孕生子，且母子康壽。道經《北斗九皇隱諱經》中說：天機星為「真人星，天之司空，主神仙。上總九天高真，中監五嶽靈仙，下領學道之人。真仙之官，莫不隸焉」〔註98〕。因而竹就自然衍生出驅邪功能，《神異經》之《西

〔註93〕《道藏》第 33 冊，第 6 頁。
〔註94〕《道藏》第 4 冊，第 959 頁。
〔註95〕《道藏》，第 21 冊，第 236 頁。
〔註96〕吉川忠夫、麥穀邦夫編：《真誥校注》，朱越利譯，第 259～260 頁。
〔註97〕《道藏》，第 5 冊，第 520 頁。
〔註98〕《道藏》第 34 冊，第 776 頁。

荒經》中就記載燒竹以驅趕「山臊」：西方深山中有山臊，「其音自叫。人嘗以竹著火中烞爆，而山臊皆驚憚。」〔註99〕葛洪《西京雜記》記八月四日，宮女「出雕房北戶，竹下圍棋，勝者終年有福，負者終年疾病，取絲縷，就北辰星求長命乃免。」〔註100〕《南史·齊南海王子罕傳》又記南海王子罕母嘗寢疾，子罕「以竹為燈纘照夜，此纘宿昔枝葉大茂，母病亦愈，咸以為孝感所致。」〔註101〕因為竹是北斗星精，以竹為燈，就是向北斗祈壽，《搜神記》中謂「南斗注生，北斗注死。凡人受胎皆從南斗，祈福皆向北斗。」〔註102〕

竹為北斗星精，其形狀似龍，風過竹林及吹奏笛子的聲音又像「龍吟」，故稱「龍竹」，竹筍稱「龍孫」。馬融《長笛賦》云：「數竿蒼翠似龍形」，「龍鳴水中不見己，截竹吹之聲相似」〔註103〕。後來竹笛之音色，也喚作「龍吟」。在道教故事中，有許多竹杖化龍，騎竹飛昇的描寫。如《漢書方術列傳·費長房傳》李賢注引《漢武帝內傳》云：費長房離開仙境回家時，壺公以一竹杖騎之，費長房騎之頃刻到家，「即以杖投陂，顧視則龍也。」〔註104〕《神仙傳·蘇仙公》寫蘇仙公持一竹杖，「士人謂曰蘇生竹杖，固是龍也。」〔註105〕《異苑》載晉太元中，汝南有人上山砍竹，「見一竹中蛇形已成，上枝葉如故。又吳郡桐盧常伐餘遺竹，見一竹竿雉頭頸盡就，身猶未變，此亦竹為蛇，蛇為雉也」〔註106〕。蛇即龍象。在江總、梁元帝等人的詩中，皆稱竹為龍，唐代韓愈還多次向竹林神祈雨，著有《祭竹林神文》，可見竹神與龍都有行雨的能力。竹又是「天下至清之物」〔註107〕，製作笤帚，可掃除污穢和不祥，《神仙傳·蘇仙公》中寫蘇仙公仙去，神魄常來號哭，「先生哭處，有桂竹兩枝，無風自掃，其地恒淨。」〔註108〕東漢應劭《風俗通義》卷六記載：「笛者，滌也，所以蕩滌邪穢，納之於雅正也。長二尺四寸，七孔，其後又有羌笛。」〔註109〕

〔註99〕《神異經》，《筆記小說大觀》第十三編，第34頁。
〔註100〕葛洪：《西京雜記》，中華書局，1985年，第20頁。
〔註101〕《南史》，中華書局，1975年，第1114頁。
〔註102〕干寶著，李劍國輯校：《新輯搜神記》，中華書局，2007年，第66～67頁。
〔註103〕蕭統：《文選》卷18，中華書局，1977年，第249～255頁。
〔註104〕範曄：《後漢書》，第2744頁。
〔註105〕《太平廣記》第一冊，上海古籍出版社，1990年，第74頁。
〔註106〕劉敬叔：《異苑》，中華書局，1996年，第21～22頁。
〔註107〕牟應龍：《竹譜詳錄序》，李衎：《竹譜詳錄》，清嘉慶刊《知不足齋叢書》本。
〔註108〕《太平廣記》第一冊，第75頁。
〔註109〕應劭：《風俗通義》，中華書局，1955年，第160～161頁。

即謂「笛」字是蕩滌邪穢之意。宋元時期的八仙之一徐神翁，因其手中常執有一竹帚，道經《度人經》中又有「神公受命，普掃不祥」之語，所以世人尊為「神翁」。

　　職是之故，道教修行時對竹可謂進行全方位模仿。《煉虛歌》曰：「處事以直，處世以順，處心以柔，處身以靜，竹之節操也；動則忘情，靜則忘念，應機忘我，應變忘物，竹之中虛也；立決定志，存不疑心，內外圓通，始終不易，竹之歲寒也；廣參至士，遍訪明師，接待雲水，混同三教，竹之叢林也」。〔註110〕道教成仙的方式之一有「尸解」，「尸解」之中又有「竹解」，即死後留有空衣如蟬蛻，棺中唯留一青竹杖。如《神仙傳‧成仙公》寫成仙公成地仙，後忽病死。這時，成仙公的友人從臨武來，在武昌崗上遇見他向西而行，並讓他轉告他家人，替他收刀和履。友人至其家，告知所見之事。家人發棺視之，「不復見屍，唯一青竹杖，長七尺許。方知先生託形仙去。」〔註111〕《漢武故事》寫方士李少翁被武帝誅殺月餘，「使者籍貨關東還，逢之於漕亭。還言見之。上乃疑。發其棺，無所見，唯有竹筒一枚。」〔註112〕可見竹能替人受禍，後來竹又被廣泛運用於喪葬儀式中。另外，《抱朴子內篇‧雜應》講到的道家「隱淪之道」即隱身法，其中就有「入竹田之中」。

三、「竹」與道教法物

　　道教的許多法物皆以竹子為材料，如竹杖就是道教的神杖，五斗米道的九節杖就是以「九節向陽竹」而製成。《三國志‧張魯傳》注引魚豢《典略》云：「太平道者，師持九節杖為符祝，教病人叩頭思過，因以符水飲之。」〔註113〕王嘉《拾遺記‧周靈王》中寫有五位神仙「手握青筠之杖，與聘共談天地之數。」〔註114〕晉葛洪《神仙傳‧王遙》寫神仙王遙有竹篋，一夜大雨晦暝，王遙令弟子錢某以九節杖擔此篋，冒雨而行，遙及弟子衣皆不濕。」〔註115〕其他介象、左慈等神仙都使用竹杖，因而在後來的詩文中，「九節杖」一直成為神仙的標誌性對象之一。

〔註110〕《道藏》第 4 冊，第 506 頁。
〔註111〕《太平廣記》第一冊，第 74～75 頁。
〔註112〕劉真倫、岳珍：《歷代筆記小說精華》第一冊，四川人民出版，社 1999 年，第 113 頁。
〔註113〕陳壽：《三國志》卷二十一《嵇康傳》附裴注，第 264 頁。
〔註114〕王嘉著，齊治平校：《拾遺記》，第 79 頁。
〔註115〕《太平廣記》第一冊，第 58 頁。

　　道士用竹葉與桃枝、柏葉、蘭香一起煮水，以之沐浴淨身，謂可驅邪去穢。在道經《太上九化十變易新經》《洞神經》《靈寶玉鑒》等中都有類似記載。在早期道教中，道士常將符書寫在竹膜之上，儀式完成後，用水吞服。道教認為，「竹膜虛洞，上通八素玄暉之氣，日月二景光所流咦，故飛精明於竹膜之上也」，所以吞服竹膜符水，可使「胃管通明」、「六腑五藏通明」、「通血脈」，等等〔註116〕。竹膜可用於道教解結釋冤儀式，如道書《洞真太一帝君太丹隱書洞真玄經》載，「欲施行解結時，先吞此符三枚。向本命處以真朱書青竹中白膜也。白膜生於堅節之內，遂虛中而受靈者也，故書竹膜為解結之符文」〔註117〕。又可用於解除疾病症候之結，疏通經絡陰陽，如《靈寶無量度人上品妙經符圖》中有一道「黑帝通血之符」，是將經文書寫在竹膜上，人吞服之後，即可以「護育得道之人，使血脈通利，榮盛一身，無有窒礙」〔註118〕。古代醫書中也有大量關於竹膜醫方的記載，認為可用來幫助人們解除疾病、通靈利生，甚而長生成仙。

　　另外，竹還常被道士用以製作各種煉丹和醫用工具，如以竹筒盛丹砂，《黃帝九鼎神丹經訣》載「以清酒和丹砂，納竹筒蒸之，日數亦如暴漬丹法，白蜜丸之……或以新瓦瓶盛，或竹筒盛之。」〔註119〕「竹筒」還可作為一種醫用器具，用於排出病人的瘡毒膿血，如道教醫書《仙傳外科秘方》卷八載，發背癰疽疔瘡腫毒，用竹筒拔出膿血惡水，毒盡消之，即敷生肌藥，內滿後，用膏藥即愈〔註120〕。竹刀則用來採取和切割藥材，中醫及道教認為，有些藥物不能用鐵製刀具切割，否則會破壞藥效，必須用木製刀具，如《圖經衍義本草》卷十八載，「何首烏新採者，去皮後，用銅、竹刀薄切片，上甑如炊飯，蒸下用瓷石鍋，忌鐵。」〔註121〕《太上靈寶芝草品》用竹刀採南方芝，「陰乾百日，食之如錢，得三萬歲仙矣」〔註122〕；用竹刀採天目芝，「陰乾百日，食之，五萬年仙矣」；用竹刀採天心芝，「陰乾百日，食如一爪甲，成三千年仙矣」〔註123〕；

〔註116〕《道藏》第 33 冊，第 480 頁。
〔註117〕《道藏》第 33 冊，第 543 頁。
〔註118〕《道藏》第 3 冊，第 73 頁。
〔註119〕《道藏》第 18 冊，第 836 頁。
〔註120〕《道藏》第 26 冊，第 689 頁。
〔註121〕《道藏》第 17 冊，第 502 頁。
〔註122〕《道藏》第 34 冊，第 318 頁。
〔註123〕《道藏》第 34 冊，第 321 頁。

用竹刀採夏精芝，「陰乾百日，食之四萬年仙矣。」〔註124〕如《神異經》寫到南方大荒之中有柤梨樹，此樹三千年開花，九千年結果。果實長九尺，以竹刀剖之，如凝蜜〔註125〕。除了用於採集草藥外，竹刀還可用來切割、劈破、刮削某種藥物材料等，如《圖經衍義本草》卷八引《肘後方》云：「治婦人一切血病，產婦一切傷損。益母草不限多少，竹刀切洗淨，銀器內煉成膏，瓷器內封之，並以酒服之。」〔註126〕醫生還用竹夾子夾取藥物，以竹弓彈出膿血，以竹盒子裝藥，等等。此外，據道書《天皇至道太清玉冊》卷六載，古代道士以竹製器物簸揚米麥，以箄灑米，以竹製甑、筹箕蒸炊藥物，「道門山居之所不可缺。」〔註127〕

綜上所述，竹在道教修行、醫療等眾多方面有著廣泛而重要的用途，而「七賢」喜好老莊，宣揚玄學，注重養生，所以他們選擇在竹林中聚會，其目的可能是為服食竹以養生，或與竹感應以成仙，總之，就是道教修真。因而「竹林」並非一個可以任意取代的場所，它是一種文化符號，被賦予了某種特定的宗教意義。因而，「竹林」體現的是實實在在的中國文化。

四、「竹林七賢」的仙化

在後人的傳播接受中，竹林「七賢」具有二種面相，一是高蹈隱士，二是道教偶像。據唐張彥遠《歷代名畫記》中記載，東晉不少畫家以「七賢」為題材，作有「七賢」圖、竹林像，有的是竹林「七賢」集體畫像，有的則是個人獨幅畫像，這些畫像主要還是突出他們作為名士或隱士的品格。但在民間傳說和有些繪畫作品中，「竹林七賢」的身份已在不知不覺中發生了轉變，由名士而隱士，由隱士而神仙。如葛洪《神仙傳・王烈》記嵇康與神仙王烈交遊，「數數就學，共入山遊戲採藥。後烈獨之太行山中，忽聞山東崩地，殷殷如雷聲。烈不知何等，往視之，乃見山破石裂數百丈，兩畔皆是青石，石中有一穴口，徑闊尺許，中有青泥流出，如髓。烈取泥試丸之，須臾成石，如投熱蠟之狀，隨手堅凝。氣如粳米飯，嚼之亦然。烈合數丸，如桃大，用攜少許歸。乃與叔夜曰：『吾得異物。』叔夜甚喜，取而視之，已成青石，擊之琤琤如銅聲。叔夜即與烈往視之，斷山已復如故。烈入河東抱犢

〔註124〕 《道藏》第 34 冊，第 325 頁。
〔註125〕 《神異經》，《筆記小說大觀》第十三編，第 31～32 頁。
〔註126〕 《道藏》第 17 冊，第 359 頁。
〔註127〕 《道藏》第 36 冊，第 417 頁。

山中，見一石室，室中有石架，架上有素書兩卷，烈取讀，莫識其文字，不敢取去，卻著架上，暗書得數十字形體，以示康，康盡識其字，烈喜，乃與康共往讀之。至其道徑，了了分明，比及，又失其石室所在。烈私語弟子曰：『叔夜未合得道故也。』」〔註128〕《神仙傳》中另一篇《孫登》記嵇康往見神仙孫登，「登不與語，叔夜乃扣難之，而登彈琴自若。久之，叔夜退，登曰：『少年才優而識寡，劣於保身，其能免乎？』俄而叔夜竟陷大辟。」〔註129〕可見在葛洪看來，嵇康沒有仙緣，當然就不可能成仙，但至顧愷之，嵇康之死就被解釋為「尸解」，他在《嵇康贊》中通過葛洪的老師南海太守鮑靚說：「叔夜跡示終，而實尸解。」〔註130〕《世說新語·棲逸》記阮籍與蘇門仙人孫登也有交往：「阮步兵嘯聞數百步。蘇門山中，忽有真人，樵伐者咸共傳說。阮籍往觀，見其人擁膝岩側，籍登嶺就之，箕踞相對。籍商略終古，上陳黃、農玄寂之道，下考三代盛德之美，以問之，仡然不應。復敘有為之教、棲神導氣之術以觀之，彼猶如前，凝矚不轉。籍因對之長嘯。良久，乃笑曰：『可更作。』籍復嘯。意盡，退還半嶺許，聞上然有聲，如數部鼓吹，林谷傳響，顧看，乃向人嘯也。」〔註131〕阮籍與孫登交流道教修煉之道，分手時以神仙標誌性的長嘯告別。作者暗示阮籍接受了道教的保身之道，故得以全終。

在江蘇南京和丹陽地區、山東濟南和臨朐地區，先後發現6座六朝時期的「竹林七賢和榮啟期」墓葬壁畫，墓葬的規格很高，李若晴據此推測，「劉宋、蕭齊兩朝可能存在一項以『七賢』磚畫裝飾帝陵墓室的葬制。」〔註132〕據《南史·齊廢帝東昏侯紀》記載，齊帝大起諸殿，芳樂、芳德、仙華、大興、含德、清曜、安壽等殿，又別為潘妃起神仙、永壽、玉壽三殿，「皆匝飾以金璧。其玉壽中作飛仙帳，四面繡綺，窗間盡畫神仙。又作『七賢』，皆以美女侍側。鑿金銀為書字，靈獸、神禽、風雲、華炬，為之玩飾。」〔註133〕可見「七賢」與飛仙畫像，作為帝王貴戚的陪葬品。有人將「皆以美女侍側」解釋為「七賢」的豔情化，其實這裡的侍女就是天上的玉女，緯書《禮含文嘉》解釋道：「禹

〔註128〕《太平廣記》第一冊，51 頁。

〔註129〕《太平廣記》第一冊，52 頁。

〔註130〕嚴可均輯：《全晉文》，第 1457 頁。

〔註131〕劉義慶著，劉孝標注：《世說新語詳解》，第 4483 頁。

〔註132〕李若晴：《是否為南朝葬制及其起止年代——關於「竹林七賢與榮啟期」畫像磚的兩個問題》，《浙江藝術職業學院學報》2005 年第 4 期。

〔註133〕《南史》，第 153 頁。

卑宮室，盡力溝洫，百穀用成，玉女敬降養。」宋均注：「玉女，有人如玉色也，天降精生玉女，使能養人。美女玉色，養以延壽也。」〔註134〕在魏晉道教上清派存思神中，就有玉女，如《朝出戶存玉女第十二》云：「玉女者，是自然妙氣應感成形。形質明淨，清皎如玉，隱而有潤，顯又無邪。學者存真，階漸陞進，進退在形，出入在道。道氣玄妙，纖毫必應，應引以次，從卑至尊。故白日則玉女守宮；夕夜則少女通事，濟度危難，登道場也。」〔註135〕道教認為，凡得道者會受到玉女來侍的獎勵，如《太平經》云：得道後，「其惡者悉除去，善者悉前助化，青衣玉女持奇方來賜人，是其明效也。」〔註136〕這在《抱朴子》《神仙傳》等道書中都有很多載述，表明「七賢」已是品級較高的神仙，體現出帝王貴戚的墓葬規格。

對於墓葬中「七賢」的性質，學術界大致可以分為兩種意見，一種意見認為是名士，另一種意見認為是神仙或者具有神仙性質，其實這兩種性質的墓葬都有。1960 年南京西善橋宮山發掘一座大型南朝磚室墓，墓室兩壁拼砌有「竹林七賢和榮啟期」，南京西善橋南朝墓葬中，有「竹林七賢」和榮啟期壁畫，墓磚是卷草紋花紋裝飾，壁畫中有 10 株樹木，但都不是竹樹。「竹林七賢」和榮啟期的神態刻畫細膩傳神，人物的特點與史書中的描述非常契合〔註137〕。榮啟期是春秋時期的一位隱士，事見《列子》《孔子家語》《淮南子》《說苑雜言》等書，魏晉以來，文士對榮啟期極為推崇，嵇康《琴賦》中就有「於是遁世之士，榮期綺季之疇」之語〔註138〕。兩晉時人取名，多取義於榮啟期，如裴啟、范啟皆字榮期。另外，南京獅子衝 M1 出土了一壁「竹林七賢」磚畫，但沒有竹子。這類畫很使學界困惑，許多學者都從不同的視角做出了自己的解釋。宋伯胤教授的觀點比較有代表性，他認為「竹林七賢」而無竹林，我看是無關宏旨的。」〔註139〕因為這些作品是為了凸顯「竹林七賢」作為山中隱士的形象，與正史的記載是一致的。

〔註134〕〔日〕安居香山、中村璋八：《緯書集成》上冊，河北人民出版社，1994 年，第 495 頁。

〔註135〕張君房：《雲笈七籤》，第 249 頁。

〔註136〕羅熾：《太平經鈔注釋》卷 1，第 974 頁。

〔註137〕南京市考古研究所：《南京棲霞獅子沖南朝大墓發掘簡報》，《東南文化》2015 年第 4 期。

〔註138〕殷翔、郭全芝注：《嵇康集注》，第 97 頁。

〔註139〕宋伯胤：《竹林七賢磚畫散考》，《新亞學術集刊（中國藝術專號）》第 4 卷，第 225 頁，1983 年。

　　崔芬墓和八里窪北齊墓中的「七賢」像都繪製在屏風上，與周圍的神獸、
樹木、四神、日月星辰等畫像混雜。崔芬墓甬道及墓室均繪有壁畫，石門繪有
披鎧按蹲的門吏。墓室頂部繪有天象，四壁壁畫分為上下兩層，上層繪有四神
和神人、人形神獸，並襯以山巒樹木，在青龍和白虎圖像前還分別繪有日、月；
下層後壁繪有八曲的屏風，屏風上各繪有坐於樹下席上的男人形象，均寬衣袒
胸，神態悠閒，有侍女側侍。兩壁亦繪人物，在西壁龕額處繪有墓主夫婦在奴
婢的簇擁下出行的情形〔註140〕。墓主崔芬為清河崔氏之後，史載清河崔氏篤
信天師道，崔浩與高道寇謙之過從甚密〔註141〕，在他的墓葬中出現「竹林七
賢」和榮啟期，與騎青龍和白虎的神仙同儕，自在情理之中。金家村墓葬壁畫，
阮籍面前有株靈芝仙草。江蘇丹陽胡橋、建山兩座南朝墓葬中的「竹林七賢和
榮啟期」壁畫，除「七賢」和榮啟期外，還有日月、獅子、羽人戲龍（虎）、
車馬出行、騎馬樂隊等多幅畫面。據林樹中回憶，「在此墓墓地調查時，見墓
地上尚有碎磚甚多，偶然揀到一塊，一面是六角形的龜背花紋，另一面陰刻文
字『玄武』二字」，並由此推斷該墓葬中應有「玄武」和「朱雀」，與「大龍」、
「大虎」構成「四神」壁畫〔註142〕。由此可見，這些繪畫作品都是將「七賢」
作為得道神仙來進行刻畫的。

結論

　　可以這麼說，「七賢」都有用世之心，都曾出仕為官，他們之所以不時遁
世，只是因為政治氣候險惡而採取的避禍行為。漢魏六朝時期，神仙道教盛
行，「七賢」喜好老莊，注重養生，追慕神仙，崇尚清談，是當時社會風氣使
然，也是當時名士的標配，非「七賢」所獨有。而竹的藥用價值在當時已被深
度發掘，並成為道教的神物。因而，「七賢」選擇在竹林中聚會，是經過精心
組織和策劃的，有其特別用意，或為服食竹養生，或為與竹產生巫術感應，或
為模擬神仙聚會儀式。東晉以後，「七賢」被人們神仙化，並成為貴族墓葬壁
畫中的主要元素。總之，「竹林」取自中國固有之文化，「竹林之遊」史上實有，
「七賢」選擇在「竹林」中聚會，是道教竹崇拜的產物。

〔註140〕　山東省文物考古研究所、臨朐縣博物館：《山東臨朐北齊崔芬壁畫墓》，《文
　　　　　物》2002 年第 4 期。
〔註141〕　李延壽：《北史》，中華書局，1973 年，第 769 頁。
〔註142〕　林樹中：《再談南朝墓〈竹林七賢與榮啟期〉磚印壁畫》，《藝術探索》2005 年
　　　　　第 1 期。

第三節　中古小說與圖像中的聖域

　　宗教一般都會構建一個類似天堂和地獄的兩極世界，這是普遍存在於人類的原始意識，道教仙境，就是這種原始意識的精緻化發展。漢晉之際，由於北方人大規模南遷，南方大量因海底上升所形成的石灰岩地帶的溶洞相繼被發現和開發，更由於戰亂頻仍，瘟疫流行，遂形成道教的「洞天福地」說，道教仙境遂從邈遠的天上、崑崙、海上搬至人間。這個異次元空間可能就存在於我們周邊，「凡青嶂之裏，千嶺之際，仙人無量，與世人比肩而不知。凡人有因緣者，或在深山迷悟入仙家，使為仙洞玉女所留。」〔註143〕唯有有緣人才能進入，因而形成遊仙文學。在中古文人小說中，主人公因捕魚、採藥、逐獵、砍柴等種種不經意的方式誤入仙境，當然，有的則是因自己主動尋求或被神仙攜入的，他們通過一個小小的洞穴，走過石橋，淌過溪流，爬上懸崖，最後進入一個寬廣的世界，總之，其中呈現的地理特徵是喀斯特地貌。在其後的描寫中，主要著力描寫神仙的生活及進入者的悟道過程。對於這種母題的小說，李豐楙、荀波等學人多有論述，本節則運用中古時期的墓葬壁畫，與小說中的仙境敘事進行互釋，從而揭示這些小說仙境敘事的社會背景及道教人間性的特點。

　　概括起來，這類小說主要通過世俗世界的男人進入神仙世界，通過他們的遊觀，從仙人的居室、出行、飲食、娛樂等方面，展示他們的生活日常，以表達修道遁世成仙的思想。而漢墓畫像表現的則是漢人對死後世界的美好構想，他們渴望死後能象生前一樣享受富貴榮華，或擺脫現世的苦難，進入極樂世界。學界普遍認為道教正式出現是在東漢晚期，而東漢晚期道教運動盛行的地區，但畫像石墓從西漢時期就已出現，因此，可能在中古時期，漢墓畫像與道教、小說三者之間可能有著密切的關聯。遊仙小說描寫的生前，墓葬壁畫圖繪的是死後，但兩者的想像有驚人的相似和同質之處，可以作為互文對讀，從而深化對小說的理解。

一、居處

　　首先，是對仙境生態的描寫，無非是珍禽異獸、玉樹瑤草等，對動植物的高矮、葉片、果實、功能等做極度誇飾，這在地理博物小說如《神異經》《十洲記》《拾遺記》《博物志》中，都有很詳細的描寫，如《神異經》中寫道：

> 東方有宮，青石為牆，高三仞，左右闕高百尺。畫以五色，門有

〔註143〕《元始上真眾仙記》，《道藏》第 3 冊，第 271 頁。

銀榜，以青石碧鏤，題曰：天地長男之宮。西方有宮，白石為牆，五
色玄黃，門有金榜而銀鏤，題曰：天地少女之宮。中央有宮，以金為
牆，門有金榜以銀鏤，題曰：天皇之宮。南方有宮，以赤石為牆，赤
銅為門闕，有銀榜，題曰：天皇中女之宮。北方有宮，以黑石為牆，
題曰：天地中男之宮。東南有宮，黃石為牆，黃榜碧鏤，題曰：天地
少男之宮。西北有宮，黃銅為牆，題曰：地皇之宮。〔註144〕

宮牆無非是以金銀銅等貴金屬造成，而在仙境遊歷小說中，一般都是突出
神仙居室的寬敞及器物擺設的昂貴，如《幽明錄》中「劉晨阮肇」篇女仙家
「銅瓦屋，南壁及東壁下各有一大床，皆施絳羅帳，帳角懸鈴，金銀交錯。床
頭各有十侍婢」。「洛陽人」篇：「邨郭修整，宮館壯麗，臺榭房宇，悉以金魄
為飾，雖無日月，而明逾三光。」〔註145〕《洞仙傳》寫蓬球偶入玉女山，見
「廓然宮殿盤鬱，樓臺博敞。球入門窺之，見五株玉樹」〔註146〕。相對而言，
漢魏六朝小說中的描寫還較為簡單，至唐則鋪張揚厲，大肆渲染。如《尚書故
實》中寫韋卿進入仙境，見「峻宇雕牆，重廊復閣，侍衛嚴肅，擬於王侯。」
〔註147〕《仙傳拾遺》中寫李球遊天台時進入的紫府洞：

五峰之上，皆籍四海奇寶以鎮峰頂。亦如茅山洞，鎮以安息金
塘城之寶。春山雜玉，環水香瓊，以固上真之宅。此山東峰有離岳
火球，西峰有麗農瑤室，南峰有洞光珠樹，北峰有玉澗瓊芝，中峰
有自明之金、環光之璧。每積陰將散，久暑將雨，即眾寶交光，照
灼岩嶺。春曉秋旦。則九色之氣屬天，光輝爍乎雲表〔註148〕。

總之，都是富麗堂皇，僕從如雲，侍衛森嚴。這些描寫，其實都是以現實
生活中的富豪之家為模版，所謂天上神仙府，人間宰相家，在百姓看來，公侯
巨卿們過的就是神仙生活。而在道教觀念中，崑崙是天柱，是宇宙的中心，因
而一切高聳的自然和建築物體，如山、樓、闕、樹等都被認為離天很近；那些
能飛騰跳躍的動物，如鳥、猴等，也被認作是仙界之物。因而漢魏南北朝時期，
人們時興建危樓以登高望遠。在漢墓畫像中，就常描繪高樓、城闕、扶桑樹等

〔註144〕《神異經》，《叢書集成新編》第 26 冊，第 113 頁。

〔註145〕劉義慶：《幽明錄》，劉真倫、岳珍：《歷代筆記小說精華》第一卷，第 464 頁、
第 459 頁。

〔註146〕段成式：《酉陽雜俎》，浙江古籍出版社，1987 年，第 99 頁。

〔註147〕《太平廣記》第 1 冊，第 245 頁。

〔註148〕《太平廣記》第 1 冊，第 238 頁。

以寄託人們通天的願望。如山東嘉祥吳家莊出土東漢早期「樓闕、人物、車騎畫像」（圖3-108），畫面二層，上層一樓兩闕，樓上正堂坐四人，闕上站立鳳鳥，堂外侍者四人；樓下主人憑几而坐，身後二侍者，面前一跪者，另有三人躬身而拜，樓外右側一人求見，二人執戟守衛，下層雙闕正面駛來一輛駟馬軺車，有騎衛四人。鄒城孟廟藏東漢晚期「樓閣人物畫像」（圖3-109），畫面分四層，上層樓閣人物，樓頂上棲二鳳鳥；二層樓上有一人正中端坐，樓外左右有二人跪拜；三層五人正面端坐；四層兩隻奔犬。1964年徐州十里鋪發現的東漢「雙闕、宴飲畫像」，畫面分上下二層，下層刻重簷雙闕，闕頂立一鳥，闕旁有二擁彗恭立的門卒，上層刻宴飲場面，畫面中間刻一房子，角柱作一斗二升斗拱，屋面角脊刻立一對鳳鳥，簷下垂幛，屋內有兩人拱手對坐榻上，中置酒樽、耳杯。嘉祥縣武氏祠文物保管所藏東漢早期「闕、鳥、人物畫像」，畫面左側刻一重簷單闕，闕上一鳥，右刻二人舞蹈，二人端坐觀看。總之，墓主坐在「瓊樓玉宇」上，身邊有僕從、衛士、軺車，他接見拜謁者；或者在樓閣中歡宴、賞樂，大宴賓客。這些畫面或是墓主生前富貴生活的部分呈現，或是對死後美好生活的嚮往，但樓闕上站立的鳳鳥等，又暗示生活場景是在仙界，樓闕、神樹、鳥等可表達通天的願望。如西漢宣帝至元帝時期的「樓、樹、人物畫像」（圖3-110），畫面正中一樓，樓上棲鳥，樓下二人物，樓兩側各有一高聳入雲的大樹。微山縣兩城鎮出土東漢中、晚期「獸、人物、連理樹畫像」（圖3-111），畫面分三層，上層有龍、虎、熊；中層七人一排坐，此外，還站立著一個人面鳥身者；下層刻連理樹，樹上有群獸、飛鳥，樹下一人端坐在二樹間，兩旁各一人彎弓仰射，另有一羊、一馬。

圖 3-108 樓闕、人物、車騎畫像

圖 3-109 樓閣人物畫像

圖 3-110　樓、樹、人物畫像　　　圖 3-111　獸、人物、連理樹畫像

　　總之，小說家和畫家筆下的仙境珍禽異獸、玉樹瑤草等，體現出道家天人合一、與自然和諧相處的思想。那些飛龍、翼虎、天馬、麒麟等瑞獸，都成為仙人的坐騎，如《博異志》中寫白幽求誤入仙境：

> 幽求亦隨之，至維舟處，諸騎龍虎人皆履海面而行，須臾沒於遠碧中。幽求未知所適。舟中具饌次，忽見從西旗節隊伍，僅千人，鸞鶴青鳥，飛引於路；騎龍控虎，乘龜乘魚。有乘朱鬣馬人，衣紫雲日月衣，上張翠蓋，如風而至。幽求但俯伏而已。乃入城門。幽求又隨覘之。諸龍虎等依前列位。與樹木花藥鳥雀等，皆應節盤回如舞〔註149〕。

　　戰國秦漢時期的玉器、陶俑、帛畫中，都有神人騎著龍、鳳、熊等圖像，後來在道教經籍和繪畫中，神仙都是騎龍、乘鳳、御虎，在漢墓圖像中也有很多這樣的圖像，如 1988 年銅山縣義安徵集出土的東漢「神人乘龍、瑞獸畫像」，分上下兩層，上層刻雙線十字穿壁圖，下層刻龍虎等瑞獸，其中一虎率前行走，一龍緊隨其後，龍身上坐二人，隨後又是三隻形態不一的虯龍、螭龍等。山東嘉祥縣武宅山村北出土約東漢靈帝建寧元年（186 年）的「武氏祠左石室屋頂前坡東段畫像」，畫面分上下兩層，上層刻羽人乘雲車，駕三翼龍左向行；其前有翼龍、羽人和羽人騎翼龍前行，後有羽人和羽人騎翼龍隨從，西王母在前面迎接，表現墓主死後昇天的情景。

　　在中古小說中，仙人儀仗隊中多騎瑞獸者，《漢武內傳》描寫王母及其侍

〔註149〕《太平廣記》第 1 冊，第 232 頁。

從下凡，「或駕龍虎，或乘獅子，或御白虎，或騎白麟，或控白鶴，或乘軒車，或乘天馬，群仙數萬，光耀庭宇。」漢墓圖像同樣描繪了王母、河伯等神仙出行時的盛大儀仗，與小說中的描寫十分相似，上面的「武氏祠左右石室屋頂前坡西段畫像」第二層，刻雷神右向出行施威圖，雷神坐於五羽人拽拉的雲車上，執桴擊鼓，車後有風伯吹風和羽人，右邊卷雲上有電母、雨師執鞭、抱壺，栱虹下雷公執錘、鑽俯身下擊一披髮伏地者；右端一婦女抱一小兒作跌撲狀。第三層刻執錙、勺、刀、魁、瓶、盆的神人，持五兵的神怪和熊等神怪靈異。第四層，刻數力士背虎、負牛、拔樹、擒牛、拽豬等形象及一騎者。1980 年陝西綏德縣出土東漢「綏德墓門楣畫像」，畫面分兩層，上層為出行圖，出行隊伍的中間置一建鼓，鼓上華蓋飄著流蘇，頂飾羽葆，鼓左右二人跽坐於地，一手扶鼓座，一手執桴擊鼓，出行隊伍由軺車、兩輻車及八名騎吏組成，兩端有日月。下層有仙禽神獸，右邊一羽人前弓後箭步站於龍背上，昂首挺胸，一手前伸高於頭頂，左端一羽人雙手捧靈芝仙草，亦呈前弓後箭步姿勢，面向龍、虎及其他神獸敬獻，日月下有龍和臥虎。1956 年徐州市洪樓發現的東漢「神仙出遊圖」，畫一神仙坐在榻上，榻上有几案，中間立有曲柄華蓋，左方有長著翅膀的仙人捧物進奉，右面有三鹿駕車，虯龍捲曲為車輪，羽人立於鹿背隨後。車輿上坐者頭戴山字冠的神仙，畫面中間有羽人乘龍、仙人騎鹿、靈龜異獸，祥雲瑞氣作補白裝飾。總之，都是渲染神仙威靈赫赫的氣勢，也是在現實生活中高官出行的場面基礎上誇飾而成。六朝《太元真人東嶽上卿司命真君傳》寫漢宣帝時，茅盈登仙時，眾賓並集，絲竹金石，聲動天地，香麝之芳，達於數里。明日迎官來至，「文官則朱衣素帶數百人，武官則甲兵牙旗器杖曜日。」與他弟弟任太守時的氣勢形成鮮明對比，以此吸引信眾修道。

　　在漢代墓葬中，西王母、東王公既作為重要的鎮墓神靈，又用以表達墓主死後成仙的夢想。在這些畫像中，西王母戴「勝」、坐龍虎椅，身邊有搗藥兔、蟾蜍、三足鳥、鳳凰、麒麟、仙鹿、烏龜、衛士、九尾狐、六博戲、扶桑樹等，很多成為當時及後來文學作品中的仙境修辭元素。

二、飲食

　　道士在山中修真，遠離人煙，食物最難解決，由此衍生出不少道教理論。道士先是將白石、松實、茯苓、黃精等列入食譜，聲稱食用這些東西可數月甚至數年不饑，後來又發展為辟穀的修煉方法，企圖擺脫對食物的依賴。一些修

行者在辟穀的過程中，因飢餓而導致產生幻覺，彷彿看到、聞到美食，因而道教又發明了「坐致行廚」、瓜果速生、意念搬運之類的法術。「行廚」法術又儀式化，陸修靜的《道門科略》中提到當時道徒有聚餐的習俗：

> 而今人奉道，多不赴會，或以道遠為辭，或以此門不往，捨背本師，越詣他治。唯高尚酒食，更相銜誘。明科正教，廢不復宣；法典舊章，於是淪墜。元綱既弛，則萬目亂潰。不知科憲，唯信詭是親；道民不識逆順，但看饌是聞。上下俱失，無復依承，相與意斷闇斫，動則乖喪，以真為偽，以偽為真，以是為非，以非為是。千端萬緒，何事不僻；顛倒亂雜，永不自覺。如此之師，則滅後絕種；如此之民，則天橫破喪。雖來者令昧然，過去甚昭然。明白君子，可不鑒之！〔註150〕

日本學者小南一郎認為：「廚」是道教共食的禮儀，道士共同積蓄糧食，在確定的季節由共同體成員共食，由此來加強共同體內部的緊密聯繫。在共食時，道教的天神們，代替祖靈、谷靈降臨到道教廚的場所，這樣，與會者就是與神吃同樣的食物。這時候，那些食物就變為非地上所有的東西。修行到一定階段，就可招致「行廚」，不再依賴俗世的食物養身，而是以彼岸的藥方以延年。就是說，與諸神共同攝取彼岸的食物。就會超越現世時間中的生存，而可以接近永恆的生命〔註151〕。所以，在道教文學作品中，宴飲也是神仙們的日常，人們用來形容頂級美食的「龍筋鳳髓」、「瓊漿玉液」詞彙就出自道教。道教的這些觀念，也是建立在現實生活的基礎上的，古代中國人還沒能解決溫飽問題，吃好、穿好是他們追求的最為現實的目標，在春秋戰國和秦漢時期，就出土了不少廚師陶俑、瓷俑。

在漢魏六朝小說中，神仙們用來招待凡間訪客的無非是酒肉、崆峒瓜、交梨火棗之類的食品，如《幽明錄》中有胡麻飯、山羊脯、牛肉。在《漢武內傳》中，西王母以天廚招待漢武帝。唐《神仙感遇傳》中寫費冠卿窺見神仙降劉府，「俄有筵席羅列，肴饌奇果，香聞閣下。費聞之，已覺氣清神爽，須臾奏樂飲酒。」〔註152〕唐代小說中神仙們的食譜中還出現了一些珍稀動物或是虛構動物的肉，如《原化記》中的「麟脯」等。

〔註150〕陸修靜：《陸先生道門科略》，《道藏》，第24冊，第780頁。

〔註151〕〔日〕小南一郎：《中國的神話傳說與古小說》，孫昌武譯，中華書局，2006年，第372～374頁。

〔註152〕《太平廣記》第一冊，第273頁。

　　總之，進入仙境的凡人，總能看到仙人們大快朵頤，而自己也能從中分一杯羹。在漢墓圖像中，宴飲、庖廚都是其中的重要元素。如徐州銅山縣檀山集徵集出土東漢「樓閣、宴飲、庖廚畫像」，中間有一高層樓閣，樓下左間為庖廚，右間二人擊建鼓。樓梯兩旁站立持戟衛士，樓梯上有僕人獻食，樓閣上有主賓二人坐在榻上對飲，旁有侍者執便面侍候，樓閣上方有珍禽異獸。這類墓葬圖像幾乎遍布全國各地，如河南偃師辛村漢墓壁畫中，墓室頂部是表現墓主人升仙儀式的圖像，在中室東、西兩壁則繪有精美的宴飲圖，內容包括墓主人相飲、觀舞、博戲和庖廚，每壁有兩幅圖。東壁為宴飲和觀舞，畫面構圖為上下兩層；西壁為博戲和庖廚。還有微山縣烏溝南村出土「庖廚、樓堂、樂舞畫像」，等等。總之，這些畫像都與樓閣、樂舞、博戲等組合在一起，無非是富貴人家宴飲場面的翻版，表現的是俗世的生活。在這些宴會的場景中，通過鳳鳥等珍禽異獸或與西王母、東王公組合，表達升仙的主題，如山東銅山縣白集出土的東漢末期畫像石墓和石祠，石祠西、東兩壁上方為西王母、東王公像。西王母身右有二侍者，一舉傘蓋，身左有羽人作舞蹈狀，另有大鳥和神獸，東王公左右亦有幾隻大鳥。二圖下面分格刻有瑞獸、嘉禾、庖廚、樓閣等圖。

　　道教雖然受到佛教的影響，主張抵住酒色財氣的誘惑，有的道派還以苦修為特色，甚至禁止飲酒吃肉和結婚，但這並不意味著他們反對物質享受，他們只是認為，現世的物質誘惑會妨礙修道，但一旦修道成功，就可放開胃口，大快朵頤，享受饕餮盛宴。

三、娛樂

　　在上文已經提到，神仙們的吃喝總是與玩樂聯繫在一起的，他們不用生產勞動，世事無所縈心，只管享樂就是，玩樂的主要內容是音樂和博戲。在漢魏時期的遊仙詩和小說中，有許多關於神仙音樂表演的描寫，如漢樂府《豔歌》中「南斗工鼓瑟，北斗吹笙竽」，曹植《仙人篇》中「湘娥拊琴瑟，秦女吹笙竽」等等，神仙傳記中，王子喬、蕭史等就是傑出的歌唱家和演奏家。《拾遺記》中「洞庭山」記採藥人入靈洞，洞庭山下有金堂數百間，玉女居之。四時聞金石絲竹之聲，徹於山頂。楚懷王之時，舉群才賦詩於水湄，故云瀟湘洞庭之樂，聽者令人難老，雖《咸池》《九韶》，不得比焉。《洞冥記》寫元光中武帝起壽靈壇，西王母駕玄鸞，歌春歸樂，歌聲繞梁三匝乃止。《神仙傳》中「馬明生」篇寫仙人們拜訪太真夫人，夫人以精細廚食、殽果，香酒、奇漿等招待

大家，食間又聞空中有琴瑟之音，歌聲宛妙。夫人有時自彈琴瑟，有一弦五音並奏，高玄響激，聞於數里，眾鳥皆為集於岫室之間，徘徊飛翔，驅之不去。蓋天人之樂，自然之妙音。仙人們在酒會上，興之所至，不但親自演奏或一展歌喉或翩翩起舞，而且歌詩唱和，如唐李玫《纂異記》中「嵩嶽嫁女」篇描寫群仙在嵩嶽聚會：

> 未頃，聞簫韶自空而來，執絳節者前唱言：「穆天子來，奏樂！」群仙皆起，王母避位拜迎，二主降階，入帷環坐而飲。王母曰：「何不拉取老軒轅來？」曰：「他今夕主張月宮之宴，非不勤請耳。」王母又曰：「瑤池一別後，陵谷幾遷移，向來觀洛陽東城，已丘墟矣。定鼎門西路，忽焉復新市朝雲。名利如舊，可以悲歎耳！」穆王把酒，請王母歌。以珊瑚鈎擊盤而歌曰：「勸君酒，為君悲。」且吟曰：「自從頻見市朝改，無復瑤池晏樂心。」王母持杯，穆天子歌曰：「奉君酒，休歎市朝非。早知無復瑤池興，悔駕驊騮草草歸。」……帝把酒曰：「吾聞丁令威能歌。」命左右召來。令威至，帝又遣子晉吹笙以和，歌曰：「月照驪山露泣花，似悲仙帝早昇遐。至今猶有長生鹿，時繞溫泉望翠華。」帝持杯久之。王母曰：……歌竟，帝淒慘良久〔註153〕。

一些著名的神仙都參加了這次盛會，可謂盛況空前。漢代的大型歌舞節目就有《總會仙唱》，人們扮成仙人或虎豹等動物模樣載歌載舞，「仙唱」一詞就可以突出這一娛樂節目的性質。而從道經看，仙真詩酒唱和也是常見的情景，如《靈樂洞真七聖元紀經》：「高聖帝君，以九玄建氣之始，空靈分判，上登九層七映朱宮，徘徊明霞之上，蕭條九空之中，西妃擊節，天女羅錚，龍嘯虎吹，鸞舞鳳鳴，四真合唱，八音齊聲，雲璈激朗，傾駭三清。」《大洞真經》：「上清西華紫妃及西王母，乃各命侍女王廷賢於廣暉等彈雲琅之璈，又命侍女安德音范曲珠擊昆明之缶，又命侍女左抱容韓龍賓吹鳳鸞之簫，又命侍女趙運子李慶玉拊流金之石。」《道跡經》：「西王母為茅盈作樂，命侍女王上華彈八琅之璈，又命侍女董雙成吹雲和之笙，又命侍女石公子擊昆庭之金，又命侍女許飛瓊鼓震靈之璜，又命侍女琬絕青拊吾陵之石，又命侍女范成君拍洞陰之磬，又命侍女段安香作纏便之鈎，於是眾聲徹合，靈音駭空，王母命侍女於善賓李龍孫歌玄雲之曲，其辭曰：……太真王夫人，時自彈琴。琴有一弦而五音，並奏高朗，響激聞於數里，眾鳥皆聚集於岫室之間，徘徊飛翔，驅之不去，殆天人

〔註153〕《太平廣記》第一冊，第 252～253 頁。

之樂，自然之妙音。四真降南嶽夫人靜室，乃延引夫人，問以曲狹世間之業、女典之法，雖曰高神，無不該覽，於是言宴粗悉，四真吟唱，太極真人乃先命北寒玉女宋德消彈九氣之璈，方諸青童又命東華玉女煙景珠擊西盈之鐘，扶桑陽谷神王又命雲林玉女賈屈庭吹鳳喉之簫，清虛真人又命飛玄玉女鮮于靈金拊九合玉節」〔註154〕。

　　古人酷好音樂，這在陶俑、玉器和畫像磚、墓葬壁畫等藝術中都有大量反映，其中有歌唱、奏樂（有簫、塤、瑟、鼓等樂器）、舞蹈（有盤舞、巾舞、儺舞等）、百戲（有雜技、吐火、角抵、象戲等），如西漢時期的西安西郊出土西漢彩繪樂舞俑、玉舞人、玉舞人紋尊、玉撫琴人、玉奏樂人亭形擺件、馱藍山楚王墓「撫瑟俑」等，東漢時期的如長袖舞畫像磚、撫琴樂舞畫像磚、盤舞樂伎畫像磚、彩繪撫琴俑、彩繪吹竽俑、吹笛俑等。

　　除音樂歌舞外，博戲是最富有刺激性的活動。博戲包括六博、投壺、樗蒲、彈棋等遊戲，道教小說中有很多描寫，如《神異經・東荒經》中寫東王公「恒與一玉女投壺」〔註155〕。在漢魏至唐小說中，誤入仙境的凡人們總能見到仙人們奏樂博戲的情景。如《幽明錄》中寫黃原見到仙女們「或撫琴瑟，或執博棋」〔註156〕。《述異記》中王質在信安郡石室山「見童子數人棋而歌」。《神仙傳》中「衛叔卿」篇寫神仙衛叔卿、洪崖先生、許由、巢父、王子晉等數人博戲於絕崖石上。《神仙拾遺》中分別寫到嵩山叟和李球在仙洞，見到「二仙對棋」和「二道士弈棋」。《酉陽雜俎》中蓬球入貝丘西玉女山中，見四仙女彈棋於堂上。《廣異記》中麻陽村人在神仙家，「見群仙，羽衣烏幘，或樗蒲，或奕棋，或飲酒。」〔註157〕此外，唐小說《原化記》中「裴氏子」、「馮俊」篇、《逸史》中「黃尊師」篇、《神仙感遇傳》中「費冠卿」、「韋弇」篇、《續仙傳》中「元柳二公」篇，等等，都寫到神仙們的博戲弈棋活動。

　　「六博」又稱「陸博」，在各地有不同的叫法，最遲不會晚於商周出現，《史記・殷本紀》載商王武乙無道，與天神博〔註158〕，《穆天子傳》載周穆王「與井公博，三日而決。」戰國時六博開始流行，《山海經・海外北經》中就寫到在聶耳東有個「博父國」，「其為人大，右手操青蛇，左手操黃蛇。鄧林在

〔註154〕皆見《無上秘要》卷二〇，《道藏》第 25 冊，第 51〜52 頁。
〔註155〕東方朔：《神異經》，《叢書集成新編》第 26 冊，第 111 頁。
〔註156〕《太平廣記》第三冊，第 179 頁。
〔註157〕《太平廣記》第 1 冊，第 203 頁。
〔註158〕司馬遷：《史記》卷三，中華書局，1959 年，第 104 頁。

其東，二樹木。一曰博父。」秦漢時期風靡全國，據《韓非子・外儲說》云：
「秦昭王令工施鈎梯而上華山，以松柏之心為博，箭長三尺，棋長八寸，而勒
之曰：『昭王嘗與天神博於此矣』」〔註159〕據史載，漢代文帝、景帝、武帝、
昭帝、宣帝都喜愛六博，還設有陪皇帝下棋的「博待詔」，從高官顯貴到黎民
百姓，都對這種遊戲活動著迷。曹植《仙人篇》中云「仙人攬六箸，對博太山
隅」，王褒《輕舉篇》云「誰能攬六博，還當訪井公」。博局相關的出土實物眾
多，早期的如戰國中山王墓地 M3 出土的兩件石雕六博局、咸陽塔爾坡戰國秦
人墓出土陶罐上的博局圖，漢墓中的六博畫像更多。圍棋和彈棋都由六博發展
而來，圍棋、彈棋棄用六博的竹籌，而使用方形或圓形的棋子。彈棋是以手指
彈擊自己的棋子來擊打對方的棋子，漢時已出現，如《後漢書・梁冀傳》中有
「冀善彈棋」的記載，漢末三國時，喜好彈棋的文人士夫越來越多，蔡邕、夏
侯淳、曹丕等人皆是彈棋高手，曹丕作有《彈棋賦》，技藝極高，能用手巾的
一角輕拂棋子，準確打中對方的棋子。南北朝時期，簡文帝、元帝及顏之推等
都喜歡彈棋。陸瑜《仙人覽六著篇》中有「問取南皮夕，還笑拂棋人」之句，
佚名《豔歌何嘗行》云：「但當在王侯殿上，快獨摴蒲六博，對坐彈棋。」〔註
160〕圍棋托為堯舜發明，《左傳・襄公二十五年》孔穎達疏云：「以子圍而相殺，
故謂之圍棋」〔註161〕。摴蒲又稱五木、擲盧、呼盧，用具多使用摴木，這種
樹木在《山海經》中多次寫到，可能春秋戰國時摴已被人們視為「神木」，具
有靈性，因而用為製作賭具的材料。晉張華《博物志》中謂摴蒲由「老子入胡
作」，「老子作之用卜，今人擲之為戲。」〔註162〕馬融《摴蒲賦》中也有此說，
雖為依託，但說明摴蒲與道教有關。「投壺」是以箭投壺中，是古代宴飲賓客
時玩的一種遊戲，《禮記・投壺》中所謂「主人與客燕飲講論才藝之禮也」〔註
163〕。至戰國時期發展為一種娛樂活動。投壺本是一種雅禮，後來受到道教的
影響，西漢以後開始融進喪葬文化中，具有神聖儀式與宗教信仰的功能，在詩
文中也多有描寫，如周王褒《彈棋詩》中「投壺生電影，六博值仙人」。張正

〔註159〕 韓非著、王先慎集解：《韓非子集解》卷十一，上海人民出版社，1974 年，
　　　　　第 206 頁。
〔註160〕 沈約：《宋書》卷二十一，中華書局，1974 年，第 617 頁。
〔註161〕 杜預注，孔穎達疏：《春秋左傳正義》，《十三經注疏》本，中華書局，1980 年，
　　　　　第 1986 頁。
〔註162〕 張華撰、范寧校注：《博物志校注》，中華書局，1980 年，第 123 頁。
〔註163〕 朱彬：《禮記訓纂》，中華書局，1996 年，第 847 頁。

見《神仙篇》中「已見玉女笑投壺，復睹仙童欣六博」。

在漢墓圖像中，由舞蹈、吹奏、雜技、蹴鞠和歡宴等多重元素組成的圖像很多。如鄒城孟廟藏東漢晚期「建鼓、樂舞畫像」，畫面正中立一建鼓，雙虎首座，鼓杆上羽葆飄揚，一人執桴騎虎擊鼓。鼓左有人撫琴，有人長袖起舞，有人擊節，下一排四人，上兩排十二人端坐觀看；鼓右側上方二人倒立，下有三人奏樂，其中一人吹竽，二人吹排簫，下側有二人正面坐，不遠處一亭，旁立二人。1991 年睢寧縣墓山發現「墓山一號墓前室畫像」中，院外兩側有建鼓、飛詹倒立、蹴鞠表演等，有吹排簫、笙、竽伴奏樂人及觀眾、鳥禽，上層刻夔龍、鳳鳥等。這些飲酒作樂的畫面，同樣表現的是墓主死後進入仙界的生活或希望生前富貴生活能在死後延續，畫面以龍鳳、羽葆等標誌，暗示這些活動的神聖空間。

博戲圖也同樣如此，除單幅的玉器、陶俑、漢畫像磚等博戲圖外，也是與歌舞、飲宴等活動結合在一起的，通過西王母、東王公或羽人等，表示在聖域，有的乾脆注明「仙人博」，如四川簡陽董家埂鄉深洞村鬼頭山崖墓出土的東漢簡陽三號石棺「先（仙）人騎・先（仙）人博」，石棺左側圖右上方刻二人對坐博弈，戴長羽冠，背長羽毛。1958 年滕州市桑村鎮西戶口村出土東漢早期「西王母、建鼓畫像」（圖 3-112），畫面五層，二層以下，中間置建鼓，兩旁是樂舞、雜技、庖廚、六博遊戲。六博遊戲者，一人題曰「武陽尉」，一人題曰「良卯丞」。這可能是兩人生前曾擔任的職務，但死後已成仙。1993 年銅山縣發現東漢「樓閣、六博、雜技畫像」（圖 3-113），樓閣上主賓在下六博，樓圖上飾有珍禽異獸。1972 年河南唐河針織廠墓出「樂舞・六博」，畫面分三層，上層左一人對坐，中一人踞坐仰面舉手，前有二壺，右一人鼓瑟，中層三人奏樂，其中間置一樽，樽右女伎作伎樂舞，一女伎似為伴奏，下層左立一侍從，中二人持籌對博，二人之間有博局，其上方有樽。1975 年陝西綏德縣十里鋪出土東漢墓門左立柱畫像，畫面上層右格為六人對坐，分別為聯袂、六博、投壺、對舞。壺中有一矢，壺左一酒樽，上擱一勺，壺左右二人，全神貫注地執矢投壺。有的博戲者還是女仙，如四川新津崖墓出土石函「鼓琴・六博」，右側兩女仙端坐於雲氣之上鼓琴，左側兩仙人坐於雲氣之上六博，高髻，裸體，雙乳很大，背上有翼。1985 年四川彭山江口鄉高家溝崖墓出土石棺「仙人六博」，圖刻兩人對坐於石臺之上，高髻，裸體，乳房外露，身上有羽，右柱拴一馬，左為仙人騎鹿作奔馳狀。體現出道教的較為平等的女性觀。

圖 3-112　西王母、建鼓畫像　　　圖 3-113　樓閣、六博、雜技畫像

　　墓葬中的博戲圖到底有何寓意？小南一郎猜測，大概在更古的時候，似存在神仙們通過進行這種遊戲為這個世界確定秩序的神話觀念〔註164〕。李零認為漢鏡、漢畫的博局紋代表著宇宙模型。〔註165〕姜生則指出：六博圖是漢墓用以構造其生命轉換功能的信仰符號之一，是漢人尋求某種特殊時空通道（「洞」）的一種歷史呈現：仙界一剎、人間千年。漢墓六博信仰蘊涵著王質爛柯仙話、洞窟和洞天福地信仰的早期淵源形態。〔註166〕而在庾信《象戲賦》（前序）中就說：棋的黑白象徵乾坤，彈棋局上圓下方象徵天地，棋十二枚象徵十二月〔註167〕。總之，博戲被賦予了神秘色彩，因而古帝王都喜歡與天神博〔註168〕，但是，隨著博戲活動的不斷發展，後來已演變為一種純粹的娛樂活動。在中古小說中，描寫這些內容，恐怕主要是表現仙人們自由自在、世事無所縈心的生活，而從人類天性來說，博戲和音樂又是最富有刺激性、最能滿足人類感官的娛樂活動，因而用以表現神仙們的美好生活，至於以棋局隱喻世事無常，那只是後來衍生的意義。

　　其實，博戲在當時並不為一些正統人士所接受，即便像葛洪那樣的一代道祖，也是「不知棋局幾道，樗蒲齒名」〔註169〕。有人認為博戲是浪費時間和

〔註164〕〔日〕小南一郎：《中國的神話傳說與古小說》，第238頁。

〔註165〕李零：《中國方術考式與中國古代的宇宙模式》（修訂本），東方出版社，2001年，第89～176頁。

〔註166〕姜生：《六博圖與漢墓之仙境隱喻》，《史學集刊》2015年第2期。

〔註167〕庾信：《象戲賦》（前序），《庾子山集》卷一，上海商務印書館，1935年，第45頁。

〔註168〕班固：《漢書》卷六，中華書局，1962年，第193頁。

〔註169〕唐房玄齡等：《晉書》卷七十二，第223頁。

生命的無益遊戲，《晉書・陶侃列傳》記陶侃常告誡大家要珍惜寸陰，不可逸遊荒醉，「諸參佐或以談戲廢事者，乃命取其酒器、蒲博之具，悉投之於江，吏將則加鞭扑，曰：『樗蒲者，牧豬奴戲耳！《老》《莊》浮華，非先王之法言，不可行也。君子當正其衣冠，攝其威儀，何有亂頭養望自謂宏達邪！』」〔註170〕人們認為博戲是輕薄之徒的愛好，《史記・滑稽列傳》中就寫到「男女雜坐，行酒稽留，六博、投壺，相引為曹，握手無罰，目眙不禁，前有墮珥，後有遺簪，髡竊樂此，飲可八斗而醉二參。」〔註171〕史記六朝時劉裕、何尚之，唐陳子昂、崔顥等少時皆輕薄無行，喜歡博戲，後痛改前非。班固《漢書・貨值傳》中謂「況掘冢搏掩，犯奸成富」〔註172〕，把博戲和盜墓、作奸犯科相提並論。佛教把禁止博戲作為戒律之一，釋道世《法苑珠林》卷第一百五引《戒相經》云：「受戒者五處不應行，謂屠兒、淫女、酒肆、國王、旃陁羅舍等有五種業不應作，謂賣毒藥、釀皮、樗蒲、圍棋、六博、歌舞、唱伎等，並不得為亦不得親近。」〔註173〕所以，小說和漢墓圖像中的歌舞、博戲描繪，只是神仙們富貴生活的象徵，因為博戲不僅僅出現在王質爛柯的仙話中，還與歌舞、雜技、百戲、蹴鞠、庖廚等一起組合在同一幅圖中，這些都是當時人們喜愛的活動，在他們的想像中，神仙的生活就是如此。《戰國策》中蘇秦描繪臨淄時說：「其民無不吹竽鼓瑟，擊筑彈琴，鬥雞走犬，六博蹹踘者。」〔註174〕臨淄是戰國時最繁華的城市之一，所以，無論是小說還是圖像中的歌舞、飲宴、博戲等描繪，並不一定有什麼深邃的哲學含義，不過是為了表現神仙們的快樂、悠閒的美好生活而已。

結論

　　由此可見，中古小說和圖像中聖域具有同構性，可以用來互相闡釋和補充，從而深化對小說和圖像的理解。當然，由於兩者的表現形式和功能不同，且各有其特點，如訪仙小說主要敘述凡人進入仙境後的悟道過程，而墓葬表現的是希冀亡人死後由冥界進入仙界的願望；道教小說中常寫到人仙之戀，

〔註170〕唐房玄齡等：《晉書》卷六十六，第206～207頁。
〔註171〕司馬遷：《史記》，中華書局，1959年，第3199頁。
〔註172〕班固：《漢書》卷九十一，中華書局，1962年，第3694頁。
〔註173〕釋道世：《法苑珠林校注》第八十八卷，周叔迦、蘇晉仁校注，中華書局，2003年，第2605頁。
〔註174〕《戰國策》，嶽麓書社，1988年，第77頁。

而漢墓圖像表現的則是夫妻生前生活的再現和死後生活的想像；訪仙小說的結尾一般有凡人因思鄉而歸家的情節單元，回家後發現仙境一日，人間數年，世事滄桑，親舊零落，無人相識，於是悟道，而這些，都是圖像所難以表達的。特別是在中古小說中，極少提到西王母身邊的蟾蜍、三腳烏、玉兔等形象不佳的動物，至明清小說中悉數剝離，換上了蟠桃，這樣與西王母的形象就更為協調。

從文學作品和墓葬圖像對生前死後聖域的敘事，也可窺知道教的一些特點。道教一般不追求靈魂的救贖，而追求肉體的永生。因此，建立在此心理基礎上的中古小說和圖像中的仙境，都富有人間性。《太平經》就說過：「飲食天廚，衣服精華，欲復何求，是太上之君所行也」〔註175〕。《神仙傳》通過彭祖之口說：「古之得仙者，或身生羽翼，變化飛行，失人之本，更受異形，有似雀之為蛤，雉之為蜃，非人道也。人道當食甘旨，服輕暖，通陰陽，處官秩，耳目聰明，骨節堅強，顏色悅懌，老而不衰，延年久視，出處任意，寒溫風濕不能傷，鬼神眾精不能犯，五兵百毒不能中，憂喜毀譽不為累，乃為貴耳。若委棄妻子，獨處山澤，邈然斷絕人理，塊然與木石為鄰，不足多也」。可以這樣說，道教是享樂的宗教，無論道士在修行時如何禁慾忘情，含辛茹苦，但都是為了修道成功，到達仙境，過上比世俗更美好的生活。聞一多說：「神仙思想之產生，本是人類幾種基本欲望之無限度的伸張，所以仙家如果有什麼戒條，都只是一種手段，暫時節制，以便成仙後得到更大滿足。在原始人生觀中，酒食音樂女色，可謂人生最高的三種享樂。其中酒食一項，在神仙本無大需要，只少許瓊漿玉液，或露珠霞片便可解決。其餘兩項，則似乎是他們那無窮而閒散的歲月中唯一的課業。試看幾篇典型的描寫仙人的文學作品，在他們雲遊生活中，除了不重要的飲食外，實在只做了聞樂與求女兩件具體的事。」〔註176〕可謂一語中的。仙境只是現實世界的翻版，余英時指出：「在西方的對照之下，中國的超越世界與現實世界都不是如此涇渭分明的」。〔註177〕兩個世界沒有不可逾越的鴻溝。中古小說和圖像中的仙境敘事，生動地印證了上述觀點。

〔註175〕羅熾：《太平經注釋》，西南師範大學出版社，1996年，第984頁。
〔註176〕聞一多：《神話與詩》，華東師範人學出版社，1997年，第176頁。
〔註177〕余英時：《從價值系統看中國文化的現代意義》，載《內在超越之路》，中國廣播電視出版社，1993年，第11頁。

本章小結

　　中國近代學者在學術研究上有革命性的轉變，王國維提出「二重證據法」，他說：「吾輩生於今日，幸於紙上之材料外，更得地下之新材料。由此種材料，我輩固得據以補正紙上之材料，亦得證明古書之某部分全為實錄，即百家不雅訓之言亦不無表示一面之事實。此二重證據法惟在今日始得為之。」〔註178〕用紙上材料與地下材料互證，其實乾嘉學派也已運用過，只是沒有明確提出。後來陳寅恪繼續從三個方面闡釋「二重證據法」：「一曰取地下之實物與紙上之遺文互相釋證」；「二曰取異族之故書與吾國之舊籍互相補正」；「三曰取外來之觀念，以固有之材料互相參證」。〔註179〕這就大大拓展了歷史研究法，突破了乾嘉學派訓詁、考證法的局限。王、陳兩先生所指「二重證據法」是一個宏大的系統，其中無疑也包括圖像資料，只是沒有明確拈出。因此，後來英國歷史學家彼得‧伯克提出的「圖像證史」法其實不出「二重證據法」的範疇，但他明確提出，給與圖像史料價值應有的合法性，從而開啟了一種圖像的文化史，打破了藝術史的學科邊界。彼得‧伯克指出：長久以來，歷史學家們在傳統「史料」觀念的束縛下，要麼懷疑圖像作為證據的可信度，要麼僅將圖像視為藝術插圖而沒有將其作為史料證據來使用。因此，他提出：各種不同類型的圖像「如同文本和口述證詞一樣，也是歷史證據的一種重要形式，它們記載了目擊者所看到的行動」〔註180〕，所以，圖像提供的證詞對史學家是不可或缺的。然而，既然圖像可以證史，當然也可以證文。因此，將繪畫、雕塑、石刻等道教圖像資料，用來與小說中的名物、人物和故事情節等相互證、互釋，從而深化對文本意蘊或道教史的理解，使一些小說史上的疑難問題得到比較準確的解釋，可以拓展文學研究的新領域。

〔註178〕王國維：《古史新證‧總論》，《王國維先生全集初編》第11冊，中國臺灣大通書局，1976年，第4793頁。

〔註179〕陳寅恪：《王靜安先生遺書序》，《金明館叢稿二編》。

〔註180〕〔英〕彼得‧伯克：《圖像證史》，楊豫譯，第9頁。

第四章　道教圖像與小說文體
及其敘事

　　道教圖像對文體的萌生和形成產生過重要影響，王懷義曾指出：「如果詳細考察從神話圖像到明清人物畫的歷史，似可發現這樣一個頗為重要的圖像與文學敘事之間共振互動的現象：原始神物圖像的排列方式，對詩、賦、誄、銘、贊等各種帶有較強描寫性、敘述性的早期文體的形成具有重要推動作用，它們的敘述方式奠定了中國敘事文學形成的基礎；魏晉六朝時期佛道等宗教製像活動、肖像畫和人物品藻發達，而志人志怪小說興盛；隋唐五代時期佛教經卷的宣講方式，催生了平話（平畫）、話本（畫本）、講經等長篇敘事文的出現；而隨著人物畫和故事畫的復興，圖像作為一種思維方式為《金瓶梅》《紅樓夢》《牡丹亭》等小說戲曲作品的創作提供了強大的推動力量——在這些作品中，圖像對事件的展開和發展起到了不可忽視的制約作用，它彷彿是一個力氣強大的凝聚器，將事件發展中的人與事吸納在自己的畫面結構之中。明清評點家借用繪畫領域的語彙對這種現象的評點和理論總結，使具有中華文化內涵的文學敘事傳統最終形成和定型。」[註1]王氏比較全面地關照到了圖像對文體建構、文學敘事和文學批評三方面的影響，其中自然包括道教圖像，道教圖像小說就是一種獨特的小說文體，道教的修煉方法、道術和道畫等，都曾對古代小說的文體和敘事模式等有過深刻的影響。

〔註 1〕王懷義：《圖像與中國文學敘事傳統的形成》，《人文雜誌》2020 年第 9 期。

第一節　道教連環畫體傳記小說

　　從唐代開始，道教以連環畫的形式為道教宗祖作傳，宋元以後，這類文本大量出現，有紙本、壁畫、石刻等多種形式。由於其傳主大部分皆史無其人，內容也基本上是虛構的，因而實質上這種文體就是連環畫式長篇小說，這裡簡稱「畫傳」，是一種圖像占強勢、文字逆勢模仿圖像的「圖像小說」。作為一種比較重要的小說文體，目前學界重視不夠，只有一些碩博論文從美術角度進行的研究〔註2〕，從未納入小說史的研究視野，本節就對這些畫傳的類型及其敘事特徵問題進行初步的討論。

一、畫傳體小說產生的背景

　　道教畫傳體小說的形成主要吸納了兩種文化資源。首先是古代圖像敘事傳統。在現今發掘的岩畫中，有相當部分是記載先民狩獵、祭祀、戰爭等活動的。先秦時期的一些青銅器上，就鑄有這些裝飾圖紋，有較為完整的故事，在某種程度上堪稱連環畫的雛形。在漢墓畫像中，講述神話傳說、歷史故事的圖畫就更多，如「二桃殺三士」、「孟母斷機」、「荊軻刺秦王」、「完璧歸趙」等，故事情節都較為完整。至東漢時期，這類畫的內容更為豐富，還增加了文字標題——「圖題」及「圖說」。這種圖文結合的方式，體現出連環畫的初期特徵。而且漢代還出現了圖像體傳記著作，如劉向在編撰《列女傳》的同時，將部分列女故事進行圖繪，進獻宮廷，清汪遠孫曰：「劉向《列女傳》，有頌有圖。據《漢書・藝文志》，當是九篇，傳七篇，頌一篇，圖一篇，本傳言八篇者，圖不數也。」其次是佛教的影響。法琳《辯證論》卷六自注引王淳《三教論》指出道士模仿佛家製作形象〔註3〕，可見佛教造像對道教造像的影響。早在南北朝佛教造像中，就刻有佛傳故事，如東魏武定元年（543年）「道俗九十人造像碑」，分五層刻「太子出家」等12段故事畫像。北齊「周榮祖造像碑」，刻釋迦牟尼一生中的重大事件。北魏孝昌元年（525年）道哈造像龕刻「釋迦誕

〔註2〕如胡春濤：《老子八十一畫圖研究》（西安美術學院博士學位論文，2011年）、雷朝暉：《陝西佳縣白雲觀〈老子八十一化圖〉壁畫研究》（《中國書畫》2008年第7期）、劉科：《金元道教信仰與圖像表現——以永樂宮壁畫為中心》（中央美術學院博士學位論文，2012年）、吳端濤：《蒙元時期山西地區全真教藝術研究——以宮觀、壁畫及祖師形象為研究對象》（中央美術學院博士學位論文，2014年）、肖海明：《真武圖像研究》（文物出版社，2007年）等。
〔註3〕釋法琳：《辯正論》，《大正藏》52卷，第535頁。

生」、維摩詰經變等故事。這種具有故事情節的連續性和完整性的畫像,至南北朝和隋唐時期已很常見,其中最典型的就是敦煌莫高窟佛本生故事壁畫。真正具備佛教畫傳特徵的文本是變文,孫楷第說:「釋、道二家凡繪仙佛像及經中變異之事者,謂之『變相』。如云《地獄變相》《化胡成佛變相》等是。亦稱曰『變』。……蓋人物事蹟以文字描寫之則謂之變文,省稱曰變以圖像描寫之則謂之變相,省稱亦曰變其義一也。」〔註4〕這些所謂的「變相」壁畫,就是長篇畫傳,但周一良認為「變」與「像」還不完全相同,他說:「『變』、『變相』,跟『像』不同。大抵『像』的主體是人,而『變』的主體是事。」〔註5〕可見「像」是指人物畫,而「變相」是以圖繪的形式講故事,「變」是故事,「相」指故事中的人物。圖題中一般都有一「時」字,程毅中認為,它與變文中的「處」字有對應關係,「變相的標題用『時』字,注意的是故事進行的時間,而變文裏用『處』字,注意的是圖畫描繪的空間」,因而在轉變講唱時,每一段唱詞都要說明講到何處,然後拿出圖像來印證〔註6〕。人物、故事及故事發生的時間和空間是構成變文的「四維」。在敦煌變文中,有不少是帶有「變圖」的插圖本,如《王陵變》《破魔變文》等。這種插圖本,有的是一段文字配一幅圖畫,有的正面是圖畫背面是唱詞,「這種圖文配合的宣講方式,就是後世通俗小說配圖的源頭。」〔註7〕在這一過程中,變相開始從宗教性、象徵性走向文學性、敘事性。

　　道教連環畫體長篇傳記,主要就是在上述因素的共同影響下產生的,它肇於唐宋,盛於元明,衰於清末。據元夏文彥《圖繪寶鑑》載:唐代畫家姚思元曾「作《紫微二十四化》」〔註8〕,但已亡佚,估計是將紫微星人格化,講述其幻化成人、勸化世人的故事。目前所能見到的最早的道教連環畫體長篇傳記,是唐司馬承禎編撰的《上清侍帝辰桐柏真人圖贊》,它以連環畫的形式講述桐柏真人王子晉得道的過程。元代在全真教興起及全真教與佛教爭寵的刺激下,道教長篇畫傳開始大量湧現,如大德九年(1305)成書的《玄風慶會圖》,原書五卷,現存卷一,有雙面連式圖四十六頁,演長春真人丘處機身世。劉天素、

〔註4〕孫楷第:《讀變文》,見《孫楷第集》,中國社會科學出版社,2008年,第420頁。

〔註5〕周紹良、白化文主編:《敦煌變文論文錄》,上海古籍出版社,1982年,第163頁。

〔註6〕周紹良、白化文主編:《敦煌變文論文錄》,第388～389頁。

〔註7〕汪燕崗:《古代小說插圖方式之演變及意義》,《學術研究》,2007年第10期。

〔註8〕夏文彥:《圖繪寶鑑》卷二,北京圖書館出版社,2005年,第13頁。

謝西蟾合撰的《金蓮正宗仙源像傳》，講述全真教師承源流。山西永樂宮壁畫《純陽帝君仙游顯化圖》《重陽王真人憫化圖》，分別講述呂洞賓和王重陽修道的故事。還有講述許真君斬蛟、修道的故事的《許太史真君圖傳》。明代則出現了系列講述真武故事的長篇畫傳，如《嘉慶瑞應圖》《大明玄天上帝瑞應圖錄》等，另外還有文昌、關帝故事的畫傳。清代道教衰落之勢與畫傳的創作同步，基本都是承繼以往，沒有什麼創造，唯有《天后聖母聖蹟圖志》等少數作品。這些道教畫傳體小說，都是以圖像和文字結合的方式，敘述道教宗祖修道成仙、顯靈的故事。總之，道教連環畫體長篇畫傳，其內容和形式經歷了一個從簡單、單一到成熟、豐富再到衰落的發展過程。

二、道教連環畫體傳記的類型

　　有些收錄在《道藏》中的長篇畫傳，分別被歸入不同的類別。如《金蓮正宗仙源畫傳》《玄風慶會錄》在洞真部譜錄類，譜錄類是記錄道派祖師創教立宗故事的道書；《桐柏真人圖贊》在洞玄部讚頌類，讚頌類是歌頌讚唱高真上聖修仙成聖故事的道書等；《許太史真君圖傳》在洞玄部靈圖類，「靈者，度也」，就是圖像具有度化人的功能；《大明玄天上帝瑞應圖錄》在洞神部記傳類，記傳類是記述眾仙應化事蹟的著作。以今天的標準看，這幾部作品都可歸入道教長篇畫傳。參考《道藏》的分類法，大致可以歸納為以下幾種：

　　一是「贊體」畫傳。如《桐柏真人圖贊》〔註9〕，該書由故事、圖像說明和四字讚語、圖像組成。如第一幅：

　　　　第一，周靈王二十三年，穀洛二水鬥，將毀王宮，王欲壅之。

　　太子諫曰：「不可。晉聞古之長民者，不墮山，不崇藪，不防川，不竇澤。」

　　又曰：「其興者，必有夏呂之功焉。其廢者，必有共鯀之敗焉。今吾執政，無乃實有所辟。而滑大二川之神，使至於爭明以妨王宮，王而飾之，無乃不可乎？」

　　又曰：「佐饗者嘗，佐鬥者傷。王將防鬥川以飾宮，是佐鬥也，其無乃章禍、且遇傷乎。自我先王，厲宣幽平而貪天禍至，於今未

〔註9〕張魯君、韓吉紹通過分析，認為圖像與文字非同一人所作，圖像應當作於宋或宋以後。見張魯君、韓吉紹：《〈上清侍帝晨桐柏真人真圖贊〉考論》，《宗教學研究》，2012年第3期。

彌，我又章之懼，長及子孫王室，其愈卑乎？」王卒壅之，其後景

王多寵人，亂於是乎始生。景王崩，王室大亂。及貞定王，遂卑。

　　圖畫周朝宮闕，作穀洛二水相合而鬥，稍毀宮城處，人夫負土

欲壅此川。作太子具冠服立於靈王前諫事。」

　　贊曰：「稟神幼聖，繼明英聰。諍諫壅水，切淨飾宮。如何不納，

更事修崇。預言禍敗，果致卑窮。」〔註10〕

　　第1、2、3段是敘述故事，第4段是圖像說明，第5段是讚語，接下是配圖，圖像以宮牆分割為兩個部分，左邊是太子勸諫周靈王的情景，右邊是民眾正在修築堤壩。「圖像」、「敘述文字」和「讚語」三者之間具有互文關係。如《桐柏真人圖贊》圖一，第1、2、3段文字敘述故事發生的過程，「讚語」讚美太子天資聰慧、預言如神，「圖像」截取故事中最重要的兩個情節，即太子勸諫和民眾堵河的場景。「圖像」、「敘述文字」和「讚語」三者之間互相闡釋、互相補充。

　　元代的《金蓮正宗仙源像傳》是一部較為特殊的道教長篇畫傳，由前面的詔書和13篇傳記組成，每篇傳記既相對獨立，又一起組成了一個完整的全真譜系。每篇傳記包括圖像、傳文和四字讚語三部分，圖像則是非情節性的偶像式全真宗祖像。文字、圖像、讚語之間形成互文和補充關係，如《王喆傳》，文中說他：「美鬚髯，目大於口，身長六尺餘，氣豪言辯，膂力過人。通經史，善騎射。」主要敘述他「甘河遇仙」和度化七真的故事，讚語也主要是突出他的相貌不凡及其甘河遇鍾呂和收七真為徒的事蹟：「天挺異人，英邁蓋世。二士既逢，五篇斯秘。海棠四影，金蓮七花。水雲為伴，稽首東華。」配圖王重陽全身立姿，頭戴小冠，濃眉大眼，高鼻樑，連鬢大鬍子迎風飄動；身穿肥袖大袍，兩袖下垂，手臂藏其內，腰束大帶，雙足穿草履，虎背熊腰，身材魁梧。通過相貌暗示他與鍾離權的眾多相似之處。兩人都身材魁梧，文武雙全，鍾離權是「天下都散漢」，王重陽自稱「王害風」，給人傳遞王重陽是鍾離權轉世的信息。《馬鈺傳》中沒有對他的外貌進行描寫，但在贊中有提示：「十化入心，三髻在頂」。馬鈺是「冠裳大姓，富甲寧海」〔註11〕，在當地很有影響，是王重陽第一個度化的對象，但度化過程非常艱難。配像中的馬鈺立姿，頭梳三髻，肩背豹皮短襖，身穿肥袖大袍，圓面大耳，長眉鳳目，雙手修長。「三髻」是馬鈺標誌性的髮型，具有宗教象徵意義。他在《踏雲行·贈丫髻姚玄玉》中

〔註10〕《中華道藏》第56冊，第202～202頁，有的句子做了重新標點。
〔註11〕王重陽：《重陽教化集》，《道藏》第25冊，丘府學正國師尹序，第768頁。

云：「丫髻之中，明藏兩吉，師名頂戴休更易。鍾離昔日亦如斯，姚公仿傚寧無益。」〔註12〕《自述》詩云：「頭梳三髻即非虞，人問因由事怎傳，揚顯師名宜頂戴，包藏士口處心堅。」〔註13〕由此可知，「三髻」既是鍾離權的髮型，也是代表王重陽名字「嚞」字中的三個「吉」字，意即頂帶師名，揚顯其道。因此，繪者通過馬鈺的髮型，補充說明了馬鈺在七真中的地位及其對王重陽的忠心。《丘處機傳》主要突出他廣大全真教的赫赫功績，贊曰：「巍巍長春，一蓑煙雨。磻溪六年，雪山萬里。洪範丹書，為王者師。玉符金虎，演道明時。」但丘處機像傳達了比文字更為豐富的內容。他立姿，微左側向，頭部戴道冠，冠有飄帶，濃眉細眼，高鼻小嘴，最突出的特徵是唇部和下巴無須，透露出他為修行曾自宮的歷史。丘處機修行非常刻苦，《金蓮正宗仙源像傳》記丘處機在蟠溪穴居時，「日乞一食，行一蓑，人謂之蓑衣先生，晝夜不寐者六年。」丘處機《磻溪鳴道集》中記自己曾搬石煉心、繫履磨性等經歷。王世貞《紀丘長春及僧》中記作者所見白雲觀丘處機塑像所繪圖，「長春儼然一老中涓」。查尹志平《清和尹真人語錄》等人文集，有關於丘處機自宮原因的記載：「公自揣福慧命相，俱不能如丹陽、長真諸公，以十年煉心，而猶未得淨。每夜輒束草履行山巔，往返者幾二十遍，以去睡魔。五十日而後心死，覺真性常明，瑩然如水晶塔。一日凡念忽起，痛苦自誓，久之，赴長安統軍齋，一夕而三漏，復痛哭自誓，堅固逾於昔，尋道經天魔，為飛石所中，折肋肢，以是參伍。公淨身事誠有之，當在赴統軍齋夕後也。」〔註14〕因此，《金蓮正宗仙源像傳》丘處機畫像繪者通過突出他的外貌特徵，歌頌他修行時的堅毅。

　　總之，作者通過文字敘述、圖像特徵完整地構建了全真教的傳承譜系。信徒在觀看宗教偶像的時候，會產生感應觸電的感覺，從而以神像為突破口，去思考始終貫穿藝術之中的人生信仰的特殊意義。新史學的主將之一彼得·伯克宣稱：「我們與圖像面對面而立，將會使我們直面歷史。在不同的時期，圖像有各種用途，曾被當作膜拜的對象或宗教崇拜的手段，用來傳遞信息或賜予喜悅，

〔註12〕馬鈺：《漸悟集》，《道藏》第 25 冊，第 457 頁。
〔註13〕馬鈺：《洞玄金玉集》卷之三，《道藏》第 25 冊，第 579 頁。
〔註14〕王世貞：《弇州山人四部續稿》卷六十六，第 733～734 頁。在《都穆談纂》中，自宮的原因又演變成元太祖「欲妻以公主，不可辭，遂自腐以告絕。其日乃十月九日，今京師謂之閹九，為會甚盛。」清人《茶香室三鈔》《清稗類鈔》中皆有相同的記載。但《弇州山人四部續稿》中，從陸容《菽園雜記》中轉述都穆的記載又變：「元太祖以宮嬙賜丘長春，逼使污之，長春乃自刃其勢，以誓不得誣。」「公主」又變成了「宮嬙」。

從而使得它們得以見證過去各種形式的宗教、知識、信仰、快樂等等。儘管文本也可以提供有價值的線索，但圖像本身卻是認識過去文化中的宗教和政治生活視覺表現之力量的最佳嚮導⋯⋯圖像如同文本和口述證詞一樣，也是歷史證據的一種重要形式。」〔註15〕《金蓮正宗仙源像傳》中的偶像式圖像，就發揮了宗教崇拜的手段的功能，同時，也是全真教傳承發展的歷史見證。

佛教的「贊體」畫傳也頗多，如臨安府刊本《佛國禪師文殊指南圖贊》，大致在南宋嘉定三年（1210年）前後刊刻，它記述善財童子53次參訪的經歷，插圖採取鑲嵌式，文字包括敘述性文字和結尾的一首七言八句贊偈。

「像贊」這種文體出現於漢代，蕭統《文選序》云「圖像則贊興」〔註16〕，漢廷為表彰忠臣烈士，圖繪其像於壁，配上讚語，所謂「畫古烈士，重行書贊。」〔註17〕它對後來的一些文體影響較大，其中之一就包括列圖對於列傳寫作的影響。饒宗頤先生認為，道教神仙傳記的成書，是先有列仙的畫像，後有道士或文人為之寫傳和贊〔註18〕。宋元後，隨著刊刻技術的進步，「像贊」開始廣泛運用在宗教、傳記、宗譜等書籍刊刻中，佛道「贊體」畫傳都無疑受到其影響。至明代嘉靖、隆慶間，「像贊」開始介入小說之中，文人通過像贊在小說版畫中植入有批評性質的要素，藉以做出價值評判、抒發個人情感，使得小說版畫逐漸具備了較強的文人主體意識。

二是「化體」畫傳。所謂「化」的概念起源於佛教，佛教認為佛有法身、報身、應化身三身，所謂「應化身」就是佛為了開化世人，化身萬千，《楞嚴經》中就謂觀世音菩薩有化現三十二種不同身份的說法，唐代的佛教變相就由此發展而來；我國古代也有關於變形的觀念，首先古人認為動物之間是可以互化的，如《國語・晉語》九中趙簡子慨歎「雀入海為蛤，雉入於淮為蜃，黿鼉魚鱉，莫不能化，惟人不能。」〔註19〕《淮南子・墜形訓》：「鳥魚皆生於陰，陰屬於陽，故鳥魚皆卵生。魚遊於水，鳥飛於雲，故立冬雁雀入海化為蛤。」〔註20〕其次是認為人與動物甚至天地自然之間也能互化，如古代神話中就有

〔註15〕〔英〕彼得・伯克：《圖像證史》，楊豫譯，第9頁。
〔註16〕蕭統：《文選》，中華書局1995年，第2頁。
〔註17〕蔡質：《漢官典職》，《叢書集成初編》（875），中華書局，1985年，第3頁。
〔註18〕饒宗頤：《文選序〈畫像則贊興〉說（一）——列傳與畫贊》，南洋大學《文物彙刊》創刊號。
〔註19〕《國語》卷十五《晉語九》，華齡出版社，2002年，第221頁。
〔註20〕高誘：《淮南子注》，上海書店出版社，1986年，第60～61頁。

鯀化為黃熊、禹化為豬治水、禹妻化為石頭的記載。郭璞注《山海經·大荒西經》云：「女媧，古神女而帝者，人面蛇身，一日中七十變。此腹變為此神。」王逸注《楚辭·天問》中「女媧有體，孰制匠之」句云：「傳言女媧人頭蛇身，一日七十化。」三國時徐整《三五曆紀》（《藝文類聚》卷一）說盤古「一日九變」。清馬驌《繹史》引徐整《五運曆年記》謂自然界風雨、雷霆、日月、星辰、土地、山河、草木、雨澤皆為盤古「垂死化身」。道教繼承了上述文化資源，形成「化」的觀念，唐末五代道士譚峭撰有《化書》。道教「贊體」畫傳體小說著重於讚美傳主的功績，而道教「化體」傳記文體特徵在「化」，「化」包括「世化」和「度化」兩個方面。唐《紫微二十四化》可能是最早的道教長篇「化體」畫傳，最重要的作品是金末元初全真道士創作的《老子八十一化圖》，它以圖文並茂的形式講述老君歷世顯化的故事。「八十一化」取九九之意，九為陽數之極，「九九」就意味著老子變化無窮，「應化」是其中最重要的內容，當然也有「化胡」之度化。元人祥邁指出：《老子八十一化圖》是糅合「排釋之偽典」、「王浮之偽說」和「西升之鄙談」等材料而成〔註21〕。所謂「排釋之偽典」指元憲宗八年（1258年）朝廷下令焚毀的四十五部道書，這些道書成書年代不一，但都是神化老子的崇道抑佛之書。「王浮之偽說」指西晉道士王浮所作《老子化胡經》。「西升之鄙談」指《老子西升經》，都是講述老子西行化胡的故事。據文獻記載，在《老子八十一化圖》之前，人們已將老子的神話故事或圖之於壁，或刻之於石，或鏤之於木，或畫之於紙。唐道宣《續高僧傳》載開皇三年（583年），隋高祖幸道壇，見到畫老子化胡像〔註22〕。釋法琳《辯證論》卷六陳子良注曰：隋僕射楊素從駕至竹宮，經過樓觀，見老子廟壁上畫作老子化罽賓國、度人剃髮出家的故事〔註23〕。唐康駢《劇談錄》中「老君廟條」曰：洛陽北邙山元元觀南老君廟，牆壁繪有吳道子老子化胡經事，丹青絕妙，古今無比〔註24〕。除壁畫外，還有卷軸畫。宋郭若虛《圖畫見聞志》卷六記唐閻立本畫有《西升經圖》〔註25〕，這是第一次將經文和圖像連附在一起。

〔註21〕祥邁：《至元辯偽錄》，《大正藏》第52冊，第751頁。

〔註22〕道宣：《續高僧傳》，《大正藏》第50冊，432頁。

〔註23〕見道宣：《集古今佛道論衡》，《大正藏》第52冊，522頁。

〔註24〕康駢：《劇談錄》，上海古籍出版社編《唐五代筆記小說大觀》（下冊），上海古籍出版社，2000年，第1488頁。

〔註25〕郭若虛：《圖畫見聞志》，《中國書畫全書》第二冊，上海書畫出版社，1993年，第65頁。

宋黃復修《益州名畫錄》載道士張素卿在唐僖宗年間，畫有《老子過流沙圖》等作品〔註26〕。北宋米芾《畫史》第53條記載，蔡馭家收藏有《老子度關》畫。老子乃作端正塑像，戴翠色蓮華冠，手持碧玉如意〔註27〕。南宋初，王利用曾作《老子化圖》卷軸畫，又名《老君變化事實圖卷》，描繪了太上老君從三皇開始到殷朝為止，先後變化為古先王、金闕帝君乃至傅預子等各種神人轉世的畫像。這部《老子化圖》的創作年代早於《老子八十一化圖》幾十年，兩者的內容和形式雖有相同之處，但也存在差別。從時間上，《老子八十一化圖》一直描繪到北宋徽宗時期；從圖像形式而言，《老子化圖》描繪的是不同時代的老子形貌，而《老子八十一化圖》主要是採取圖文並茂的方式，講述老子歷代轉世的故事，是一部講述老子神話故事的連環畫。

另外，還有永樂宮純陽殿《純陽帝君仙游顯化圖》，以苗善時的《純陽帝君神化妙通紀》為摹本，而相應的拉開了與上層統治階層的距離，主要講述呂洞賓度化俗眾的故事，體現道教度人的精神。重陽殿有《重陽王真人憫化圖》，由「圖題」、文字敘述、圖像三部分組成。描述了王重陽從降生到得道及度化「七真人」成道的故事，其中濃墨重彩描繪了度化馬鈺夫婦的艱難過程，包括十度分梨、六番賜芋、天堂示警等。

宋代以降，民間流行編撰和刊刻善書，其中有關文昌信仰的善書較多。以「化」命名的文昌善書不少，宋曾鞏《隆平集》卷三「祠祭」一文，已提到《文昌化書》一書，收於《道藏》洞真部譜錄中的《梓潼帝君化書》。《道藏提要》云：「此傳敘述梓潼文昌帝君歷世顯化的事蹟，以帝君鸞壇降筆寫成，全書係自傳體，作於元末。」〔註28〕寧俊偉則認為第73化之前，是北宋時所作，之後的內容是南宋時的作品，在元末對該文刪定時，又作了修訂的工作〔註29〕。《文昌化書》與《梓潼帝君化書》是不同的兩部書還是同書異名？不得而知。關於《文昌化書》的卷數，各家著錄不一，明楊士奇《文淵閣書目》為「一部一冊」，余繼登《淡然軒集》卷五《梓文昌戒言小引》中謂有「九十化」，曹學佺《蜀中廣記》為「七十三則」，陳第《世善堂藏書目錄》為七卷，清《宋氏漫堂鈔本》為一卷，萬斯同《明史》和黃虞稷《千頃堂書目》為缺卷。可見有

〔註26〕黃休復：《益州名畫錄》，《中國書畫全書》第一冊，190頁。
〔註27〕米芾：《畫史》，《中國書畫全書》第一冊，980頁。
〔註28〕任繼愈、鍾肇鵬：《道藏提要》，中國社會科學出版社，1991年，第124頁。
〔註29〕寧俊偉：《〈梓潼帝君化書〉成書年代辨析》《山西大學學報》2007年第2期。

各種不同的版本。現存明萬曆二十九年（1601 年）新安王季通刊本《文昌化書》和康熙二十五年（1686 年）金陵周長年刻本《繡像文昌化書》，都是一圖一文，圖像精美。另有哈佛燕京圖書館藏隆武刊本《文昌化書》，南開大學古籍圖書館藏《文昌化書像注》，為道光三年（1823 年）常州顧沅刻本，共一函四冊，書的主體部分為總計 97 則文昌神幻化故事，由信眾扶乩文昌神降筆，以文昌神自述的方式敘事，一些著名的歷史人物，被寫成是帝君或其子女的化身。由化書原文、每化注解、每化原文和注解的案語及配圖四部分組成。文、注、案、圖之間是依次聯繫、衍生的互文關係，其中最精彩的部分是案語和圖像，每一案語和圖像都是一個完整生動的故事。這種對《文昌化書》通俗化的做法，有利於文昌信仰在鄉村社會的傳播，從而最大限度地發揮故事的社會教化作用，因而這種版式在當時非常盛行〔註30〕。《文昌化書》的敘事方式在古代小說中顯得較為特別，是以第一人稱敘事的。

　　與此同時，佛教也有「化傳」，如現存明釋寶成輯《釋迦如來應化事蹟》四卷，共刻圖 200 餘幅，圖文並茂，介紹釋迦牟尼佛誕生、修行、成道、說法、成佛的事蹟。清道光年間繪製的《觀世音應化靈異圖》一冊，署名為後秦鳩摩羅什譯，其實是根據鳩摩羅什譯經中的觀音故事改編繪製而成，圖繪觀音修行成道及靈異故事。

　　三是「聖蹟圖」體，即圍繞文物古蹟而敘事的聖人故事畫傳。元代《許太史真君圖傳》（下文簡稱《真君圖傳》）雖然在名稱上沒有冠以「聖蹟」字樣，但從其敘事內容和方式看，應屬於這種文體，因為作者在每節故事結尾都舉出當地古蹟作為佐證，估計作者在《許真君仙傳》等文本的基礎上，還採集了洪都附近有關許真君古蹟的傳說。關帝的聖蹟圖傳更有多種版本，如由穆氏編輯的《關帝歷代顯聖志傳》，現存明崇禎年間刻本，上圖下文，但與建本不同，上面的圖有兩幅。另有清初桃園盧湛輯、廣陵汪潮繪、金陵王爾臣刻《關帝聖蹟圖》五卷等。關帝的《聖蹟圖》流傳很廣，據清錢灃《關帝聖蹟圖重刻遷置序》稱「是圖本流傳宇內久矣。」〔註31〕儒家也曾用「聖蹟圖」的方式敘述孔子的生平事蹟，如正統九年（1444 年）刻印的木刻本《聖蹟圖》，左文右圖，

〔註30〕趙永翔：《儒道融合的勸善書——以〈文昌化書像注〉為例》，《中國宗教文化》2011 年第 4 期。

〔註31〕錢灃：《關帝聖蹟圖重刻遷置序》，《錢南園先生遺集》卷四，《續修四庫全書》第 1461 冊，上海古籍出版社，2013 年，第 271 頁。

有圖 29 幅,每圖書時間、孔子年歲,然後是序事,乃模仿《春秋》體例。但其中的「問疾圖」、「賜藥圖」等,顯然是虛構的孔子故事。現存山東曲阜孔廟的石刻本《孔子聖蹟圖》,則刻於明萬曆二十年(1592 年),共有 120 幅,也有據之刊刻的木刻本,包括兩個系統,一是康熙時期的無字本《聖蹟圖》,一是乾隆時期的有字本《聖蹟圖》,內容包括圖畫、標題及文字說明。

　　除關帝外,媽祖的聖蹟圖也很多。明末清初時,福建湄洲林氏族人對民間流傳的媽祖神話故事進行搜集和整理,編成《天后顯聖錄》一書,並交湄洲廟僧人照乘出版。清乾隆四十三年(1778 年),泉州惠安縣儒學教諭林清標為使媽祖故事流傳更廣,遂在《天后顯聖錄》的基礎上,將媽祖的生平故事整理成 48 則,改名為《敕封天后志》,每則配木刻版畫一幅,並附以文字說明,成為一種連環畫體媽祖傳記。該書問世後,因其內容生動、通俗易懂而廣受歡迎。清道光年間,蘇州壽恩堂又以《敕封天后志》為樣本,補以道光六年(1826 年)媽祖「海運加封」的顯聖故事,重新雕版印刷,命名為《天后聖母聖蹟圖志》,仍然採用一個故事配一幅圖的形式,但畫像更為美觀,故而成為清代影響最大、重刻次數最多的一部媽祖圖志。中國國家博物館還藏有一部彩繪本《天后聖母事蹟圖志》,上下兩冊,有 48 圖,是光緒十八年(1892 年)經許葉珍匯輯成書的。該書又是在《天后聖母聖蹟圖志》的基礎上,加以改編繪製而成。現藏荷蘭阿姆斯特丹國家博物館的清代《媽祖神跡圖》也是工筆彩繪本,有圖 7 幅,無作者題名和文字說明,反映的均是媽祖得道後顯聖濟世的情景,每圖一個故事,繪製極其細膩。題材大部分來自《天后顯聖錄》,但又有些是國內媽祖故事中所未見的〔註32〕。

　　四是「瑞應圖」體,即把傳主的示現作為一種祥瑞,「四象」是重要的祥瑞之一,所以有關玄武的連環畫體畫傳,一般都以瑞禎之類的字命名。如佛山博物館藏元代《真武靈應圖冊》,有 82 幅單頁工筆彩繪圖和 83 條題記,主要描述了真武大帝投胎、修行、應化的故事。明版《武當嘉慶圖》後面還附有贊詩 14 首。《大明玄天上帝瑞應圖錄》的編撰可能在明初,編繪者不詳,收於《道藏》洞神部紀傳類,主要彙集興修武當山宮觀時的各種瑞應故事,配圖 17幅圖,有題記。瑞應圖也有古老的傳統,法國博物館藏六朝《瑞應圖》殘卷,有圖有圖題,南宋蕭照《中興瑞應圖》則為長卷的瑞應敘事圖,敘述有關宋高

〔註32〕賈浩:《荷蘭國家博物館藏彩繪〈媽祖神跡圖〉內容考》,《閩商文化研究》2012
　　　　年第 1 期。

宗的瑞應故事 12 則，附有贊文。《真武靈應圖冊》等無疑受到它們的影響。

　　上述分類，僅僅是根據道教長篇畫傳的名稱、體例和內容做出的簡單分類，從體例上看，比如孔子的聖蹟圖也有「贊」，非獨「贊體」畫傳所專有；從內容上看，這些畫傳大體各偏重「變化」、「聖蹟」、「瑞應」為主。

三、道教連環畫體傳記的敘事特徵

　　總體而言，這些畫傳的敘事秩序大致相似，一般都有聖誕、拜師、修道、濟世、成仙、顯靈這幾個敘事單元，與道教仙傳是一樣的，是道教修道成仙觀念的體現。道教畫傳敘事模仿史傳，試圖將歷史神秘化、神聖化，又將神化的內容真實化、歷史化。其內容無非是渲染傳主身世不凡、傳主修行求道之艱難，以及得道後濟世救難、最後功成朝元的故事。概言之，就是敘述傳主由俗而聖的過程，樹立修道的榜樣，表達天下和諧的社會理想。在不同的作品中，每部分的內容各有側重。

　　其一是修道型敘事。如《真武靈應圖冊》，首先以「澗阻群臣」、「悟忤成針」、「折梅寄榔」、「紫霄圓道」等節，敘述真武修道的過程，接著描寫真武顯靈的故事。《武當嘉慶圖》的內容則全是寫真武修道的故事，「經書默會」寫他自小就喜歡鑽研經書；「辭親慕道」、「澗阻群臣」等節的內容是講述他長達後棄絕親情，去武當修道；「悟杵成針」寫他在修道時受到挫折，意欲放棄，後受到老姥磨杵為針的啟發，繼續修道；「童真內煉」寫他修煉丹道；「蓬萊仙侶」、「白日上升」等寫他修道成功，得道成仙。

　　其二是教化型敘事。如《老子八十一化圖》，只有第四化「秉教法」敘述老子「師玉晨大道君」為師，主要內容包括三個方面：一是講述老子開創道教和中華精神文明的故事，如「變真文」、「垂經教」、「撰玉篇」等；二是寫中華物質文明的發明者，如「置陶冶」、「始器物」、「教稼穡」等；三是教化帝王和胡人，如「為帝師」、「居崆峒」等，特別是「化胡」部分，是本書的重要內容。另外，《純陽帝君仙游顯化圖》《重陽王真人憫化圖》中也有不少篇幅敘述呂洞賓、王重陽修道的過程，但更重要的內容是他們度化民眾的故事。

　　其三是濟世型敘事。有關媽祖的圖文本小說，全部內容都是寫媽祖救助遇難百姓、佑助朝廷平定叛亂等種種事蹟。《許太史真君圖傳》敘述真君斬蛟為民除害、拯救洪都百姓的故事。《文昌化書像注》中的文昌帝君是一位經世濟民、教民化俗的神祇，他給帝王出謀劃策，穩定政局；建議玉帝廣行社倉，拯

救貧弱，消弭混亂；誘導百姓掩埋暴露遺骸，勸地方富有的縉紳世家，多行善事，為疫病者施藥，為飢餓者贈食，為亡逝者施棺；告誡人們不要射飛逐走，發蟄驚棲，填穴覆巢，傷胎破卵，等等。

　　上述三類內容只是大致的劃分，其實際情況是內容會有許多交織。

結論

　　概言之，這種文體無論是對於古代繪畫史還是小說史，都有不可忽視的意義。敦煌佛教壁畫只有圖題或簡單的題記，而佛教壁畫自「明清以後逐漸衰落。進入近代，一片空寂景象」〔註33〕。自宋代以後，長篇的佛教畫傳很少見到，而道教畫傳體小說則在全真教興盛的刺激下，呈現出繁盛的局面。這些畫傳分別以紙質、壁畫、石刻等媒介呈現，圖文結合的方式較之佛教壁畫更為成熟和豐富，而且後期越來越擺脫佛教的束縛，不但呈現出更多的道教特色，而且逐漸世俗化。這既與明清時期宗教的世俗化趨勢同步，也與畫師不一定是道教中人有關，畫家把重心放在了易於繪製的奇聞異事上而不是宗教宣傳。總之，在某種程度上，道教畫傳體這種小說文體，無疑對古代小說的文類做出了貢獻，豐富了古代文學的插圖、壁畫、石刻藝術，對近現代連環畫的形成也不無影響，無論是對古代小說史還是道教史，都有一定的研究價值。

第二節　上清派存思術與宋前小說創作

　　存思，又叫存想、存神，唐司馬承禎《天隱子》解釋道：「存，謂存我之神；想，謂想我之身。」〔註34〕就是指道士在修煉時集中意念，觀想身體內外諸神形象，以達到與神明溝通、祛病登仙等目的，其實就是修行者通過感官去「看」世界，並可以穿透一切時空的障礙，看到想看到的一切，使不可見的形式可視化，即《登真隱訣》中卷「紫度炎光經內視中方」中所云「精心為之，乃見萬里外事也。」〔註35〕《真誥》卷二紫陽真人誥語所云：「積精所感，萬物盡應。」〔註36〕而且存思所呈現的映像，不僅是靜止的、孤立的圖像，而且

〔註33〕於美成：《20世紀中國壁畫研究》，《文藝評論》2004年第3期，第84頁。
〔註34〕《道藏》第21冊，第700頁。
〔註35〕《道藏》第6冊，第611頁。
〔註36〕陶弘景原著、（日）吉川忠夫、麥穀邦夫編：《真誥校注》，朱越利譯，中國社會科學出版社，2006年，第49頁。

會形成眾多的、連續不斷的故事圖像。這些圖像精神的實體化，是一種心靈圖像，具有轉瞬即逝的特點。作為道教一種重要的修煉方法，存思術在漢代已流行於世，姜生、馮渝傑在《漢畫所見存思術考——兼論〈老子中經〉對漢畫的文本化繼承》一文中指出：在漢畫中已有存思內煉之術，如漢碑中提到的「弦琴以歌太一，覃思以歷丹田」，即通過存想而導氣周流體內諸關的修習法門，至少在東漢社會中已較為普及〔註37〕。漢代讖緯中，也有關於體內神的描述，如《龍魚河圖》云：只要夜臥呼叫髮神、耳神、目神、鼻神、齒神，「有患亦便呼之九過，惡鬼自卻。」〔註38〕在《太平經》中，已有懸像存思修煉方法的記述，如卷十八至三十四中說：「懸象還，凶神往。夫人神乃生內，返遊於外，遊不以時，還為身害。即能追之以還，自治不敗也。使空室內傍無人，畫像隨其藏色，與四時氣相應，懸之窗光之中而思之。上有藏像，下有十鄉，臥即念以近懸像，思之不止，五藏神能報二十四時氣，五行神且來救助之，萬疾皆愈。」〔註39〕意即人體內有神，但這些神喜歡出體外遊玩，不及時回歸，會對人體造成傷害。如果將體內神像懸掛於窗邊，人臥於床上，對著神像存想，五藏神就會立即回來，人的所有疾病便霍然而愈。《太平經》卷之一百《東壁圖》、卷之一百一《西壁圖》、卷一百二《神人自序出書圖服色訣》，都有關於面對神像冥思，治療疾病的介紹。

上清派以奉持《上清大洞真經》而得名，始創於東晉中葉，至南朝由陶弘景最後完成，因陶弘景在茅山築館修道，搜集遺經，傳授弟子，故上清派又稱茅山派。上清派集道教存思之大成，其進入存思的手段有二：一是誦經。如上清派稱之為「仙道之至經」的《上清大洞真經》，以歌訣形式敘述存神法，謂誦經者依次誦此三十九章，每日存思一神，神靈就會相繼下降其身中之各「戶」，即身體的一定部位。人身得此諸神鎮守，即可「開生門」、「塞死戶」，飛昇成仙。二是入靜。上清派把入靜息慮看作是存思的前提，所以主張存思時摒除一切雜念，密處靜室。最初存思的對象是人的體內神，後來擴展到體外神靈，包括日月、九宮五神、司命等。

道教的主要發源地巴蜀、荊楚、吳越三地，巫術都非常盛行。巫師通過

〔註37〕 姜生、馮渝傑：《漢畫所見存思術考——兼論〈老子中經〉對漢畫的文本化繼承》，《復旦學報》2015年第2期。

〔註38〕 〔日〕安居香山、中村璋八輯：《緯書集成》，呂宗力、欒保群等譯，河北人民出版社，1994年，第1153頁。

〔註39〕 羅熾：《太平經注譯》，西南師範大學出版社，1996年，第27頁。

邀神、娛神，以達到祈福、禳災、慰鬼、驅鬼、招魂之目的。在祭祀過程中，巫同神交接，以性媚神、悅神，求其賜福。祭祀的對象若是女神，則用男巫；若是男神，則用女巫，試圖以情愛操縱鬼神。巫作為人神之間的媒介，在出神的恍惚狀態下，與神交接，為原始的宗教祭儀中陰神下陽巫、陽巫接陰神的信仰習俗。道教在原始巫術的基礎上發展而成。上清系的周子良，祖母姓杜，為大師巫，「故相染逮」；靈媒華僑乃「晉陵冠族，世事俗禱」；許邁本屬事帛家之道，血食生民〔註40〕。因此，上清派的存思修煉方法吸納了巫祭降神的傳統。

　　修習者或對著繪製的神靈圖像，集中精神齋戒冥思；或在誦讀道經後，在心中激活有關神靈的描寫，想像自己進入神仙的世界。「在強烈暗示情形下，經由存思仙真，乃在恍惚狀態中產生見神的幻覺。而這種暗示來自彩色強烈的宗教性祕圖或者辭藻華麗、刻畫生動的文字敍述，從緯書中對於身神以及各種神祇的刻意描繪，演變為仙真中的仙真形象，無一不是中國本土宗教中巫師性格的一脈傳承。」〔註41〕而更有修煉經驗的道士，只需凝神冥想，就能在心理再現種種有關神仙活動的「心理圖像」。有時點上幾支香，營造出神祕的氛圍，存思者便能快速進入幻境。《存官訣》云：「入靖燒香，皆目想彷彿若見形儀，不可以空靜寥然，無聲響趨拜而退也。」〔註42〕存思者本已進入一種夢幻迷離的狀態，再加上服藥、燒香、念咒等輔助活動，「在這種迷執的狀態下，人常常會陷入幻覺，彷彿眼前真有什麼平時常想的影像出現。這種幻影的出現並不是雜亂無序的，而是受某種潛在的欲望支配的，人們儘管不能有意識地去把握它，指揮它，但它始終表現著人們意識深層所蘊積的動機與欲念。一個誠篤地相信道教又天天幻想掙脫生理與物理世界的鎖鏈，盼望長生羽化的人，在長時間的苦苦想像下，這種幻覺很可能就在他『存想思神』時不期而至。」〔註43〕

　　由於存思著重強調凝神守一，內觀虛靜，在幻境中與神靈交接，與文學想像極為相似。吳崇明在《道教存思法與〈文心雕龍〉神思論的生成》中指出：「作為一種精神思維活動，道教『存思』法具有馳騁想像的特點，文學『神思

〔註40〕《道藏》第 20 冊，第 610、513 頁。
〔註41〕李豐楙：《仙境與遊歷：神仙世界的想像》，中華書局，2010 年，第 238 頁。
〔註42〕張君房：《雲笈七籤》，第 264 頁。
〔註43〕葛兆光：《想像力的世界——道教與唐代文學》，現代出版社，1990 年，第 140 頁。

論』的出現，與之密不可分。神思實際上就是把道教的存思方法運用到文學創作中，是文學中的存思。魏晉南北朝時文人化用存思方法進行創作的現象已很普遍，《文心雕龍‧神思》篇的誕生，正是時代發展的必然結果。」〔註44〕目前，學界對道教存思與文學的關係已有不少論述，但卻似乎忽略了道教存思活動中的圖像思維特徵，而這正是它的主要特徵。在西方圖像學中，「圖像」一般是指「具象」的形式，而道教存思過程中，不但有具象的圖像，還有心理的圖像，兩者有時交織在一起，共同對文學創作產生作用。

　　道士由於長期進行存思修煉，大腦中充斥著形形色色神靈形象，日夜縈繞心頭，常常夢幻般地浮現，道士若用文字把這些幻境描繪出來，就成為一篇篇充滿奇思妙想的文學作品。存思又與做夢有很多相似之處，存思可以促使夢境的生成，所謂日有所思，夜有所夢，因此，在很多文學作品中，存思是以夢的形式體現的。《真誥》就以日記形式記錄東晉楊羲、許謐、許翽在升平三年至太和二年（359～367年）間晚上或夢中與神仙交通的細節。《周氏冥通記》也是周子良與神靈「冥通」的記錄，其實就是夢幻。總之，存思對文學創作產生了重要影響，對宋前道教小說的敘事影響尤為明顯，本文就著重分析存思對宋前小說創作的影響。

一、圖像存思與宋前道教小說

　　上文已提及，「贊」這種文體是附麗史傳和畫像而興起的，朝廷為表彰那些忠臣烈士，圖繪他們的相貌，配上讚語，所謂「畫古烈士，重行書贊。」如漢武帝於麒麟閣壁繪功臣像，漢宣帝繪霍光等十一功臣於閣上，漢明帝圖畫鄧禹等二十八將於雲臺，北周在凌煙閣畫功臣像，唐初沿襲之，畫開國功臣於凌煙閣，太宗親為之贊，褚遂良題閣，閣立本畫。漢代畫像盛行，帶來了深遠的影響和後果，其中之一，就是列圖對於仙傳寫作的影響，饒宗頤就指出先有列仙畫像，後有道士或文人為列仙圖寫畫贊，《列仙傳》《神仙傳》之類的神仙傳記，很可能就是道徒面對神仙圖像存思構想之後寫下的贊和傳〔註45〕。日本學者內山知也又說，六朝時期，有些遊仙主題被製成卷軸式的長幅畫卷，初唐時期，這些古畫依然殘存，被作為臨摹對象，有些小說就是配以此類仿古遊仙圖

〔註44〕吳崇明：《道教存思法與〈文心雕龍〉神思論的生成》，《江西社會科學》2009年第2期。

〔註45〕饒宗頤：《文選序〈畫像則贊興〉說（一）——列傳與畫贊》，南洋大學《文物彙刊》創刊號。

而出現的，如《遊仙窟》〔註46〕。作為「靈圖」的道教神仙圖像，主要用以輔助存思修煉。如《太平經》卷七十二中說：「四時五行之氣來入人腹中，為人五藏精神，其色與天地四時色相應也。畫之為人，使其三合，其王氣色者蓋其外，相氣色次之，微氣最居其內，使其領袖見之。先齋戒，居間善靖處，思之念之。作其人畫像，長短自在。五人者，共居五尺素上為之。使其好善，男思男，女思女，其畫像如此矣。」〔註47〕而且圖像的顏色符合陰陽五行，懸掛且隨四時移動，如《太平經》乙部卷三三的《懸象還神法》：「夫神生於內，春，青童子十；夏，赤童子十；秋，白童子十；冬，黑童子十；四季，黃童子十二。此男子藏神也，女神亦如此數。男思男，女思女，皆以一尺為法。畫使好，令人愛之。不能樂禁，即魂神速還。」〔註48〕說明道教徒修習者很注重圖像的藝術品質，只有生動形象的圖像才能讓人更好進入冥想狀態。《老君存思圖十八篇並敘》云：「妙相不可具圖，應感變化無定。無定之定，定在心得；心得有由，由階漸悟；悟發之初，先睹玉貌。」〔註49〕存思先從圖像、熟記容貌入手，修煉到一定程度後，只要心存默想，眼前聖真便「彷彿有形」，久之愈加清晰，「存思分明，令如對顏」〔註50〕。由於「贊」是用來讚頌的，一般是簡短的韻語；而配合神仙圖像產生的小說，是道徒存思的產物，故以敘事為主。

　　道士化文人為列仙圖寫贊或為遊仙畫配文，必定是觀圖凝思，馳騁想像，這種構思方式類似道教懸圖存思，並影響到後來的小說創作。如唐小說《纂異記》有篇小說寫江南人士子陳季卿屢試不中，滯留京城十載。一日訪僧於青龍寺，不巧僧出未歸，暫息於暖閣，偶遇神仙終南山翁。季卿望著東壁上的「寰瀛圖」尋找江南路，感慨道：「若能自渭至河洛，泳於淮水，濟於長江，到達於家，即使功名未就，也滿足了。」終南山翁笑道：「不難不難。」於是讓僧童折取階前竹葉，做成葉舟，置於圖中渭水之上，對季卿說：「您只要注目此舟，就能如願，但到家後切勿久留。」季卿凝視小舟，恍然若登舟，自渭及河，沿途而下，一路上訪遊寺廟，做詩題辭。旬餘至家，見妻子兄弟，題詩於書齋，然後仍登竹葉舟而返。待回到青龍寺，仿若如夢，僧尚未歸，終南山翁已去，陳

〔註46〕〔日〕內山知也著：《隋唐小說研究》，益西拉姆譯，復旦大學出版社，2010年，第137頁。
〔註47〕羅熾：《太平經注譯》，第510頁。
〔註48〕羅熾：《太平經注譯》，第510頁。
〔註49〕張君房：《雲笈七籤》，第246～247頁。
〔註50〕張君房：《雲笈七籤》，第260頁。

季卿回到旅館。兩個月後，陳妻從江南來京，說是季卿已經厭世，特意來尋訪他，並稱某月某日季卿曾回家，題詩猶在，陳季卿這才知道他回家之事不是做夢。後來季卿中進士後，辟穀不食，入終南山而去。在這篇小說中，陳季卿為追逐功名，離鄉十載，極度思念故鄉和親人，正是度化的好時機，因而終南山翁讓他面壁注視「寰瀛圖」，在存思中完成故里之遊。又如《聞奇錄》寫唐進士趙顏於畫工處得一軟障美人圖，趙顏對畫工說：「世上從沒見過如此漂亮的婦人，如何使她成為活人？我想娶她為妻。」畫工說：「我的畫都是神品，這幅畫中的美人名曰『真真』。你只要畫夜不停地呼叫她的名字，連續百日，她就會答應，她答話後以百家彩灰酒灌之，必活。」趙顏按照畫工的話去做，畫上美人真的成為活人，與趙顏為妻，後生一子。三年後，友人見之，謂為妖，贈趙顏神劍斬之。真真見劍泣曰：「妾南嶽地仙也，無何為人畫妾之形，君又呼妾名，既不奪君願，君今疑妾，妾不可住。」說完，攜其子上軟障，嘔出所飲百家彩灰酒，畫面恢復如初，只是增加了一個孩子〔註51〕。在這個故事中，趙顏愛上畫中美人，為之癲狂，因而進入幻夢狀態，娶其為妻，滿足了性幻想，所謂「畫餅充饑」。元末長篇小說《三遂平妖傳》第一回也受其啟發，寫胡員外從畫師處買來一幅仙畫，將畫在密室掛起，夜深更靜之時，燒一爐好香，點兩枝燭，咳嗽一聲，在棹子上彈三彈，禮請仙女下來吃茶。後來胡妻瞧見其夫暗中私會美女，一怒之下燒毀畫卷，紙灰湧進其口中，自此有孕，後來生下小說中的女主角胡永兒。這些描寫，其實也是心靈圖景的現實化，胡員外家中巨富，但無兒無女，常為此煩惱，夫妻倆去寶籙官求子，因而得遇畫師。因此，胡妻不能生育，內心遂產生強烈的生育兒女的願望，因而面對畫中美人，必定會出現或想與其生子或想有個這樣的女兒的幻想。所以，這些描寫都是具有心理依據的。

二、存思與神仙降凡傳道

道教非常重視「明師」的作用，認為修道者能否遇到明師，是修道成功的關鍵。道教內部規定，為了保密，道經多使用隱語寫成。如《真誥》中就採用文字「離合」的方法寫詩、以隱語標示年代、以隱語別名表示丹藥和修煉術語等，《魏書·釋老志》稱張陵五斗米道「其書多有禁秘，非其徒也，不得輒觀。」〔註52〕因此，道經被認為是用「雷文雲篆」書寫、深奧難懂的天書，或乾脆稱

〔註51〕《畫工》，《太平廣記》卷三，第151～152頁。
〔註52〕《魏書》卷一百一十四，中華書局，1974年，第3048～3049頁。

「無字天書」。高道傳授道經，就是將符篆天文或無字天書「譯出」或「注解」的過程〔註53〕。所以，在授經時需要明師指點，口授要訣，否則不易索解。《太平經》中說：「故凡學者，乃須得明師，不得明師，失路矣。故師師相傳，乃堅於金石，不以師傳之，名為妄作，則致凶邪矣。真人慎之慎之！」「故古者上學聖賢，得明師名為更生，不得明師者，名為亂經。故賢聖皆事師乃能成，無有師，道不而獨自生也。」〔註54〕《抱朴子》中也曰：「未遇明師，而求要道，未可得也。」〔註55〕《西升經》引老子之語，從道經之精妙和變化無窮的角度，闡述得明師的必要性：「學不得明師，焉能解疑難？吾道如毫毛，誰當能明分？」〔註56〕《洞玄經》則引用太上玄一真人的話，說明尊師的重要性：「師者，寶也。為學無師道則不成，非師不度，非師不仙。故師我父也。子不愛師，道則不降魔，壞爾身，八景龍輿焉可得馭，太極玉闕焉可得登？」〔註57〕因此，在仙傳小說中，一般都有求師訪道的情節描寫。

　　這樣，在道教修習者心中就形成渴望「遇明師」的情結，修習者希望通過存思感格神靈，降凡授道，久而久之，產生幻覺，彷彿見到神仙降臨，傳度道術。他們將這種宗教體驗編造成道教新神話，以為實錄，故事發生的時間、地點、人物均以史實為外表，不少傳主都是當時存在的人物，與作者為親密的師友關係。葛洪在《抱朴子內篇・雜應卷第十五》中講到多種「不出帷幕而見天下」之法，其中一種是借助鏡子存思的方法：

　　　　或用明鏡九寸以上自照，有所思存，七日七夕則見神仙，或男或女，或老或少，一示之後，心中自知千里之外，方來之事也。明鏡或用一，或用二，謂之日月鏡。或用四，謂之四規鏡。四規者，照之時，前後左右各施一也。用四規所見來神甚多。或縱目，或乘龍駕虎，冠服彩色，不與世同，皆有經圖。欲修其道，當先暗誦所當致見諸神姓名位號，識其衣冠〔註58〕。

　　署名為上清派創始人魏華存的《清虛真人王君內傳》，寫王褒入華山九年，存思感得太極真人西梁子文降凡，授以道經，終成神仙。曾擔任茅山派創

〔註53〕卿希泰、詹石窗：《中國道教思想史》第一卷，人民出版社，2009年，第417頁。

〔註54〕羅熾：《太平經注譯》，第496頁。

〔註55〕葛洪著、王明校釋：《抱朴子內篇校釋》卷六《微旨》，第126頁。

〔註56〕《道藏》第25冊，第114頁。

〔註57〕《道藏》第25冊，第114頁。

〔註58〕葛洪著、王明校釋：《抱朴子內篇校釋》卷六《微旨》，第273頁。

始人楊羲靈媒的華僑作有《紫陽真人內傳》，該傳寫周義山自幼好道，積德行善。中嶽仙人蘇林衣著襤褸，賣芒履於陳留，義山知他非凡，慷慨濟助。蘇林為之感動，說出自己身份，授以殺蟲方。義山行之，徹見肺腑，蘇林又勸他巡遊名山，尋訪新師。義山在遊歷名山的途中，遇到衍門子、中黃老君、左右有無英君、黃老君等。義山拜求「上真要訣」，黃老君告以還視體內洞房中。義山內視時，發現自己體內也有與空山中同樣裝扮的無英君和白元君。經百餘年的修煉後，義山白日昇天，授紫陽真人之位。可見，這篇傳記體小說其實是講述周義山存思自己體內諸神的修煉過程，所謂無英君、黃老君等，都是人體的器官神。作者將傳主內視冥想的神秘體驗故事化。另外，還有陶弘景自稱在弟子周子良自殺後，自己「試自往燕口山洞尋看」獲得的《周氏冥通記》，當時呈散亂狀，他按時間重新編排注釋，然後加上自己撰寫的周子良傳記部分，編輯成書。所以這部書實際上是由陶、周師徒共同完成的，在文體上獨具一格。《周氏冥通記》的日記部分記錄天監十四年乙未（515 年）五月二十三夏至日至丙申（516 年）十月二十七日周子良去世前夢中與神仙溝通的情況，神仙答詢了周子良有關家人疾病、生死輪迴、修煉法術、請雨法事等眾多問題。這些夢境的形成，與周子良的生活經歷有密切的關係。他平時熟讀《真誥》等道書，所以夢境中出現的神仙絕大部分與《真誥》中的相同。周子良生於士族之家，但「晚葉雕流，淪胥以瘁」，父親早亡，出生後送給姨媽撫養，年十二入道，後來構置密室，焚香修煉，二十歲時自殺身亡。因而，周子良的內心是孤獨的，自殺可能早有預謀，因此夢中與神靈的對話，主要圍繞著冥府準備招他去任職一事進行，神靈回答他的問題，都是他未離世前放不下的心事，如父親的墓葬問題，北府丞告知其父不願移葬，墓南頭有一坎宜塞去。又如周子良喜歡裸睡，或許其心裏擔心褻瀆神靈，於是夢中定錄府范帥告誡他「作道士法，不宜露眠，不宜橫攣屍，橫攣屍則邪不畏人」。東晉時期上清派猶保留著民間巫教的性質，陶弘景努力使其擺脫巫教的影響；周家俗事帛家道，神靈慮其為俗神所犯，又再三戒約。等等。正因為是他平日非常關心的事，所以會在存思時出現這些對話內容。《漢武帝內傳》則詳細記載了西王母、上元夫人等神仙下降會見漢武帝，向漢武帝傳授「延年之訣」、「致神靈之法」、「乘虛之數」、「步元之術」等的經過。應該也是漢武帝存思修煉過程的故事化。小說開頭寫漢武好長生之術，以求神仙，因而感得王母七月七日降凡，指示要道。此外，《神仙傳》中也有數則神靈降示傳道的故事，如太上老君降張道陵、八公詣淮南王劉

安、葛玄感太上老君與王方平、麻姑降蔡經，等等。總之，這些小說的都是修道者進行存思修煉時，感格聖真，於夢幻中領受神喻的產物。雖是夢幻，但人物形象前後清晰一致，故事情節始終銜接連續，且醒時均可得到「真實發生過」的證實，作者及傳主對此都深信不疑，但對於今天的讀者而言，這些都是修道者的心靈幻象。是修道者渴望遇到明師指點，日久懸想，直至眼前出現視覺化的神仙圖像，這些視覺化的圖像其實就是心理圖像的投射。

神仙降臨後，道教小說的作者接著以修道者的視覺對神仙進行不同角度的觀察，然後介紹神仙的姓名、身份等，對其身長、服飾、隨從等進行十分細膩的描繪，這也是道經中對存思之神描寫的程序。如《真誥》卷一九寫九華真妃第一次出場：

> 紫微王夫人見降，又與一神女俱來。神女著雲錦襦，上丹下青，文采光鮮。腰中有綠繡帶，帶繫十餘小鈴，鈴青色、黃色更相參差。左帶玉佩，佩亦如世間佩，但幾小耳。衣服倏倏有光，照朗室內，如日中映視雲母形也。雲髮鬘鬢，整頓絕倫，作髻乃在頂中，又垂餘髮至腰許，指著金環，白珠約臂，視之年可十三四許。左右又有兩侍女，其一侍女著朱衣，帶青章囊，手中持一錦囊，囊長尺一二寸許，以盛書，書當有十許卷也，以白玉檢檢囊口，見刻檢上字云：「玉清神虎內真紫元丹章」。其一侍女著青衣，捧白箱，以絳帶束絡之，白箱似象牙箱形也。二侍女年可堪十七八許，整飾非常。神女及侍者顏容瑩朗，鮮徹如玉，五香馥芬，如燒香嬰氣者也。初來入戶，在紫微夫人後行。夫人既入戶之始，仍見告曰：今日有貴客來，相詣論好也。於是某即起立。
>
> 某不復答。紫清真妃坐良久，都不言，妃手中先握三枚棗，色如乾棗，而形長大，內無核，亦不作棗味，有似於梨味耳，妃先以一枚見與，次以一枚與紫微夫人，自留一枚，語令各食之[註59]。

作者以大量筆墨來描摹神女外貌和服飾，然後又以兩侍女加以陪襯，其目的就是要將人物形象生動地展現在讀者眼前，通過服飾裝束體現出神仙的等級，人物的行為描寫也極為細緻傳神。如此精細的描繪，使神女栩栩如生，似乎真的存在。

又如《周氏冥通記》寫北府丞的出場：

[註59] 羅熾：《太平經注譯》，第571頁。

又眠未熟，忽見一人長可七尺，面小，口鼻猛，眉多，少有鬚，青白色，年可四十許，著朱衣，赤幘，上載蟬垂，纓極長，紫革帶廣七寸許，帶鞶囊，鞶囊作龍頭。足著兩頭烏，烏紫色，行時有聲索索然，從者十二人。二人提裾，作兩髻，髻如永嘉老姥髻。紫衫青袴，履縛袴，極緩。三人著紫袴，褶平巾幘，手各執簡，簡上有字不可識。又七人並白布袴，褶自履鞾，悉有所執。一人挾坐席，一人把如意，五色毛扇，一人把大卷書，一人持紙筆、大硯，硯黑色，筆猶如世上筆。一人捉繖，繖狀如毛羽，又似彩帛，斑駁可愛。繖形圓深，柄黑色，極長。入屋後，倚簷前。其二人並持囊，囊大如小柱，似有文書。挾席人舒置書床上，席白色有光明，草纓如（上艸下邪）子，但織縷尤大耳。侍者六人，入戶並倚子平床前。此人始入戶，便皺面云：居太近。後仍就座，以臂隱書按，於時筆及約尺悉在桉上，便自捉內格中，移格置北頭。……乃謂子良曰：我是此山府丞，嘉卿無怨，故來相造〔註60〕。

北山府丞的形貌、服飾描寫非常細膩傳神，如在眼前。《漢武內傳》中對王母等神仙的儀駕和服飾也進行了鋪張揚厲的描寫：

至夜二更之後，忽見西南如白雲起，鬱然直來，徑趨宮庭，須臾轉近，聞雲中有簫鼓之聲，人馬之響。半食頃，王母至也。縣投殿前，有似鳥集。或駕龍虎，或乘白麟，或乘白鶴，或乘軒車，或乘天馬，群仙數萬，光耀庭宇。既至，從官不復知所在。唯見王母乘紫雲之輦，駕九色斑龍。別有五十天仙，側近鸞輿，皆長丈餘，同執彩旄之節，佩金剛靈璽，戴天真之冠，咸住殿下。王母唯扶二侍女上殿。侍女年可十六七，服青綾之褂，容眸流眄，神姿清發，真美人也。王母上殿，東向坐。著黃錦袷襜，文采鮮明，光儀淑穆。帶靈飛大綬，腰佩分景之劍，頭上大華髻，戴太真晨嬰之冠，履元瓊鳳文之舄，視之年三十許。修短得中，天姿掩藹，容顏絕世，真靈人也〔註61〕。

小說中對西王母與上元夫人下凡時的盛大場景和天姿仙容的刻畫，為歷代學者所矚目，容易給人以直觀、逼真、生動的感受，提高故事的可信度，所以也

〔註60〕《周氏冥通記》，《中華道藏》第 46 冊，第 247～248 頁。
〔註61〕劉真倫、岳珍：《歷代筆記小說精華》第一卷，第 143 頁。

是道教小說著力表現的地方。這段描寫無疑受到道教存思神的影響。葛洪《神仙傳・蔡經》篇中有關於神仙王方平和麻姑出場的大段描寫，除了極力渲染儀仗的煊赫，它還使用了「先聲奪人」的出場方式。

　　這些神仙人物外貌的描寫，可能都以道教圖像為依據，是六朝道教信仰中的流行圖形。在上清派的道經中，對仙真形象的描寫就相當細緻生動，既極力美化神仙形象以吸引信眾，又幫助存思者識別神仙的模樣，對所存想的神產生具象的影像。《太上老君大存思圖說訣》就描繪出神仙車架出行的宏大場景（圖4-114），對神仙的形貌和出場，道經常常是精雕細刻，極盡渲染烘托之能事，使用富於想像力的華麗辭藻來反覆描寫存思對象的莊嚴、尊貴、美妙。如存思玄母，「身長六寸六分，著青寶神光錦繡霜羅九色之綬，頭戴紫元玄黃寶冠，居九炁無極之上瓊林七映丹房玉寶洞元之府九光鄉上清里中，乘紫雲飛精羽蓋，從十二鳳凰、三十六玉女，從東南來，下入甲身中，治面洞房之內。思父母化為青黃二氣，宛轉相咨，竟於頭面之上。」〔註62〕《真蹟經》描述存想天皇地皇人皇，「存天皇君身長九寸，披青帔，著青錦裙，頭戴九光寶冠，手執飛仙玉策，在左；人皇君身長九寸，披黃帔，著黃錦裙，頭戴七色寶冠，手執上皇保命玉策，在右；地皇君身長九寸，披白錦帔，著素錦之裙，頭戴三晨玉冠，手執元皇定錄之策，在後。三皇真君，在兆左右。然後披卷行事。」〔註63〕道經對存思聖真形象進行細緻、生動的刻畫，一方面是為了幫助存思者對所存之神有具體直觀的感受，另一方面是為了盡可能地美化神仙形象，吸引更多的人來信仰道教。正如法國學者瑪蒂娜・喬麗所指出：「在圖像中通常起主導作用的信息（或指代）功能，也可以擴展為認知功能，該功能能賦予它作為認識工具的維度，因為圖像服務於觀察世界本身，並服務於解釋世界。衣服圖像並不是現實的複製，而是一個長時間過程的結果，在這個過程中，輪番地使用過概括性再現和修正手段，這種認識功能又直接地與圖像的審美功能連在一起了。」〔註64〕這種有意識的描摹手段客觀上為中國古代小說人物描寫提供了一些技巧性的手法。神仙的名字、服飾的顏色、形象都有其象徵意義，是一種肖像符號，表示神仙的不同等級，顯示出上清派等級觀的深刻影響。

〔註62〕張君房：《雲笈七籤》，第165頁。

〔註63〕《道藏》第25冊，第146頁。

〔註64〕〔法〕瑪蒂娜・喬麗：《圖像分析》，懷宇翻譯，天津人民出版社，2012年，
　　　　第29頁。

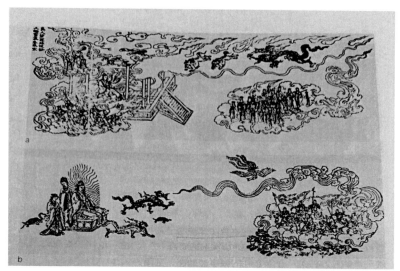

圖 4-114《太上老君大存思圖說訣》中召請身神存思圖

　　《漢武帝內傳》中對王母等神仙儀駕誇張性的描寫，是依據《茅君內傳》而改編或仿寫的，這是道教小說對渲染神仙氣勢的慣用手法。如《神仙傳‧茅君傳》寫茅君的弟弟出仕為郡太守，赴任時，鄉里數百人集會，舉行送別宴會。當時茅君也在座，謂人曰：「余雖不作二千石，亦當有神靈之職，某月某日當之官。」賓客皆曰：「願奉送。」茅君曰：「顧肯送，誠君甚厚意。但當空來，不須有所損費，吾當有以供待之。」

> 至期，賓客並至，大作宴會，皆青縑帳幄，下鋪重白氈，奇饌異果，芬芳羅列，妓女音樂，金石俱奏，聲震天地，聞於數里。隨從千餘人，莫不醉飽。及迎官來，文官則朱衣素帶數百人，武官則甲兵旌旗，器仗耀日，結營數里。茅君與父母親族辭別，乃登羽蓋車而去。麾幡蓊鬱，驂虯駕虎，飛禽翔獸，躍覆其上，流雲彩霞，霏霏繞其左右。去家十餘里，忽然不見〔註65〕。

　　通過對塵世官員和神仙官員赴任時聲勢、排場的對比，突出神仙世界超越世俗權勢的富貴和威望。日本學者小南一郎說：「在現實體制中不得翻身的人們的願望，主要通過若在神仙世界中自己就能晉升高位的形式表現出來。」〔註66〕道教設立神仙官階的目的，就是要讓那些在現實世界中的失意者實現權勢的夢想，仙官成為俗官的一種替代和補償方式。

〔註65〕《太平廣記》第 1 冊，第 72 頁。
〔註66〕〔日〕小南一郎：中國的神話傳說與古小說》，第 242 頁。

三、存思與仙凡豔遇故事

　　自魏晉以後大量出現的凡男豔遇仙女的故事，實際上也是道教成仙須遇明師觀念的另一種演繹，因為在故事中，仙女其實就擔當了指導凡男成仙的「明師」角色。

　　仙凡豔遇是古代文學中最常見的敘事母題。宋玉的《高唐賦》、《神女賦》奠定了後世以夢境表達情思與性愛主題的人神遇合創作模式，其後如曹植之《洛神賦》、陳琳、王粲、江淹之《神女賦》、謝靈運之《江妃賦》等，不絕如縷。在道教神仙思想影響下，這類題材的文學作品更是大量產生。修煉者經過精誠修煉，想像女仙為己所感，下降凡塵，與自己結為伴侶，傳經授道，度化自己成仙入道。作者在時空幻化中，構設人仙邂逅的浪漫傳說，著意突出凡男與仙女的情好意象。

　　道教認為，存思修道到一定的境界，就會得到女仙降凡協助修道或玉女來侍的獎勵。《太平經》中說：得道後，「其惡者悉除去，善者悉前助化，青衣玉女持奇方來賜人，是其明效也。」〔註67〕《抱朴子》在介紹服用各種仙丹和仙藥的功用時，都強調有「仙人玉女」皆來侍之的效果〔註68〕。《神仙傳》中也有此類描寫，如趙瞿得道後，「見面上有二人，長三尺，乃美女也，甚端正，但小耳，戲其鼻上。如此二女稍長大，至如人，不復在面上，出在前側，常聞琴瑟之聲，欣然歡樂。」《朝出戶存玉女第十二》云：「玉女者，是自然妙氣應感成形。形質明淨，清皎如玉，隱而有潤，顯又無邪。學者存真，階漸陞進，進退在形，出入在道。道氣玄妙，纖毫必應，應引以次，從卑至尊。故白日則玉女守宮；夕夜則少女通事，濟度危難，登道場也。」〔註69〕《紫書存思九天真女法》詳細介紹存思玉女法云：

　　　　《紫書訣》言，凡修上真之道，常以九月九日、七月七日、三
　　　　月三日，此日是九天真女合慶玉宮，遊宴霄庭，敷陳納靈之日。至
　　　　其日，五香沐浴，清齋，隱處別室，不交人事，夜半露出，燒香北
　　　　向。仰思九天真女，諱字，身長七寸七分，著七色耀玄羅袿、明光
　　　　九色紫錦飛裙，頭戴玄黃七稱進賢之冠，居上上紫瓊宮，玉景臺七
　　　　映府，金光鄉無為里中。時乘紫霞飛蓋、綠軿丹舉，從上宮玉女三

〔註67〕羅熾：《太平經注譯》，第 974 頁。

〔註68〕葛洪著、王明校釋：《抱朴子內篇校釋》，第 66、191 頁。

〔註69〕張君房：《雲笈七籤》，第 249 頁。

十六人，手把神芝五色華幡，御飛鳳白鷺，遊於九玄之上，青天之崖。思畢，心拜真女四拜，叩齒二十四通。仰祝曰：……〔註70〕

「五斗米道」以房中術為人治病的做法雖在魏晉時受到批判，但並未徹底清除，只是進行了改裝。上清經科律《四極明科》以儒家的仁、義、禮、智、信、德、道喻道教房術，如《仁經》為「男女婚嫁，恩愛交接，生子種人，永永無絕。」〔註71〕《禮經》為「既當生長，壯不可恣，夫清婦貞，內外有別，尊卑相敬，和而有節」〔註72〕。竭力在儒家道德規範中尋找玄素之道、容成御女術和涓彭之道的道德依據。劉宋時上清派《洞真太上說智慧消魔真經》雖抨擊黃赤道等幾種房術，但又推薦「知日偃月」的夫妻房術，以生育和養生成仙為目標。《上清黃書過度儀》傳授通過祈禳齋醮房術解災免禍法，不避諱道師過度異性弟子或男女多人共同過度，有些介紹很露骨，如裸體互視、互摩、相互跨越、連手導引、交氣等〔註73〕。陶弘景的《真誥》中每有言辭晦澀之處，都是借上清諸仙之口而言房中法。在《真誥》卷一《運象篇第一》中，紫清真妃降凡，自薦要與楊羲「齊首偶觀，攜帶交裙」，紫薇夫人在旁附和道：兩人姻緣是「玄運冥分使之然耳」。南嶽夫人怕楊羲有顧慮，授書勸曰：「冥期數感，玄運相適。應分來聘，新構因緣。此攜真之善事也。蓋示有偶對之名，定內外之職而已。不必苟循世中之弊穢，而行淫濁之下跡矣！偶靈妃以接景，聘貴真之少女。於爾親交，亦大有進業之益得，而無傷絕之慮耳。」〔註74〕所謂「偶景」，其實質是「偶高靈而為雙」，即凡男通過與仙女結合，以和合內外、陰陽、天地、幽明等一切對立又互根之二景為目標，達到純真的仙道，是一種更高級的雙修秘術，不是「黃赤之道」式肉體之愛，而是精神之戀的「上道」，或曰「隱書」。正如紫薇夫人所指出：「夫黃書赤界，雖長生之秘要，實得生之下術也。……夫真人之偶景者，所貴存乎匹偶，相愛在於二景。雖名之為夫婦，不行夫婦之跡也。是用虛名以示視聽耳。苟有黃赤存於胸中，真人亦不可得見，靈人亦不可得接，徒劬勞於執事，亦有勞於三官矣！」〔註75〕《真誥》中有不少仙女降真度授凡男的故事，如升平三年（359年）愕綠華降羊權，興寧三年

〔註70〕 張君房：《雲笈七籤》，第259～260頁。
〔註71〕 《道藏》第33冊，第695頁。
〔註72〕 《道藏》第33冊，第695頁。
〔註73〕 《道藏》第32冊，第742～743頁。
〔註74〕 陶弘景原著、〔日〕吉川忠夫、麥穀邦夫編：《真誥校注》，第37頁。
〔註75〕 陶弘景原著、〔日〕吉川忠夫、麥穀邦夫編：《真誥校注》，第43頁。

（365 年）安郁嬪降楊羲，興寧三年王媚蘭降許謐，都是採用神女降真婚合的形式。總之，仙女之所以降凡，目的是為幫助凡人修道，而非滿足其肉體之欲。

趙益說：道教「或由存思、或在夢中達到神人交會的高妙之境」，「因為從教理上說，有道者必須通過不斷的鍛鍊方能達到仙品，這種鍛鍊的方向和正確方法則有待於接引，而虛幻的『巫術』風格的人神交接儀式總是隨著宗教義理化的加強而逐漸褪失的。因此，冥想與存思等所達到的間接的溝通便成為唯一的方法，人神交接的艱難性進一步增大。」〔註76〕《搜神記・弦超》篇就是道教存思式的人神之戀。小說寫魏濟北郡從事掾弦超，嘉平中夕獨宿，夢有神女來從之，自稱天上玉女，姓成公，字智瓊，早失父母。上帝哀其孤苦，令得下嫁。其後超「覺寤欽想，若存若亡，如此三四夕」。一日智瓊來，駕輜軿車，從八婢。服羅綺之衣，姿顏容色，狀若飛仙。自言年七十，視之如十五六。車上有壺榼，清白琉璃五具，飲啖奇異，饌具醴酒，與超共飲食。謂超曰：「我，天上玉女。見遣下嫁，故來從君。不謂君德，宿時感運，宜為夫婦。不能有益，亦不能為損。然往來常可得駕輕車，乘肥馬，飲食常可得遠味異膳，繒素常可得充用不乏。然我神人，不為君生子，亦無妒忌之性，不害君婚姻之義。」遂為夫婦，經七八年，父母為超娶婦之後，兩人分日而燕，分夕而寢，夜來晨去，倏忽若飛，唯超見之，他人不見。後來弦超向人洩露他們間的秘密，當晚玉女求去。超憂感積日，殆至委頓。去後積五年，超奉郡使至洛，在濟北魚山下邂逅智瓊，披帷相見，悲喜交至，同乘至洛，克復舊好。至太康中猶在，但不日日往來。

弦超是個下層吏員，未婚獨宿，夢遇神女，結為夫婦。兩人間的交往，他人都看不見。後來張華據此寫《神女賦》，又強調弦超自與神女交後，身體強健，雨行大澤中而不沾濕衣服。顯然，這個故事是因為弦超孤眠獨宿而產生的幻夢，在幻夢中，知瓊被說成是早失父母的孤苦女子，這樣兩人就容易產生心理共鳴。在夢中，弦超不但滿足了性慾，享受了繁華，而且強健了身體。因此，弦超的夢不但受到當時門閥制度的影響，與道教存思術也不無關聯。

總之，上清道的「偶景術」既受到文學作品的影響，後來又對人神豔遇小說的興盛推波助瀾。人神戀小說，既反映世俗士子對神仙伴侶、神仙生活的企羨，又通過可以不被世俗禮教所局限、熱情追求純真愛情的女仙形象反映自己的情愛觀。

〔註76〕趙益：《六朝南方神仙道教與文學》，上海古籍出版社 2006 年，第 146 頁。

四、存思與神遊仙境

　　存思術自身是在不斷發展的，漢代以後又產生出一種存思自然山水的視覺訓練主題，後來的內丹就將人體內部類比於山水圖。

　　《老君存思圖十八篇並敘》云：存思「一切所觀，觀其妙色，色相為先，都境山林，城宮臺殿，尊卑君臣，神仙次第，得道聖眾，自然玉姿，英偉奇特，與我為儔，圓光如日，有炎如煙，周繞我體，如同金剛。」〔註77〕這說明，存思術出現了以山水為背景的視覺圖像。道教主張天人合一，元人李鵬飛《三元延壽參贊書》中說：「天地之間人為貴，然囿於形而莫知其所以貴也。頭圓象天，足方象地，目象日月，毛髮肉骨象山林土石，呼為風，呵為露，喜而景星慶雲，怒而震霆迅雷，血液流潤，而江河淮海。至於四肢之四時，五臟之五行，六腑之六律，若是者，吾身天地同流也。豈不貴乎？」〔註78〕完全把人體生命與天地自然等量齊觀。崑崙是神仙聚集的地方，是世界的中心，因而道教也常把頭部譬喻為崑崙。早在《黃庭外景經》中，就提到一種「子欲不死修崑崙」的存思之法，務成子和梁丘子的注都說「崑崙者，頭也」。《上清黃庭內景經》中有首七言詩，講的就是存思頭部所遇到的景象：

> 若得三宮存玄丹，太一流珠安崑崙。重重樓閣十二環，自高自下皆真人。玉堂絳宇盡玄宮，璇璣玉衡色蘭玕。瞻望童子坐盤桓，問誰家子在我身。此人何去入泥丸，千千百百自相連。一一十十似重山，雲儀玉華俠耳門。赤帝黃老與己魂，三真扶胥共房津。五斗煥明是七元，日月飛行六合間。帝鄉天中地戶端，面部魂神皆相存。

> （《上清黃庭內景經》若得章第十九）

　　初看詩很像是在描繪參觀仙境的宏偉宮殿建築，與神仙對話，但它其實描述的是頭部諸宮及神靈形象，所謂「太一流珠」、「重重樓閣」、「玉堂絳宇」、「璇璣玉衡」都隱喻了頭部的某一相關部位，《黃庭經》作者之所以採取建築名稱來取代身體部位的真實稱謂，還是由存思需要借用具體的、可感知的映像決定的。《上清洞真九宮紫房圖》就描繪了集中於頭部九宮的存思活動（圖4-115），《抱朴子》中也記載鄭隱告訴他的學生葛洪自己存思守一時看到的圖景：

> 吾聞之於先師曰：一在北極大淵之中，前有明堂，後有絳宮；

〔註77〕張君房《雲笈七籤》，第246～247頁。
〔註78〕《道藏》第18冊，第528頁。

巍巍華蓋，金樓穹隆；左罡右魁，激波揚空；玄芝被崖，朱草蒙瓏；
白玉嵯峨，日月垂光；歷火過水，經玄涉黃；城闕交錯，帷帳琳琅；
龍虎列衛，神人在傍〔註79〕。

如果不解釋那些存思中的隱語，單是從字面來看，這段文字包括了人物、山
水、建築、草木、動物等，像一幅壯麗的山水畫卷，給人強烈的視覺衝擊力。

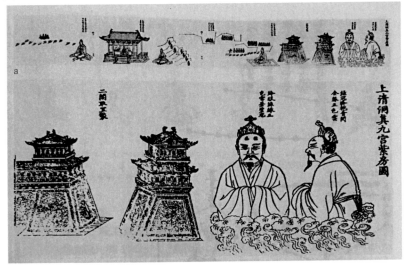

圖 4-115《上清洞真九宮紫房圖》中九宮紫房存思圖

　　在《登真隱訣》另錄有《紫度炎光經內視中方》，陶弘景在小字注釋裏繪
聲繪色講出了山水是怎樣映入眼簾的：

　　　　乃內視遠聽四方，令我耳目注百萬里之外，久行之，亦自見萬
里之外事，精心為之，乃見萬里外事也。又耳中亦恒聞金玉絲竹之
音，此妙法也。初亦存聞之，後乃得實聞也。四方者，總其言耳，
當先起一方，而內注視聽，初為之，實無髣髴，久久誠自入妙。夫
修道存思，事皆如此，歲月不積，誠思不深，理未知覺，不得以未
即感驗，便致廢棄，鑽石拜山，可謂有志〔註80〕。

　　陶注詳細描述了內視的過程，從遠處的山川城郭逐漸推遠至萬里之外的仙
境。《洞真太上紫度炎光神玄變經》中的存思想像較之「紫度炎光經內視中方」
更為廣闊，它從東方近處的「山川城郭」，到九萬里之外的山川、草木、禽獸、
胡老以及東嶽仙官，經過三年苦思然後才能換到下一個方向，等到東南西北中

〔註79〕葛洪著、王明校釋：《抱朴子內篇校釋》卷十八《地真》，第 324 頁。
〔註80〕《道藏》第 6 冊，第 611 頁。

五個方向都修行完畢，該道術最後達到的效果是：「靜念存思天下四方萬里之外，山林草木、禽獸人民、玄夷羌胡、傖老異類，皆來朝拜己身。」〔註81〕因而又出現了《外國放品經》那樣的宗教興圖。

還有一種「化壇」存思法。主持齋醮的高道，能化凡塵為神界，化己身為神靈本體，「壇場」變為神靈之境，這種使壇場具有靈性的法術稱為「化壇」。齋醮化壇的目的是淨壇解穢。敕壇由都講師進行，他通過存想諸神來到壇前，破穢之後化為真炁，回歸自己身中。正式建齋之前的開壇科儀也是通過存想來完成。高道存想所築三層法壇，化為天界的玉京山，群仙聚集，盛況空前。如杜光庭《太上黃籙齋儀》云：

> 存見太上三尊，乘空下降，左右龍虎，千乘萬騎，三界尊靈，群真侍衛，羅列在座，乃為弟子奏陳齋意。次思經師侍太上之右，心拜三過，願師得仙道，我身升度。次思度師，願念如初夜法。次思青雲之氣，匝滿齋堂，青龍獅子，備守前後，仙童玉女，天仙、地仙、飛仙，五方五帝兵馬，匝覆齋主家大小之身。又思五臟五嶽，如初夜法〔註82〕。

上述存思中出現的圖像，把天尊宏大的氣勢和威嚴呈現出來。《道門通教必用集》卷九：

> 正中午時，當思赤氣從心而出，如雲之升，匝繞壇殿，朱雀白鶴，備守前後，仙童玉女，天仙地仙，日月星宿，五帝兵馬，監齋直事，三界官屬，羅列左右，以雲氣覆弟子居宅大小之身。

> 入夜戌時，當思白氣從肺而出，如雲之升，匝繞壇殿，白虎麒麟，備守四方，仙童仙女，天仙地仙，日月星宿，五帝兵馬，監齋直事，三界官屬，羅列左右，以雲氣覆弟子居宅大小之身〔註83〕。

後來北宋的內丹經典《海中三島十洲之圖》以模擬內臟的排列方式，將仙島微縮成群山，層疊上升。最下方的「塵世福地」指世俗世界，與腹部對應；其上的十個圓圈分成四組，在塵世之上一點的「紫府」是修煉者煉氣成神到達的第一站，其餘九個圈被進一步分在三個大圓圈內，由下自上分別稱為「下島」「中島」「上島」，它們之間有一條蜿蜒的路線連接。內丹家認為，以上三群島嶼類似人體內

〔註81〕《道藏》第33冊，第555頁。
〔註82〕《道藏》第9冊，第181頁。
〔註83〕《道藏》第32冊，第49頁。

的三關，是人體內氣循環的重要關卡〔註84〕。這些存思圖像，為後來小說中的天界描寫所借鑒。總之，在上清道派的經誥典籍裏，他們運用這種具有藝術特質的存思之術虛構了許多仙居仙境，描繪了信徒登涉星辰的旅程，充滿動感。這些景象或瑰麗奇詭、色彩煥爛、雲繚霧繞；或山青水秀、奇花異草、芳馨濃鬱；或瓊樓玉宇、金碧輝煌。它們無疑是藝術化、審美化、想像化、理想化的結果。

　　天上仙境以道教的三大尊神所居住的三清境最為理想：三清上境「或結氣為樓閣堂殿，或聚雲成臺樹宮房，或處星辰日月之門，或居煙雲霞霄之內。」〔註85〕神仙們住的天上玉京山，「山有七寶城，城有七寶宮，宮有七寶玄臺，其山自然生七寶之樹」〔註86〕。那裏鶯歌燕舞、鼓樂喧天：「鈞天妙樂，隨光旋轉，自然振聲，又復見鸞嘯鳳唱，飛舞應節，龍戲麟盤，翔舞天端。諸天寶花零亂散落，偏滿道路」，「十方來眾並乘五色瓊輪，琅輿碧舉，九色玄龍，十絕羽蓋，麟舞鳳唱，嘯歌邕邕。靈妃散花，金童揚煙，贊謠洞章，浮空而來。」〔註87〕地上洞天福地則以西王母居住的崑崙山最著，那裏「金臺玉樓相鮮，如流精之網，光碧之堂，瓊華之室，紫翠丹房。錦雲燭目，朱霞九天」〔註88〕。西王母「天姿掩藹，容顏絕世」，侍女亦「年可十六七，容眸流盼，神姿清發」，上元夫人也「天姿清輝，靈眸絕朗」〔註89〕。所有這些，當然都是存思者根據現實世界而虛構的〔註90〕。

　　修道者通過存思，眼前就能出現一派神仙境界。《真誥》卷五記神仙裴清靈講述的一個故事：

　　　　君曰：昔在莊伯微，漢時人也。少時好長生道，常以日入時，正西北向，閉目握固，想見崑崙，積二十一年。後服食入中山學道，猶存此法。當復十許年後，閉目乃奄見崑崙，存之不止，遂見仙人，授以金汋之方，遂以得道。猶是精感道應，使之然也，非此術之妙也〔註91〕。

〔註84〕〔美〕黃士珊著：《圖寫真形：傳統中國的道教視覺文化》，祝逸雯譯，第123頁。

〔註85〕《道藏》第24冊，第744～745頁。

〔註86〕《道藏》第1冊，第161頁。

〔註87〕《道藏》第1冊，第161～162頁。

〔註88〕《道藏》第11冊，第54頁。

〔註89〕《道藏》第5冊，第47～57頁。

〔註90〕參見張澤洪：《道教齋醮科儀中的存想》，《中國道教》1999年第4期。

〔註91〕陶弘景原著，〔日〕吉川忠夫、麥穀邦夫編：《真誥校注》，第174頁。

　　莊伯微儘管沒有去過崑崙，但他受到道經中的相關描寫的誘導，通過存思，閉目就能到達崑崙，並在崑崙中遇見仙人，傳以「金汋之方」而得道。陳錚認為：對於那些冥遊山川、穿梭洞府、接遇仙真的道教徒來說，更需要《拾遺記》《十洲記》那樣的旅行指南免得自己跑錯了路、認錯了人，因此現存的所謂某些志怪小說在六朝時期可能亦兼有道書的性質，道信徒們按照文字的指示，經過長期的磨練，那些門外漢的頭腦裏便慢慢生成畫面並努力設想自己也身臨其間。《拾遺記》最後一卷《諸名山》，就可能是王嘉那樣的道教徒「守三一」、「存思」道術活動的產物〔註92〕。李豐楙則指出：小說《海內十洲記》乃道教輿圖，將存思、冥思的修行方法引入十洲傳說，而且特別突顯三島的新仙境觀念，通過對真形圖諦視、存思，因而產生飛行的神通術，為上清派的修行方法。作者王靈期等將此道術與夏禹治水神話、漢晉之際的乘蹻術結合，成為神秘的冥思真形說〔註93〕。此外還組合了《五嶽真形序論》及《四極明科經》等道經中的內容。此說甚是，當然這些小說最早的影響源頭時《山海經》，但六朝時期，《山海經》就被道教收入道經之中，而地理山水的描寫也受到道教的影響。《宋書·宗炳傳》：「有疾還江陵，歎曰：『老疾俱至，名山恐難徧覩，唯當澄懷觀道，臥以遊之。』凡所遊履，皆圖之於室。」〔註94〕人們可以通過欣賞山水畫以代遊覽，所謂「臥遊」就受到道教存思的影響，人們可以通過圖像「神馳八極」。《海內十洲記》記述東方朔向漢武帝講述遊歷神仙之地的奇聞異事，極言仙界的美好、神幻。他自稱「曾隨師主履行，比至朱陵扶桑，蜃海冥夜之丘，純陽之陵，始青之下，月宮之間，內遊七丘，中旋十洲。踐赤縣而遨五嶽，行陂澤而息名山。臣自少及今，周流六天，廣陟天光，極於是矣。」又說自己的老師谷希子乃太上真官。「昔授臣崑崙、鍾山、蓬萊山，及神洲真形圖。昔來人入漢，留以寄所知故人，此書又尤重於嶽形圖矣。昔也傳授年限正同爾。陛下好道思微，甄心內向，天尊下降，並傳授寶秘。臣朔區區，亦何嫌昔而不上所有哉！然術家幽同其事，道法秘，其師術泄則事多疑。師顯則妙理散，願勿宣臣之意也。武帝欣聞至說，明年遂復從受諸真形圖，常帶之肘後。八節常朝拜靈書，以求度脫焉。」顯然，東方朔與乃師是不可能「周流六天」，應是對著其師留下的「崑崙、鍾山、蓬萊山，及神洲真形圖」存思，而神遊九

〔註92〕陳錚：《身份的認定——六朝畫家與道教》，南京藝術學院博士學位論文，2012年，第33～34頁。

〔註93〕李豐楙：《仙境與遊歷：神仙世界的想像》，第264～317頁。

〔註94〕《宋書》卷九十三，中華書局，1974年，第2279頁。

州島，據幻想撰成《海內十洲記》。《漢武帝別國洞冥記》以漢武帝求仙和異域貢物為主要內容，據郭憲自序，「洞冥」為洞達神仙幽冥之意，因而「洞冥」與存思意思也很接近。

結論

綜上所述，存思作為一種道教上清派重要的修煉方法，以其圖像思維的特徵，幻想出無數美妙的神靈形象和奇異的神靈世界，身體圖像與宇宙圖像之間交互影響，道教徒在想像中往來於其間，這對文學作品對神仙形象的塑造、神仙世界的構建以及仙凡戀故事的書寫模式等都產生了重大影響，拓展了中國古代文學的想像空間，對以後的道教小說及其通俗小說的創作都有深遠的影響。

第三節　圖讖與古代小說中的預敘

所謂讖緯，《說文解字》解釋云：「讖，驗也。」〔註95〕《四庫總目提要》云：「讖者，詭為隱語，預決吉凶」〔註96〕。即謂「讖」是用象徵符號預示將要發生的吉凶禍福。「緯」是對經而言的：「經」是直絲，「緯」是橫絲，「經」是儒家經典，「緯」是方士化的儒生偽託孔子以神學迷信觀念對「經」的解釋。緯書引用和編造了大量的讖，使讖成了緯書的重要組成部分，進而二者逐漸合流，相互輔翼，相得益彰，人們便將這種經學神學化的產物稱之為「讖緯」。

古人認為讖緯起源於「河圖」「洛書」。劉勰《文心雕龍·正緯》云：「榮河溫洛，是孕圖緯」〔註97〕。《易緯是類謀》云：「是明河出圖，洛出書，聖人受命得道圖也。」〔註98〕其實，所謂《河圖》《洛書》都是古代帝王受命的符兆，是一種「圖讖」，起初沒有文字，加上解說文字、附會成讖乃是後來的事〔註99〕。《河圖》《洛書》都是燕、齊、三晉方士在黃河、洛水邊設壇降神所製造的圖讖之書。「圖，書也」，「圖書之出，皆當其軌，然後聖人起而奉行之。」〔註100〕「圖」就是「書」，是上天降示的兆象，聖君賢人必須以此為據制訂治

〔註95〕許慎：《說文解字》，上海教育出版社，2003年，第61頁。
〔註96〕《四庫總目提要》，中華書局，1965年，第189頁。
〔註97〕劉勰著、郭晉稀注譯：《文心雕龍注譯》，第42頁。
〔註98〕〔日〕安居香山、中村璋八：《緯書集成》（上），河北人民出版社，1994年，第282頁。
〔註99〕鍾肇鵬：《讖緯論略》，遼寧教育出版社，1991年，第12頁。
〔註100〕〔日〕安居香山、中村璋八：《緯書集成》（上），第280頁。

國理政及修身養性的策略，因而讖緯又稱「圖讖」。

　　要之，讖緯以其自身神秘預言及「圖」「語」互文的敘事特點，尤其是作為東漢時期的官方意識形態，對當時的政治、軍事、文學等領域都產生了巨大影響。摯虞在《文章流別志論》中指出：「圖讖之屬，雖非正文之制，然以取其縱橫有義，反覆成章。」〔註101〕劉勰在《文心雕龍》中專闢《正緯》篇，並置於「文之樞紐」的地位。他在對「讖」與「緯」細加剖析後指出：經正緯奇、經顯緯隱、先緯後經、經重人事而緯重天命。讖緯的文學價值，在於「若乃羲農軒皞之源，山瀆鍾律之要，白魚赤烏之符，黃銀紫玉之瑞，事豐奇偉，辭富膏腴，無益經典而有助文章。是以後來辭人，捃摭英華」〔註102〕。可見，讖緯是從「事」和「辭」兩個方面影響文學創作的。當時士人趨之若鶩，《後漢書·方術傳》小序云：「後王莽矯用符命，及光武尤信讖言，士之赴趨時宜者，皆馳騁穿鑿爭談之也。」〔註103〕許多小說家也受其濡染，多深明圖緯。如張華「圖緯方伎之書莫不詳覽」，並善易卜〔註104〕，其《博物志》「陳山川位象，吉凶有徵」，其中多圖緯方伎之談〔註105〕。王嘉「言未然之事，辭如讖記，當時鮮能曉之，事過皆驗」〔註106〕，其《拾遺記》「多涉禎祥之書，博採神仙之事」〔註107〕。蕭綺《拾遺記序》稱《拾遺記》「考驗真怪，則葉附圖籍。」〔註108〕干寶的《搜神記》乃「集古今神奇靈異人物變化」而成，記錄了大量讖緯異常現象，如《搜神記》第六卷、第七卷，全部抄襲《漢書·五行志》，而《五行志》的內容基本上都屬於讖緯。讖緯對道教的影響更大，東漢南北朝所出道書，皆以符圖為主。《周易參同契》和《真誥》的標題都仿照緯候。又據《谷神篇》序云：寇謙之編輯道經的時候，曾將方技、符水、醫藥、卜筮、讖緯之書，混入其中〔註109〕，道教的神告錄也是從讖緯演化而來。

　　讖緯曾是中國歷史上的一種重要文化現象，最初以學術思想的面目出現，學界一般認為起於西漢末年，盛於東漢，流行於魏晉南北朝，其後由於統治者

〔註101〕嚴可均：《全晉文》，中華書局，1965年，第1906頁。

〔註102〕劉勰：《文心雕龍注》，范文瀾注，第31頁。

〔註103〕范曄：《後漢書》卷三十五《方術列傳》，第1826頁。

〔註104〕房玄齡等：《晉書》卷三十六《張華傳》，第700頁。

〔註105〕《四庫總目提要》卷一四二，中華書局，1965年，第1209頁。

〔註106〕房玄齡等：《晉書》卷九十五《王嘉傳》，第1666頁。

〔註107〕《四庫總目提要》卷一四二，第1207頁。

〔註108〕蕭綺：《拾遺記·序》，中華書局1981年版，第1頁。

〔註109〕《道藏》第4冊，1988年，第584頁。

的嚴禁和正統儒學的排斥，開始衰落，但發展為「軌革卦影」「圓光術」等種種方術在民間廣為流傳，既與歷史、政治等重大事件、也與個人命運有密切的關聯，對古代小說的文體及藝術構建產生了深刻的影響。本文主要探究其對古代道教小說中的仙境敘事及小說預敘的影響。

一、仙境敘事

圖讖對地理博物小說的內容及敘事模式的形成都有過影響。

地理博物小說最早的源頭是「古今語怪之祖」的《山海經》。《山海經》的性質，歷來有爭議，但《漢書・藝文志》最早把它歸入「形法類」，歸入該類的書還有《宮宅地形》《相人》《相寶劍刀》《相六畜》等。班固解釋道：「形法者，大舉九州島之勢，以立城郭室舍。形人及六畜骨法之度數，器物之形容，以求其聲氣貴賤吉凶。猶律有長短，而各徵其聲，非有鬼神，數自然也。」﹝註110﹞可見在班固看來，《山海經》是部「相地」的書，「相地」是當時眾多相術中的一種，後來發展成堪輿學，後世稱「形家言」為風水地理書，稱相士為「形家」。因此，《山海經》在漢代顯然是作為一部相地以辨吉凶妖祥的書看待的，是後來道教將自然山水圖緯化的先聲。魏晉六朝時盛極一時的地理博物志怪小說，就由《山海經》發展而來。由於當時人們認識水平的局限和宗教神秘觀念的影響，不能科學地解釋地理方面的一些現象，一些巫覡方士之流又有意利用地理博物知識自神其術和傳播迷信，因此，當時的地理博物知識都被披上一層神秘的色彩而虛誕化了，成為地理博物傳說，同神話傳說、宗教迷信一起，成為志怪小說的一脈。「古代傳說中所謂『多識草木魚蟲之名』、『辨方物地形物宜』固然都是實用的知識，但識鬼辨奸以避災禍，也是維持人們對於自然世界信心的一個重要支柱，古代的每個人都生活在陌生的大地上，只有熟悉它——那怕是通過推測和想像去把握——才有安全感，才能放心地生存與活動。」﹝註111﹞就是說，地理博物小說的編撰目的不但是傳播地理知識，更重要的是傳授「識鬼辨奸以避災禍」的知識和技能，因而就把山川地理和草木鳥獸神秘化了，或者說圖緯化了。代表性的地理博物小說有《穆天子傳》《王會解》《神異經》《十洲記》《括地圖》等。

﹝註110﹞　班固：《漢書》卷三十，第1395頁。
﹝註111﹞　參見葛兆光：《七世紀前中國的知識、思想與信仰世界》第一卷，復旦大學出版社，1998年，第222頁。

　　先是，漢緯受《山海經》的影響，內容記海內外山川神祇異物及種種不死藥、不死樹、不死民等，有的甚至就是將《山海經》中的內容稍加改寫而成，郭璞就常引用緯書注《山海經》，如注《山海經・西山經》中「崤山……其中多白玉，是有玉膏」云：「《河圖玉版》曰：『少室山，其上有白玉膏，一服即仙矣，亦此類也。』」〔註112〕注《山海經・中山經》中少室山「其上多玉」云：「此山巔亦有白玉膏，服之即得仙道，世人不能上也。《詩含神霧》云。」〔註113〕其後，地理博物小說受到《山海經》和緯書的雙重影響，如《括地圖》承襲《河圖括地象》，但又受到《山海經》的影響，內容雖是敘述地理物產，但夾雜著許多神話傳說，體現出緯書的性質和特點。清惠棟《九曜齋筆記》卷一「赤泉」指出：「《外國圖》《括地圖》與《山海經》相表裏，郭景純注亦引之，皆古書也。」〔註114〕《尚書刑德放》云：「禹長於地理水泉九州島，得括象圖，故堯為司空。」〔註115〕《括地圖》受緯書《河圖括地象》的影響，而《河圖括地象》本身就有濃鬱的文學色彩。有些地理博物小說的內容直接取自緯書，如《神異經・西南荒經》：

> 西南大荒中有人，長一丈，腹圍九尺。踐龜蛇，戴朱鳥，左手憑白虎，知河海水斗斛，識山石多少，知天下鳥獸言語、土地上人民所道，知百穀可食，識草木鹹苦。名曰聖，一名哲，一名賢，一名無不達。凡人見而拜之，令人神智。此人為天下聖人也，一名先通〔註116〕。

　　這段文字與《河圖玉版》中的一段文字類同：

> 崑崙以西得焉波國，有人長一丈，大九尺。踐龜蛇，戴牛（當為「朱」，筆者注）鳥，左憑青龍，右按白虎。知河海斗斛，識山石多少，通天下鳥獸言語，明百俗草木滋味甘苦，名為「無不達」〔註117〕。

《神異經・西北荒經》：

> 西北海外有人，長二千里，兩腳中間相去千里，腹圍一千六百

〔註112〕郭璞傳、郝懿行箋疏：《山海經》，《四部備要》第47冊，中華書局、中國書店影印，1989年，第15頁。

〔註113〕郭璞傳、郝懿行箋疏：《山海經》，《四部備要》第47冊，第53頁。

〔註114〕惠棟：《九曜齋筆記》，《聚學軒叢書》第三集，劉世珩輯，清光緒中貴池劉氏刻本。

〔註115〕〔日〕安居香山、中村璋八：《緯書集成》（上），第381頁。

〔註116〕東方朔：《神異經》，《叢書集成新編》第26冊，第111頁。

〔註117〕〔日〕安居香山、中村璋八：《緯書集成》（下），第1147頁。

里。但日飲天酒五斗，不食五穀魚肉，唯飲天酒。忽有饑時，向天
仍飲。好遊山海間，不犯百姓，不干萬物，與天地同生，名曰無路
之人，一名仁，一名信，一名神〔註118〕。

《河圖玉版》描寫崑崙道：

> 崑崙以北得無路人，長二千里，兩足間相去千里，圍千五百里。
> 好飲酒，常遊天地間，不犯百姓，不干萬物，與天地同死生〔註119〕。

在緯書中，有許多關於仙人、仙事、仙境的描述，特別是作為道教早期仙
鄉的崑崙，緯書中多處寫到，如《尚書帝驗期》：

> 西王母之國在西荒，凡得道受書者，皆朝西王母於崑崙之闕。
> 王褒字子登，齋戒三月，王母授以瓊花寶曜七晨素經。茅盈從西城
> 王君詣白玉龜臺，朝謁王母，求長生之道，王母授以玄真之經，又
> 授以寶書，童散四方。泊周穆王駕龜黿魚鱉為梁，以濟弱水，而升
> 崑崙玄圃閬苑之野，而會於王母，歌白雲之謠，刻石紀於弇山之下
> 而還〔註120〕。

故事敘述道教上清派宗祖王子登、茅盈從崑崙西王母處受道。還有道教秘
籍傳播的故事，如《河圖緯象》：

> 太湖中洞庭山林屋洞天，即禹藏真文之所，一名包山。吳王闔
> 閭登包山之上，命龍威丈人入包山，得書一卷，凡一百七十四字而
> 還。吳王不識，使問仲尼，詭云：「赤烏銜書以授王。」仲尼曰：「昔
> 吾遊西海之上，聞童謠曰：『吳王出遊觀震湖，龍威丈人名隱居，北
> 上包山入靈墟，乃造洞庭竊禹書。天帝大文不可舒，此文長傳六百
> 初，今強取出喪國廬。』丘按謠言，乃龍虎丈人洞中得之，赤烏所
> 銜，非丘所知也。」吳王懼，乃復歸其書〔註121〕。

要之，緯書中有關仙人、仙境、仙話的記載，為道教小說提供了許多借資
的素材，張華《博物志》中的不少內容就直接迻自《河圖括地象》《考靈耀》
《援神契》《河圖玉板》等緯書。

在緯書的影響下，道教形成了以神話、宗教為基礎的神秘輿圖說，即將洞
天福地「圖讖」化。《山海經》和緯書雖將殊方異域的地理山川神秘化，但吉

〔註118〕東方朔：《神異經》，第112頁。
〔註119〕〔日〕安居香山、中村璋八：《緯書集成》（上），第14頁。
〔註120〕〔日〕安居香山、中村璋八：《緯書集成》（上），第378頁。
〔註121〕〔日〕安居香山、中村璋八：《緯書集成》（下），第1187頁。

兆凶象皆有，道教承繼了其中的祥兆，用以構築自己的彼岸世界——仙境。如唐司馬承禎《上清天地宮府圖經》詳列十大洞天、三十六小洞天、七十二福地的具體名稱及地理位置。杜光庭的《洞天福地嶽瀆名山記》記述更為系統詳盡。對道教徒來說，洞天福地就是一種可以用來修道的「靈圖」，如早期上清派經籍《上清外國放品青童內文》，敘述青童君清齋空山，金青盟天，受於高上，「備遊六國，履涉名山，周歷五嶽，步諸河源」，神遊諸國。如呵羅提之國，「土色如碧脂之鮮，無有山阜，廣狹九十萬里。其國人形長二丈，壽四百歲。」伊沙他之國，「國地平博，無有高下，土色如丹，廣狹八十一萬里。其國人皆形長二丈四尺，壽三百六十歲。」銘尼維羅綠那之國，「國地形多高壟，與天西關相接，土色白如玉，廣狹六十八萬里。其國人形長一丈六尺，壽六百年。」等等。雖然這些仙鄉離塵世很遙遠，但通過存思即能到達，如若想去呵羅提之國，「當以太歲、本命、八節之日，朱書六品之銘，入室南向而服之，叩齒九通，吟詠六音六遍。畢，瞑目安神定氣，棄諸異念，存思南方無極無窮之境，洞達朗然，存越老仙官無數眾，來朝己身。」欲去銘尼維羅綠那之國，「當以太歲、本命、八節之日，白書六品之銘、入室正西向服之，叩齒九通，吟詠六音六遍。畢，瞑目安神定志，棄諸外想，思存西方無極無窮之境，洞達了然，存氏老仙官無數，來朝已身。」〔註122〕道徒通過存思修煉，即可身達仙鄉，仙人來朝。

「五胡亂華」後，北方人為逃避戰亂大規模南遷，南方大量因海底上升所形成的石灰岩地帶的溶洞相繼被發現和得到開發，這些巨大的洞穴成為道士理想的修煉場所。道教認為洞窟乃「結氣所成」，是一個神秘的有機體，猶如人體之經脈，仙洞與人體器官同構。華僑《紫陽真人內傳》云：「真人曰：天無謂之空，山無謂之洞，人無謂之房也。山腹中空虛是為洞庭，人頭中空虛是為洞房。是以真人處天處山處人，入無間以黍米，容蓬萊山，包括六合，天地不能載焉。唯精思存真，守三宮，朝一神，勤苦念之，必見無英、白元、黃老在洞房焉。雲車羽蓋既來，便成真人。先守三一，乃可遊邀名山，尋西眼洞房也，此要言矣。」〔註123〕就是說，名山仙洞皆在我身中，而仙人又在名山仙洞中，通過存思，就可以邀遊仙山。其次，漢魏六朝時期戰爭頻仍，死亡相繼，瘟疫流行，洞窟是比較安全的避難場所。緯書和道書都一再強調仙境可以躲避

〔註122〕《道藏》第 34 冊，第 8、10～11 頁。
〔註123〕《道藏》第 5 冊，第 546 頁。

兵災、水災及瘟疫。如緯書《河圖要元篇》云：「句金之壇，其間有陵。兵病不起，洪波不登，乃有地脈，土良水清，句曲之山，金壇之陵，可以度世，上升曲城。」〔註124〕梁道士陶弘景《真誥》云：「金陵者，兵水不能加，災癘所不犯」。那裏土地肥沃，泉水甜美，「若飲此水，甚便益人，精可合丹」；「上皆生芝草，可以避大兵大難，不但於中以合藥也」；洞邊還有「神真護衛，故能令三災不干」，「居其地必得度世見太平。」〔註125〕大量誤入仙境的訪仙小說由此衍生，反映出人們希望逃避酷政、戰亂和瘟疫、尋找理想樂園的願景，《桃花源記》等小說，都是把仙境當作與濁世區隔的世外桃源及度世的神聖空間來進行敘事的。而且，道士們還把洞天福地繪製成圖畫，當作存思修煉的圖像和辟邪的符籙。如魏晉時期出現的道教符圖《五嶽真形圖》，就是以泰山、衡山、嵩山、華山、衡山五嶽為摹本而繪製的。由於《五嶽真形圖》古圖已佚，我們只能根據保存在《正統道藏》中的《洞玄靈寶五嶽古本真形圖（並序）》和《五嶽真形序論》等資料來瞭解其內容〔註126〕。前者側重於圖，後者則是記述《五嶽真形圖》的傳承及施用方法等，二者相輔相成。繪者由於看到山河盤旋委曲的形狀，好似書寫文字一樣，即所謂「盤曲回轉，陵阜形勢，高下參差，長斷卷舒，波流似於奮筆，鋒芒暢乎嶺崿，玄黃猶如書字之狀」〔註127〕，因而仿照寫字而繪製。黑、紅、白三色分別代表山形、水源和洞天福地。正方形的圖式中無注記，而長方形的圖式中則有詳細的標注，包括登山和下山的路徑、山上的水源、靈藥產地、洞天福地所在甚至仙聖所到之處及具體里程等。可以說，這既是一幅古代道徒修煉的導遊圖，也是一種特殊的「圖讖」，混合了文本、圖像、符印、秘文和地圖等元素。署為東方朔的《洞玄靈寶五嶽古本真形圖序》稱：「子有東嶽形，令人神安命延，存身長久，入山履川，百芝自聚；子有南嶽形，五殟不加，辟除火光，謀惡我者，反還自傷；子有中嶽形，所向唯利，致財巨億，願願克合，不勞身力；子有西嶽形，消辟五兵，入刃不傷，山川名神，尊奉司迎；子有北嶽形，入水卻災，百毒滅伏，役使蛟龍，長享福祿。子盡有五嶽形，橫天縱地，彌淪四方，見我歡悅，人神攸同。」〔註128〕

〔註124〕《河圖要元篇》，〔日〕安居香山、中村璋八編輯：《緯書集成》（下），第1183頁。
〔註125〕〔日〕吉川忠夫、麥穀邦夫編：《真誥校注》，朱越利譯，第345～349頁。
〔註126〕關於《洞玄靈寶五嶽古本真形圖（並序）》和《五嶽真形序論》的成書時代有爭議，或認為出於魏晉之世，或斷為六朝後期。
〔註127〕東方朔：《洞玄靈寶五嶽古本真形圖（並序）》，《道藏》第6冊，第735頁。
〔註128〕東方朔：《洞玄靈寶五嶽古本真形圖序》，《道藏》第6冊，第735頁。

可見，五嶽圖之功能各不相同。葛洪在《抱朴子內篇》中引其師鄭隱的話說：「道書之重者，莫過於《三皇內文》、《五嶽真形圖》也」，「家有《五嶽真形圖》，能辟兵凶逆，人慾害之者，皆還反受其殃」；道士入山持之，則「木石之怪，山川之精，不敢來試人。」〔註129〕這些觀點，與《漢武內傳》中的說法是一致的，上元夫人稱《五嶽真形圖》「可謂至珍且貴，上帝之玄觀矣」，漢武帝謂「今當賜以真形，修以度世」〔註130〕。後來的《十洲真形圖》《人鳥山真形圖》《酆都山真形圖》等，皆是將仙山符籙化。《漢武內傳》由東晉末南朝初上清道士所造作，小說中由《五嶽真形圖》引出《十洲真形圖》，並說明其圖云：

> 昔上皇清虛元年，三天太上道君下觀六合，瞻河海之短長，察丘岳之高卑，名立天柱，安於地理，植五嶽而擬諸鎮輔，貴昆靈以捨靈仙，遵蓬丘以館真人，安水神乎極陰之源，棲太帝乎搏桑之墟，於是方丈之阜為理命之室，滄浪海島養九老之堂，祖、瀛、玄、炎、長、元、流、生、鳳麟、聚窟，各為洲名，並在滄流大海玄津之中。水則碧黑俱流，波則振盪群精。諸仙玉女聚於滄溟，其名難測，其實分明。乃因山源之規矩，睹河嶽之盤曲，陵回阜轉，山高壟長，周旋委蛇，形似書字。是故因象制名，定實之號，畫形秘於玄臺，而出為靈真之信。諸仙佩之，皆如傳章〔註131〕。

然而，這段話中只說到十洲之名，而未提及《十洲真形圖》。《十洲真形圖》見於《漢武內傳》續編之《漢武外傳》，寫劉京拜薊子訓為師後，「子訓授京五帝靈飛六甲十二事、神仙十洲真形諸秘要。」〔註132〕據李豐楙考證，《十洲記》的成書年代大約在東晉末劉宋初，與漢武內外傳是同一時代的作品，也是上清道徒所造作〔註133〕。

署名為東方朔的《海內十洲記》中東方朔的話看來，《十洲真形圖》（在《十洲記》中被稱為《神洲真形圖》）和《漢武帝別國洞冥記》都可能是道徒

〔註129〕葛洪著、王明校釋：《抱朴子內篇校釋》，第300、336頁。

〔註130〕劉真倫、岳珍：《歷代筆記小說精華》第一卷，湖北人民出版社，1999年，第148頁。

〔註131〕《漢武帝內傳》，《道藏》第5冊，第51頁。

〔註132〕《漢武帝外傳》，《道藏》第5冊，第63頁。

〔註133〕參見李豐楙：《十洲記研究——十洲傳說的形成及其衍變》，《六朝隋唐仙道類小說研究》，學生書局，1997年，第123～185頁。

存思仙境時的幻象。前文已論及，在此不贅述。六朝道士還以崑崙山為原型繪製過「人鳥山圖」，是道教特有的宇宙神山〔註134〕，也成為道士存思的圖卷。《真誥》卷五記漢時莊伯微，「少時好長生道，常以日入時，正西北向，閉目握固，想見崑崙，積二十一年。後服食入中山學道，猶存此法。當復十許年後，閉目乃奄見崑崙，存之不止，遂見仙人，授以金汋之方，遂以得道。猶是精感道應，使之然也，非此術之妙也〔註135〕。道教的這種修行方式及地理博物小說的產生，究其原因，都可溯源至圖讖，就是說，都是把自然山水、鳥獸草木視為有靈性的存在。可見，於「事」於「辭」，都能從道教仙境的敘事中見到圖讖影響的顯著印跡。

二、預言敘事

「讖」具有預言功能，《後漢書·張衡傳》中所謂「立言於前，有徵於後，故智者貴焉，謂之讖書」〔註136〕。侯、圖、符、籙都是讖緯常採用的媒介形態，姜忠奎在《緯史論微》中說：「緯之所包，有侯有讖，有符有圖，又有所謂籙者。」他接著解釋道：「侯，候望也（天氣等徵兆）；讖，纖微（預言吉凶得失的文字）也；符，符信也（祥瑞的徵兆、驅邪的符文）；籙，刻綠也（帝王受命於天的符命文書）；圖，圖度也（帝王委託天命的符籙）。」〔註137〕天命闡幽，通過一種兆象即圖像符號來傳達。緯書中有很多休咎之徵的記載，如《易緯稽覽圖》：「蝕者，月蝕，陰侵陽，臣殺君之應。」〔註138〕《河圖說徵》：「人主失國無下，見牛四角二足。」〔註139〕《河圖帝覽嬉》：「辰星入月中，賤臣欲弒主，不出三年，必有內惡，戰不勝，亡地。」〔註140〕等等。這些例子都是利用異象來暗示某種結局，《山海經》中已有大量通過物象來預示吉凶的事例。「占候」與「讖言」都是「圖讖」之苗裔，常成為古代小說的重要組

〔註134〕參見李豐楙：《多面王母、王公與崑崙、東華聖境——以六朝上清經派為主的方位神話考察》，收入李豐楙、劉宛如主編：《空間、地域與文化——中國文化空間的書寫與闡釋》，臺灣「中央」研究院中國文哲研究所，2002 年，第99～103 頁。

〔註135〕〔日〕吉川忠夫、麥穀邦夫編：《真誥校注》，朱越利譯，第 174 頁。

〔註136〕范曄：《後漢書》卷五九，第 1291 頁。

〔註137〕姜忠奎：《緯史論微》，黃曙輝、印曉峰點校，上海書店出版社，2005 年，第8、12 頁。

〔註138〕〔日〕安居香山、中村璋八：《緯書集成》（上），第 139 頁。

〔註139〕〔日〕安居香山、中村璋八：《緯書集成》（下），第 1177 頁。

〔註140〕〔日〕安居香山、中村璋八：《緯書集成》（下），第 1134 頁。

成部分，筆者曾有專文探討〔註141〕，這裡只分析由圖讖演變而來的小說及其在小說中的預敘功能。

　　道教曾大量借助讖緯符命編撰道經，以「訣」、「符」、「籙」、「經」、「咒」、「讖」命名的各種文本，充分繼承了讖緯的體例與言說方式，諸如《登真隱訣》《太上秘法鎮宅靈符》《太上三洞神咒》《太上靈寶十方應號天尊讖》《許旌陽真君龍沙讖記》等道經皆是如此。其實，圖讖在漢代雖代表官方的意識形態，但在民間已開始演變為一種方術。宋人江少虞《宋朝事實類苑》卷第四十七「軌革」條引《澠水燕談》說，宋代盛行的「軌革卦影」傳自三國時的管輅〔註142〕。查《三國志·管輅傳》，多記管輅為人卜卦之事，皆是先述卦象，後下斷語，如郭恩兄弟三人皆得躄疾，使輅筮其所由。輅曰：「卦中有君本墓，墓中有女鬼，非君伯母，當叔母也。昔饑荒之世，當有利其數升米者，排著井中，噴噴有聲，推一大石，下破其頭，孤魂冤痛，自訴於天。」郭恩於是涕泣服罪。又如，安平太守王基令作卦，輅曰：「當有賤婦人，生一男兒，墮地便走入灶中死。又床上當有一大蛇銜筆，小大共視，須臾去之也。又烏來入室中，與燕共鬥，燕死，烏去。有此三怪。」基大驚，問其吉凶。輅曰：「直官舍久遠，魑魅魍魎為怪耳。兒生便走，非能自走，直宋無忌之妖將其入灶也。大蛇銜筆，直老書佐耳。烏與燕鬥，直老鈴下耳。今卦中見象而不見其凶，知非妖咎之徵，自無所憂也。」後卒無患〔註143〕。此後，管輅術得到傳承並繼續發展。如葛洪《神仙傳》記劉備欲伐吳，遣人迎蜀仙人李意其問吉凶，「意其不答而求紙筆，畫作兵馬器仗數十紙已，便一一以手裂壞之，又畫作一大人，掘地埋之，便徑去。先主大不喜。而自出軍征吳，大敗還，忿恥發病死，眾人乃知其意。其畫作大人而埋之者，即是言先主死意。」〔註144〕該故事寫入《三國志通俗演義》卷之十八《劉先主興兵伐吳》一節中。由於李意拒絕解說，所以只有圖畫，而沒有卦辭。又《高僧傳》卷十記高僧寶誌一則故事：

　　齊太尉司馬殷齊之隨陳顯達鎮江州辭志，志畫紙作一樹，樹上

〔註141〕　參見筆者：《讖謠與明清小說》（《明清小說研究》1999年第4期）、《占星術與〈女仙外史〉敘事》（《中國文學研究》第21輯）、《明清小說中人物形貌描寫與相人術》（《西北師大學報》2001年第5期）、《明清小說中的占候》（《寧波大學學報》2000年第3期）。

〔註142〕　江少虞：《宋朝事實類苑》，上海古籍出版社，1981年，第621頁。

〔註143〕　陳壽：《三國志·魏書卷二十九》，中華書局，1971年，第812～814頁。

〔註144〕　滕修展等注譯：《〈列仙傳〉〈神仙傳〉注釋》，百花文藝出版社，1996年，第411～412頁。

有烏，語云：「急時可登此。」後顯達逆，即留齊之鎮州，及敗，齊
之叛入盧山，追騎將及，齊之見林中有一樹，樹上有烏，如志所畫，
悟而登之，烏竟不飛。追者見烏，謂無人而反，卒以見免。」〔註145〕

　　還有種非常特殊「卦影」術，通過表演的形式呈現，類似今天的行為藝術
或影視表演。如《三國志・魏書》中「董卓傳」裴注引《英雄記》云，董卓死
前，「又有道士書布為『呂』字以示卓，卓不知其為呂布也。」〔註146〕《三國
志通俗演義》卷之二《王允授計誅董卓》改寫為董卓從郿塢坐車回朝途中，
「見一道人，青袍白巾，執一長竿，上縛布一丈，大書一『呂』字。」〔註147〕
暗示董卓將死於呂布之手。這種方術當時雖尚無名稱，但已不罕見。南北朝之
後，由於統治者懸為屬禁，讖緯作為主流意識形態開始衰落，但沉潛民間，發
展為「軌革卦影」、「圓光」等方術繼續廣泛流傳，俞樾指出其「即易緯稽見圖
推軌推析之遺」〔註148〕，就是說都是由漢代圖緯發展而來。

　　宋代正式將這種方術稱為「軌革卦影」，「軌革」是繇詞，「卦影」是圖畫，
繇詞是對將來的預言，或是對「卦影」的解說；「卦影」是用圖畫的形式表現
將要發生的事件，「軌革」與「卦影」之間有互文關係。但有時只有「軌革」
而無「卦影」，或「只有「卦影」而無「軌革」。據《東坡志林》卷十記載：宋
至和二年（1055 年），青城山老人授以成都費孝先「軌革卦影之術」〔註149〕，
此後，「軌革卦影」開始盛行，「自至和嘉祐以來，費孝先以術名天下，士大夫
無不作卦影」〔註150〕。宋陸游《老學庵筆記》說，蔡京當國時，時士大夫問
軌革，往往畫一人戴草而祭，暗示必由蔡門而進。及童貫用事，又有畫地上奏
樂者，暗指「童」字。至紹興中，秦檜專國柄，又多畫三人各持禾一束，暗
指「秦」字〔註151〕。可見當時之風氣。《宋史・藝文志》中「子類五行類」著
錄有《軌革秘寶》《軌革指迷照膽訣》《軌革照膽訣》各一卷；蓍龜類著錄有《易

〔註145〕慧皎：《高僧傳》卷十《釋保志》，《高僧傳合集》，上海古籍出版社，1991 年，
　　　　第 73 頁。
〔註146〕陳壽：《三國志・魏書卷六》，第 179 頁。
〔註147〕《三國志通俗演義》，《古本小說集成》第三輯，上海古籍出版社，1991 年，
　　　　第 272 頁。
〔註148〕俞樾：《茶香室叢鈔》卷二十一，《叢書集成三編》第 75 冊，新文豐出版公
　　　　司，1997 年，第 234 頁。
〔註149〕蘇軾：《東坡志林》卷十，《筆記小說大觀》第 7 冊，江蘇廣陵古籍刻印社，
　　　　1983 年，第 25 頁。
〔註150〕唐順之：《新刊唐荊川先生稗編》卷之六十四，明萬曆九年刻本。
〔註151〕陸游：《老學庵筆記》卷十，中華書局，1979 年，第 127～128 頁。

通子周易菥蓂璇璣軌革》《軌革傳道錄》各一卷及《軌革金庭玉詔》七卷。這些著作皆不言撰人，已失傳。但在宋代筆記小說中，多記有「軌革卦影」的神奇故事，其中不少是關於費孝先的，一般是表現術士之神技、命運之前定，還有一些「軌革卦影」故事對人物性格有較為生動的展現，如唐順之《稗編》中一篇：

> 唐坰知諫院，成都人費孝先為作卦影，一人衣金紫，持弓箭射落一雞。坰語人曰：「持弓者我也。王丞相生於辛酉，即雞也，必因我射而去位，則我亦從而貴矣。」翊日抗疏以彈荊公，又乞留班，頗詬於殿。陛上怒，降坰為太常寺太祝，監廣州軍資庫，以是年八月被責。坰歎曰：「射落之雞乃我也。」〔註152〕

史載唐坰以父蔭得官，先是諂媚王安石，後因未得要職，又怒詆王安石等大臣，閤門糾其瀆亂朝儀，他又自劾繆舉。這則故事通過唐坰對卦影的誤判，其輕狂的個性展露無遺。還有通過「軌革卦影」故事寓勸懲之意的，如龔明之《中吳紀聞》記：熙寧、元豐間，高麗國屢航海修貢，朝廷選使往諭之，初命林希，而林此前曾買卜京師，孟診診為作卦影，畫一紫袍金帶人對水而哭，林希以為不吉，故力辭不去。朝廷改任陳睦，陳睦即日就道，神宗大喜，特賜黃金帶。陳睦回國後，拜為起居舍人，直昭文館，又賜黃金盞以為寵，後直龍圖閣、知潭州。林希則貶知池州，繼遭喪禍，所謂「其驗不在彼而在此。」〔註153〕徽宗贊：「林希無親，堅辭不行；陳睦親在，乃不憚於往」。表現了陳睦忠誠與林希自私的品格，所謂忠孝之人必有好報。

《夷堅志》中有數篇有關「軌革卦影」的故事，如「候郎中」、「張邦昌卦影」、「楊抽馬卦影」、「狄偁卦影」、「紅象卦影」等，有的只有「影」，沒有說出卦，或乾脆沒有卦，如「候郎中」；有的只有卦辭，沒有說出影，或乾脆沒有「影」，如「楊抽馬卦影」；有的圖像卦辭俱有，如「狄偁卦影」、「張邦昌卦影」，卦辭一般以詩的形式呈現。其中有的篇目構思頗具匠心，人物性格刻畫形象生動，如《夷堅志補卷》第十八「候郎中」：

> 魏郡侯棲筠，童幼時值大旱，盡室流徙，中途父子相失，獨與母依村民翟翁家。已而母死，身無所歸。翟翁見其姿性聰悟，遂養為子，教之讀書。大觀元年，擢貢士第三人及第，始請歸宗。宣和

〔註152〕唐順之：《新刊唐荊川先生稗編》卷之六十四，明萬曆九年刻本。
〔註153〕龔明之：《中吳紀聞》卷第二，中華書局，1985年，第25頁。

中為省郎，以未知父存亡，請還鄉。朝廷為降榜尋訪，棲筠遣所親詣相國寺卜卦影，畫二馬相追逐，一翁一嫗，一官人拜。卜者云：「恐地名或姓氏有馬，或年月在午，皆不可知。」既茫無所向，姑用其言。才渡河，先次白馬縣，縣人讀所出榜，適有二卜者相遇，其一姓馬，其一瞽目，曰：「此處喧鬧，何也？」馬生曰：「大名府侯郎中，少年失其父，揭榜求之。」曰：「父年幾何？」曰：「七十餘矣。」瞽者曰：「我適到某州某處，有來卜卦者，自云侯先生，恰七十歲。我許以今年方得運，便當橫發，莫非此人乎？」馬曰：「聞其人久已亡，今求其死所耳，安得尚在耶？」乃相揖而別。瞽者去，馬生往彼處訪候老，且詢失子曲折，亟向縣，收榜懷之。入白縣宰，偕造驛舍報棲筠，遣鞍馬迎取。時候老已再娶一村嫗久矣，與之謀曰：「我家有兩園棗，盡可過活，好事不如無，又安知其果吾子否也！」辭不至。宰率丞尉同往，強拉至驛中，未有以辯。宰叩此老：「汝所失子，有何瘢痕之屬可識乎？」曰：「五六歲時，因弄刀傷中指。」棲筠瞿然起拜，相持慟哭，即並嫗迎歸京師。徽宗亦甚喜，贈官錫服，皆辭焉。於是賜以兩字處士誥，就養閱歲而終〔註154〕。

這個故事不但情節一波三折，而且瞽者之術技神奇、馬生之機敏自私、侯郎中之孝道、侯父之不慕榮華，都描繪得栩栩如生。

費孝先死後，其弟子蜀人楊望得其真傳，楊以術數聞名於世，蜀人稱為「楊抽馬」，明人凌濛初將《夷堅志》中「楊抽馬卦影」改編為白話小說。

「軌革卦影」術在唐代進一步發展，傳為李淳風和袁天罡編撰的《推背圖》就是「軌革卦影」術的集大成之作，它共有六十幅圖像，每幅圖像下面附有讖語和「頌曰」律詩一首，預言了從唐朝至未來大同世界發生在中國歷史上的主要事件，對後世影響極大。至明清時期，「軌革卦影」異變為「圓光」術，即術士焚符招神后，鏡中或水中便出現未來的圖像。《閱微草堂筆記》中「如是我聞」卷三云：

> 世有圓光術，張素紙於壁，焚符召神，使五六歲童子視之，童子必見紙上突現大圓鏡，鏡中人物歷歷，示未來之事，猶卦影也。但卦影隱示其象，此則明著其形耳，龐斗樞能此術。某生素與斗樞狎，嘗覘覦一婦，密祈斗樞圓光，觀諧否。斗樞駭曰：此事豈可瀆鬼神，固

〔註154〕洪邁：《夷堅志》第四冊，中華書局，1981年，第1718～1719頁。

強之。不得已勉為焚符，童子注視良久，曰：見一亭子，中設一榻，三娘子與一少年坐其上。」三娘子者，某生之亡妾也。方詬責童子妄語，斗樞大笑曰：「吾亦見之，亭中尚有一匾，童子不識字耳。怒問何字，曰：己所不欲四字也。某生默然拂衣去。……〔註155〕

晚清平步青認為：「圓光，古名軌革，亦名卦影」〔註156〕，其實「圓光」早在南北朝時就已出現，《幽明錄》中記載北朝後趙的創立者石勒問高僧佛圖澄劉曜是否可擒，「兆可見否？」佛圖澄於是「令童子齋七日，取麻油掌中研之，燎笳檀而咒。有頃，舉手向童子掌內，晃然有異，澄問有所見否，曰：『惟見一軍人，長大白皙，有異望，以朱絲縛其肘。』澄曰：『此即曜也。』其年果生才金曜。」這種法術在唐宋時得到進一步發展，如小說《原化記》載：唐曹王有次在衢州打獵，圍住了十餘頭鹿，忽然群鹿在眼前消失得無影無蹤，於是召張山人問之。張山人遂索水，以刀湯禁之，「少頃，於水中見一道士，長才及寸，負囊拄杖，敝敝而行。眾人視之，無不見者。山人乃取布針，就水中刺道士左足，遂見跛足而行。即告曰：『此人易追，止十餘里。』遂命走向北逐之，十餘里，果見道士跛足行行，與水中見者狀貌同，遂以王命邀之。」道士笑而來，主動交代是自己以道術將群鹿隱藏於山側〔註157〕。古代鏡與水同理，如《夢溪筆談》卷二十一記：「嘉祐中，伯兄為衛尉丞，吳僧持一寶鑒來，云齋戒照之，當見前途吉凶。伯兄如其言，乃以水濡其鑒，鑒不甚明，髣髴見如人衣緋衣而坐，是時伯兄為京寺丞衣綠，無緣遽有緋衣。不數月英宗即位，覃恩賜緋。後數年，僧至京師，蔡景繁時為御史，嘗照之見已著貂蟬，甚自喜，不數日，攝官奉祀，遂假蟬冕，景繁終於承議郎。乃知鑒之所卜，唯知近事耳。」〔註158〕「圓光術」在明清民間秘密宗教中非常流行，《水滸傳》《明珠緣》等許多小說中都描寫到。

概言之，「軌革卦影」和「圓光」故事主要以筆記體小說形式呈現，在敘事形式上一般是圖像、卦辭或解說、應驗三個部分，有時前兩項會省略其中的

〔註155〕紀昀：《閱微草堂筆記》，中國文聯出版社，1996年，第171頁。

〔註156〕平步青：《霞外攟屑》卷十，《續修四庫全書》第1163冊，上海古籍出版社，1995年，第674頁。

〔註157〕《太平廣記》卷七十二「張山人」，上海古籍出版社1990年，《太平廣記》第1冊，第361頁。

〔註158〕沈括：《夢溪筆談》卷二十一，施適校點，上海古籍出版社，2015年，第143頁。

一項；在思想內容上主要表現術技的神奇及命定觀念。至明清時代，「圖讖」才開始內化為一種美學思維，小說作者借用「圖讖」原理，為小說的情節建構服務。如《金瓶梅詞話》第二十九回寫吳神仙為西門慶及其妻妾們看相算命，利用吳神仙的判詞作為小說的綱目，「乃一部大關鍵也。」〔註159〕第四十六回又寫賣龜卜的老婆婆為吳月娘、孟玉樓、李瓶兒卜卦，既有卦象也有卦辭，如吳月娘的卦象是「上面畫著一個官人和一位娘子在上面坐，其餘多是侍從人，也有坐的，也有立的，守著一庫金銀財寶。」〔註160〕然後老婆婆進行解說。圖像與釋詞之間形成互文關係，也與第二十九回吳神仙的判詞相呼應。都對西門慶及其妻妾的命運結局做了暗示性的預敘。《紅樓夢》更是借用「圖讖」作為全書的綱目。小說第五回寫賈寶玉夢遊太虛幻境，看到金陵十二釵正冊、副冊及又副冊。利用畫冊、判詞及歌曲的形式，暗示《紅樓夢》中主要人物的命運結局。全書的主要人物、環境背景、發展脈絡、人物命運和結局都大致事先做了交代，後來的故事發展基本圍繞這些圖冊和詩、曲進行，所以脂硯齋稱此回為「一部綱緒所在」。已故杜景華先生早就論述過《紅樓夢》與《推背圖》的關係〔註161〕，在此不贅述。清初長篇小說《畫圖緣》的創作也受到圖讖的啟發。小說開頭寫兩廣山區苗民叛亂，廣東總兵桑國寶無大才大略，苗民居住的山區山路紆回曲仄，官軍往往迷失，無法尋至賊巢穴；賊則路熟徑捷，神出鬼沒，官軍連遭敗績，桑國寶被革職待罪，朝廷另選名將。浙中書生花天荷遊天台時，遇到一個白鬚老人，授秘書一卷道：「功名、婚姻俱在此中，慎勿輕視。」〔註162〕後來展書來細看，發現一幅是兩廣山川圖，圖中細注某山屬某府某州，某山何名。某山有峒，某峒何名，峒賊何名。某峒至某處多遠，或大道或小徑，何處最險，何處最隘，何處可行，何處當避，皆一一注得分明。另一幅是名園圖，內中有樓閣，有亭樹，有池塘。兼之朱欄曲檻，白石瑤階，花木扶疏，簾櫳相映，十分富麗，又十分幽靜。畫後並無款識。花天荷不知畫的是何處園林。因朝中下詔求天下英才，花天荷毛遂自薦，被任為參謀，但不為總兵所用，於是遂把功名念頭放下，從總兵府逃出，一路遊山玩水。走到一處，宛若舊遊之處，正與天台老人所贈名園圖中所畫相同，於是下馬尋訪，得以認

〔註159〕張竹坡批語。王汝梅編：《金瓶梅資料彙編》，北京大學出版社，1985年，第121頁。

〔註160〕《金瓶梅詞話》，人民文學出版社，1992年，第405頁。

〔註161〕杜景華：《〈紅樓夢〉裏的運命圖讖》，《上海師範大學學報》1992年第4期。

〔註162〕《畫圖緣》，《古本小說集成》第一輯，第28頁。

識柳京兆之子柳青雲和他的姐姐藍玉，與藍玉結為夫妻。後來又被總兵府追回，委以重任，靠著第一幅畫破賊立功，最後天台老人又出現，方知是馬援之神。因此，天台老人贈給花天荷的兩幅畫，不但是花天荷婚姻、功名的預言，在全書中也起預敘的作用。清初小說《鐵冠圖》的敘述方式又有所不同，開篇寫朱元璋歌問鐵冠道人張沖國祚長短，道人隨把手中圖畫三張進呈，太祖看罷，命藏之金櫃，親筆封寫：「子孫無故不得擅開！」並未說所畫何事，但該回又有張沖所作之謠歌及宋獻策所說「十八孩兒當主神器」之圖讖〔註163〕，三者肯定有互文關係，讀者可大致猜測圖畫內容與明亡有關。至第四十八回（全書五十回）才寫李自稱攻入北京，打開封皮鐵鎖，取出圖畫（後來戲曲《鐵冠圖》中，有「詢圖」、「觀圖」兩出，打開者為崇禎皇帝），展開觀看，「第一幅寫著些彩雲，托定無數天兵天將，一個個金光滿體，瑞氣騰騰，拿住十八個孩兒，你搶我奪，好似要生食一般；又展開第二幅來看，只見上面寫著一個大人，披髮懸樑，身穿藍衣，左腳脫赤，右腳穿紅鞋一隻；又展開第三幅觀看，更加奇了，上面只寫著『天下萬萬年』五個大字。」書中雖然說「李闖看罷，一些不曉」〔註164〕，但其實第二幅已然應驗，就是預示崇禎自縊。至小說結尾，清朝一統天下，作者又再次以「鐵冠圖」點題，分別指出三幅畫應著清朝定鼎、崇禎皇自縊、李自成降世之象。再以張沖謠歌補充解釋：「東也流，西也流」乃應流賊劫掠之事，「流到天南有盡頭」乃應南明診滅、李賊湖廣喪命，「張也敗，李也敗」乃應張獻忠、李自成終於失敗，「敗出一個好世界」乃應清朝國泰民安。「這部書名為《鐵冠圖全傳》，而即名為『鐵冠圖說解』亦妙焉。」〔註165〕前後呼應，開源溯流，從端點透迤開去，慢慢演繹，層層剝落歷史的面紗；又從末端追至發端，揭出王朝的興亡之循環更替、報應不爽。還有一種戲劇表演式的預敘，如《樊梨花全傳》第十四回寫薛仁貴魂遊地府，鬼使打開地府北窗讓他往外看，並說他「一生結局多在裏面」：

> 只見一座關頭，高有數丈，十分堅固，刀槍劍戟如林，關前三個大字，寫著「白虎關」。只見關內衝出一彪人馬，為首一將，生得兇惡，身長丈二，青臉獠牙，赤髮紅鬚，眼如銅鈴；坐下一匹金獅吼，手端鐵方量，衝到陣前。前邊來了一員大將白盔白甲，手執方

〔註163〕《鐵冠圖》，《古本小說集成》第一輯，第2頁。
〔註164〕《鐵冠圖》，《古本小說集成》第一輯，第367頁。
〔註165〕《鐵冠圖》，《古本小說集成》第一輯，第387～388頁。

天畫戟，與他交戰。那時將軍殺敗，只見頂上現出一隻弔睛白額虎，張牙舞爪，隨著那將軍一路追上來。旁邊又趕出一員年少將軍，渾身結束，年紀只有十六七歲光景，坐下一匹騰雲馬，手執狼牙寶箭，搭上弦，只聽得嗖的一聲，弓弦響處，一箭正中那猛虎。片刻不見了白虎，前面將軍跌下馬來，霎時飛沙走石，關前昏暗。少停一刻時候，天光明亮。只見仙童玉女，長蟠寶蓋，扶起了中箭穿白的將軍上了馬，送上天庭，冉冉而去。定睛一看，只見影影綽綽，看不明白。只見射箭的年少將軍嚎啕大哭，前來追殺那惡將，卻被這惡將殺得大敗。只見一員女將，十分美貌，手舞雙刀，接住惡將大戰。不上十合，被雙刀女將砍下馬來，一時又不見了。那仁貴看了，全然不曉是何原故〔註166〕。

　　這場戰鬥實際上要到第四十一回才發生，上述場景不過是後來事件發展的表演式呈現，暗示著薛仁貴的命運結局。其中白盔白甲者即薛仁貴自己，年少將軍即其子薛丁山，美貌女將是樊梨花，惡將則為楊凡。第四十一回寫薛仁貴在與楊凡的戰鬥中，被其子丁山誤殺。因此，這與《三國志通俗演義》中道人以特殊方式暗示董卓將死於呂布之手一樣，都是圖讖的一種變體，可稱之為「擬圖畫」預敘〔註167〕。

結論

　　漢魏六朝時期，圖讖得到官方的推崇，又因在文化形態上與道教類似，故為道教所融攝，特別是具有濃厚道教色彩的地理博物小說，在內容上大量採納緯書，仿擬緯書的敘事體例，並將道教聖域圖讖化和符籙化，相關道教小說在文體上呈現出道教與緯書融匯共生的形態。六朝以後，讖緯遭到禁止，但並沒有消亡，而是發展為「軌革卦影」等形式的民間方術，並大量出現在文人的筆記小說中，形成一種展現術技神奇、宣揚天命思想的筆記小說。至

〔註166〕《樊梨花全傳》，《古本小說集成》第三輯，上海古籍出版社，1991年，第99～100頁。

〔註167〕其實，圖讖敘事不但常應用於古代小說中，在古典戲曲中也不時能見到，如《牡丹亭》第二十四出杜麗娘在寫真像上題詩云「不在梅邊在柳邊」，預言了後來的柳、杜之最終結合。《桃花扇》第二十八出寫藍瑛為侯方域畫《桃源圖》，侯生在畫上題詩云：「漁郎誑指空山路，留取桃源自避秦。」暗示侯、李歸隱遁世的最終結局。

明清時期，這類故事在繼續以筆記小說形態呈現的同時，「圖讖」思維開始內化為一種小說結構藝術，豐富了古代小說的預敘手法。從圖讖到軌革卦影、圓光術的演變，始終都是圖像—卦辭—應驗三段式敘述結構，即便前兩項中有一項缺失，但也隱藏其中。圖讖其故事的奇特性及預言敘事特點而與小說這種文體結緣，從一種官方哲學到道教形態、再發展為一種民間方術，最後成為一種小說創作的藝術手法，完成了從原始巫術到藝術審美的轉換，也是宗教不斷世俗化的發展過程。

本章小結

道教圖像以不同方式參與了古代小說的敘事及其文體建構，大大豐富了古代小說的藝術表現力。

在古代小說史上，插圖本小說較多，真正嚴格意義上的、成熟的「圖像小說」比較罕見。所謂「圖像小說」大量存在於宗教文學中，是宗教宣傳的一種重要工具，其中道教圖像小說就是其中重要的文本，它以多樣化的媒介呈現，在某種程度上，無疑對古代小說的文類做出了貢獻，理應引起古代小說研究者的重視。

其次是道教上清派的修煉方法和由讖緯發展而來的道術圖讖，對古代仙傳、神仙降凡傳道、地理博物小說的敘事邏輯及通俗小說的預敘手法等，進行了深入的滲透。這是一種特殊的「圖像」，既是我們解讀這類小說的一把鑰匙，也是中國圖像學區別於西方圖像學的表徵之一。

最後，運用漢墓圖像，與古代訪仙小說進行比對互釋，考察道教關於彼岸世界的書寫特點，無疑對深化我們對相關繪畫、小說的理解大有裨益。

總之，經過漫長歷史的發展，道教圖像呈現人物與事件的方式逐漸演化為一種思維模式，影響了敘述文體的形成；道徒利用圖像的傳教方式和以圖像呈現事件的方式，不僅為敘事文學提供了故事模型，而且豐富了敘事文本的內容，圖像作品和圖像思維對敘事的制約作用得到了進一步的增強。

第五章　道教圖像與古代小說關係的理論總結

　　毛傑指出：小說學視野下的插圖研究與美術學、歷史學視野下的插圖研究不是一回事，它們研究的起點、目的、重心都有所不同，「就小說學而言，插圖研究首先需要解決的是插圖與插圖創作對小說、小說史究竟產生過什麼實際影響，而不一定要在插圖的美術價值、藝術手法等方面花費過多精力。……除了描述插圖在美術學上的變化外，一個理想的插圖史敘述模式更應該從小說插圖的發展變化對小說文體、小說傳播、小說觀念之影響入手來進行考察。」〔註1〕就是說，古代小說的插圖研究應該聚焦於小說本身，而道教圖像與古代小說的關係，既有古代小說插圖研究的一般共性，而又有其獨特性，比如，圖像的線條、色彩、構圖等，比一般的小說插圖，可能對小說中人物形象的理解、讀者的接受影響更大。道教神祇圖像有嚴格的製作規範，道教圖像對修行者或者讀者而言，它具有「靈圖」的功能，「使人瞻之仰之」而悟，這樣，對其進行美術闡釋就非常必要。還有，道教圖像與一般的小說插圖不同，不僅有具象的圖像，還有涉及修煉的心靈圖景，等等。下面就對道教圖像與古代小說的關係做一個簡單的理論總結。

第一節　語圖關係

　　古代道教圖像的資源非常豐富，涉及面很廣。宋人《宣和畫譜》將道釋畫

〔註1〕毛傑：《中國古代小說插圖研究的序時維度與方法論立場》，《求索》2016年第11期。

列為十門之首，並指出：「畫道釋像與夫儒冠之風儀，使人瞻之仰之，其有造形而悟者，豈曰小補哉。」[註2]作者將道釋畫與儒家題材畫相提並論，認為具有同等的教化功能，可見其重要性。道教題材的繪畫，僅就《宣和畫譜》著錄而言，就數量不菲，據美國學者伊沛霞統計，畫譜中記錄的6397幅畫中，道畫就有376幅。閻立本、吳道子、張素卿、王商、梁令瓚等著名畫家，都畫有三清、元始、太上、玉晨道君、北帝、十二真君、容成、董仲舒、嚴君平、李阿、馬自然、葛元、黃初平、竇子明、左慈等神仙及五星八曜、二十八宿、三官、司命等星宿圖像。吳道子、李得柔等是宗教畫的專家，李得柔繪有三茅仙君、鍾離權、南華真人、呂岩、蘇仙君、欒仙君、陶仙君、封仙君、譚仙君、孫思邈、王子喬、朱桃椎、浮丘公、劉根、天師、吳道元等眾多仙真形象。在故事畫中，有關老子的特別多，前文已述及，在此不贅。此外，還有仙人弈棋母題的，如支仲元的《四皓圍棋圖》《圍棋圖》《會棋圖》《松下弈棋圖》《林石棋會圖》《棋會圖》、陸晃的《三仙圍棋圖》、石恪的《四皓圍棋圖》等。有神仙朝元母題，如武宗元的《朝元仙仗圖》、吳道子的《列聖朝元圖》、陸文通和王齊翰皆有《會仙圖》。有仙境圖，如陸文通的《仙山故實圖》《群峰雪霽圖》、王齊翰的《仙山圖》《林壑五賢圖》、顏德謙的《仙跡圖》《洞庭靈姻圖》、李升的《仙山圖》《仙山故實圖》、陸晃的《山陰會仙圖》《神仙事蹟圖》，等等[註3]。宋末元初鄭思肖《一百二十圖詩集》，分別詠《張果老倒騎驢圖》《藍采和踏歌圖》《鍾呂傳道圖》《呂洞賓賣墨圖》《沈東老遇呂洞賓圖》《陳摶睡圖》《黃帝洞庭張樂圖》《老子度關圖》《莊子夢蝶圖》《驪山老姥磨鐵杵欲作繡針圖》《秦女吹簫圖》《毛女圖》《徐福採藥圖》《張子房遇黃石公圖》《張騫乘槎圖》《王方平牧羊圖》《許真君飛昇圖》《桃源圖》《爛柯圖》等[註4]，這些作品大多佚失，但從題名看來，很多是根據《列仙傳》《神仙傳》等中古小說而繪製的，不排除對後來的小說創作產生過一定程度的影響。

現在存世的一些名畫，除老子題材特別多外，還有不少女仙畫像，如五代阮郜的《閬苑女仙圖》、明代張路的《吹簫女仙》、張靈的《招仙圖卷》、崔子忠的《雲中玉女圖軸》、無款的《仙女乘鸞圖》等，這些美人化的仙女，漫步於雲霧之上，阿娜多姿，衣袂飄飄，體現出鮮明的文人個性色彩，是作者某種

[註2]《宣和畫譜》卷第一《道釋敘論》，浙江人民美術出版社，2012年，第6頁。
[註3] 參見《宣和畫譜》卷第一至卷三，第7～50頁。
[註4] 鄭思肖：《所南翁一百二十圖詩集》，中華書局，1985年，第1～16頁。

情懷的寄託，與文學作品描繪的仙女形象是一樣的。還有大量道教仙境題材畫，令人悠然而生出塵之想。以道教人物或故事為題材的民間繪畫，更是難以數計，如馬靈耀、趙公明等，不但見於道經，還是《封神演義》《南遊記》《咒棗記》等小說中的重要角色，其與小說曾發生互動關係不容置疑。

在道經中也有大量各種形式的配圖，包括符籙、植物、人物及修煉示意圖等。《太平經》是最早有插圖的道經，如《乘雲駕龍圖》（圖 5-116），兩龍拉著雲車前行，車兩邊雲氣騰湧，車上站著一男一女仙真，似在交談，意態悠閒。左上角有兩行圖像說明，介紹仙真的衣飾。《東壁圖》中則有真人、神將、仙女和從戒弟子等圖像，描繪的大概是修身得道的場面。這類圖像與文學作品中的遊仙描寫非常相似。道經中有關天帝、龍、日月五星、玉女、飛仙、修煉等各種類型的圖像，尤其是對人物的服飾、車駕等刻畫細膩，生動傳神，對道教小說中的神仙描繪也會產生一定程度的滲透。唐代道教空前繁榮，道經中除上述圖像外，還出現了插圖本長篇道教傳記體小說，杜光庭的《道教靈驗記》中則講述了不少供奉道像而逢凶化吉的故事。宋元時期，由於齋醮的需要，促使道教神仙譜系最終定型。在道教的齋醮儀式中，為了營造神秘的氣氛，除祈禱、誦經、音樂、禹步之外，還要在四壁掛起神仙圖像，使在場者「皆目想彷彿若見形儀」。元代則產生多部道教插圖本傳記，如《新編連相搜神廣記》《許太史真君圖傳》《長春大宗師玄風慶會圖》等。明清時期，道教插圖本傳記更大量出現，如《繪圖列仙傳》《仙佛奇蹤》《大明玄天上帝瑞應圖錄》《真武靈應圖冊》等，還有列仙酒牌，與道教發展的步驟一致，向通俗化的路徑演進。

圖 5-116　乘雲駕龍圖局部

總體而言，道教圖像與小說文本之間既具有互證或互文闡釋的關係，也具有彼此互仿、互構功能。

一、圖文互仿衍生

　　圖像與文學作品最基本的關係，就是兩者相互衍生的先後序列關係，或因圖撰文，或據文繪圖。

　　中國古代早就形成「睹圖受教」的文化傳統，那時人們普遍認為圖像與其原型之間是一體兩分的存在，諸神圖像同樣具有神聖性，對民眾具有威懾力量。發展到後來，人們便將古代聖賢及其事蹟也繪製成像，以化施天下。後來的統治者在宮殿建築、祭祀禮器上多刻繪神像，以威嚴其勢，神化其權，而民間則繪製在家族祠堂，以慎終追遠，佑護子孫〔註5〕。蔡質《漢官典職》曰：「明光殿省中皆以胡粉圖壁，紫青界之，畫古烈士，重行書贊。」〔註6〕既有正面形象古代賢王、功臣烈士，也有反面形象暴君姦臣，主要起到教化、懲戒作用。《孔子家語》卷三《觀周》第十一云：「孔子觀夫明堂，睹四門墉有堯、舜之容，桀、紂之象，而各有善惡之狀、興廢之誡也。又有周公相成王，報之負斧扆南面以朝諸侯之圖焉。孔子徘徊而望之。」〔註7〕曹植《畫贊·序》云：「觀畫者，見三皇五帝，莫不仰戴；見三季暴主，莫不悲惋；見篡臣賊嗣，莫不切齒；見高節妙士，莫不忘食；見忠節死難，莫不抗首；見放臣斥子，莫不歎息；見淫夫妒婦，莫不側目；見令妃順后，莫不嘉貴。是知存乎鑒戒者，圖畫也。」〔註8〕可見古人十分重視圖像的政治教化功用，樹立典型，砥礪品格，以致漢宣帝時，「畫圖漢烈士，或不在於畫上者，子孫恥之」〔註9〕。圖畫功臣烈士的活動，不僅起到追思、歌頌、教化等作用，而且影響了列傳這種文體的寫作。饒宗頤認為，先有畫像之流行，後有畫贊之撰寫，再有列傳之敷演：「列傳與列畫的關係，對於中國史學史和中國繪畫史，是極重要的問題；而畫像與贊體的相互關係，正是其中關鍵之所在，而向來不為人所注意。所謂『畫詩』，原即為『畫贊』，雖屬於『題畫文學』，但在性質上卻不同於後世的『題畫詩』」〔註10〕。與一般的題畫詩不同，「贊」是畫的衍生物，是對畫像的「逆勢」仿寫，有些神仙列傳就是這樣產生的。

〔註5〕岳峰等：《論中國史前神話的圖像傳承》，《內蒙古社會科學》2010年第3期。
〔註6〕高步瀛：《文選李注義疏》，中華書局，1985年，第1331頁。
〔註7〕《孔子家語》，上海新文化書社，1934年，第51～52頁。
〔註8〕俞劍華編著：《中國古代畫論精讀》，人民美術出版社，2011年，第5頁。
〔註9〕劉盼遂：《論衡集解》卷二十《須頌第六》，北京古籍出版社，1957年，第404頁。
〔註10〕饒宗頤：《文選序「畫像則贊興」說》，載《畫𩑨——國畫史論集》，中國臺北時報文化出版企業有限公司1993年，第91頁。

有學者認為，《山海經》是一種四面懸掛、象徵四方以作地理講說的輿圖，後來有人為它配上文字。朱熹說《山海經》「往往是記錄漢家宮室中所畫者，說南向北向，可知其為畫本也。」〔註11〕郭璞又以《山海經》圖畫為本，寫作《山海經圖贊》，而宮殿上所繪圖像又多取自《山海經》等神話人物和故事，據王延壽《魯靈光殿賦》描繪，古宮殿的牆壁上雜物奇怪、山神海靈，無所不有，而且還託之以丹青，隨色相類，具有豐富的色彩變化。這些內容，一方面可增加王宮的威嚴氣勢，營造出一種神秘的氣氛，宣揚君權神授的思想觀念，同時可能還有驅邪作用。

　　據文繪圖即所謂「順勢」仿寫從戰國時代就已發生，明代宋濂《畫原》云：「古之善繪者，或畫《詩》，或圖《孝經》，或貌《爾雅》，或像《論語》暨《春秋》，或著《易》象，皆附經而行，猶未失其初也。下逮漢魏晉梁間，講學之有圖，問理之有圖，列女仁智之有圖，致使圖史並傳，助名教而翼群倫，亦有可觀者焉。」〔註12〕《歷代名畫記》記東漢劉褒曾依《詩經》中《大雅·雲漢》《邶風·北風》而作畫，栩栩如生：「畫《雲漢圖》，人見之覺熱；又畫《北風圖》，人見之覺涼。」〔註13〕魏晉期間，《詩經》仍一直是繪畫的重要題材，西晉的衛協就畫過《毛詩北風圖》《毛詩黍離圖》，司馬紹也畫過《豳風七月圖》《毛詩圖》。王逸《楚辭章句》中說屈原被放逐後，見楚先王之廟及公卿祠堂圖畫天地山川神靈，「周流罷倦，休息其下，仰見圖畫，因書其壁，呵以問之」〔註14〕魯迅說：「是知此種故事，當時不特流傳人口，且用為廟堂文飾矣。其流風至漢不絕，今在墟墓間猶見有石刻神祇、怪物、聖哲、士女之圖。」〔註15〕就是說，出土文物可與早期文獻中的記載相互佐證，此即王國維所說的「二重證據法」。魏晉時期的一些歷史和詩賦作品，也成為繪畫的題材，如衛協的《上林苑圖》《史記伍子胥圖》，晉明帝的《史記烈女圖》《息徒蘭圃圖》，而東晉的顧愷之則作有《陳思王詩》圖〔註16〕。依據曹植《洛神賦》而繪圖的畫家就更多，晉明帝、顧愷之等人都有《洛神賦》圖。

　　道教小說同樣是這種情形，饒宗頤認為，道教神仙的傳記，就是先有列

〔註11〕朱熹：《朱子語類》卷138，中華書局，1988年，第3278頁。

〔註12〕俞劍華：《中國古代畫論類編》（上），第95頁。

〔註13〕張彥遠：《歷代名畫記》卷四，俞劍華注釋，第85～86頁。

〔註14〕王逸：《楚辭補注》卷3，中華書局，1983年，第85頁。

〔註15〕魯迅：《中國小說史略》，第10頁。

〔註16〕張彥遠：《歷代名畫記》卷四，俞劍華注釋，第92～107頁。據郭若虛：《圖畫見聞志》，顧愷之當是根據曹植《公宴》詩而繪製。

仙的畫像，後來有道士或文人為列仙圖寫畫贊，《列仙傳》《神仙傳》就是這
樣成書的〔註17〕。日本學者認為唐代傳奇《遊仙窟》也是仿古遊仙圖而作〔註
18〕，此前文已論及。依據道教小說而繪製的畫作就更多，這裡再以陶淵明的
《桃花源記》為例，後世根據《桃花源記》而作的畫甚夥，大致以三種方式
進行演繹：一種是基本遵循原作，如元王蒙《桃源春曉圖》（臺北故宮博物院
藏），只見一條山溪飛流直下，兩岸重巒疊嶂，桃花爛漫。畫下部一漁舟沿溪
而上，船中漁夫正在劃棹。右上方題詩曰：「空山無人瑤草長，桃花滿□流水
香。漁郎短棹花間發，兩岸飛飛賞香雪……」圖與題詩互顯，主要突出桃花
源美景。明周臣的《桃花源圖》，畫面桃花點綴其間，屋舍儼然，良田美池，
漁人正與桃園中人對話。宋旭的《桃花源圖卷》（重慶博物館藏），只見山溪
兩岸，桃花點點，溪水盡頭停一小舟，山間一小洞；畫面左邊是良田美池，
阡陌交通；漁人手持船槳，正與桃源中人交談。背景是屋舍，一婦女正推開
柴門。這些畫的內容，基本是按照《桃花源記》中的描寫而進行繪製的。二
是截取《桃花源記》中的一個片段入畫，如文嘉的《桃花源記》強調漁人尚
未進入桃花源的情景，右上方題王安石《桃源行》七古一首。清代王翬《桃
花漁艇圖》則主要突出桃花源的美景。三是在原作的基礎上，根據自己的理
解加以改造，從而造成圖溢出於文或圖文不符〔註19〕。據宋人洪邁《夷堅丙
志》卷二記載，成都通判劉甫遇一異人，能在「堅勁如鐵」的板上刻桃源景
物，「圖已成，樓閣人物，細如絲髮，儼然可睹。女仙七十二，各執樂具。知
音者案之，乃霓裳法曲全部也。其押案節奏，舞蹈行綴，皆中音會。一漁翁
艤舟岸傍。位置規模，雕刻之精，雖世間工畫善巧者所不能到。」〔註20〕可
見，宋代人的桃源圖已「與記頗異」。仇英的《桃源仙境圖》（天津博物館藏），
上部崇山峻嶺，溪流湍急，雲霧繚繞，樓閣參差，樓中一人倚窗欄而望；下
部三位白衣高士臨溪而坐，下面一人正在彈琴，中間一人正凝神聆聽，上面
一人則兩手舉起，似將翩翩起舞。溪水對岸，一童子攜食盒佇立而望，似不
忍打斷高士們的興致。再下面，有一童子端果盒行走在板橋上。山著以綠色，
古松與山桃相間，生機盎然，境界超逸。在陶淵明的筆下，桃花源是一個美

〔註17〕 饒宗頤：《文選序〈畫像則贊興〉說（一）——列傳與畫贊》，南洋大學《文物
　　　　 彙刊》創刊號。
〔註18〕〔日〕內山知也：《隋唐小說研究》，益西拉姆譯，第137頁。
〔註19〕 袁行霈：《古代繪畫中的陶淵明》，《北京大學學報》2006年第6期。
〔註20〕 洪邁：《夷堅志》，第413頁。

麗的山村，但畫家以細膩的筆法，對小說中的描寫進行了誇張性的再現和改造。首先是景色，除桃花外，畫家又加入了煙雲、溪水、古松、小橋等元素，進一步渲染桃源之美，體現道家天人合一的境界，也是「度人」思想的暗示；其次是住宅，小說中只有「屋舍儼然」四字，畫中則是瓊樓玉宇，明顯「暗仿」了六朝以後其他道教小說中的仙境修辭；復次是桃花源人之樂，小說中只以「怡然自樂」描繪，繪畫則以端果盒和攜食盒的童子及仙人彈琴的圖面，表現桃源人生活之富足、自由和快樂。畫中人不再是耕作的農人，而是悠閒優雅的高士，可見這幅畫大大豐富了小說的內容。仇英的另一幅《桃花源圖》（美國波士頓美術館藏），雖畫有桃花源漁夫、樵夫、農夫等怡然自得的田園生活，但畫中村民住的房子也是高樓大廈。藍瑛的《桃源春靄圖軸》（青島市博物館藏）畫面上部是層巒疊嶂，桃花盛開；畫面中央山下為寬闊的河水，河中二隻小舟聚攏在一起，一人吹簫，一人賞樂；畫面下部則是古樹參天。總之，這些畫作不但豐富了《桃花源記》的內容，而且改造了桃源人的屋宇，特別增加了音樂的元素，與後來人們理想中的仙境模式趨於一致。要言之，由於明清時代政治腐敗，社會黑暗，《桃花源記》成為畫家熱衷的題材，在《桃花源》的經典化過程中發揮了重要作用。又如《幽明錄》中的《劉阮天台》，元代李公麟以白描手法創作了《劉晨阮肇入天台山圖卷》，折射出他對世道的無奈，反映出宋代遺民在異族統治下的灰暗心境。趙宋宗室趙蒼雲的《劉晨阮肇入天台山圖卷》，採用李公麟的白描手法，以長卷的形式描繪了劉阮遇仙的整個過程，寓家國之痛於淡雅蕭散的筆墨之中。此外，鄒一桂、黃山壽、沈宗騫、改琦等畫家都曾畫有《劉阮天台圖》，宋褧、虞集、李濂、徐渭、邵寶、徐庸等一批文人都作有詠劉阮天台圖。明代李在根據《神仙傳‧琴高》繪製的《琴高乘鯉圖軸》，表現琴高辭別眾人乘鯉仙去的情景。只見琴高跨在鯉魚背上，回顧岸邊揖手目送的弟子們，狂風乍起，波濤洶湧，雲霧迷漫，渲染出仙人登遐時的神秘氛圍。人物情態生動，線描勁拔，流暢靈動，設色簡淡，格調明快。在《老子中經》中，身中的大海由騎在鯉魚和神龜上的女神守護，風伯和雨師在肚臍和小腸附近，因而道教神仙騎鯉魚圖成為一種程序，是一種內丹修煉成仙的視覺化呈現。

在早期圖文衍生過程中，一般是一次性模仿，或先有文後有圖，或先有圖後有文，但在後來的「語—圖」生成過程中，存在著循環往復模仿的情況，即在據文繪圖之後，後來又可能會有作家再據此圖著文的情況發生，反之也

一樣。有關文昌帝君、媽祖、真武等神祇的小說和圖像都存在這種現象。這些圖像又與歷史上其他同類作品形成相互呼應、指涉的互文性關係，不同文本通過圖像的相似性跨越歷史時空的局限相互對話、映襯，將不同時代文學作品中隱含的思想、主題整合成穩固的傳統，從而將當下文本融入歷史以獲得完整性。

　　道教圖像與小說文學的相互模仿衍生，無疑促進了文學與藝術的發展和傳播。道教小說作品刺激了圖像的生產，道教圖像的製作擴大了相關小說的影響。兩者是一個互利互惠的過程，而不是單向輸出。一部小說名著問世並獲得了權威性的口碑之後，文字上的可變餘地就很小，而由版畫插圖、戲曲、民間工藝、連環畫、動漫、影視所組成的視覺傳播序列就構建了古典名著最持久也最活躍的存在狀態，直接參與了名著經典化的過程，豐富了其內涵，擴大了其影響，反饋了其接受狀況，促進了其對大眾文化的雙向滲透與解構。從讀者的角度考察，圖像閱讀活動介入文化公共領域中，最終會影響圖像的生產、接受及其生存環境。為了迎合讀者的欣賞旨趣和應對激烈的市場競爭，書賈在小說的出版廣告中每每以插圖相號召，競相誇耀自家插圖精美，質量上乘，有些書坊為抬高自己的書籍，有時還刻意貶低其他書坊的插圖。這些激烈的競爭，都促進了文學和圖像的生產質量。

二、「語—圖」互文關係

　　「語—圖」關係是圖像學最重要的範疇，對於兩者的性質，趙憲章先生認為語言符號是實指性的，圖像符號則有虛指色彩〔註21〕。在紙質文本中，文字一般比圖像強勢，兩者的關係是「順勢模仿」；但在壁畫與石刻中，圖像則變為主導，文字比較簡單，是文本的輔助工具，兩者的關係為「逆勢模仿」。在「順勢模仿」時，即便缺失圖像也不影響文本的表意；而在「逆勢模仿」時，拿掉文字也基本不會造成表意的偏移或中斷。「語—圖」的互文關係，既有對應的，也有文富於圖、圖溢於文等現象，甚至還有圖文無關聯者。「圖像」除人物和風景外，還包括印章、邊款、符號等，筆者稱之為「次圖像」；而語言文字除正式文本之外，還包括圖識、圖贊、評點等，我們稱之為「副文本」。明薛應旂《薛方山紀述》中云：「畫者象也；值其畫者變也。

〔註21〕趙憲章：《語圖符號的實指和虛指——文學與圖像新論》，《文學評論》2012年第2期。

潛龍勿用者辭也，用其辭者占也。斯義不明，而附會無不至矣。」〔註22〕簡言之，就是畫不配上辭，意義就不明，容易產生飄移，進而附會叢生。美國學者 W. J. T. 米歇爾在《圖像理論》中也提出，詞與形象之間的關係可以體現出在再現、意指和交流的領域內反映象徵與世界、符號與意義之間的關係。比如在插圖中，一種理想狀態下的文本與形象之間的關係應是相互翻譯、相互闡釋、相互圖解和相互修飾的關係，但現實中，兩者往往並不經常處於一種絕對的平衡之中。這樣，就需要圖題、圖說、圖贊等來錨定圖像的意義。它們共生於一個文本之中，形成有機整體，是供讀者閱讀的小說大文本，而非獨立於書籍之外的具象作品，「語—圖」構成一種同存共生的表意結構，所謂「史中炎涼好醜，辭繪之，辭所不到圖繪之」〔註23〕，構成圖文相聯不可分割的文本形態。

有關道教小說「語—圖」關係的形態，在前文中已有較多的論述，這裡再補充一些例子，以期對這一問題進行更深入的闡釋和總結。

有文圖對應的，如乾隆間刻本《綠野仙蹤》封面主人公冷於冰肖像，他頭戴道冠，身背寶劍，手拿拂塵，身穿道袍，站立側視，表現出一個希望遁世而又眷顧人間的得道者形象，體現出繪者對小說中冷於冰形象的精準把握。又如《繪圖列仙全傳》中《郝大通傳》，文中寫道郝大通：「嘗坐於趙州橋下而不語，時為小兒輩戲，累磚石為塔於頂，囑以勿壞，頭竟不側。河水泛溢，略不為動，而亦不傷。如是者六年。」插圖繪出一株柳樹，樹下一座石砌拱橋，畫有半個拱橋，橋下水流湍急，郝大通盤坐於橋面右側，頭頂上有壘成高塔的磚塊，他雙眼合閉，連鬢大胡，面帶微笑，臉上似有被石塊擊打後留下的斑痕。像旁有三個童子，或展臂指點，或掩口嘘狎，地上落有許多碎石塊，一童子手中正拿著一石塊，作拋投狀。顯然，圖像比儉省的文字表達了更為豐富的內涵，形象生動地展現了郝大通非凡的坐功和面對侮辱時的忍恥含垢的良好修養。又如《媽娘天妃傳》中寫林二郎應徵平番，因雙親年紀高大，二郎在孝親和報國之間有一番糾結，但最後還是「忠」的觀念佔了上風，在臨行之時，林父反覆叮囑，官府又派人催促，這時林二郎跨上戰

〔註22〕 黃宗羲：《黃宗羲全集》第七冊《明儒學案》卷二十五《提學薛方山先生應旂》，浙江古籍出版社，1992 年，第 691 頁。

〔註23〕 《禪真逸史凡例》，《禪真逸史》，《古本小說集成》，上海古籍出版社，1991 年影印本，第 4 頁。

馬，他坐在奔馳的戰馬上，左手舉劍，回身遠望，戀戀不捨，又似表達不滅番夷決不回家的決心。圖像很好地表達了他此時的心情（圖 5-117）。

圖 5-117　林二郎出征

有的圖溢於文，即圖像所包含的內容比語言文字更為豐富，超越了語言文字的內涵和外延。如《繪圖列仙全傳》中寫孫不二歸空時：「俄聞空中樂聲，仰見仙姑乘雲而過，仙童玉女旌節儀仗擁導前後，俯而告宜甫曰：『先歸蓬島待君也。』於是夜坐談將二鼓，風雷大雨震動，遂東首枕肱而逝。」在插圖中，馬鈺冠髻，細眼細眉，短髭長鬚，身穿素道袍，右手拿著一支筆，作抬頭仰望之狀；空中雲氣滾滾，大髻帶鳳釵的孫不二遙立雲間，身上絲帶飄起，一手向馬鈺伸去，似有依依不捨之意，女仙身後兩個持幡侍女（圖 5-118）。《仙佛奇蹤》與《繪圖列仙全傳》中孫不二與馬鈺告別的圖形大致相同，只是前者告別的地方在山上，後者在道觀門口；前者馬鈺在左下角，孫不二在右上角，且只有一個持幡侍女。馬鈺素袍髮髻，鬚更長，右手持拂塵，做抬頭仰望狀。後者馬鈺在右下角，孫不二在畫面的左上方。圖上繪出青松和大片的雲氣，孫不二服飾華麗，左右為持幡、持扇的侍女和吹奏仙樂者，眾人擁護孫不二登於雲氣之上，孫不二作戀戀不捨狀；馬鈺為一書生模樣，仰面向雲中望去（圖 5-119）。這兩幅插圖都表現了孫不二歸空時猶不忘夫妻之情，這是與全真教義相衝突的，但馬鈺夫婦入道前夫妻情濃，歸道時躊躇再三，因而這幅圖像，既釋放出馬鈺夫妻之間的不了情，又體現出明代全真教世俗化的傾向。

圖 5-118　馬鈺《繪圖列仙全傳》　　圖 5-119　馬鈺《仙佛奇蹤》

　　圖題、圖說、圖注等文字，其位置不固定，與圖像達到一種平衡效果。它們或作為圖像的題目，或作為圖像的論贊，或作為圖像的說明，都是緣畫而作，但指向有所不同，有詩詞、短語、楹聯等多種文體形式，其主要功能在於因圖發論、因圖抒情等，與插圖、印章、邊框等設計渾然一體，它們之間構成一種互文關係的敘事張力。文本是插圖和評點衍生的載體，插圖和評點又是文本的延伸和深化。在這種敘事序列中，文本、插圖和評點構建於同一敘事平面之上，既有各自的獨立性，又互相融合，共同完善文本的敘事空間。如鄧志謨的「三記」，圖題對正文的內容就有提示和評論作用，相當於章回小說的回目，但章回小說的回目一般是本回內容的提綱，一般不加評論，而「三記」的圖題則既提煉本回的內容，有時又進行評論。如《鐵樹記》第八回插圖，右圖描繪的是真君辭職歸隱，左圖描繪的是百姓請求真君脫靴，圖題云：「解組歸來一念宦情輕似葉　脫靴為記千年芳譽重如山」，其中「解組歸來」、「脫靴為記」是內容提示，「一念宦情輕似葉　千年芳譽重如山」是對許遜品格和政績的評價。又如《咒棗記》第三回寫薩真人修行的故事，其中寫到薩真人歎《皮囊諦語》和念《心經》，圖題「學道有玄機莫為皮囊生嗜欲　修仙無異術須從靈性著工夫」（圖 5-120），就囊括了《皮囊諦語》和《心經》的內容，點出了修仙就是止欲和修心，插圖也分別表現了這一意思。《鏡花緣》是一部道教色彩頗濃的長篇小說，廣東芥子園插圖本，有圖、文、贊、圖識，這些要素之間都形成了互釋互補的關係。圖像有兩種形式，一種是人物肖像，配有簡單的文字介紹，主要

說明人物的籍貫、身世、事蹟等，或加以評述；一種是鐫刻在器物上的像贊，
楷體、草體、篆體等不同書法和印章，一般為詩歌或對仗聯句。介紹性的文字
置於圖像左側，如麻姑肖像，她左手拿著一枝花，眼睛注視著花朵。文字介紹
她的姓氏等，並提到她降於蔡經家之事，然後又評價她「秉性敦睦，為人排難
解紛，大能和事」。這些內容都是小說中沒有的，降蔡經家事見於《神仙傳》，
後面的評價帶有評點的性質。這樣就對文本進行了補充，使讀者對麻姑有了更
多的瞭解。副圖是酒罈，開合處插一拂塵，因世上有名目繁多的麻姑品牌酒，
故用酒罈以作為她的象徵。像贊為四句五言詩，「爪長搔背癢」乃用《神仙傳·
麻姑》中的典故，後面三句則是對她為人「排難解紛」的讚美與鼓勵，從而帶
有勸世的意味。又如月姊，介紹性文字在右側，糅合了《淮南子》等書中有關
嫦娥奔月故事的記載，像贊則以篆體寫在一個圓月中（圖5-121），乃是對她竊
藥奔月的評論。道光三年（1823年）常州顧沅刻本《文昌化書像注》，主體部
分有97則故事，書的特色也正如其名，圖文並茂，由文、圖、注、案4部分
組成，「文」是指化書原文；「注」是針對每一化的詳細注解，使原本較為晦澀
的經文，通過生動流暢的故事解釋後而更為形象生動；「案」是對應每一化原
文和注解的案語；「圖」是每一故事的配圖。其中最精彩的部分是「案」和「圖」，
每一「案」和每一「圖」都是一個完整生動的故事。四者之間依次聯繫、衍生，
協同完成文本的創造。

圖5-120《咒棗記》第三回插圖

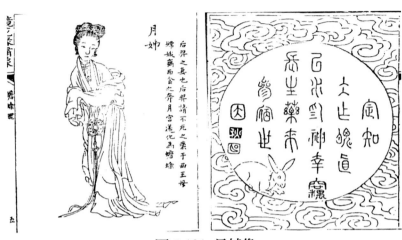

圖 5-121　月姊像

　　德里達認為，「他者」是不斷變化的，因而所謂的主體也是出於不斷變化中。且「他者」與「主體」並非從屬或附屬關係，世界上所有事物都處於同一平面上，他們在「補充」（supplement）其他事物的同時又為其他事物所補充，「事物與事物之間不是一種一方決定另一方的等級關係，而是一種一方以另一方為存在前提的補充關係」〔註24〕。用這句話可以很好地說明道教小說的文本、圖像與評點的複雜關係。插圖作為一種藝術創作，不僅在於把文學形象轉換成視覺形象，更重要的是，插圖還滲透著畫家或刻工對文學作品的理解，最終並轉化成讀者的閱讀和消費，並且服務於圖書的整體設計。道教小說中的文本、圖像、評點、設計等要素之間，不是主從關係，而是互為闡釋、補充和豐富的關係，是不可分割的有機體，共同完成著小說的創作、閱讀與傳播。正如中國提倡「詩畫一律」，「語─圖」非對立關係，而是統一的整體，反映出中國文化重視和合，所以「分」中有「合」，「合」中有「分」，萬物一體同觀，是「天一合一」哲學觀念的體現。另外一種方式，就是採用圖像表意，具有象徵功能，如《東遊記》中將領們的衣飾打扮、兵器甲仗等都有一定的模式，騎白馬者為正方，騎黑馬者為反方，因為白色象徵生命，而黑色象徵死亡。在繪製接戰的畫面時，也是戰勝的一方在右邊，代表東方；敗退的一方在左邊，代表西方，遵循五行原理。又如《天妃傳》寫西番弱水國王欲侵略漢朝，帝召集群臣計議，大家不知如何應對，詔下，遣行人餞於郊外，大賜輜重玉帛。圖繪一人推車，因為那時車是最大的載具，故用以表現送寶之多。有時以類比況表意，

―――――――――――――――――――

〔註24〕肖錦龍：《論德里達解構理論的東方性》，《外國文學研究》2003 年第 1 期。

即圖像作者所繪的插圖不是描摹故事情節和人物，而是以比喻、象徵的方式對情節與人物進行類比，即毛傑所歸納的「用事」和「用物」兩種體例。所謂「用事」就是選取與本事性質相同或相反的事件和場景用以參照，因而有「正比」和「反比」之分，強調的都是「本體」和「喻體」之間的關聯，其批評的特性在於對「本體」的特徵進行具象化的展示，這樣的圖像往往是直觀性與模糊性共存，致使我們常常無法完全解讀圖像作者在插圖中設置的全部喻指，但又總是能模糊地體會到本體和喻體之間存在著的關合與對話，這既是此類圖像的局限，也是其特性所在〔註25〕。如《天妃傳》第一回寫鼉猴為妖，北天妙極星命部下帶領人馬，將碧蓮苑中團團圍住，「上布天羅，下有地網，務要捉妖除氛，以清境內。」圖繪一人在拉漁網，比喻天羅地網。有的表意圖像富有詩情畫意，如《天妃傳》寫玄真長大後，很多人到林家提親，玄真堅決不許，圖繪中有竹子，比喻玄真堅貞不屈，決意修道。又如寫猴精偷食廟中桃子，廟主玉面貓不但不究其罪，而且傾心交接，「凡廟中之事，一一委之。」一日，貓出山遊獵，猴將廟中寶物盜竊一空，並打死守堂小卒，貓回家後，遂感歎「大道平如砥，奸心險若川。」配圖是一幅山川圖（圖5-122），表現人心險惡難測如險峻的高山和湍急的河流。又如天妃收伏白雞，那白雞精逃走，飛上胡公山，天妃命兵眾四處尋捕，不知蹤跡。至次日，天妃命四方土地來見，各相詢問情由，彼此俱道絕無形影。天妃曰：「皆如汝等所言，則此妖無乃上藏之天，下入之地乎？皆由汝等不用心之過。吾倘於此處查出，則汝曹不得辭其責矣！」圖繪房子一角，兩顆低垂的古松，寂無一人（圖5-123）。表現在天妃斥責後，四方土地「各皆面面相覷，惶恐無言」。

圖 5-122 奸心險若川

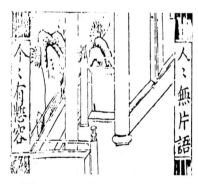

圖 5-123 天妃媽收服白雞

〔註25〕毛傑：《試論中國古代小說插圖的批評功能》，《文學遺產》2015 年第 1 期。

　　從插圖發展史的角度考察，宗教書籍的插圖遠遠走在通俗文學前面，署名唐代司馬承禎編撰的《上清侍帝辰桐柏真人圖贊》及元代的《許太史真君圖傳》等，圖像就極為精美，人物表情刻畫細膩，形象栩栩如生，而且已嫺熟地使用圖像區隔表現連續的故事情節，如《上清侍帝辰桐柏真人圖贊》第十（圖 5-124），山左上方，穿道服的紫陽真人周季山於桐柏山見真人王君，王君以左手執素奏丹符欲付周君，周君長跪而受之。圖右中樹下，著古裝的明晨侍郎夏馥遇見王君，王君把一卷書欲付馥，馥長跪舉兩手受之。這幅圖將王子喬兩次傳道的場景並置在一起，兩件事情發生於不同的時間和地點。又如《許太史真君圖傳》中寫許真君召集弟子和鄉曲耆老，告以飛升之期，就畫出了參加宴會的各式人物（圖 5-125），比建本圖繪宴會場景宏大、複雜多了。又如許真君飛昇時，「里人攀戀，投地悲號，不忍別去」，地上可辨認的里人有十幾個，每個人的動作、姿勢和表情都不一樣，或伏地不起，或跪地而拜，或仰天呼號（圖 5-126），生動地表現了他們離別真君時的悲傷心情。甚至明代初年的寶卷，如明正統五年（1440 年）抄本《目犍連寶卷》等，都有精美的彩色插圖〔註26〕，而元代平話和早期建本小說的插圖，不但製作顯得非常稚嫩和粗糙，而且都是單情節敘事圖，並置圖至江南坊刻小說插圖中才出現。

圖 5-124《桐柏真人圖贊》第十

〔註26〕 參見〔俄〕白若思：《早期寶卷版本中的插圖（15～16 世紀）及看圖講故事的問題》，《形象史學》第二輯。

圖 5-125　真君告弟子飛昇之期　　　　圖 5-126　鄉人投地悲號

　　古代通俗小說的傳統源自說話，如果遇到幾個同一時間發生的故事，說書人和小說作者，無法同時敘述出來，只能暫且按下一頭不表，待敘述完這個故事後接續再講。「從某種意義上，敘事的時間是一種線性時間，而故事發生的時間則是立體的。在故事中，幾個事件可以同時發生，但是話語則必須把它們一件一件地敘述出來；一個複雜的形象就被投射到一條直線上。」〔註27〕但插圖卻不同，圖像製作者可以按照一定的原則或內在邏輯，把數個故事情節糅合在同一幅插圖中，同時呈現在讀者面前，由於是多幅圖像按照一定的順序排在一起，從而構建了語境，使表現空間性的圖像具有了時間邏輯鏈，觀者可以很容易地看到事件發展的前因後果，理解起來也就相對容易，從而賦予讀者一種全知的接受視角，給讀者的閱讀帶來了與眾不同的體驗，這就是圖像區隔敘述手法，龍迪勇稱之為「綜合式敘述」〔註28〕。多個場面有機地組織在一起並形成強烈的對比，增強了情節的緊張和曲折。

　　顏彥以明清小說插圖為研究對象，總結歸納圖像並置的原則為四種類型：一時一地、同時異地、同地異時、異時異地；時空敘事表現出來的獨有特徵有：情節性、動態性和情境性〔註29〕。道教小說的插圖也不外乎上面幾種類型，前面論述中已有所涉及。從不同的視點來呈現故事情節。如異時同地者，則採取圖像區隔法，如《純陽帝君神遊顯化圖》中《度馬庭鸞》，寫制置馬庭鸞，府門掛牌，設如意齋，接待過往道友。一日來了個道人，提出想吃狗肉。馬庭鸞

〔註27〕〔法〕茲韋坦・托多羅夫：《敘事作為話語》，中譯文刊《美學文藝學方法論》，文化藝術出版社，1985 年，第 184 頁。
〔註28〕龍迪勇：《圖像敘事：空間的時間化》，《江西社會科學》2007 年第 9 期。
〔註29〕顏彥：《明清小說插圖敘事的時空表現圖式》，《中國文化研究》2011 年春之卷。

令屬下烹製,道人要求馬庭鸞親自下廚,馬於是親手燒製。道人酒肉大醉後,令人將帶頭狗皮包腸肚繩縛放置廁所,又用絹布包狗皮送在池亭。第二日道人不見,馬庭鸞有些後悔,將廁所中的帶皮狗頭投入池中,只聽得水面忽如雷一聲,被屠殺烹製的狗竟然復活,背絹布出水,絹上繪呂真人像,神情如活。馬立祠供養,一年後此日,晏坐而逝(圖 5-127)。壁畫以一組五個相連續的畫面來表現呂洞賓在馬庭鸞府彰顯法力的事蹟。壁畫左上方畫有兩名女子給留宿的道人送去蠟燭、門鑰匙和枕頭,表現馬接待來往道人;壁畫右上方畫馬與道人對話;下方是酒醉道人用絹布包狗皮送在池亭;畫面中間下面是馬令人將帶皮的狗頭投入池水中;畫左中則是絹布上出現的呂洞賓像。這五個故事情節在時間上是連續發生的,地點都在馬府,圖像抓住五個故事的關鍵性要素,完整地表現了呂洞賓度化馬庭鸞的過程。《老子八十一化圖》第三十二化「降聖誕」,也是以三個畫面表現玉女懷孕、老子降生及洗兒儀式的過程。異時異地者也同樣採取圖像區隔法,如《鏡花緣》第三十二回「訪籌算暢遊智佳國,觀豔妝閒步女兒鄉」,插圖繪製了三個畫面,上面是在智佳國猜燈謎,中間是在女兒國見到女裝打扮的男人,下面是去國舅府(圖 5-128)。繪者以三個畫面,表現唐敖三人一行在智佳國訪問的行程,但三件事不是發生於同時同地。有同地不同時的,如《許太史真君圖傳》寫旌陽郡發生大疫,民死者十有七八,真君乃以所得神方拯治之。凡符咒所及,皆登時而愈。消息傳到他郡,病者相繼而至,日以千計,真君於是標竹竿於郭外十里之江,置符其中,患者就竹下飲水皆愈,年老病重不能自至者,汲歸飲之,亦獲康復。圖繪右岸真君與侍從於江中插竹竿,左邊則有患者在江中飲水或汲水。從文字描述看來,真君標竹竿與病人飲水兩事發生於不同的時間。同時異地者則採取圖像並置法,從不同的視點呈現同時發生的故事,這種情況常用來表現仙真高道的分身術,如《重陽真人憫化圖》繪王重陽在與馬鈺談話時,同時分身出現在孫不二的閨房中。《韓湘子全傳》中也有韓湘子以分身術闖進韓愈壽宴的故事情節和插圖。另外還有很多表現夢幻故事情節,繪者將正入睡的人用虛線與夢中發生的故事情節連接起來,熔現實空間與虛擬空間於一體。在明朝弘治十一年(1498 年)出版的《西廂記》,就以這種插圖方式表現夢境,後來遂成程序。如《鏡花緣》第七回「小才女月下論文科,老書生夢中聞善果」,上面是夢景,唐小山與父親唐敖和叔父唐敏月下論文,下面是唐敖在「夢神觀」進入夢鄉的情景。

圖 5-127　度馬庭鸞

圖 5-128　訪籌算暢遊智佳國，
　　　　　觀豔妝閒步女兒鄉

　　總之，道教小說的插圖比一般的小說插圖更早成熟，圖像組合方式也與明清時期小說插圖一樣豐富多樣。

第二節　圖像文本與小說敘事

　　晚明以來，書坊主為了吸引讀者，幾乎「無書不圖」，插圖成為文本的重要構成部分，對小說的表意方式、文學意蘊、人物刻畫等方面都有重要的影響，促成了小說文體要素和敘事技巧的成熟，形成了具有民族特性的小說體制和樣式。插圖所具備的輔助敘事、文學批評、文本建構等功能，參與了小說創作、批評、閱讀與傳播幾乎所有的環節。王懷義指出：「明清敘事文學中的圖像作品並不具有獨立的意義，它們本質上是語言塑造的產物，因而它們只有將自己融入敘事才能獲得存在的價值；一旦圖像融入敘事，即可發現它們具有極強的吸附能力，從而以自己為中心將作品中的人物、事件、意象乃至思想意蘊吸納到畫面之上，或推動小說敘事的發展，或刻繪事件中人物形象及其相互之間錯綜複雜的關係，離開它，我們總會感覺作品少了些獨特韻味。」〔註30〕而道教圖像，「近距離」或「遠距離」參與了小說的敘事及文體的建構，與文學作品中的內容遙相呼應、互相指涉，進行跨文本、跨時空對話，形成互文性關係。

一、圖像小說

　　在明清時期的小說中，有的插圖數量很多，如《京本增補校正全像忠義水

─────────────

〔註30〕王懷義：《圖像與中國文學敘事傳統的形成》，《人文雜誌》2020 年第 9 期。

滸志傳評林》有 1200 餘幅，完全可以脫離文本，作為一本完整的連環畫閱讀。日本東洋文庫藏彩繪本《出像楊文廣征蠻傳》由 138 幅彩圖組成，只有圖題，是真正的連環畫，但這種情況較為罕見。晚明以後，小說的排版設計常將文本所附的插圖單成一冊，在形式上模仿繪畫冊頁，因為圖像精美，而小說藝術質量不高，因而造成插圖與文本之間存在藝術鴻溝，有的讀者只欣賞插圖，而不看文字內容，何谷理發現，「許多晚明小說中的插圖部分有很多翻閱磨損的痕跡，而文本部分則幾乎全新，可見後者基本沒有被閱覽過。」〔註31〕這種小說圖像包含的信息量大於文字，對文字具有敘述制約作用。

連環畫體長篇小說，在道教中比較普遍，以紙質、絹繪、壁畫、石刻等多種媒介形式呈現，是典型的圖像小說，有的以圖像為主，文字為輔；有的圖文並茂。特別是在元代全真教興盛的刺激下，道教圖像小說大量出現，如《老子八十一化圖》在《老子化胡說》《老子西升經》及《猶龍傳》《混元聖紀》等各種文本的基礎上繪製而成，除有各種版刻經本外，在河北、甘肅、山西、陝西等地還發現有老子八十一化圖的壁畫、石刻等遺存，如河北蔚縣暖泉老君觀老君殿壁畫、甘肅平涼莊浪紫荆山老君廟壁畫、甘肅崆峒山隍城老君樓壁畫、蘭州金天觀雷祖殿東西廊壁畫、山西浮山老君洞石刻、山西高平清夢觀三清殿壁畫、陝西合陽縣南王村青石殿浮雕、陝西佳縣白雲觀三清殿壁畫等 8 處。而永樂宮純陽殿的《純陽帝君神游顯化圖》和重陽殿壁畫《重陽王真人憫化圖》，繪於至正十八年（1358 年），以連環組畫的形式來表現呂洞賓和王重陽的事蹟。《純陽帝君神游顯化圖》由 52 幅呂洞賓的神化故事組成，每一內容都有圖題和解題文字，有些直接取自《妙通紀》。《重陽王真人憫化圖》由 49 幅畫面組成，描述了王重陽從降生、得道到度化「七真」的故事。以真武大帝為題材的圖像小說也很多，武當山就有如磨針井正殿《真武修真圖》8 幅、太子坡、復真觀《大嶽太和山玄帝修真》40 幅、淨石宮《玄天上帝應化圖》24 幅。這些道教圖像小說，一般由圖像、題榜、圖說三者結合的方式進行敘事，圖像本身自成系統，即便脫離敘事文字，也可以單獨完整敘事，圖說是圖題更詳細的擴展，題榜和圖說對圖像涵義進行錨定，使敘事更加完整地發揮效能，圖文配合，展現道教神祇修道及超自然法力，完成無所不能之神的塑造。

現存的古代圖文本小說，一般是插圖本小說，真正嚴格意義上的圖像本小

〔註31〕〔美〕何谷理：《明清插圖本小說閱讀》，劉詩秋譯，第 233 頁。

說比較少見，但在道教畫傳中卻比較常見，一直以來，這類文本都沒有得到應有的重視，對它的文體屬性也缺乏界定。我們認為，它就是一種連環畫體長篇小說，如果我們將其納入小說史的研究視野，那麼，對於中國古代小說圖像學、小說史的重寫都將具有重要的參考意義。

二、圖像與小說敘事

　　道教的一些思想觀念、修煉技術等，轉化成圖像思維，呈現為心靈圖像，對古代小說的敘事方式等，產生了深刻的影響。

　　比如古代的訪仙主題小說，一般包括進入、遊觀、生活、返鄉、重歸等幾個序列。上清經《元始上真眾仙記》中云：「凡青嶂之裏，千嶺之際，仙人無量，與世人比肩而不知。凡人有因緣者，或在深山迷悟入仙家，使為仙洞玉女所留。」〔註32〕《真誥》中說：「世人採藥往往誤入諸洞中，皆如此，不使疑異之。」〔註33〕道教的洞天福地觀念，就是認為仙境就在人間，仙人與我們毗鄰而居，但非常隱秘，只有有緣者才能進入。這一觀念就影響到訪仙小說的敘事，在中古小說中，一些凡人因為砍柴、逐獵、採藥等種種因緣，攀藤爬崖，趨溪越水，走過石橋，進入涵洞，進去後發現別有洞天，這就是修道的誤入仙境母題。這種地理和進入方式已成定式，是道徒修煉過程的故事化演繹，而道教的仙境畫也同樣如此。如東晉畫家顧愷之曾畫有《雲台山記》，並同時撰有札記《畫雲台山記》。今畫雖不存，但通過札記可推知繪製的內容是張道陵在雲台山「七度門人」的故事。雲台山位於四川省蒼溪縣東南三十五里，當時不在東晉的版圖之內，估計顧愷之沒有去過，但他「臥在山西，反知山東」，通過道教存思想像而構擬雲台山，依據的是當時廣為流行的道教仙境觀念。札記中云：

> 山有面，則背向有影。可令慶雲西而吐於東方。清天中，凡天及水色，盡用空青，竟素上下以映日。西去山別詳其遠近，發跡東基，轉上未半，作紫石如堅云者五六枚。夾岡乘其間而上，使勢蜿蜒如龍，因抱峰直頓而上。下作積岡，使望之蓬蓬然。凝而上，次復一峰，是石，東鄰向者峭峭峰，西連西向之丹崖，下據絕澗。畫丹崖臨澗上，當使赫巘隆崇，畫險絕之勢。天師坐其上，合所坐石

〔註32〕《道藏》第3冊，第271頁。
〔註33〕〔日〕吉川忠夫、麥穀邦夫：《真誥校注》，朱越利譯，第357頁。

及蔭。宜澗中桃傍生石間。畫天師，瘦形而神氣遠，據澗指桃，回
面謂弟子。……中段，東面丹砂絕□及蔭，當使巇□高驪，孤松植
其上。對天師所壁以成澗，澗可甚相近，相近者，欲令雙壁之內，
□愴澄清，神明之居，必有與立焉。可於次峰頭作一紫石亭立，以
象左闕之夾高驪絕□，西通雲臺以表路，路左闕峰，似巖為根，根
下空絕，並諸石重勢，巖相承，以合臨東澗。其西石泉又見，乃因
絕際作通岡，伏流潛降，小復東出，下澗為石瀨，淪沒於淵。所以
一西一東而下者，欲使自然為圖。雲臺西北二面，可一圖岡繞之。
上為雙碣石，象左右闕。石上作孤遊生鳳，當婆娑體儀，羽秀而詳。
軒尾翼以眺絕澗。後一段赤，當使釋弁如裂電，對雲臺西風所臨壁
以成澗，澗下有清流。其側壁外面，作一白虎，蜀石飲水，後為降
勢而絕〔註34〕。

可見，在顧愷之的想像和構圖中，雲台山山勢巍峨，層巒疊嶂，雲霧繚繞，
絕澗奔流，鳳翔虎走。這與當時小說中的描寫基本相同，如陶淵明的《搜神後
記》中有三篇小說，第一篇寫漁民沿著溪水行走，忽逢桃花林，林盡水源，便
得一山，山有小口，從口入，初極狹，才通人，再行數十步，豁然開朗，進入
仙境。第二篇寫劉子驥至衡山採藥，見有一澗水，水南有二石囷，一閉一開。
水深廣，不得渡。第三篇寫二人乘船沿河收集柴木，見岸下土穴中有水流出，
發現有新斫木片逐流而下，其中一人進入穴中，行數十步，便開明朗然，不異
世間。宋劉義慶《幽明錄》中寫劉晨、阮肇進入天台仙境，「遙望山上，有一
桃樹，大有子實；而絕岩邃澗，永無登路。攀援藤葛，乃得至上。……復下山，
持杯取水，欲盥漱。見蕪菁葉從山腹流出，甚鮮新，復一杯流出，有胡麻飯摻，
相謂曰：『此知去人徑不遠。』便共沒水，逆流二三里，得度山，出一大溪，
溪邊有二女子……」這些小說都是寫人經過攀爬懸崖陡壁、趟過溪水後，進入
一個小洞穴，忽然發現裏面是一個寬廣的世界，這是非常典型的喀斯特地貌。
洞穴（包括壺、井等）、石橋、溪流等，往往是區隔仙凡世界的地標，凡人通
過這些標誌性的界域就成為一種身份變化的隱喻。

漢末北方人為躲避戰亂大規模南遷，南方大量因海底上升所形成的石灰
岩地帶的溶洞相繼被發現和得到開發，這種地形地理學上稱為喀斯特地貌，從
而形成道教「洞天福地」的觀念。喀斯特地貌廣泛分布於南方地區，是石灰岩

〔註34〕陳傳席：《六朝畫論研究》，天津人民美術出版社，2006年，第69頁。

地區受到地下水長期溶蝕後形成的，由溶洞、地下河流、地下湖泊以及豎井、
芽洞、天生橋等組成。這些巨大的洞穴成為道士修煉的理想場所，「道士志學，
山林隱靜，久遁有岫室，遠跡人間，為之者益精，而神速至也。」〔註35〕而從
現實情況來看，漢魏六朝時期戰爭頻仍，瘟疫流行，死亡相繼，洞窟遂成為相
對安全的避難場所，並由此衍生出有關名山洞府的仙境說，反映出末世情境中
的民眾躲避酷政、戰亂和瘟疫的美好願望。況且，地下水含有多種礦物質，人
飲用有益於身體健康，可助修煉；洞府中又多生芝草，有豐富的石乳、石髓等
材料供道士煉製丹藥。所以葛洪說：「古之道士合作神藥，必入名山，不止於
凡山中也。」〔註36〕

　　喀斯特地貌的地下暗河和溶洞等，互相溝連，猶如人全身經脈相通。緯書
《論語摘輔象》云：「崑崙者，地之中也，地下有八柱，柱廣十萬里，有三千
六百軸，互相牽制，名山大川，空穴相通。」〔註37〕張華《博物志》則概括云：
「名山大川，孔穴相內，和氣所出，則生石脂、玉膏，食之不死，神龍靈龜行
於穴中矣。」眾山之間相互貫通，人從此山洞窟進入，可從彼山洞穴出來。小
說也是這樣進行敘事的，如《幽明錄》中有兩篇小說，一篇謂晉時有人誤墮嵩
山穴中，在洞穴中行走半年後，從蜀地而出。另一篇寫漢時洛陽有一婦人將丈
夫推入一深穴中，其人靠食用黃河下龍涎和崑山下泥土而沒有餓死，走入長人
國，再向前行一百多里後，從交郡而出，回到洛下，此時世上已過了六七年。
交郡在今天的越南北部，從洛陽到越南，相距十分遙遠，而墜洞者竟在很短的
時間內走完了這漫長的路程。

　　明代鮑恂《盛叔章畫》中云：「仙家應在雲深處，只許人間到石橋。」〔註
38〕這種地理特徵最容易表現道教「原鄉」的神秘性，又最能表現仙蹤難覓、
求仙者不避艱險、求道意志之堅毅。當時及後來的畫家對仙境的圖繪都是這一
模式，上文我們介紹過桃花源圖，皆呈現這一特徵，其他的仙境圖也是如此，
如元人陸廣的《仙山樓觀圖軸》，繪崇山疊嶺，山路蜿蜒，蒼松夾路，一樓觀
依山而建。山腳下，溪水迴環，遊人徜徉於橋上林間。王蒙《丹山瀛海圖卷》
描繪蓬萊三島壯闊奇偉的景色，浩淼無際的海面上，點點檣帆風行，洲島參差

〔註35〕張君房：《雲笈七籤》，第 289 頁。
〔註36〕葛洪著、王明校釋：《抱朴子內篇校釋》，第 85 頁。
〔註37〕〔日〕安居香山、中村璋八：《緯書集成下》，第 1091 頁。
〔註38〕鮑恂：《盛叔章畫》，錢謙益：《列朝詩集・甲集明第十七》，《續修四庫全書集
　　　　部總集類》第 1622 冊，上海古籍出版社，2002 年，第 700 頁。

湧列，島上崗巒層疊，長松挺立，有木橋通向對岸，山隈深處露出樓角。無款《蓬瀛仙館圖頁》，畫中樓臺參差，亭樹櫛比，遠山在望，溪水潺潺，奇石異木。仇英的《玉洞仙源圖》是這一題材代表性的畫作，只見畫面下部有一道溪流從石洞中潺潺流出，一道小橋跨溪而過，橋上一人正向遠處張望；在松林中有幾位仙人正在弈棋，神態輕鬆自然。在一棵巨松下，一白衣老人正在撫琴，神態安祥超逸。面面中部是白雲翻卷，樓閣挺立。戴進的《洞天問道圖軸》描繪山坳中的一座小門敞開著，暗示門外別有洞天。一紅衣人正埋頭向門內走去，似乎是在走向另一天地。清代有袁江的《蓬萊仙島圖軸》描繪蓬萊仙島，重點突出雲煙繚繞的仙境氛圍、精美細緻的樓閣、雄奇偉岸的山石與煙濤微茫的大海。此外還有王原祁的《仙掌嵯峨圖軸》、董邦達的《仙山樓觀圖軸》、王雲的《蓬壺春曉圖扇頁》等。由於受到道教存思和內丹學的影響，宋代興盛的大幅山水畫運用了擬人化的隱喻，畫家將理想的山水畫看作一個運作的有機體，以畫中的建築物、山脈、河流、洞穴等暗喻內氣在人體內的流轉循環〔註39〕，這是解讀山水畫一個不可忽視的角度。

此外，訪仙小說中仙人生活日常的描寫，也與漢墓圖像中人們對仙境的相像基本榫合。

存思是道教上清派一種圖像化的修煉方法，圖讖則是一種利用圖畫進行預言的道術，它們都內化為一種藝術手法，對古代小說的敘事產生了深刻的影響。這在前文中已詳論，在此不重複。

西方的圖像象徵主要受基督教的影響，而中國的圖像象徵主要受佛道和民間信仰等各種文化的影響，不但有豐富的文化內涵，還有預敘等藝術功能，如置於小說正文之前的插圖，代表著畫家、書籍的編纂者對小說思想、藝術的理解，是對小說內容、故事情節或主要人物形象特點的凝練和昇華，也是一種別具一格的小說批評方式，但因為是讀者最先接觸到的，又放在卷首的位置，因而就具有預敘功能，它預先提示了文本人物形象或故事情節的框架，從一開始便設計了一種懸念，構建了一種閱讀期待，調動了接受者的閱讀興趣。如清初汪寄的《希夷夢》取材於五代末宋初，小說大力表彰反宋殉周的韓通、李筠等人的忠義精神，敘述閭丘仲卿、韓子郵、王之英、李之華等忠臣義士夢中五十年在海外建功立業的故事。他們夢醒後，趙宋王朝三百年的

〔註39〕〔美〕黃士珊著：《圖寫真形：傳統中國的道教視覺文化》，祝逸雯譯，第90～98頁。

基業又崩塌，落入他人之手，「得國由小兒，失國由小兒」，是是非非一場幻夢，恩怨情仇俱歸虛無，一切都不過是鏡花水月、電光石火，只有道家的長生久視、超凡證聖才具有永恆的意義，於是他們轉而修道，登遐成仙。《希夷夢》插圖的版式為冠圖，並有圖贊，第一個是韓通，第二個是李筠，都是為保衛周而戰死的忠烈之士，其後則是閭丘仲卿、韓速等，排列的順序就包含著作者對小說中人物的評價，而圖贊兼有預敘和歷史定評的功能。如閭丘仲卿的圖贊云：「未作國朝臣，翻為異域客。是客卻死臣，以終全介節」。閭丘仲卿原是李筠的謀臣，在國破家亡之時，韓速為報殉國的哥哥韓通之仇，單槍匹馬刺殺降臣，仲卿則四處聯絡反趙義軍，並設計救出被擒的子郵，兩人在復國努力失敗後，流亡海外。

　　仲卿漂至浮石島後，因治河有功，被封為客卿。他整頓玉砂岡私砂走私，平定四關之亂；他一次次化解奸佞挑撥離間的陰謀，對國家忠心耿耿。在他的整治下，浮石島「文德端淳，武備整暇」，最後被封為武侯兼大將軍，食邑雙龍島，並娶兩位公主為妻，享受榮華富貴。圖贊說他沒有做成周朝的臣子，但最終在海外成就了自己的事業，成為忠介之臣。又如李之英的圖贊云：「可憐四海飄零女，得配良材詠好逑。」李之英是淮南節度使李重進之女，與表妹王之華女扮男裝，在去西蜀搬救兵勤王時，途中與仲卿相識，一起誤入海國。與仲卿失散後，兩人與作亂的海濱頑民鬥智鬥勇，王之華擊退雙龍島主童體仁的進攻，被封為安北將軍。李之英被派往猿啼峽為將，用計將來犯的天印島主海鰍逮捕並斬首，被封為鎮南將軍。後兩人被廉妃識破女兒身份，收為義女，分別封為安國公主、鎮國公主，最後兩人同時嫁給仲卿，有了圓滿的結局。所以圖贊預敘了她們後來的結局，是她們生平事蹟的高度概括。又如余大忠圖贊云：「生前枉設千般計，死後難逃百種刑」。余大忠、包赤心、廉勇等是浮石島的權臣，他們阿諛奉承，陰險狡詐，殘害忠良；任用親信，以權謀私；貪污受賄、荒淫奢侈；朝秦暮楚，投敵叛國。最終機關算盡，枉送了性命。《鏡花緣》也一樣，都是利用圖贊、圖識進行預敘。

　　萬曆末年以後，許多插圖本小說與戲曲——大部分由江南地區書坊刻印——的插圖都出現在正文之前。將圖像從文本中抽離的做法使得從一本書中所能獲得的兩種體驗被分割開來：一是對插圖純粹的視覺欣賞，彷彿它們自成一本畫冊；一是對書寫文字與詩句（正文及評注）更為深廣的知識與情感回應。何谷理稱「這些插圖實際上是敘述文本的視覺綜述」，「通過這種方式，圖像與

文字相分離所帶來的延遲，在閱讀過程中造成一種對未知的渴求，這種欲望所帶來的效果其實與文本中每章常見的結語如『欲知後事如何，且聽下回分解』是相似的。」〔註40〕何谷理在這裡說的其實就是圖像前置的預敘功能，讀者通過對前置圖像的綜合閱讀，對小說的主要內容就有了大致的瞭解，特別是前置圖既有人物圖像又有敘事圖像的，讀者通過這些圖像，對書中的主要人物和故事情節會有更清晰的預知。冠於目錄前的神仙偶像，如《咒棗記》中的薩真人、《許太史真君圖傳》中的許真君等，則有一種宗教暗示作用，引導讀者帶著虔誠的心情繼續下面的閱讀。

特別是古代繪畫受到相術觀念的深刻影響，元代王繹在《寫像秘訣》中明確指出「凡寫相須通曉相法。」〔註41〕該書在論述如何圖繪人物形體器官時，全部是相學術語，如五嶽四瀆、蘭臺庭尉、山根、印堂、眼堂、人中等。總之，由於相術的影響，不同身份地位的人，其形貌形成了固定的模式，宋康與之《昨夢錄》中記一畫工言：「前驅賤役也，骨相當瞋目怒髯，可比驕馭；近侍清貴也，骨相當清奇寵秀，可比臺閣；至於輦中人，則帝王也，骨相當龍姿日表，可比至尊。」〔註42〕宋郭若虛《圖畫聞見志》卷一《論製作楷模》中說得更詳細：

> 畫人物者，必分貴賤氣貌、朝代衣冠。釋門則有善功方便之顏，道像必具修真度世之範，帝王當崇上聖天日之表，外夷應得慕華欽順之情，儒賢即見忠信禮義之風，武士固多勇悍英烈之貌，隱逸俄識肥遯高世之節，貴戚蓋尚紛華侈靡之容，帝釋須明成福嚴重之儀，鬼神乃作醜魁馳趡之狀，士女宜富秀色婑婧之態，田家自有醇甿樸野之真〔註43〕。

和尚、道士、帝王、夷人、書生、武士、隱士、貴戚、鬼神、士女、農夫各式人等，形貌和表情都有固定的程序，因而道像必然也會受到相術的影響，所謂「道像必具修真度世之範」。早在六朝時，聖真的形象已模式化，道教對天尊仙真造像的服飾、顏色等都有嚴格的規定，據顧愷之《畫雲台山記》云，

〔註40〕〔美〕何谷理：《明清插圖本小說閱讀》，劉詩秋譯，第 233 頁。

〔註41〕王伯敏、任道斌主編：《畫學集成》（六朝—元），河北美術出版社，2002 年版，第 795 頁。

〔註42〕《筆記小說大觀》第六編第三冊，中國臺北新興書局有限公司，1983 年，第 1790 頁。

〔註43〕郭若虛：《圖畫見聞志》，江蘇美術出版社，2007 年版，第 15～17 頁。

當時張天師已定型為「瘦形而神氣遠」的形象〔註44〕，宋郭若虛批評當時的道畫將「金童玉女」、「神仙星宿」中的「婦人形象」，「貴其婧麗之容，是取悅於眾，不達畫之理趣。」認為道畫中的人物形象應該像古名士所畫的那樣：「貌雖端嚴，神必清古，自有威重儼然之色，使人見則肅恭有歸仰之心。」〔註45〕清代蔣驥在《讀畫紀聞》中「神女論」云：

> 為神女寫真，志在端嚴，不在嫵媚，於端嚴中具一種瑰姿豔逸，如麻姑、洛神，隨波上下，御風而行，自有天然態度。降而下之，論畫美人，或十分面，或八九分面，半面，背面，其形有肥瘦、長短，眼有大小，眉有輕重，貌各不同，皆可有美致。惟取精於阿堵中，寫得臨風揚步，翩翩然若將離絹素而來下者，是為畫中名手。若作妖態愁眉，墮馬鬟，折腰步，齲齒笑，千人面目一例，此俗工惡筆，殊無足取〔註46〕。

可見對於道教聖真畫像的模式，在主流畫學界已形成了共識，通過他的形體和服飾特徵，可以判斷出他在仙界的地位（《上清侍帝辰桐柏真人圖贊》中圖像圖題都注出真人服飾的顏色等）。其次，人物形體和器官的特徵成為人物命運的符碼，含有特定的修辭意義。特別是清末小說受說唱文學的影響，插圖普遍出現戲曲化的傾向，人物穿的都是舞臺上的戲服，有很鮮明的善惡忠奸指向意義，觀眾很容易辨認，並大致知道他們的身份地位甚至人生結局，同樣起到預敘的作用。

由此可見，道教的仙境觀念、道教的修煉方法、道教的圖像製作等，都對小說的敘事產生了巨大的影響，並在一定程度上，形成了小說的文體特點。

第三節　圖像批評

圖像是一種特殊的文學批評形式，這在前文中也已有論及，概括起來，圖像的批評方式主要表現在以下幾個方面：

第一，圖像文本的生產過程體現文學批評。圖像文本的完整生產過程應該是：語言文本—插圖者—刻工（有時畫者和刻工是同一人）—最終文本。畫者

〔註44〕俞劍華：《中國古代畫論選讀》，第48頁。

〔註45〕郭若虛：《圖畫見聞志論畫人物》，俞劍華：《中國畫論類編》，人民美術出版社2004年，第451頁。

〔註46〕蔣驥：《讀畫紀聞》，《續修四庫全書》第1068冊。

和刻工是文本的最初接受者，他在將文字轉譯為圖像的過程中，必然摻入了自己獨有的理解，帶有強烈的個人主觀色彩，並通過圖像的形制、色彩等表現出來，有時還會以花草等喻人，表現他們對人物的品評，因而他們是文本的最初批評者。

　　第二，小說文本的編纂、出版者，會通過圖像的編排，即圖像的位置、次序等，以表現他們對小說思想藝術和人物形象的理解。臺灣學者馬孟晶認為，「書籍的版式與插繪的設計者可說是文本最初的讀者，一如注釋或評點者；他們所創造出來的形式，正如評點者可以影響讀者對文本的理解一般，也可能模塑讀者的視覺習慣或觀覽方式」〔註47〕。馬孟晶這裡說的是戲曲，但古代小說的情況同樣如此，小說的版式、構圖等從一開始便是「有意味的形式」，是在更為直觀和形象的向度上承載著小說評點的功能。毛傑總結古代人物插圖的排序大致遵循這幾條基本規則：一是尊者在前，其他人物在後；二是善人在前，惡人在後；三是主要人物在前，其他人物在後；四是關係相近者排列一起；五是以人物出場時間為序。它們雖然都是關乎圖像編創的行為，但實際上已部分地具備了判斷、解釋、評價、言理等文學批評活動的特質〔註48〕，因而從某種程度上說，圖繪內容的選編、排序不僅僅只是對小說文本的簡單再現，更為重要的是它能或多或少地表現出編者對文本的思考和判斷，因而成為具備一定主體意識的「回應」。如《升仙傳》是按照人物地位高低來進行排位的，依次為嘉靖皇帝、皇后、呂洞賓、柳仙、濟小塘等，但嘉靖皇帝和他的皇后在小說中著墨很少，並不是小說中的重要人物。而《希夷夢》按道德功名排序，前文已述。《綠野仙蹤》雖是修仙小說，但其實主線自始至終還是圍繞著忠奸鬥爭進行的，這樣就不難理解正文前人物肖像插圖排列中，嚴嵩父子排在主人公冷於冰之後。作者對海瑞、楊繼盛、董傳策那些不惜生命與奸黨鬥爭的士人給與了高度讚揚。冷於冰常常大鬧嚴府，以數術戲弄奸臣，後來扳倒嚴嵩的直臣，都與冷於冰師徒的培植不無關係。其中河南客商朱文煒，因哥哥朱文魁毒死病父，獨佔財產，文煒將討帳所得資金救助被貪官逼迫賣妻的林岱，並結為生死兄弟，以致淪為乞丐，經於冰救護，投奔林岱。朱文魁又逼其妻潘氏改嫁，潘氏主僕巧設計謀得以脫身，途中又得到於冰相救，前往冷家暫居，後來冷於冰

〔註47〕馬孟晶：《耳目之玩——從〈西廂記〉版畫插圖論晚明出版文化對視覺性之關注》，顏娟英：《美術與考古》，中國大百科出版社，2005 年，第 643 頁。
〔註48〕毛傑：《試論中國古代小說插圖的批評功能》，《文學遺產》2015 年第 1 期。

幫助朱文煒夫妻團圓。吏部文選司郎中董傳策，見嚴嵩父子欺君罔上，殺害忠良，上本參奏。嚴嵩指使吏部給事中姚燕參董傳策受賄，董傳策問斬，家私抄沒入官，子董瑋發配金州，嚴嵩暗囑解役於途中將其殺害，恰遇冷於冰徒弟連城璧，殺死解役，救了董瑋。冷於冰讓董瑋投奔林岱，改名為林潤。嚴嵩父子竊弄威權，屢殺忠良；吏部尚書夏邦謨表裏為奸，諂事嚴嵩父子。錦衣衛經歷沈煉乃上疏請將三人罷斥。聖上大怒，將沈煉杖八十，充配保安州安置。沈煉在保安，繼續咒罵嚴嵩父子。傳至京師，嚴嵩大怒，託直隸巡撫楊順，巡按御史路楷，將沈煉牽連進宣化府閻浩等妖黨案中，沈煉夫妻斬首，其子沈褒仗斃。另一子沈襄時在家鄉，被地方官拿獲，途中設計逃逸，因衣食皆盡，投水自殺，被冷於冰的另一徒弟金不換救起，解囊贈金，沈襄到江西投親，改名為葉向紅。林潤後來中進士，點為榜眼，授翰林院編修，娶鄒應龍之妹為妻。林潤、鄒應龍得到老師、尚書徐階的支持，先後參倒嚴黨趙文華、嚴嵩父子，群奸遭誅滅。可見圖像作者深得作者的藝術匠心。

　　第三，採用圖贊、評語等與圖像結合的形態進行文學批評。以詩讚、評語等為圖題，表現自己對人物的評價，這些既依託於文本，又是對文本的一種理解和詮釋，屬於第二文本，而且第二文本與第一文本共存於整個書籍作品中。圖與評之間的關係相對更複雜些，但互文關係是一定存在的。不管圖與評的出現孰先孰後，但在先的那一種批評形態，勢必會成為其後另一批評形態的「語境」。其中圖旁的對聯也是一種批評方式，如《鐵樹記》第十回配圖對聯云：「蛟黨已誅孽畜尚然懷舊恨　真仙無敵老龍何必逞神通」，既可作為本回的題目，但也含有作者對本回內容的評價，指出蛟黨已誅，大勢已去，而且真君無敵，老龍逞強，徒勞無功，白白送了性命。

　　道教徒認為《西遊記》是一部演繹金丹大道的小說。陳士斌說：「後人不識為仙家大道，而目為佛氏小說，持心猿意馬，心滅魔滅之浮談，管窺蠡測，失之遠矣。」〔註49〕他以道教煉丹思想刪改和批點《西遊記》，他的《西遊真詮》有圖20幅，除唐僧師徒和觀音的畫像外，還有故事情節配圖，有圖有贊，圖贊多取自《悟真篇》中的詩句，以闡釋金丹大道。劉一明的《西遊原旨》繼承了這一說法，並增加了道教修煉理法的內容，主張性命雙修。《西遊原旨》有繡像8幅，除如來、觀音、唐僧、悟空、八戒、沙僧外，還有丘處機與他自

〔註49〕徐朔方、章培恒、安平秋、柳存仁等編：《古本小說集成》第二輯第113冊，上海古籍出版社，1993年，第2231頁。

己的圖像。前者的插圖題詞云：「先天圖，後天圖，一部西遊，括得無恒；言藏妙訣厄難，愈歧途，欲識真人妙像，老子其猶龍乎？」後者插圖題詞：「一部西遊奧義，老人泄盡微言，婆心照徹，幽隱劈碎，傍門百千，顯露天機妙用，暗藏造化真詮。志士若能精進，了還出世姻緣〔註50〕。明確指出《西遊記》表現的是全真丹道思想。笑蒼子黃太鴻和澹漪子汪象旭一同箋評的《西遊證道書》，前有冠圖，每圖配張伯端《悟真詩》一首，相當於圖贊，在每回前有笑蒼子和澹漪子的箋評，圖像、圖贊與箋評三者之間形成互文關係，共同揭示本回所蘊含的全真丹道思想。如第十六回「心猿歸正，六賊無蹤」，圖繪唐僧收悟空為徒，圖贊選《悟真篇》第十一首，意謂煉丹的材料鉛汞人人自有，不用在別處尋找，只有憑自己的德行又遇明師指點，才能修成。四象無土不變化，五行無土不生成，而水為五行之始，三元八卦得之以化育天下（圖5-129）。澹漪子又在回前評曰：「此一回乃西遊中大眼目也」。「唐僧其中宮之脾土」，悟空為火，不以水剋火，而以土覆火，「心猿歸正，方有後一百回之五聖成真」。概言之，圖贊和澹漪子發覆的本回意思就是：悟空拜唐僧為師是整部小說的大關節，這說的倒沒錯，但他把故事情節與內丹修煉的原理牽合起來，說悟空是火，只有土才能壓制他，他改邪歸正後，也只有遇到明師才能修成丹道，而其中，象徵「土」的唐僧與象徵「水」的豬八戒是其中的關鍵人物。又如第五十五回寫唐僧一行來到西梁女國，女王欲招唐僧為婿，圖繪一群美女在一棵樹下圍著唐僧，圖題云「姹女求陽」。樹葉剛吐芽，上面似乎站著幾隻鳥，更強化了「春情」的欲望。圖贊是《悟真篇》第十二首，說的是陰陽和諧，才能萬物生長，學道之人，若不識陰陽變化，切莫亂為以自誤（圖5-130）。澹漪子的評語認為，唐僧一行經歷了許多女妖的誘惑，但來到西梁女國是最危險的一次，「八十一難中，亦當以此為第一」，因為人最終不可能與妖精結合，而西梁女王是實實在在的人間富貴、女色的誘惑。所以，編者或澹漪子認為唐僧經過西梁女國的故事，闡述的是全真教關於「止欲」的道理，道教雖提倡孤陰不長，孤陽不生，但並不是要求男女體交以害道，「色慾」是修道者必須克服的一大障礙。又如第九十六回，寫寇員外樂善好道卻遭枉死，被孫悟空救活，延壽一紀。圖像畫了兩個場景，一是寇家堂屋裏停著棺材，材頭邊點著燈，擺列著香燭花果，媽媽在旁啼哭；又見他兩個兒子也來拜哭，兩個媳婦拿兩盞飯兒供獻。二是大聖至幽冥地界，查檢寇員外的陽壽。圖贊是《悟真篇》第二首，內

〔註50〕《明清善本小說叢刊初編》第五輯，中國臺灣天一出版社，1985年影印。

容是歎人生短暫，宜早求大藥以修煉長生。澹漪子的評語則主要是針對該回的藝術構思及人物評價，未涉及修煉理論。

圖5-129《西遊原旨》第十六回插圖

圖5-130《西遊原旨》第五十五回插圖

總之，從上舉三例可以看出，圖像基本上是按照小說的內容而繪製的，但圖贊和澹漪子的評語，卻總是設法把小說的內容與全真丹道的理論硬生生牽扯在一起，以證明《西遊記》是一部闡釋金丹大道的小說。因而這些圖贊、圖評就表現出很強個人批評色彩。

第四節　圖像的道教屬性

道教圖像是道教信仰的視覺化體現，與其他圖像最大的不同就是它的宗教屬性，它不但擔負著道教義理的闡釋功能，還有勸化等作用，是為了提升信仰者的認同感和歸屬感，吸引受眾皈依。下面分別從幾個方面加以論述。

一、勸化功能

　　與文學創作一樣，明清小說插圖也形成了「以勸以戒」的文化傳統。在文字產生以前，古人就以「鑄鼎象物」教化民眾，繪畫也是「載道」的工具，東漢王延壽《文考賦畫》云：「圖畫天地，品類群生……惡以誡世，善以示後。」〔註51〕曹植《畫贊序》云：「是知存乎鑒戒者，圖畫也。〔註52〕唐張彥遠明確提出「夫畫者，成教化、助人倫、窮神變、測幽微，與六籍同功」〔註53〕，表達了繪畫在建構人倫關係與社會秩序層面的功能。明人宋濂認為「圖」的創作是「附經而行」，「圖」之所以能與「史」並傳，就在於其能「助名教而翼彝倫」，即宣傳名教，維護倫理。宗教藝術都重視人物造型，強調人物神態的宗教感化功能。製造、供奉佛道像，在社會各層面都十分流行，歷史上不少崇道帝王尤其熱衷奉祀道教天尊，在民間就更為盛行，《夷堅丙志》卷二《朱真人》寫成都民李氏門左繪有朱真人像，後有一道士又為其加工重繪，「俄頃間而成，美髯長眉，容採光潤，宛然神仙中人。」後來李氏布施給道觀中，張忠為府帥時，為建小殿以奉〔註54〕。《湖海新聞夷堅續志後集》中《論星受譴》寫王可用忽一日得病，見三官大帝，「儀衛如畫」〔註55〕。這是他生活中常見到道教仙真圖像的緣故，以致生病時出現幻覺。英國柯律格說：「中國傳統的文人畫如以竹子山水等為題材的畫與宗教畫不同，宗教畫著重於對神祇形體準確的勾勒（通常具有虛構想像出來的外表）。」〔註56〕山水畫可以只求神似，但道教神祇畫必須形神畢肖，因而繪製要求非常嚴格，形成了固定的程序，甚至演員扮演聖真時都必須小心翼翼，萬曆三十四年（1606年）幻月軒刊本《藍橋玉杵記》「凡例」明確指出：「本傳中，多聖真登場，演者須盛服端容，毋致輕褻。」〔註57〕

　　明清之前，道教傳記的插圖和刊刻都帶有較強的宗教情感，如富春堂《搜神記》右側，就有手寫體注明該書是在信徒周楚的請求下刊刻的，信徒以這種方式，希求得到眾神庇佑。因此，這類道教傳記類小說更傾向於作為宗教普及

〔註51〕俞劍華：《中國古代畫論類編》第一編，人民美術出版社2005年，第10頁。

〔註52〕曹丕：《典論・論文》，郭紹虞、王文生《中國歷代文論選》第一冊，人民古籍出版社2001，第158頁。

〔註53〕張彥遠：《歷代名畫記》卷一，第1頁。

〔註54〕洪邁：《夷堅志》，中華書局，1981年，第378頁。

〔註55〕《湖海新聞夷堅續志後集》，中華書局，1986年，第156～157頁。

〔註56〕〔英〕柯律格：《明代的圖像與視覺性》，黃曉鵑譯，北京大學出版社，2011年，第14頁。

〔註57〕蔡毅：《中國古典戲曲序跋彙編》，齊魯書社，1989年，第1302頁。

讀物，而不是娛樂作用。民間供奉道像主要是用來護佑、驅邪和求福，如文震亨《長物志》云：

> 歲朝，宜宋畫福神及古名賢像。元宵前後，宜看燈、傀儡。正、二月，宜春遊、仕女、梅、杏、山茶、玉蘭、桃、李之屬。三月三日，宜宋畫真武像。清明前後，宜牡丹、芍藥。四月八日，宜宋元人畫佛及宋繡佛像。十四，宜宋畫純陽像。端五，宜真人玉符，及宋元名筆端陽景、龍舟、艾虎、五毒之類。六月，宜宋元大樓閣、大幅山水、蒙密樹石、大幅雲山、採蓮、避暑等圖。七夕，宜穿針乞巧、天孫織女、樓閣、芭蕉、仕女等圖。八月，宜古桂，或天香、書屋等圖。九、十月，宜菊花、芙蓉、秋江、秋山、楓林等圖。十一月，宜雪景、蠟梅、水仙、醉楊妃等圖。十二月，宜鍾馗迎福、驅魅、嫁妹。臘月廿五，宜玉帝、五色雲車等圖。至如移家，則有葛仙移居等圖。稱壽，則有院畫壽星、王母等圖。祈晴，則有東君。祈雨，則有古畫風雨神龍、春雷起蟄等圖。立春，則有東皇、太乙等圖。皆隨時懸掛，以見歲時節序。若大幅神圖，及杏花、燕子、紙帳梅、過牆梅、松柏、鶴鹿、壽星之類，一落俗套，斷不宜懸。至如宋元小景，枯木、竹石四幅大景，又不當時序論也〔註58〕。

由此可見，民間一年四季都要繪製各種道畫以供奉祀。觀看講究時間、場合，即宗教儀式感。道教對偶像的製作，包括身體比例、體態相貌、衣飾髮式、姿勢手勢等都有嚴格的規定。陸修靜在《道門科略》中有詳細的說明〔註59〕，神仙形貌一般都是豐面大耳、鳳眼丹唇。晉葛洪在《抱朴子·微旨卷六》就明確指出耳大方瞳為「仙相」：「若令吾眼有方瞳，耳長出頂，亦將控飛龍而駕慶雲，凌流電而造倒景，子又將安得而詰」〔註60〕。繪者又運用行雲流水的線條、迷幻的色彩、背光、手印、曲肱姿式、人物圖像比例、視覺等，表現傳主的莊嚴、靜穆、慈祥的表情；彰顯出傳主的神異性，誘使觀者產生視覺迷離，將自己與宗教偶像聯繫起來，拉近彼此間的心靈距離，產生敬畏、依賴、驚異、神秘等感覺，實現道教圖像的「靈圖」和歸化功能。道教稱為「玄覽」，即強調主體的身靜心靜，尤其強調「心」的觀照作用，與仰觀俯察之中主體移形遊

〔註58〕文震亨：《長物志》，商務印書館，1936年，第38～39頁。
〔註59〕《道藏要籍選刊》第8冊，第479頁。
〔註60〕葛洪著、王明校釋：《抱朴子內篇校釋》，第112頁。

目的觀照方式有所不同。這是因為，當我們在觀看一幅插圖時，並不是簡單地在看，而是和其他因素交織在一起。英國學者約翰‧伯格認為：「我們觀看事物的方式深受我們所知或我們所相信之物的影響，在中世紀，當人們相信地獄的現實存在時，人們看到的火與今天看到的火可能會有不同的意味。」〔註61〕美國社會學家大衛‧摩根（David Morgan）稱之為「神聖凝視」〔註62〕。所謂神聖性可從多個方面來理解：信眾作為觀看者；神聖的圖像或聖像作為觀看對象；神或上帝的神聖性與神秘性作為圖像的再現主題；教堂、寺院及儀式場合作為觀看發生的場所；觀看者在神聖的觀看空間中的互動；圖像或圖像所描述的故事、場景與經文和教義的關係；聖像對觀者的凝視，等等。這一切都顯示了宗教性的觀看與日常的觀看和藝術性的觀看的不同〔註63〕。通過觀看，達到與聖像溝通的目的，喚起觀者對現實生活的苦難記憶，所以大衛‧摩根又稱宗教語境中的觀看是一種「神聖的實踐」。這一實踐的核心要素包括形象或圖像、觀看者及觀看行為，它們與各種習慣和傾向、制度和規則結合在一起構成一個「觀看機器」，個體或集體的觀看活動實際就是這個機器在一定文化場景中的運作〔註64〕。通俗地講，或者說凝視最重要的一點，就是「凝視乃是觀者欲望的投射和實現。」〔註65〕這種欲望就是宗教的訴求，如《許太史真君圖傳》第一幅許真君像，許真君背後有圓光，表示他在仙界有很高的等級，與侍從比，他的圖像尺寸要大得多，突出其形象高大偉岸，製圖者採用鳥瞰角度，營造出一種神聖視角，使觀者受到心靈震撼和心理誘導，彷彿神靈從圖像上召喚受眾，給與他善的啟迪和心靈的洗禮（圖5-131）。《老子八十一化圖》的圖像繪製同樣非常重視這些，道教重要的神祇都佔據非常顯豁的位置，如第七十五化和八十一化，老子都是居高臨下，形象高大（圖5-132），觀者須仰視才見，由此突出老子的崇高偉大。因而道畫又稱為「術畫」，它滿足信徒的欲望投射，同時對那些非信仰者也產生涵化作用。

〔註61〕John Berger, Waysofseeing, London: British Broadcasting Corporationand Penguin Books Ltd.,1972, p.8.

〔註62〕Morgan David, The Sacred Gaze: Religious Visual Culturein Theory and Practice, Berkeley and Los Angeles: University of California Press, 2005, P.43.

〔註63〕吳瓊：《圖像的力量——中世紀聖像論爭的理論價值》，《文藝理論研究》2016年第1期，第166～167頁。

〔註64〕Morgan David, The Sacred Gaze: Religious Visual Culture in Theory and Practice, Berkeley and Los Angeles: University of California Press, 2005, P.48.

〔註65〕陸道夫：《文本／受眾／體驗——約翰‧費斯克媒介文化研究》，第33頁。

圖 5-131　許真君像

圖 5-132《八十一化》中老子

二、象徵意義

　　中國古人的「象數思維」決定了「象」具有豐富的「象徵」和「符號」意義。「象數」思維是中國古人理解世界及其存在意義的基本範式，「象，像也」，「象」思維就是一個由「物象」提煉「意象」、再由「意象」反推「物象」的過程，其實就是「言」「象」的循環互文，形成「設言以筌象，立象以顯事」、「意以象盡，象以言著」的敘事傳統及圖像符號象徵傳統。唐張彥遠引顏延之的話，將「圖載之意」分為三種：「一曰圖理，卦象是也；二曰圖識，字學是也；三曰圖形，繪畫是也。」〔註66〕其實，「圖理」、「圖識」、「圖形」三者既是獨立存在又是相互融通的，而溝通三者的媒介之一就是「象」。「象」是一種符號，因而使得象喻性文本的意義變化莫測，可任由每一個讀者去確定，所謂「化而裁之存乎變，推而行之存乎通，神而明之存乎其人」。但讀者以視覺為主的日常生活之經驗，加上語言「形象」（image）的積累與傳播生發，使形象的「能指」與「所指」關係逐漸固定，由此形成「修辭化」的形象符號。《隋煬帝艷史凡例》中就說：

> 錦欄之式，其制皆與繡像關合。如調戲宣華則用藤纏，賜同心則用連環，剪綵則用剪春羅，會花陰則用交枝，自縊則用落花，唱歌則用行雲，獻開河謀則用狐媚，盜小兒則用人參果，選殿腳女則用蛾眉，斬佞則用三尺，玩月則用蟾蜍，照艷則用疏影，引諫則用葵心，對鏡則用菱花，死節則用竹節，宇文謀君則用荊棘，貴兒罵

〔註66〕張彥遠：《歷代名畫記》，第 2 頁。

賊則用傲霜枝，弒煬帝則用冰裂。無一不各得其宜。雖云小史，取
義實深。〔註67〕

藤纏象徵調戲，連環象徵同心，落花象徵自縊，竹節象徵死節等，都是與中國
獨特的文化意涵有關。

　　羅蘭‧巴特把圖像符號分為直接意指層與含蓄意指層兩個層級，在他看
來，圖像修辭意義生成對應的就是圖像符號的含蓄意指，即潛藏在圖像符號表
層意指之下的隱含意義。加拿大符號學者馬塞爾‧德尼西（Marcel Danesi）進
一步認為：「視覺修辭的意義並不是存在於圖像符號的表層指涉體系中，而是
駐紮在圖像符號深層的『修辭結構』之中，也就是隱喻和暗指等修辭形式所激
活的一個認知──聯想機制之中。」〔註68〕按照羅蘭‧巴特的理解，圖像符號
的修辭實踐發生於圖像內在的由線條、色彩、塊面、結構等視覺元素構成的形
式場域及其衍生的含蓄意指，如同語言修辭中由音、形、義等元素所構建的辭
格裝置。道教圖像形成了許多特殊的符號和意象，如 T 字形象徵五嶽，尖角形
象徵蓬萊，還有葵花、牡丹、蟬、牛、羊、蟾蜍等，都具有特定的意涵。甚至
包括服飾髮型等，比如全真祖師的髮型，鍾離權、韓湘子、玄武大帝等都是雙
髻，象徵陰陽二儀，代表日月，《韓湘子全傳》第九回憲宗就對韓湘子道：「朕
賜卿頭挽按日月的風魔丫髻，身穿紫羅八卦仙衣；縮地花籃，內有不謝之花、
長春之果；衝天漁鼓，兩頭按陰陽二氣；兩個降龍伏虎的簡子。卿可即行。」
鍾離權身穿槲樹葉衣，則象徵乾坤。

　　道教圖像線條、色彩、動植物等，不僅能帶給讀者審美娛悅，更重要的是
其內含的象徵意義，雪航道人趙弼在《武當嘉慶圖序》中所說：「若夫高岩深
谷之中，神真變現之跡，禎祥嘉瑞之應，是皆道化之妙用，神真之垂象也。苟
非藉圖文以著明之，遠方人安知靈異如是哉。」〔註69〕這些圖像，都是傳譯道
教教義的重要載具。道教圖像及道教小說中的插圖，一是以山脈、河川、雲團、
松柏、桃樹、竹子等作為人物、屋宇的背景或點綴，或作為幾個故事場景的分
界。高聳的山峰，蜿蜒的山脈，飄渺的雲霧，蒼翠的古松等，營造出神仙境界，
使畫的空間得到延展，造成觀眾彷彿走進仙界的錯覺。《卿雲觀記》云：「自古
山林高蹈之士，多與雲為伍，老子乘雲氣，西母歌雲謠，司馬白雲之號，希夷

〔註67〕《明清小說序跋選》，春風文藝出版社，1983 年，第 139 頁。
〔註68〕Marcel Danesi, Visualrhetoric and semiotic, Communication.Oxford Research
　　　　Encyclopedias, 2007, P.1.
〔註69〕《藏外道書》第三十二冊，第 1021 頁。

雲臺之觀，鼓雲和瑟，煉雲子丹，出而披雲，處而臥雲。《列仙傳》中，何可枚數，皆不若卿雲之瑞。蓋隱於虛無縹緲之鄉，為遁世之雲，顯於朝清道泰之際，為濟世之雲。」〔註70〕雲氣被賦予了很多象徵意義，成為道德的化身和成仙的標誌。《真武靈應圖冊》則利用道教聖地武當山的景物來進行渲染，傲立的松杉，繚繞的雲霧，潺潺的流水，都是武當山實景的宗教藝術描繪。在建築形制方面，圖中所繪一些重要宮殿，如金殿、紫霄宮等，都與武當山現存的古建築十分近似。這樣帶來的結果就是整體畫面內容單純統一，用色多為黑、紅、藍，還有少量的綠色，這幾種顏色是武當山寺觀彩繪時經常用到的，具有宗教意義。李淞認為「重視細節描寫的真實性和生動性，能使欣賞者減少隔離之感。好像事情就發生在自己身邊，這正是宗教宣傳所需要的。」〔註71〕畫者營造出特殊的宗教氛圍，使受者如身臨其境，「觀者因相以明其事，因事以知其靈，則皆起誠敬，而堅向善之心，漸可進於道矣。」〔註72〕從而產生震撼、敬畏、皈依、向善等種種心理，使苦難的心靈得到安慰。還有一些道教特有的符號，如《老子八十一化圖》第一化「起無始」圖只有一個圓圈，圓圈周圍有雲紋。因為道是無形的，老子作為道的化身，是無法用圖像來表示的，只能以一個圓圈代表，以此方式表現老子為道之體——「老君乃大道之身，元炁之祖，天地之根也」。第二化「顯真身」描繪一裸體嬰兒坐於圓圈之內，圓圈外有浮雲，這一化表現的是老子向世人展示真身，而嬰兒狀態是道教修煉境界的極致。夢境與現實的對比也完全由線條區別出來，這種呈像方式與中國傳統夢境題材的表現一脈相承。虛擬空間在由曲線所間隔的畫面中從現實空間中離析出來，在虛實同構的畫面中，時間流並未切斷，而空間則出現了轉換，奇幻效果在線條的勾勒中自然展現出來。有時還用虛線把仙真圈起來，如《天妃傳》中的插圖一般都如此，以之暗示其作為神仙的身份。

　　一些動物在道教中也有象徵作用，如龜、鶴、龍、鳳、羊、鹿、蟾蜍等。如《真君圖傳》第2單元，在圖像中，許家房頂琉璃瓦上，放射出圓弧形的金色祥光。有隻赤鳳銜珠飛臨許家，周圍雲氣環繞。如果聯繫下文和淨明道的文獻資料，「赤鳳」意象的指向就更為明晰。許遜生於吳赤烏二年，古代「烏」

〔註70〕陳垣：《道家金石略》，第736～737頁。

〔註71〕李淞：《純陽殿、重陽殿壁畫的藝術成就》，金維諾主編：《永樂宮壁畫全集》，天津人民出版社，2007年，第7頁。

〔註72〕趙炘：《啟聖嘉慶圖序》，徐世隆：《玄天上帝啟聖靈異錄》卷一，《中華道藏》第30冊，第704頁。

「鳳」通用，漢墓中有大量的圖像可供證明，兩者都是瑞鳥；「鳳」與「龍」
對應，又代表陰性；而且後來許遜作為水神，也是陰性的表現。在後世淨明道
高道中有許多女仙，並有女性崇拜的傳統。特別是鹿，成為仙家長生的象徵。
人們發現鹿角割去之後還可以不斷生長，這種周而復始的自然生長顯現，彷彿
是對生命生生不息、往復循環的展演，因而道教就產生了鹿崇拜，根據交感巫
術原理，人如果與「鹿」產生接觸，也就能擁有再生的能力，「鹿」自然就與
長壽、不死及升仙聯繫起來。漢代之後，西王母圖式中的九尾狐、桃拔等仙獸
都逐漸與神仙脫離聯繫，唯獨鹿因為道教的「鍾情」而保留下來了。《述異記》
云「鹿千年化為蒼，又五百年化為白，又五百年化為玄。漢成帝時，山中人得
玄鹿而烹之，視其骨皆黑色。仙者說玄鹿為脯，食之壽兩千歲。」〔註73〕鹿在
這裡已經成為長壽的象徵，在道教文化中，壽星的陪侍即是鹿。鹿還還常作為
神仙飛昇的坐騎，或者拉仙車的動物，加上佛教又賦予「鹿」以神聖的身份。
因而在道教圖像中，鹿就具有長壽和神聖的意義。

　　道教畫傳體小說中的圖像排列組合，也有一定的宗教意涵。胡春濤博士指
出：列於現存本《老子八十一化圖》之前的偶像式祖師圖像，從其功能來看，
具有紀念的意義，表示對祖師的崇拜、追念或追捧；從經摺裝排列形式來看，
還具有儀式的意義，三十一位祖師圖位於授經圖之後，一字排開，大多面向老
子的方向，前玄元六子手執笏板，頭有圓光，後列真人像多拱手肅立，其圖像
形式類似朝元圖的形式，但在此處朝拜的不是元始天尊，而是老子〔註74〕。又
如《大明玄天上帝瑞應圖錄》的圖像排序，林聖智認為：「『宣告榜文→齋祓醮
儀→祥瑞事蹟→玄帝現身』的編排順序可能與道教科儀的『啟請』、進表』等
順序有關」〔註75〕。所以英國學者菲奧納‧鮑伊指出：「儀式是一種文化地建
構起來的象徵交流系統。它由一系列模式化和串行化的語言和行為組成，往往
是借助媒介表現出來，其內容和排列特徵在不同程度上表現出禮儀性的（習
俗）和累贅（重複）特徵」〔註76〕。道教圖像的排列順序往往含有某種儀式的
意義，成為道徒舉行宗教儀式的參考範本。

〔註73〕任昉：《述異記》卷上，四庫本，第6頁。
〔註74〕胡春濤：《老子八十一化圖研究》，第47頁。
〔註75〕林聖智：《明代道教圖像學研究：以〈玄帝瑞應圖〉為例》，臺灣大學《美術史
　　　　研究集刊》第六期，1994年。
〔註76〕〔英〕菲奧納‧鮑伊：《宗教人類學導論》，金澤等譯，中國人民大學出版社，
　　　　2004年，第176頁。

三、教義演繹

　　道教理論對一般讀者來說比較玄妙，因而有通俗化的需求，佛教和道教都有專門的俗講，有「輔教之書」，以佛道為題材的通俗小說，更為宗教通俗化做出了巨大貢獻，而這些小說中的插圖，配合小說中的描寫，將道教觀念做更具象的闡釋。以小說插圖為典範的整個敘事插圖，究竟是在敘事鏈條的哪一環節可能「出相」呢？不一定是萊辛所謂的「頃刻」，而是道教反覆演義的「母題」，這些母題都是故事情節的「關鍵」，或者說是情節鏈條上的「節點」；它們的共同特點是意蘊豐富複雜，許多細微處難以言傳。

　　服食成仙的觀念在前道教時期就已經存在，在內丹學興起之後，就較為少見了，但在小說中還是常有這類內容的描寫，如上海積山書局石印《繪圖鏡花緣》第九回「服肉芝延年益壽，食朱草入聖超凡」，寫唐敖與林之洋、多九公腹中飢餓，在林中尋找食物，一無所獲，忽見遠處有一小人，騎著一匹小馬，約長七八寸，在那裏走跳。多九公一眼瞥見，早已如飛奔去；林之洋只顧找米，未曾理會；唐敖一見，那敢怠慢，也慌忙追趕。那個小人趕快朝前逃跑。不防多九公奔跑時被一石塊絆倒，及至爬起，腿上抽筋，寸步難移，結果被唐敖捉住，吃入腹內。在三人中，唐敖是讀書人，腳力肯定比不上多九公和林之洋，但最後卻是他得到了肉芝，這就是多九公所謂的「仙緣湊巧」。道教認為「肉芝」是仙藥，吃了能延年益壽並得道成仙，但能否得到「肉芝」，與其人是否有「仙緣」有關，小說第七回，已預示唐敖將要成仙。在畫面中，多九公大踏步飛奔，離「肉芝」的直線距離最近，而唐、林兩人隨後趕來，畫面很好地闡述了道教有關「仙緣」的思想。又如道教的求仙觀念，道教鼓勵信徒在求仙的道路上，堅定信念，排除萬難，《醒世恒言》第三十八卷《李道人獨步雲門》講述李清冒險進入洞窟訪仙的故事，是道教文學的重要主題。李清自幼好道，年七十時，欲進入家鄉雲門山洞府尋仙。親戚朋友認為很危險，都極力勸阻，但李清不聽，要求家人用麻繩懸住大竹籃四角，中間另是一根，繫上銅鈴，自己坐於籃內，慢慢絞下。大家認為他下去必死無疑，那一天，李氏一姓子孫五六千及親眷萬人，同來拜送。還有很多去看熱鬧的，幾乎把青州城都出空了。插圖主要抓住李清「進」「出」兩個重要環節進行圖繪。第一幅描繪的是放李清進入洞中、大家來送別的宏大場面（圖 5-133）。入洞後，李清遇到一位仙長，稱他仙緣未到，還須回家，七十多年後才該到這裡。臨行送他一本藥書，

說「青州一郡，多少小兒的性命，都還在你身上！」並念了四句偈語：「見石而行，聽簡而問。傍金而居，先裴而遁。」這四句偈語暗示李清出來的過程，這是第二幅畫描繪的內容（圖 5-134）。仙境遊歷乃是一種宗教啟蒙，「讓主角經歷仙界的一番歷練，提升他的人生境界，徹悟人事的無常、現實的不平，因而對於他的人生觀有所啟悟。」〔註77〕李清在訪仙的過程中，受到仙境的洗禮，出來後又救活了青州無數小兒，立下善果，最終才道成登仙。道徒在求仙過程中，還必須接受嚴苛的考驗，道教小說非常重視將考驗場景視覺化，如《醒世恒言》第三十七卷《杜子春三入長安》描寫杜子春接受老君考驗，最後功成悟道的故事。這篇短篇小說配有兩幅插圖，是小說中的兩個重要節點。第一幅繪製的是小說中這段描寫：「金甲將軍才去，又見一條大蟒蛇，長可十餘丈，將尾纏住子春，以口相向，焰焰的吐出兩個舌尖，抵入鼻子孔中。又見一群狼虎，從頭上撲下，咆哮之聲，振動山谷。那獠牙就如刀鋸一般鋒利，遍體咬傷，流血滿地。」畫面上只見一條大蟒蛇纏住杜子春，面前一隻老虎，前爪撲地，對著杜子春咆哮，但杜子春端然不動，「任他百般簸弄，也只是忍著」（圖 5-135）。第二幅描寫杜子春升仙的情景：「那親眷們正在驚歎之際，忽見金像頂上，透出一道神光，化做三朵白雲。中間的坐了老君，左邊坐了杜子春，右邊坐了韋氏，從殿上出來，升到空裏，約莫離地十餘丈高。只見子春舉手與眾人作別，……曉喻方畢，只聽得一片笙簫仙樂，響振虛空，旌節導前，幡蓋擁後，冉冉昇天而去。滿城士庶，無不望空合掌頂禮。」（圖 5-136）在經過艱難曲折的考驗過程後，杜子春才最終得道。通過考驗而成仙，是道教重要的思想觀念之一。道教認為，個人資質、品質、毅力等，是能否得道成仙的關鍵要素。修道是一個異常艱苦的過程，修行者需忍受世間諸般折磨，經受各種考驗，即所謂「魔考」。阻礙修道者成功的有九難十魔。九難包括：衣食迫逼，尊長攔阻，恩愛牽掛，名利索絆，災禍橫生，師長約束，議論差別，志意懈怠，歲月磋蹉。十魔是：賊、富、貴、情、恩愛、患難、聖賢、刀兵、文樂、女色。「魔考」又稱「磨考」。魔者，心魔也；磨者，磨練也。陶宏景在《真誥》中《甄命授第一》記裴君的話說：學道者有九患，即「有志無時，有時無友，有友無志，有志不遇其師，遇師不覺，覺師不勤，勤不守道。或志不固，固不能久，皆人之九患也。」如能克服這些缺點，「少而好道，守固一心，水火不能懼其心，榮華不能惑其志，修

〔註77〕李豐楙：《仙境與遊歷：神仙世界的想像》，中華書局，2010 年，第 373～374 頁。

真抱素，久則遇師」，終可成仙〔註78〕。所謂「九魔」、「十難」、「九患」等，都是妨道的阻力。為此，道教制訂了許多嚴格的戒律，對人性中具有的貪婪、好色等墮落欲望加以禁止，善良、慷慨等純淨道德則予以張揚〔註79〕。

圖 5-133　李清進入洞窟

圖 5-134　李清從洞窟而出

圖 5-135　蟒蛇纏住杜子春

圖 5-136　杜子春得道

　　在被師傅接受後，徒弟學習的最重要的課程就是法術，前面在討論《繪圖列仙傳》時已論及，因為只有法術才能表現神仙的奇能異行，吸引信眾，度脫凡胎，濟世累功，道教小說插圖也善於抓住這一重要故事情節進行圖繪。如《西湖二集》第二十五卷《吳山頂上神仙》寫道士冷謙盜取內庫金銀，救濟窮

〔註78〕〔日〕吉川忠夫、麥穀邦夫編：《真誥校注》，朱越利譯，第 185 頁。
〔註79〕參見萬晴川：《宗教信仰與小說敘事》第六章第一節「俗情斷處法緣生」——道教考驗主題，188～214 頁。

困朋友，事情敗露後，朱元璋差校尉捉拿冷謙來審，冷謙施展法術，躲入瓶中，不肯出來。朱元璋大怒，將瓶擊碎，但仍不見冷謙蹤影，拾起一塊碎片問道：「冷謙！」碎片就應道：「臣冷謙有。」又問道：「卿可出來見朕。」碎片又答道：「臣有罪，不敢出見。」片片如此，終不知他所在。其實冷謙借「瓶遁」之法，頃刻已去千百里（圖5-137）〔註80〕。畫面表現的就是冷謙進入瓶子的那一刻，六個校尉分左右兩組圍住瓶子，盯著進入瓶子裏的冷謙，他們神態各異，栩栩如生。靠近大門的那個人，半舉雙臂，向前撲去，似擔心冷謙逃走。圖右還有一些趕來看熱鬧的人。場面的背景是高樓，高樓的後面是遠山，右邊牆壁上寫有圖題「遁法實鑽入瓶出來」，概括故事的內容。法術是暗示神仙存在的有效手段，仙道在人們的印象中，定格的形象就是法力高強，所謂得道之士，「掩耳而聞千里，閉目而見將來」〔註81〕，變化無窮，神秘莫測。葛洪曾竭力維護本教派的神化之術，並批評那些死守周孔言教的人目光短淺，學識鄙陋。他指出，變化之術是自然界在道教上的反映，不但可知，而且可以掌握〔註82〕。

圖5-137　冷謙遁入瓶中

〔註80〕這段描寫是對《神仙傳·左慈》中的模擬，「曹公遂益欲殺慈。乃勒內外收捕慈，慈走群羊中，追者視慈入群羊中，而奄忽失之，疑其化為羊也，然不能分別之。捕吏乃語羊曰：『人主意欲得見先生，暫還無苦。』於是群羊中有一大者，跪而言。吏乃相謂曰：『此跪羊慈也。』復欲擒之，羊無大小悉長跪，追者亦不知慈所在，乃止。」

〔註81〕葛洪著、王明校釋：《抱朴子內篇校釋》，第46頁。

〔註82〕葛洪著、王明校釋：《抱朴子內篇校釋》，第258頁。

另外，就是一些抽象的修煉理論，以圖像的方式進行形象解說。在《群仙集》和《寶善卷》中有幾幅這樣的畫像。《群仙集》卷下「重陽祖師分合性命章」內「周天火候水在上而火在下圖」，畫的最外一圈由三十餘朵火焰紋構成，每朵火焰上紅下黃，圈喻為「周天」，火焰喻為「火候」，即周天火候之意。周天火候的內圈中心為一淡褐色爐鼎，爐鼎外壁繪饕餮紋，該爐鼎表示人的身體。爐鼎上部繪出白綠色兩朵大浪花紋，用來表示水，爐鼎上有水，即喻修持內丹時必須「水在上」；水花紋之上為一紅色圓，圓內繪出藍色的坎卦卦象，紅圓在外為日，即陽；坎卦在內為水，即陰，就是外陽內陰之意。爐鼎下部繪出熊熊火焰，火花上紅下黃，直燒丹爐鼎底部，表示的就是火，寓修煉內丹時須「火在下」；水紋之下為一綠色圓，圓內繪出藍色的離卦卦象，綠圓在外為水，即陰，離卦在內為火，即陽，為外陰內陽之意。圖旁有文字，第一段是王重陽的話：「周天火候，水在上，火在下，水見火自然化為炁。其炁上騰，薰蒸開竅，流通百脈，神氣斯見，母子相守，得做大羅仙也。」〔註83〕這幅畫就是對他這個修煉方法的圖解。《群仙集》卷下「重陽祖師分合性命章」內「養胎仙守自然之氣圖」〔註84〕，圖繪一綠紅格方毯，毯上端坐練功之人，冠簪，彎眉，大眼，三縷小髯鬚，身披綠地黃雲紋藍邊肥袖大袍，兩手攏袖合抱於腹前，兩腿盤坐於毯，腹部畫出一紅色圓，圓內一打坐的裸體小兒，小兒眉清目秀，兩手合十，兩小腿盤交，腳掌上翻，即所謂「養胎仙」。端坐人像兩鼻孔處，各繪出一縷由細漸粗、彎曲飄渺的雲紋，表示吸氣呼氣，即所謂守自然之氣。此外還有幾幅對馬鈺、丘處機有關煉丹修行理論的圖解。總之，都是老子和全真祖師內丹修習方法的圖像化。在古代道教小說中，常有大量這方面的描寫，若能參考這些圖像，抽象的丹道理論就更容易理解。

本章小結

道教「圖像小說」是一種重要的小說文體，在中國圖像學、古代小說史上應佔有一席之地。

道教的一些修行觀念、修煉技術等，轉化成圖像思維，對古代神仙降凡傳道小說、訪仙小說、地理博物小說等敘事模式都產生了很大的影響。尤其是古

〔註83〕《藏外道書》第十八冊，第 254 頁。
〔註84〕《藏外道書》第十八冊，第 254 頁。

代小說的預敘手法，很多與圖像有關，或借用道教圖讖的原理，作為小說的預敘綱目；或通過圖像前置，預示小說主要人物形象特征和故事情節的梗概；或通過人物形體器官特徵的相術符碼，預示他的命運結局，等等，大大豐富了古代小說的藝術手法，其中很多為道教所特有，具有鮮明的民族特性。

道教小說的圖像批評形式，與其他插圖本小說沒有什麼不同，一是小說插圖文本的生產過程中，畫家、刻工是最早的小說文本閱讀者，圖像浸透著他們對小說的接受和理解，他們通過圖像把這種理解表現出來，這就是一種圖像批評方式。其次，在插圖本小說完成的過程中，編纂者和出版者還會通過圖像的編排來表現他們對小說思想內容和人物形象的認識。復次，是採用圖題、圖贊、圖識、評語等方式，對小說進行批評。道教小說的圖像批評，進一步豐富了古代文藝批評的方式。

道教圖像還有很強的宗教屬性，圖像的線條、色彩等，圖像中的一些動植物元素等，都具有特定的象徵意義。道教利用圖像進行教化，並選擇小說中一些重要的道教觀念進行圖繪，將抽象的道教理論以具象的形式進行闡釋，使讀者通俗易解，對深化小說的理解功莫大焉。

上述道教圖像文學的特點，就是與一般通俗小說插圖的不同之處，也是對中國圖像學的貢獻，在某種程度上，是形成中國小說獨特民族性的重要元素之一。

結束語

　　自媒介技術變革，視覺藝術崛起之後，文學研究開始「圖像轉向」，文學圖像研究遂成為顯學。而道教圖像及其與文學的關係是其中需要特別關照的話題，最能彰顯中國圖像學的民族特色。一是道教圖像與一般通行的圖像概念內涵不同，它不僅包含有形的物理圖像，還包括無形的心靈圖像，一些物理圖像的存在必須依賴於心靈圖像的參與，還有大量的抽象文字圖像及符號，道教圖像具有視覺性、表演性、法術性和瞬間即逝性等特點；二是道教圖像與文本之間具有互相交織的互聯性和靈活的互換性，已遠遠超出 W. J. T. 米歇爾所提出的複合文字圖像概念，道教小說文本與圖像之間環環相扣，有著多層的複雜關係。因而，本書嘗試採用多元視角，運用跨學科的方法，打破圖、畫、書、字和符等傳統分類的界限，從中國符號這個更大的視野，重新全面審視這些圖像與小說創作的關係。認為在一定程度上，道教圖像與古代小說中道教神祇形象的生成、演變和定型有著密切的關聯。道教小說的插圖，不但在時間上早於一般的小說，而且其藝術形式和內涵也較為特別，除發揮一般的閱讀輔助作用外，還具有「靈圖」等宗教功能。一些道教性質的圖像，還可以幫助解決古代小說史上的一些問題，深化對小說文本的闡釋。一些道教圖像，還參與了古代小說的文本建構。總之，道教圖像與古代小說關係的研究，其中有些與一般的古代小說圖像學論域相同，有些則是這一論題所獨有並首次涉及的，如道教存思圖像對古代小說情節建構的影響，道教圖讖在古代小說敘事中的作用等，因而本課題的研究無疑能大大豐富、發展中國圖像學的研究，對建構具有中國特色的圖像學話語體系不無參考價值。在研究

方法上，本課題試圖建立大圖像的視野，不僅研究小說插圖，還廣泛參考道教繪畫、壁畫、磁畫、磚畫、石刻、雕塑等，與小說研究一體參證；不僅研究小說圖像，還研究圖像小說，對深入抉發古代小說的思想內涵和藝術特色，梳理人物形象的形成，分析小說文本的構造等，都有重要的學術意義，拓寬了古代文學圖像學的研究視野。

毋庸諱言，由於各種主客觀條件限制，本課題的研究也留下不少遺憾和缺陷，由於道教本身就非常駁雜，要疏濬它的形成和發展脈絡殊非易事，加上很多小說的版本、圖像的繪製及其刻工情況等，都因為文獻資料的缺乏而無法知曉，這就必然影響到本課題的研究，主要有以下幾個方面：

第一，插圖本道教小說，圖文關係較易探究，但文本之外的道教繪畫、雕塑、壁畫等道教美術，究竟是如何參與道教小說創作的？它與道教小說中的插圖製作有什麼關係等問題，一時很難理清，而這些問題其實又非常重要。

第二，道教圖像受到佛教的影響，兩者的關係非常複雜，纏夾不清，不花大氣力進行追本溯源，必然成為本課題研究的瓶頸。

第三，戲曲、詩詞等文體的插圖和日用類書中的插圖等，與道教小說中的插圖是否存在關聯？如果有，又是以什麼形態呈現的？

第四，有些道教小說有多種插圖版本，對這些版本圖像的承衍、流變和異同進行深入的比對和闡釋，當有更多的創獲。

第五，在中國小說史上，純粹的道教小說數量不多，圖像本的數量就更有限，通過本課題的研究，是否能總結出具有獨特價值的一般規律和理論，也遽難定論，有待檢驗。

總之，上述問題都值得繼續追究和尋找答案，只有這樣，才能全面透析道教圖像與古代小說的關係。不管怎樣，道教作為中國的本土宗教，是中國文化的集中體現，而道教思想觀念及道教美術，又的確對包括中國古代小說在內的文學創作和插圖產生過深刻影響，因而，這是研究中國圖像學、建構中國圖像學話語體系所無法迴避的課題。

參考文獻

一、目錄文獻資料

1. 孫楷第：《中國通俗小說書目》，上海：上海古籍出版社，1981 年。

2. 柳存仁：《倫敦所見中國小說書目提要》，北京：書目文獻出版社，1982 年。

3. 江蘇省社科院明清小說研究中心／江蘇省社科院文學研究所編：《中國通俗小說總目提要》，北京：中國文聯出版公司，北京：1990 年。

4. 石昌渝主編：《中國古代小說總目提要》，太原：山西教育出版社，2004 年。

5. 戴不凡：《小說見聞錄》，杭州：浙江人民出版社，1980 年。

6. 《明清善本小說叢刊初編》，臺北：天一出版社，1985 年。

7. 《古本小說叢刊》，北京：中華書局，1991 年。

8. 《古本小說集成》，上海：上海古籍出版社，1991～1995 年。

9. 《筆記小說大觀》，臺北：新興書局，1975～1983 年。

10. 李昉：《太平廣記》，上海：上海古籍出版社，1990 年。

11. 苗深等：《明清稀見小說叢刊》，濟南：齊魯書社，1996 年。

12. 《北京圖書館藏珍本小說叢刊》，北京：北京圖書館出版社，1997 年。

13. 蕭相愷：《珍本禁燬小說大觀》，鄭州：中州古籍出版社，1992 年。

14. 《朝鮮所刊中國珍本小說叢刊》，上海：上海古籍出版社，2014 年。

15. 周蕪編：《中國版畫史圖錄》（上、下），上海：上海人民美術出版社，1989 年。

16. 周蕪編著：《金陵古版畫》，南京：江蘇美術出版杜，1993 年。

17. 周蕪、周路、周亮：《建安古版畫》，福州：福建美術出版社，1999 年。

18. 周蕪等著：《日本藏中國古版畫珍品》，南京：江蘇美術出版社，1999 年。

19. 周心慧：《新編中國版畫史圖錄》，北京：學苑出版社，2000 年。

20. 周心慧、王致軍：《徽派、武林、蘇州版畫集》，北京：學苑出版社，2000 年。

21. 周心慧主編：《中國古籍插圖精鑒》，北京：中國青年出版社，2000 年。

22. 齊鳳閣：《二十世紀中國版畫文獻》，北京：人民美術出版社，2000 年。

23.《中國古版畫：古典文學版畫》（戲劇人物象傳、小說、雜著、詩餘畫譜、詩畫譜），開封：河南大學出版社，2004 年。

24. 漢語大辭典出版社編：《中國古代小說版畫集成》，上海：漢語大詞典出版社，2000 年。

25. 首都圖書館編輯：《古本小說四大名著版畫全編》，北京：線裝書局，1996 年。

26. 首都圖書館編：《古本小說版畫圖錄》，北京：線裝書局，1996 年。

27.《臺灣「國家」圖書館藏戲曲小說版畫選萃》，臺北：臺灣「國家」圖書館，2000 年。

28. 陳洪綬、任熊等編繪：《酒牌》，濟南：山東畫報出版社，2005 年。

29. 阿英：《紅樓夢版畫集》，上海：上海出版公司，1955 年。

30. 阿英：《楊柳青紅樓夢年畫集》，天津：天津美術出版社，1963 年。

31.《洋畫兒·紅樓夢繡像》，北京：人民美術出版社，2003 年。

32. 劉精民：《王墀增刻紅樓夢圖詠》，上海：上海書店出版社，2006 年。

33. 洪振快編：《紅樓夢古畫錄》，北京：人民文學出版社，2007 年。

34. 政琦：《紅樓夢人物圖冊》，杭州：西泠印社出版社，2007 年。

35.《頤和園長廊彩畫故事》，北京：新世界出版社，2003 年。

36. 黃鳳池編：《唐詩畫譜》，濟南：山東畫報出版社，2004 年。

37. 宛陵汪氏輯印：《宋詞畫譜》，濟南：山東畫報出版社，2006 年。

38. 李國慶編纂：《明代刊工姓名索引》，上海：上海古籍出版化，1998 年。

39. 宋元放主編：《中國出版史料》，濟南：山東教育出版社，2000 年。

40. 王樹村：《中國民間美術全集》，長春：吉林美術出版社，2002 年。

41.《中國美術全集》，北京：人民美術出版社，2015 年。

42.《中國歷代繪畫大系》，浙江大學出版社（已出《先秦漢唐畫全集》《元畫全集》《宋畫全集》《明畫全集》）。

43.《中國書畫全書》，上海：上海書畫出版社，1993 年。

44.《中國古版年畫珍本》，武漢：長江出版傳媒、武漢：湖北美術出版社、北京：北京工藝美術出版社，2015 年。

45. 金維諾主編：《永樂宮壁畫全集》，天津：天津人民出版社，2007 年。

46. 王育成：《明代彩繪全真宗祖圖研究》，北京：中國社會科學出版社，2004 年。

47. 肖海明：《真武圖像研究》附錄《真武靈應圖冊》，北京：文物出版社，2007 年。

48.《故宮博物院藏畫集》，北京：人民美術出版社，1964 年。

49. 段文傑：《中國敦煌壁畫全集》，瀋陽：遼寧美術出版社、天津：天津人民美術出版社，2006 年。

50. 馮驥才編：《中國木版年畫集成》，北京：中華書局，2009 年。

51. 金維諾、邢振齡：《中國美術全集》，合肥：黃山書社，2010 年。

52.《中國岩畫全集》，瀋陽：遼寧美術出版社、北京：人民美術出版社，2007 年。

53.《中國畫像磚全集》，成都：四川出版集團、成都：四川美術出版社，2006 年。

54.《中國畫像石全集》，鄭州：河南美術出版社、濟南：山東美術出版社，2000 年。

55.《中國南陽漢畫像石大全》，鄭州：大象出版社，2015 年。

56.《中國漆器全集》，福州：福建美術出版社，1997 年。

57.《中國陶瓷全集》，上海：上海人民美術出版社，1981 年。

58.《中國出土瓷器全集》，北京：科學技術出版社，2008 年。

59.《中國玉器全集》，石家莊：河北美術出版社，2005 年。

60.《中國出土玉器全集》，北京：科學出版社，2005 年。

61.《中國寺觀雕塑全集》，哈爾濱：黑龍江美術出版社，2002 年。

62. 徐光冀總監修：《中國出土壁畫全集》，北京：科學出版社東京國書刊行會，2012 年。

63. 金維諾：《中國寺觀壁畫全集》，廣州：廣東教育出版社，2009 年。

64. 《中國陵墓雕全集》，西安：陝西出版集團、陝西人民美術出版社，2011 年。

65. 《中國石窟雕塑全集》，重慶：重慶出版社，2011 年。

66. 《中國墓室壁畫全集》，石家莊：河北教育出版社，2011 年。

67. 《中國藏青銅器全集》，北京：文物出版社，1996 年。

68. 邵洛羊主編：《中國美術大辭典》，上海：上海辭書出版社，2002 年。

69. 王伯敏：《畫學集成》，石家莊：河北美術出版社，2002 年。

70. 俞劍華編著：《中國古代畫論類編》，北京：人民美術出版社，2004 年。

71. 俞劍華編著：《中國古代畫論精讀》，北京：人民美術出版社，2011 年。

72. 張彥遠：《歷代名畫記》，俞劍華注釋，南京：江蘇美術出版社，2007 年。

73. 殷曉蕾：《古代山水畫論備要》，北京：人民美術出版社，2010 年。

74. 張傳友：《古代花鳥畫論備要》，北京：人民美術出版社，2010 年。

75. 潘魯生：《中國工藝文獻選編》，濟南：山東教育出版社，2002 年。

76. 張繼禹主編：《中華道藏》，北京：華夏出版社，2004 年。

77. 《道藏》，北京：文物出版社、上海：上海書店、天津：天津古籍出版社，1988 年。

78. 張君房：《雲笈七籤》，濟南：齊魯書社，1988 年。

79. 胡道靜、陳蓮笙、陳耀庭選輯：《道藏要籍選刊》，上海：上海古籍出版社，1989 年。

80. 安居香山、中村璋八：《緯書集成》，石家莊：河北人民出版社，1994 年。

81. 陶弘景原著、（日）吉川忠夫、麥穀邦夫編：《真誥校注》，朱越利譯，北京：中國社會科學出版社，2006 年。

82. 羅熾：《太平經注譯》，重慶：西南師範大學出版社，1996 年。

83. 陳垣：《道家金石略》，北京：文物出版社，1988 年。

84. 《巴蜀道教碑文集成》，成都：四川大學出版社，1997 年。

85. 蔣維錟編校：《媽祖文獻資料》，福州：福建人民出版社，1990 年。

86. 黃霖、羅書華：《中國歷代小說批評史料彙編校釋》，南昌：百花洲文藝出版社，2009 年。

二、圖像理論著作

1. 〔美〕魯道夫・阿恩海姆：《視覺思維》，滕守堯譯，北京：光明日報出版社，1987 年。

2. 〔美〕歐文・潘諾夫斯基:《視覺藝術的含義》,傅志強譯,瀋陽:遼寧人民出版社,1987 年。

3. 〔美〕羅傑・菲德勒:《媒介形態變化:認識新媒介》,明安香譯,北京:華夏出版社,2000 年。

4. 〔美〕阿瑟阿薩・伯格:《通俗文化媒介和日常生活中的敘事》,姚媛譯,南京:南京大學出版社,2000 年。

5. 〔美〕W.J.T.米歇爾:《圖像理論》,陳永國、胡文徵譯,北京:北京大學出版社,2006 年。

6. 〔美〕尼古拉斯・米爾佐夫:《視覺文化導論》,倪偉譯,南京:江蘇人民出版社,2006 年。

7. 〔美〕阿瑟・阿薩・伯傑:《眼見為實:視覺傳播導論》(第三版),張蕊等譯,南京:江蘇美術出版社,2008 年。

8. 〔美〕蘇珊・桑塔格:《論攝影》,黃燦然譯,上海:上海譯文出版社,2008 年。

9. 〔美〕歐文・潘諾夫斯基:《圖像學研究:文藝復興時期藝術的人文主題》,戚印平、范景中譯,上海:上海三聯書店,2011 年。

10. 〔美〕W.J.T. 米歇爾:《圖像學:形象,文本,意識形態》,陳永國等譯,北京:北京大學出版社,2012 年。

11. 〔美〕W. J. T. 米歇爾:《圖像何求?形象的生命與愛》,陳永國等譯,北京:北京大學出版社,2018 年。

12. 〔美〕詹姆斯・埃爾金斯:《圖像的領域》,蔣奇谷譯,南京:江蘇鳳凰美術出版社,2018 年。

13. 〔英〕E・H・貢布里希:《象徵的圖像:貢布里希圖像學文集》,楊思梁、范景中譯,南寧:廣西美術出版社,2015 年。

14. 〔英〕E・H・貢布里希:《瓦爾堡思想傳記》,李本正譯,上海:商務印書館,2018 年。

15. 〔英〕E・H・貢布里希:《藝術與錯覺:圖畫再現的心理學研究》,楊成凱、李本正、范景中譯,邵宏校,長沙:湖南科學技術出版社,2000 年。

16. 〔英〕E・H・貢布里希:《貢布里希文集》,廣西美術出版社,范景中、曹意強等譯,2013 年。

17. 〔英〕諾曼·布列遜：《視閾與繪畫：凝視的邏輯》，谷李譯，杭州：浙江攝影出版社，2014 年。

18. 〔英〕特倫斯·霍克斯：《結構主義和符號學》，瞿鐵鵬譯，上海：上海譯文出版社，1989 年。

19. 〔英〕邁克爾·巴克森德爾：《意圖的模式》，曹意強等譯，北京：中國美術出版社，1997 年。

20. 〔英〕諾曼·布列遜：《視覺與繪畫：注視的邏輯》，郭楊等譯，杭州：浙江攝影出版社，2004 年。

21. 〔英〕約翰·伯格、〔瑞士〕讓·摩爾：《另一種講述的方式》，沈語冰譯，桂林：廣西師範大學出版社，2007 年。

22. 〔英〕弗朗西斯·哈斯克爾：《歷史及其圖像：藝術及對往昔的闡釋》，孔令偉譯，上海：商務印書館，2018 年。

23. 〔英〕柯律格：《大明：明代中國的視覺文化與物質文化》，黃小峰譯，上海：生活·讀書·新知三聯書店，1919 年。

24. 〔德〕漢斯—格奧爾格·伽達默爾：《詮釋學：真理與方法》，洪漢鼎譯，北京：商務印書館，2010 年。

25. 〔德〕萊辛：《拉奧孔》，朱光潛譯，北京：人民文學出版社，1979 年。

26. 〔德〕漢斯·羅伯特·堯斯：《審美經驗與文學解釋學》，顧建光等譯，上海：上海世紀出版集團，2006 年。

27. 〔法〕羅蘭·巴特：《一個解構主義的文本》，汪耀進、武佩榮譯，上海：上海人民出版社，1996 年。

28. 〔法〕羅蘭·巴特：《圖像修辭學》，方爾平譯，王東亮校，載《語言學研究（6 輯）》，2008 年。

29. 〔法〕雷吉斯·德佈雷：《圖像的生與死：西方觀圖史》，黃迅余、黃建華譯，上海：華東師範大學出版社，2014 年。

30. 〔法〕蒂費納·薩莫瓦約：《互文性研究》，邵煒譯，天津：天津人民出版社，2003 年。

31. 〔加〕阿爾維托·曼古埃爾：《意象地圖——閱讀圖像中的愛與憎》，薛絢譯，昆明：雲南人民出版社，2004 年。

32. 〔加〕阿爾維托·曼古埃爾：《閱讀史》，吳昌傑譯，北京：商務印書館。2011 年。

33.〔加〕馬歇爾・麥克盧漢:《理解媒介一論人的延伸》,何道寬譯,北京:商務印書館,2000 年。

34.〔加〕安德烈・戈德羅:《從文學到影片——敘事體系》,劉雲舟譯,北京:商務印書館,2010 年。

35.〔斯洛文〕阿萊斯艾爾雅維茨:《圖像時代》,胡菊蘭等譯,長春:吉林人民出版社,2003 年。

36.〔意〕翁貝爾托・埃科:《符號與語言哲學》,王天清譯,天津:百花文藝出版社,2006 年。

37.〔意〕切薩雷・里帕:《里帕圖像手冊》,李驍中譯,陳平校譯,北京:北京大學出版社,2019 年。

38.〔美〕黃士珊著:《圖寫真形:傳統中國的道教視覺文化》,祝逸雯譯,浙江大學出版社,2022 年。

39. 吳風:《藝術符號美學:蘇珊朗格符號美學研究》,北京:北京廣播學院出版社,2002 年。

40. 范景中:《美術史的形狀》,杭州:中國美術學院出版社,2003 年。

41. 范景中、曹意強:《美術史與觀念史》,南京:南京師範大學出版社,2006 年。

42. 王先霈、王又平:《文學理論批評術語匯釋》,北京:高等教育出版社,2006 年。

43. 王遵:《互文性》,桂林:廣西師範大學出版社,2005 年。

44. 周憲主編:《文學與認同:跨學科的反思》,北京:中華書局,2008 年。

45. 周憲:《視覺文化的轉向》,北京:北京大學出版社,2008 年。

46. 韓叢耀:《圖像:一種後符號學的再發現》,南京:南京大學出版社,2008 年。

三、圖像及道教研究研究論著

(一) 專著

1. 郭味蕖:《中國版畫史略》,北京:朝花美術出版社,1962 年。

2. 王伯敏:《中國版畫通史》,石家莊:河北美術出版社,2002 年。

3. 王伯敏:《中國美術通史》,濟南:山東教育出版社,2002 年。

4. 周心慧:《中國版畫史叢稿》,北京:學苑出版社,2002 年。

5. 高居翰：《中國繪畫史》，李渝譯，臺北：雄獅圖書股份有限公司，2002年。

6. 王朝聞：《中國美術史》，濟南：齊魯書社明天出版社，2000年。

7. 鄭午昌：《中國畫學全史》，上海：上海書畫出版社，1985年。

8. 單國強：《明代繪畫史》，北京：人民美術出版社，1985年。

9. 周心慧：《中國古版畫通史》，北京：學苑出版社，2000年。

10. 王樹村：《中國民間美術史》，廣州：嶺南美術出版社，2004年。

11. 王樹村：《中國年畫發展史》，天津：天津人民美術出版社，2005年。

12. 陳傳席：《中國繪畫美學史》，北京：人民美術出版社，2012年。

13. 左漢中：《中國民間美術造型》，長沙：湖南美術出版社，2006年。

14. 祝重壽：《中國插圖藝術史話》，北京：清華大學出版社，2005年。

15. 白純熙等編著：《中國連環畫發展圖史》，北京：中國連環畫出版社，1993年。

16. 黃裳：《插圖的故事》，上海：上海書店出版社，2006年。

17. 薛冰：《插圖本》，南京：江蘇古籍出版社，2002年。

18. 徐小蠻、王福康：《中國古代插圖史》，上海：上海古籍出版社，2007年。

19. 阿英原著、王稼句整理：《中國連環圖畫史話》，濟南：山東畫報出版社，2009年。

20. 邢莉莉：《明代佛傳故事畫研究》，北京：線裝書局，2010年。

21. 張薔編：《鄭振鐸美術文集》，北京：人民美術出版社，1985年。

22. 《鄭振鐸藝術考古文集》，北京：文物出版社，1988年。

23. 阿英：《阿英美術論文集》，北京：人民美術出版社，1982年。

24. 張燕：《中國古代藝術論著研究》，天津：天津人民出版社，2002年。

25. 謝水順、李環：《福建古代刻書》，福州：福建人民出版社，1997年。

26. 張秀民：《中國印刷史》，上海：上海人民出版社，1998年。

27. 馮鵬生：《中國木版水印概說》，北京：北京大學出版社，1999年。

28. 方彥壽：《建陽刻書史》，北京：中國社會科學出版社，2003年。

29. 陳鐸：《建本與建安版畫》，福州：福建美術出版社，2006年。

30. 黃鎮偉：《坊刻本》，南京：江蘇古籍出版社，2003年。

31. 趙前：《明本》，南京：江蘇古籍出版社，2003年。

32. 張國標：《徽派版畫藝術》，合肥：安徽美術出版社，1996年。

33. 徐建融：《書畫題款、題跋、鈐印》，上海：上海書店出版社，2000 年。

34.〔美〕梅維恒：《繪畫與表演：中國的看圖講故事和它的印度起源》，王邦維譯，北京：燕山出版社，2000 年。

35. 張孟常：《器以載道：中國工藝美術史分期研究》，北京：中國攝影出版社，2002 年。

36. 田自秉、吳淑生、田青：《中國紋樣史》，北京：高等教育出版社，2003 年。

37. 陳平原：《看圖說畫》，北京：生活・讀書・新知三聯書店，2003 年。

38.〔美〕高居翰：《山外山》，上海：上海書畫出版社，2003 年。

39. 裘沙編著：《陳洪綬研究：時代、思想與插圖創作》，北京：人民美術出版社，2004 年。

40. 大木康：《明末江南的出版文化》，周保雄譯，上海古籍出版社，2014 年。

41. 顏娟英主編：《美術與考古》，北京：中國大百科全書出版社，2005 年。

42.〔德〕雷德侯：《萬物：中國藝術中的模件化和規模化生產》，張總等譯，北京：三聯書店，2005 年。

43. 陳平原、夏曉虹：《圖像晚清》，天津：百花文藝出版社，2006 年。

44. 羅一平：《歷史與敘事：中國美術史中的人物圖像》，廣州：嶺南美術出版社，2006 年。

45. 羅一平：《語言與圖式：中國美術史中的花鳥圖像》，廣州：嶺南美術出版社，2006 年。

46. 楊永德：《中國古代書籍裝幀》，北京：人民美術出版社，2006 年。

47. 李明君：《歷代書籍裝幀藝術》，北京：文物出版社，2009 年。

48. 吳明娣、袁粒：《中國藝術設計簡史》，北京：中國青年出版社，2008 年。

49. 汪滌：《明中葉蘇州詩畫關係研究》，上海：上海文化出版社，2007 年。

50. 元鵬飛：《戲曲與演劇圖像及其他》，北京：中華書局，2007 年。

51. 杭間：《中國工藝美學史》，北京：人民美術出版社，2007 年。

52. 陳昭珍：《明代書坊之研究》，《古典文獻研究輯刊》第 7 編第 1 冊，臺北：花木蘭文化出版社，2007 年。

53. 文革紅：《清代前期通俗小說刊刻考論》，南昌：江西人民出版社，2008 年。

54. 倪亦斌：《看圖說瓷》，北京：中華書局，2008 年。

55. 寧鋼、劉芳：《康熙古彩藝術》，上海：學林出版社，2008 年。

56. 陳琦，《刀刻聖手與繪畫巨匠》，南京：江蘇美術出版社，2008 年。

57. 巫仁恕：《品味奢華：晚明的消費社會與士大夫》，北京：中華書局，2008 年。

58. 王宗英：《中國仕女畫藝術史》，南京：東南大學出版社，2009 年。

59. 〔美〕巫鴻：《重屏：中國繪畫中的媒材與再現》，文丹譯，上海：上海人民出版社 2009 年。

60. 王爾敏：《明清社會文化生態》，桂林：廣西師範大學出版社，2009 年。

61. 肖豐：《器型、紋飾與晚明社會生活：以景德鎮瓷器為中心的考察》，武漢：華中師範大學出版社，2010 年。

62. 宋立中：《閒雅與浮華：明清江南日常生活與消費文化》，北京：中國社會科學出版社，2010 年。

63. 王黼：《宣和博古圖：近千件御藏古器的再現與考證》，重慶出版社，2010 年。

64. 王正華：《藝術、權力與消費：中國藝術史研究的一個面向》，杭州：中國美術學院出版社，2011 年。

65. 揚之水：《物中看畫》，北京：金城出版社，2012 年。

66. 〔美〕巫鴻：《禮儀中的美術——巫鴻中國古代美術史文編》，北京：生活·讀書·新知三聯書店，2005 年。

67. 〔美〕巫鴻：《漢唐之間的宗教藝術與考古》，北京：文物出版社，2000 年。

68. 〔美〕巫鴻：《武梁祠——中國古代畫像藝術的思想性》，楊柳、岑河譯，北京：生活·讀書·新知三聯書店，2006 年。

69. 巫鴻：《中國古代藝術與建築中的「紀念碑性」》，上海：上海人民出版社，2009 年。

70. 信立祥：《漢代畫像石綜合研究》，北京：文物出版社，2000 年。

71. 宋莉華：《明清時期的小說傳播》，北京：中國社會科學出版社，2004 年。

72. 程國賦：《明代書坊與小說研究》，北京：中華書局，2008 年。

73. 於德山：《中國圖像敘述傳播》，濟南：山東文藝出版社，2008 年。

74. 顏彥：《中國古代四大名著插圖研究》，北京：社會科學文獻出版社，2014 年。

75. 陳驍：《清代〈紅樓夢〉的圖像世界》，杭州：浙江工商大學出版社，2015年。

76. 周紹良、白化文主編：《敦煌變文論文錄》，上海：上海古籍出版社，1982年。

77. 任繼愈主編：《中國道教史》，北京：中國社會科學出版社，2001年。

78. 卿希泰主編：《中國道教》，上海：東方出版中心，1996年。

79. 葛兆光：《道教與中國文化》，上海：上海人民出版社，1987年。

80. 葛兆光：《七世紀前中國的知識、思想與信仰世界》，上海：復旦大學出版社，1998年。

81. 金維諾、羅世平：《中國宗教美術史》，南昌：江西美術出版社，1995年。

82. 胡文和：《中國道教石刻藝術史》，北京：高等教育出版社，2004年。

83. 肖海明：《真武圖像研究》，北京：文物出版社，2007年。

84. 王育成：《明代彩繪全真宗祖圖研究》，北京：中國社會科學出版社，2004年。

85. 陳國符：《道藏源流考》，北京：中華書局，1963年。

86. 王光德、楊立志：《武當道教史略》，北京：華文出版社，1993年。

87. 李零：《中國方術考》，上海：東方出版社，2001年。

88. 李零：《中國方術續考》，上海：東方出版社，2000年。

89.〔法國〕安娜·賽德爾：《西方道教研究編年史》，呂鵬志等譯，北京：中華書局，2002年。

90.〔日〕蜂屋邦夫：《金代道教研究：王重陽與馬丹陽》，北京：中國社會科學出版社，2007年。

91. 楊建波：《道教文學史論稿》，武漢：武漢出版社，2001年。

92. 詹石窗：《南宋金元道教文學研究》，上海：上海文化出版社，2001年。

93. 張崇富：《上清派修道思想研究》，成都：巴蜀書社，2004年。

94. 蔣振華：《漢魏六朝道教文學思想研究》，長沙：中南大學出版社，2006年。

95. 孫昌武：《道教與唐代文學》，北京：人民文學出版社，2001年。

96. 羅爭鳴：《杜光庭道教小說研究》，成都：巴蜀書社，2005年。

97. 張松輝：《元明清道教與文學》，海口：海南出版社，2001年。

98. 黨芳莉：《八仙信仰與文學研究：文化傳播的視角》，哈爾濱：黑龍江人民出版社，2006年。

99. 李豐楙：《仙境與遊歷：神仙世界的想像》，北京：中華書局，2010 年。

100. 李豐楙：《六朝隋唐仙道類小說研究》，臺北：臺灣學生書局，1997 年。

101. 趙益：《六朝南方神仙道教與文學》，上海：上海古籍出版社，2006 年。

102. 吳光正主編：《八仙文化與八仙文學的現代闡釋——二十世紀國際八仙論叢》，哈爾濱：黑龍江人民出版社，2006 年。

103. 喬光輝：《明清小說戲曲插圖研究》，南京：東南大學出版社，2016 年。

（二）期刊論文

1. 宿白：《永樂宮調查日記》附錄《永樂宮壁畫題記錄文》，《文物》1963 年第 8 期。

2. 李長榮、李崧：《初論傳為豐興祖的〈群仙赴會圖〉卷》，《西北美術》1995 年第 4 期。

3. 趙殿增、袁曙光：《「天門」考——兼論四川漢畫像石的組合與主體》，《四川文物》1990 年第 6 期。

4. 張澤洪：《道教齋醮科儀中的存想》，《中國道教》1999 年第 4 期。

5. 葉倩：《元代瓷器八仙紋飾考釋》，《中國國家博物館館刊》，2015 年第 10 期。

6. 吳崇明：《道教存思法與〈文心雕龍〉神思論的生成》，《江西社會科學》2009 年第 2 期。

7. 余欣：《索象於圖，索理於書：寫本時代圖像與文本關係再思錄》，《復旦學報》2012 年第 4 期。

8. 尹蓉：《論八仙中的何仙姑》，《藝術探索》2004 年第 1 期。

9. 石兆原：《元雜劇中的八仙故事和元雜劇的體制》，《燕京學報》第十八期。

10. 尹志華：《全真教主東華帝君的來歷略考》，《齊魯文化研究》2008 年 12 月。

11. 陳杉：《宋代文人道畫中的呂洞賓形象與美學意蘊》，《中華文化論壇》2014 年第 3 期。

12. 吳光正：《從呂洞賓戲白牡丹傳說看宗教聖者傳說的建構及其流變》，《文藝研究》2004 年第 2 期。

13. 李顯光：《許遜信仰小考》，《宗教學研究》1999 年第 3 期。

14. 吳端濤：《圖文涵化：重陽殿壁畫圖文敘事性研究》，《藝術探索》2018 年

第 4 期。

15. 肖海明：《試論宋、元、明真武圖像變遷的「一線多元」格局》，《思想戰線》2005 年第 6 期。

16. 朱越利：《〈道藏〉與玄天上帝》，《道韻》第 3 輯，中華道統出版社 1998年。

17. 張從軍：《漢畫像石中的射鳥圖像與升仙》，《民俗研究》2006 年第 3 期。

18. 徐暢：《弼馬溫、馬上封侯與射爵——漢畫像中的細節內涵》，《中國國家博物館館刊》2017 年第 10 期。

19. 鍾守華：《楚、秦簡〈日書〉中的二十八宿問題探討》，《中國科技史雜誌》第 30 卷第 4 期。

20. 李遠國，王家祐：《天蓬元帥考辨》，《四川文物》1997 年第 3 期。

21. 閔祥鵬：《古代氣象觀測、民間信仰與文學創作的多學科視角——〈西遊記〉中豬八戒水神形象的演變》，《北京社會科學》2014 年第 10 期。

22. 林聖智：《明代道教圖像學研究：以〈玄帝瑞應圖〉為例》，《國立臺灣大學美術史研究集刊》1999 年。

23. 過常寶：《論上古動物圖畫及其相關文獻》，《文藝研究》2007 年第 6 期。

24. 許宜蘭：《道經圖像概述》，《宗教學研究》2013 年第 2 期。

25. 魏世民：《〈列仙全傳〉作者考》，《明清小說研究》2013 年第 3 期。

26. 張魯君、韓吉紹：《〈上清侍帝晨桐柏真人真圖贊〉考論》，《宗教學研究》，2012 年第 3 期。

27. 賈浩：《荷蘭國家博物館藏彩繪〈媽祖神跡圖〉內容考》，《閩商文化研究》2012 年第 1 期。

28. 吳瓊：《圖像的力量——中世紀聖像論爭的理論價值》，《文藝理論研究》2016 年第 1 期。

29. 陳槃：《論早期讖緯及其與鄒衍書說之關係》，《歷史語言研究所集刊》（20），1948 年。

30. 杜景華：《〈紅樓夢〉裏的運命圖讖》，《上海師範大學學報》1992 年第 4期。

31. 陳成軍：《試談漢代畫像磚、石上的六博圖像》，《文物天地》2000 年第 5期。

32. 姜生：《六博圖與漢墓之仙境隱喻》，《史學集刊》2015 年第 2 期。

33. 趙憲章：《文學和圖像關係研究中的若干問題》，《江海學刊》2010 年第 1 期。

34. 趙憲章：《語圖互仿的順勢與逆勢——文學與圖像關係新論》，《中國社會科學》2011 年第 3 期。

35. 趙憲章：《語圖符號的實指和虛指——文學與圖像關係新論》，《文學評論》2012 年第 2 期。

36. 趙炎秋：《試論視覺文化和語言文化的分層問題——藝術視野下的文字與圖像關係研究之六》，《湖南師範大學學報》2017 年第 3 期。

37. 趙炎秋：《實指與虛指：藝術視野下的文字與圖像關係再探》，《文學評論》，2012 第 6 期。

38. 孫遜：《圖像傳播：經典文學向大眾文化的輻射》，《光明日報》2004 年 5 月 27 日。

39. 龍迪勇：《圖像敘事：空間的時間化》，《江西社會科學》2007 年第 9 期。

40. 龍迪勇：《圖像敘事與文字敘事——故事畫中的圖像與文本》，《江西社會科學》2008 年第 1 期。

41. 龍迪勇：《圖像敘事中的主題並置敘事》，《藝術百家》2011 年第 1 期。

42. 高建平：《文學與圖像的對立與共生》，《文學評論》2005 第 6 期。

43. 曹意強：《圖像與語言的轉向——後形式主義、圖像學與符號學》，《新美術》2005 年第 3 期。

44. 繆哲：《以圖證史的陷阱》，《讀書》2015 年第 2 期。

45. 陳正宏：《近世中國繡像小說圖文關係序說：以所見幾種元明通俗小說刊本為例》，《中正大學中文學術年刊》2010 年第 1 期。

46. 周憲：《「讀圖時代」的圖文「戰爭」》，《文學評論》2005 年第 6 期。

47. 王致軍：《中國古籍插圖版式源流考》，《圖書館工作與研究》2002 年第 6 期。

48. 於德山：《中國古代小說「語—圖」互文現象及其敘事功能》，《明清小說研究》2003 年第 3 期。

49. 李忠明：《明末通俗小說刊刻中心的遷移與小說風格的轉變》，《南京師大學報》2004 年第 4 期。

50. 毛文芳：《遺照與小像：明清時期鶯鶯畫像的文化意涵》，（臺灣）《文與哲》2005 年第 7 期。

51. 陳鐸:《古代版畫的圖式轉換及文化意義》,《新美術》2007 年第 2 期。

52. 李芬蘭、孫遜:《中國古代小說圖像研究說略》,《明清小說研究》2007 年第 4 期。

53. 王寧:《當代文化批評語境中的「圖像轉折」》,《廈門大學學報》2007 年第 1 期。

54. 肖沖:《三國故事題材在陶瓷裝飾藝術中的應用》,《藝術探索》2008 年第 4 期。

55. 汪燕崗:《古代小說插圖方式之演變及意義》,《學術研究》,2007 年第 10 期。

56. 韓春平:《論明代坊本通俗小說版畫話語功能的多聲部特徵》,《暨南學報》2009 年第 3 期。

57. 張捷:《明代小說、戲曲插圖的敘事功能》,《藝術百家》2009 年第 6 期。

58. 孔慶茂:《論〈西遊記〉故事的圖像傳播》,《江西社會科學》2009 年第 10 期。

59. 馬孟晶:《〈隋揚帝豔史〉的圖飾評點與晚明出版文化》,(臺灣)《漢學研究》2010 年第 2 期。

60. 王龍:《明代的書籍插圖及其對閱讀活動的影響》,《圖書館雜誌》2010 年第 10 期。

61. 鄒廣勝:《談文學與圖像關係的幾個基本理論問題》,《文芝理論研究》2011 年第 1 期。

62. 曹院生:《明清戲劇小說與插圖的互動傳播模式》,《江西化會科學》2011 第 11 期。

63. 杜金、徐忠明:《索象於圖:明代聽審插圖的文化解讀》,《中山大學學報》2012 年第 5 期。

64. 李旭婷:《鏡中花,畫中意——從《鏡花緣》三個插圖本看讀者對小說接受的轉變》,《明清小說研究》2014 年第 2 期。

65. 段德寧:《文學圖像學溯源及其中國語境》,《內蒙古社會科學》2015 年第 4 期。

66. 李曉愚:《從懷抱琵琶到手捧書本:繪畫中名妓形象的演變》,《新美術》2017 年第 1 期。

（三）碩博論文

1. 陳毓欣：《陳洪綬人物畫之研究——兼論版畫中的人物形象》，臺灣淡江大學 2007 年中國文學學系碩士論文。

2. 李彥鋒：《中國繪畫史中的語圖關係研究》，上海大學 2010 年博士學位論文。

3. 楊森：《明代刊本〈西遊記〉圖文關係研究》，上海大學 2010 年博士學位論文。

4. 許蔚：《斷裂與建構：淨明道的歷史與文學》，復旦大學 2011 年博士學位論文。

5. 胡春濤：《老子八十一化圖研究》，西安美術學院 2011 年博士學位論文。

6. 張玉勤：《明刊戲曲插圖本「語—圖」互文研究》，南京大學 2011 年博士學位論文。

7. 劉科：《金元道教信仰與圖像表現——以永樂宮壁畫為中心》，中央美術學院 2012 年博士論文。

8. 金秀鉉：《明清小說插圖研究：敘事的視覺再現及文人化、商品化》，北京大學 2013 年博士學位論文。

9. 胡小梅：《明刊〈三國志演義〉圖文關係研究》，福建師範大學 2015 年博士學位論文。

附錄一　權力版圖與方士想像中的聖域：論《山海經》

　　《山海經》是中國歷史上的一部奇書，關於其作者、篇目、寫作時代等問題學界都有爭議，一般認為有的篇目寫於戰國時期，有的篇目最遲不晚於漢代。至於作者，蒙文通認可能是巴蜀人」〔註1〕，袁珂認為是楚人〔註2〕，袁行霈則猜測「最大的可能是產於西方」〔註3〕，關於《山海經》的性質，則分別有「巫書」、「神話」、「畏獸圖」、地理書、信史等種種說法。筆者認為，這些說法沒有考慮到《山海經》思想和內容的複雜性，或只及其一端，未能全面反映作品的實際。其實，《山海經》中只有《山經》是「巫書」和「畏獸圖」，《海經》主要記載遠國異民，有2則是神話故事，《大荒經》不但記載遠國異民，還有神話故事、帝王世譜，總之，各部分內容或不相同，或各有所側重，體現的思想也頗為複雜，既有儒家觀念，也有道家、巫術和神仙方士的思想。本文分別從政治地理、儒道思想及道教化等視角對《山海經》展開進一步探討，並澄清一些誤解。

一、地理版圖構建的政治修辭

　　《山海經》的篇目按照山經、海外經、海內經、大荒經、海內經由近而遠的順序編排，除最後一篇《海內經》外，山經、海經、大荒經都依照南、西、

〔註1〕蒙文通：《略論〈山海經〉的寫作時代及其產生地域》，《中華文史論叢》1962年第1期。

〔註2〕袁珂：《〈山海經〉寫作的時地及篇且考》，《中華文史論叢》1978年第7期。

〔註3〕袁行霈：《山海經初探》，《中華文史論叢》1979年第1期。

北、東的逆時針順序書寫，其中《山經》中又有《中山經》，有五個方位，完全符合春秋戰國時代人們對於方位的認知。其中既有比較精確的現代中國境內地理特點的描繪，也有並不存在的、作者想像中的「異域」。

古人很早就形成了天圓地方的概念，「天圓」代表時間，「地方」代表空間，四方與四季對應。商人認為王畿是四方的中心，周邊有許多不同的方國。

「海」的觀念可能產生於四方之後，《釋名‧釋水》：「海，晦也，主承移池，其色黑而晦也。」秦封泥有「晦池之印」、「東晦□馬」、「東晦都水」，說明「海」與「晦」同義，可互訓互借。「四海」在早期並非指真正的四個海，而是蠻夷居住的四周之地。《爾雅‧釋地》云：「九夷八狄七戎六蠻謂之四海。」《周禮‧調人》注云：「九夷、八蠻、六戎、五狄，謂之四海。」又說「以海外為四海之外，所辟絕遠。」〔註4〕唐楊倞在注釋荀子「北海則有走馬吠犬焉」一語時說，「海，謂荒晦絕遠之地，不必至海水也。」〔註5〕張華《博物志》引緯書《考靈耀》曰：「地有四遊，冬至地上北而西三萬里，夏至地下南而東三萬里，春秋二分其中矣。地常動不止，譬如人在舟而坐，舟行而人不覺。七戎六蠻，九夷八狄，經總而言之，謂之四海。言皆近海，海之言晦昏無所睹也。」〔註6〕可見在西周時期，中國與四海是對立的概念，中國地處中原，是文明之地；蠻夷則在四海，「昏無所睹」，乃落後之區。《戰國策‧趙策》云：「中國者，聰明睿智之所居也，萬物財用之所聚也，聖賢之所教也，仁義之所施也，詩書禮樂之所用也，異敏技藝之所試也，遠方之所觀赴也，蠻夷之所義行也。」〔註7〕「荒」則指比海更遙遠荒涼的地方，《廣雅‧釋詁》：「荒，遠也。」古人以「五服」的概念來解釋世界地理結構，《尚書‧禹貢》篇中敘述「五服」制度云：

> 五百里甸服。百里賦納總，二百里納銍，三百里納秸，服四百
> 里粟，五百里米。五百里侯服。百里采，二百里男邦，三百里諸侯。
> 五百里綏服。三百里揆文教，二百里奮武衛。五百里要服。三百里
> 夷，二百里蔡。五百里荒服。三百里蠻，二百里流〔註8〕。

《國語‧周語》云：「夫先王之制：邦內甸服，邦外侯服，侯、衛賓服，

〔註4〕孫詒讓：《周禮正義》，十三經注疏本，中華書局，1987年，第1026、1029頁。
〔註5〕荀況著，王先謙集解：《荀子集解》，中華書局，1988年，第161頁。
〔註6〕張華著，范寧校證：《博物志校證》，中華書局，1980年，第10頁。
〔註7〕程豐初集注：《戰國策集注》，上海古籍出版社，2013年，第178頁。
〔註8〕李民、王健撰：《尚書譯注》，上海古籍出版社，2004年，第83頁。

蠻夷、要服，戎、狄荒服。」〔註9〕最遙遠的地方是「要服」和「荒服」，千里之內曰甸，千里之外，曰采、曰流〔註10〕。「要服」是夷人居住的地方，「荒服」則是蠻人居住的地方，是流放罪人之地。可見在古人看來，世界版圖是一個按照親疏遠近環繞的差序化同心圓結構，王畿處在同心的位置，統治越向外展開力量就越弱，其中甸服、侯服和綏服屬於可以控制的範圍，不但要繳納貢賦，還受到禮儀文明的薰陶。荒服、要服則屬於外藩之地，雖要遵守王者的刑罰，但貢賦減少。因而對要服、荒服控制的強弱，是考察中原帝王功業大小的標尺。歷史上的秦皇漢武都喜歡巡視海濱，以彰顯自己的功業。在公元前219年至公元前210年的10年間，秦始皇曾4次行臨海濱，經歷黃、腄、成山、之罘、琅邪、碣石、會稽等地，並勒石紀功。《史記·秦始皇本紀》張守節《正義》云：「言王離以下十人從始皇，咸與始皇議功德於海上，立石於琅邪臺下，十人名字並刻頌。」〔註11〕通過巡視和勒石紀念，宣示已「並一海內」，標識勢力範圍。因而秦始皇東巡海上的動機不是簡單地為追求長生，更重要的是應與當時社會的天下觀和海內觀作用於政治生活有關。〔註12〕秦始皇還在南海置郡，其政治目的也同樣如此。據《史記·秦始皇本紀》張守節《正義》引《秦記》云：秦始皇在長安宮殿中，「引渭水為池，築為蓬、瀛，刻石為鯨，長二百丈。」秦始皇死後的皇陵地宮「以水銀為百川江河大海」，「以人魚膏為燭，度不滅者久之」〔註13〕。這些行為都表明秦始皇一生以「並一海內」的偉業而自豪。有學者猜測，秦漢以來，可能有帝王在宮室或墓室的四壁懸掛若干圖畫來象徵四方，模擬宇宙天地，供人們想像另類世界，其實，其中重要的原因之一就是通過這種形式表現他們「並一海內」的雄心。

　　《山海經》的地理空間敘事，其形式和內容都體現出濃鬱的政治和權力修辭。在《山經》《海經》和《荒經》中，《山經》的篇幅最長，而且只有《山經》中有《中經》，文字又最多。從篇目編排順序看來，《山經》所描述的地區可能與王畿最近。《山經》的內容主要是介紹山川道理、物產風俗、祭神方法等；《海經》主要介紹遠國異民並記載了兩則神話故事；《荒經》除寫殊方異國外，主要內容偏重記述神話故事和古帝王世系，以表明這些荒絕異國與中原王國的血脈關係，

〔註9〕《國語》，齊魯書社2005年版，第2頁。

〔註10〕錢玄等注譯：《禮記》，嶽麓書社，2001年，第178頁。

〔註11〕司馬遷：《史記·秦始皇本紀》，中華書局，1959年，第247頁。

〔註12〕王子今：《司馬遷筆下的秦始皇與海洋》《光明日報》2019-01-19。

〔註13〕司馬遷：《史記·秦始皇本紀》，第265頁。

所以「荒」不僅指離「王畿」遙遠，恐怕還有久遠的歷史之意。作者通過對地理方位、敘事內容及描寫方式的選擇，體現出「並一四海」的華夏中心主義觀念。在作者筆下，遠國異民的相貌都很怪異，一方面表現出古人圖騰崇拜的觀念，同時又隱含對「要服」與「荒服」夷蠻族群的歧視。在甲骨文中，周邊族群都用動物標識，西周建國之初，就不斷受到北方獫狁、東南徐戎和淮夷、南方荊楚的侵擾，特別是春秋時期，夷夏關係更為緊張，因而夷夏觀念就更為強烈。華夏民族認為諸夏與四夷之間的區別主要表現在禮儀文化，《左傳・定公十年》「正義」云：「夏，大也。中國有禮儀之大，故稱夏；有服章之美，謂之華。」〔註14〕《禮記・王制第五》又云：「中國戎夷五方之民，皆有其性也，不可推移。東方曰夷，被髮文身，有不火食者矣。南方曰蠻，雕題交趾，有不火食者矣。西方曰戎，被髮衣皮，有不粒食者矣。北方曰狄，衣羽毛穴居，有不粒食者矣。中國、夷、蠻、戎、狄，皆有安居、和味、宜服、利用、備器。五方之民，言語不通，嗜欲不同。」〔註15〕《戰國策》中說：「秦與戎狄同俗，有虎狼之心，貪戾好利而無信，不識禮義德行。苟有利焉，不顧親戚兄弟，若禽獸耳。」〔註16〕《國語》中也說戎狄「其血氣不治，若禽獸焉。」〔註17〕《說文・蟲部》：「蠻，南蠻，蛇種。閩，東南越，蛇種。」《犬部》：「狄，北狄，本犬種，狄之言淫辟也。」《羊部》：「羌，西戎，羊種也。」對四夷稱謂偏旁多從犬、蟲、豸等，即把四夷看成獸類。《海經》和《大荒經》中對殊方異民的塑造就是這種文化背景下的產物，其塑造方法，一是在人類正常肢體和器官的數量上進行增減，如三身國人「一首而三身」，一臂國人只有一臂、一目和一個鼻孔，奇肱國人一臂三目；二是人獸同體，如軒轅國人人面蛇身，氐人國人人面魚身，北方禺強人面鳥身；三是器官和肢體生長順序顛倒，如柔利國人「一手一足，反刻，曲足居上」，留利國人「足反折」，梟陽國人「反踵」。漢魏六朝學者以稟氣說解釋這種現象，《白虎通義》云：「夷狄者，與中國絕域異俗，非中和氣所生，非禮義所能化，故不臣也。」《淮南子・墜形篇》中說：「中土多聖人，皆象其氣，皆應其類」〔註18〕。干寶說得更明確：「中土多聖人，和氣所交也；絕域多怪物，異氣所產也。苟稟此氣，必有此形；苟有

〔註14〕《春秋左傳正義》，北京大學出版社，2000年，第1827頁。

〔註15〕錢玄等注譯：《禮記》，嶽麓書社，2001年，第178頁。

〔註16〕程曋初：《戰國策集注》，第258頁。

〔註17〕《國語》，第30頁。

〔註18〕劉安等著，〔東漢〕高誘著：《淮南子注》卷四《墜形》，上海書店出版社，1986年，第59頁。

此形，必生此性。」〔註19〕就是說，中土之人是稟中和之氣而生，所以多生聖人；而絕域之人稟異氣而產，所以多生怪物。《山海經》的作者就是根據這種觀念來想像異域，構建「他者」形象的。

　　雖然《山海經》作者筆下的異域國民相貌怪異，但並非如有些學者所說的是「非我族類」。古人既用「五服」的概念來描述世界版圖，也用以表述由父系家族組成的親屬關係，在此範圍內的親屬，包括直系親屬和旁系親屬，為有服親屬，死為服喪。親者服重，疏者服輕，依次遞減。從這一角度看，《山海經》表述的應是華夏和蠻夷天下一家的觀念，只是有親疏之分而已，因而在《海經》和《荒經》中常提到異域之國都是華夏古帝王的後裔，並簡述了一些神族的譜系，如果作者將他們視為與華夏完全不同種類的人是不會這樣敘事的，如《海外南經》寫羿與鑿齒戰於壽華之野，帝堯葬於陽，帝嚳葬於陰。《海內南經》寫到夏后啟之臣曰孟涂司神於巴。《海外西經》寫到窮山之際的軒轅之國。《大荒東經》寫到白民之國是帝俊之後裔，《大荒西經》又說西周姬姓，是帝俊兒子后稷的後裔，北狄之國是黃帝之孫始均的後代。郭璞說「帝俊」就是「帝舜」，「俊」為「舜」的假借字，但《大荒南經》中又將帝俊與帝舜並列，似為兩人。《大荒南經》寫到三身國是帝俊與妻娥皇的子孫。《海內經》中說流沙之東，黑水之西的朝雲之國、司彘之國，是黃帝與妻雷祖的兒子昌意所繁衍。《大荒北經》中還敘述了黃帝大戰蚩尤的故事。軒轅、黃帝、堯、舜、嚳、羿等，都是中華民族傳說中的古帝王。此外，《海內東經》等部分又寫到岷三江、浙江、廬江、湘水、濛水、穎水、渭水、沅水、贛水、肆水、潢水、洛水、濟水、漳水等，這些水系都在今天中國境內。所以，古人的天下觀與現在不同，他們認為遠國異民與中央帝國的人有著或遠或近的血緣關係，只是後來隨著族群的不斷繁衍分支，因而在文化上就逐漸有了文明與落後之分。不過，雖然《山海經》在對異域國民外貌的描寫上留下了歧視蠻夷的觀念，但那是一種儒家思想觀念的慣性延續，其實《海經》和《荒經》非但沒有歧視異域國民之意，相反，那些地方還是方士們嚮往的「理想國」。

二、辨識神奸的知識譜系與理想世界

　　《山經》著重介紹地理物產，是由納貢觀念所決定的，《周官·夏官·懷

〔註19〕干寶：《搜神記》卷十二，上海古籍出版社，1998年，第119頁。下文所引《搜神記》皆出自該版本，不一一注出。

方氏》云：「掌來遠方之民，致方貢，致遠物。」鄭注：「遠方之民，四夷之民也，諭德延譽以來之。」〔註20〕《山經》中還介紹了祭神之法，表明這裡是華夏禮樂文明的覆蓋區，是離王畿較近的「服」。在五經中，唯有《山經》中描述了大量怪獸和祭神之法。怪獸的形塑方法，或由多種禽獸器官和肢體混合而成，如《南山經》中「其狀如羊，九尾四耳」的基山之獸，「其狀如雞而三首六目，六足三翼」的基山之鳥，「其狀如禺而有鬣，牛尾、文臂、馬蹄」的蔓聯之山獸，即有猿的形狀、牛的尾巴和馬的蹄子。或器官和肢體的數量與常態不同，如「一首而十身」的何羅之魚、四足九尾的狐狸、一目而三尾的「讙」、「其狀如羊，一角一目」的泰戲山獸。或是人獸同體，如「其狀如梟，人面四目而有耳」的顒、「其狀如人面虎身，其音如嬰兒」的馬腹，等等。這些怪獸中既有祥瑞之獸，「佩之宜子孫」、「佩之不聾」、「食之無腫疾」「可以御火」等；也有惡獸，「見則其郡縣有大水」、「見則天下大旱」、「見則天下不安寧」、食人等。

　　《禮記‧祭法第二十三》中云：「山林、川谷、丘陵，能出雲為風雨，見怪物，皆曰神。」〔註21〕後來的道教認為，山中有許多精魅，「能假託人形」禍害人〔註22〕，道士去山中修道，需要特別小心，因而葛洪在《抱朴子》中介紹了許多對付妖怪的方法，或以鏡照之，妖怪即現出原形；或知悉各種山精鬼魅的名字，「呼其名，即不敢為害」〔註23〕。《太平御覽》卷八引《白澤圖》說：「廁之精名曰依倚，青衣，持白杖，知其名呼之者除，不知其名則死。」〔註24〕《白澤圖》可能產生於先秦或三國前，最遲不會晚於東晉。循著這一視角，我們可以判斷《山經》對山中怪獸之形狀、顏色、聲音、名字等做詳細介紹，其目的就是便於人們遇到時可以辨認、躲避或克治。如《南山經》：

　　　　有獸焉，其狀如馬而白首，其文如虎而赤尾，其音如謠，其名曰鹿蜀，佩之宜子孫。

　　　　有魚焉，其狀如牛，陵居，蛇尾有翼，其羽在魼下，其音如留牛，其名曰鯥，冬死而復生。

〔註20〕 孫詒讓：《周禮正義》，十三經注疏本，中華書局，1987 年，第 1036 頁。
〔註21〕 錢玄等注譯：《禮記》，嶽麓書社，2001 年，第 605 頁。
〔註22〕 葛洪著、王明校釋：《抱朴子內篇校釋》，第 274 頁。
〔註23〕 葛洪著、王明校釋：《抱朴子內篇校釋》，第 277～278 頁。
〔註24〕 李昉等編，孫雍長、熊毓蘭校點：《太平御覽》，河北教育出版社，1994 年，第 112 頁。

　　有獸焉，其狀如羊，九尾四耳，其目在背，其名曰猼訑，佩之為畏。有鳥焉，其狀如雞而三首、六目、六足、三翼，其名曰鵺鶹，食之無臥。

　　有獸焉，其狀如狐而九尾，其音如嬰兒，能食人，食者不蠱。有鳥焉，其狀如鳩，其音如呵，名曰灌灌，佩之不惑。

　　有獸焉，其狀如禺而四耳，其名長右，其音如吟，見則郡縣大水。

　　「姓名巫術」、媚神（祭神）等都是對付妖魅的方法。劉歆在《上山海經表》中說：

　　　　禹乘四載，隨山栞木，定高山大川。益與伯翳主驅禽獸，命山川，類草木，別水土。四嶽佐之，以周四方，逮人跡之所希至，及舟輿之所罕到。內別五方之山，外分八方之海，紀其珍寶奇物，異方之所生，水土草木禽獸昆蟲麟鳳之所止，禎祥之所隱，及四海之外，絕域之國，殊類之人。禹別九州，任土作貢，而益等類物善惡，著《山海經》〔註25〕。

　　可見，劉歆認為「類物善惡」就是《山海經》的寫作目的，他的看法後來應者不少，晉人張華是第一個贊同劉歆說法的人，他在《博物志序》中說：《山海經》及《禹貢》等書，「出所不見，粗言遠方，陳山川位象，吉凶有徵。諸國境界，犬牙相入。春秋之後，並相侵伐。其土地不可具詳，其山川地澤，略而言之，正國十二。博物之士，覽而鑒焉。」〔註26〕《淮南子·要略》中云：「地形者，所以窮南北之修，極東西之廣，經山陵之形，區川谷之居，明萬物之主，知生類之眾，列山淵之數，規遠近之路，使人通回周備，不可動以物，不可驚以怪。」〔註27〕可見《淮南子·要略》的寫作旨趣與《山海經》是相同的。由於科學水平低下，先民總覺得生活中危險無處不在，他們把一些動物、植物、疾病、氣候等妖魔化，認為對他們的生命財產構成巨大威脅，所以，他們迫切需要掌握這方面的知識，以便遭遇時能夠應對，因而《山海經》是一部「備百物，知神奸」的圖文並茂的工具書。這種寫作傳統形成很早，當時也非常流行。《左傳》宣公三年云「鑄鼎象物，百物而為之備，使民知神奸。故民

〔註25〕《山海經》，《二十二子》，上海古籍出版社，1986年，第1338頁。
〔註26〕張華著、范寧校證：《博物志校證》，第1頁。
〔註27〕高誘：《淮南子注》卷二十一《要略》，第370頁。

入川澤山林，不逢不若，螭魅罔兩，莫能逢之。」〔註28〕鼎上繪製了各地各類物怪，供人們觀看，熟悉之後易於辨認，以後若入川澤山林，就可以避讓。所以，刻繪有百物的「九鼎」其實就是有關神怪的知識譜系，是巫師們指導民眾如何辨識神奸、遵守禁忌，進行祭祀的神物。馬昌儀通過對戰國子彈庫出土的楚國帛書上繪製的《十二月神圖》《男子御龍圖》以及多幅楚戰國漆畫、戰國青銅器刻畫等進行分析後，發現有《山海經》中出現的夔龍、鳳鳥、句芒、驪吾、肥遺、人面三首神、蓐收、禺彊、五采鳥、鳴蛇、魚、并封、窫窳、羿、馬身人面神、九尾狐、鳥氏、刑天以及各類巫師形象〔註29〕。湖北隨縣的曾侯乙墓墓主內棺繪有大量龍蛇等圖案，據《曾侯乙墓》一書統計，曾侯乙墓內棺所繪各種動物紋飾，各種龍共有 549 件，各種蛇共 204 件，鳥 110 件，鳥獸形獸 24 件，鹿 2 件，鳳 2 件，魚 2 件，鼠狀動物 2 件。龍、蛇數量佔了總數的84.13%〔註30〕。這些繪製在青銅器、帛書、棺木等上面的怪物，其功能與《山海經》是一樣的。《白澤圖》也是這樣一部圖籍，《雲笈七籤·軒轅本紀》云：「帝巡狩東至海，登桓山，於海濱得白澤神獸。能言，達於萬物之情。因問天下鬼神之事，自古精氣為物，遊魂為變者，凡萬一千五百二十種，白澤言之，帝令以圖寫之，以示天下。」〔註31〕漢魏六朝時，博物之士是炙手可熱的紅人，各種對付精怪的秘籍、圖像及法器也應時而生，博物地理小說中的大量內容也是描述如何對付妖魅鬼怪。神人怪獸因為異於常態，容易使人產生驚怖、敬畏之感，它「突出指向一種無限深淵的原始力量」〔註32〕，因而，這些圖籍，除增加人們有關精怪的知識外，還有驅邪鎮惡的巫術功能，即依照以惡治惡同類相剋的巫術原理〔註33〕，是一種「畏獸圖」。饒宗頤解釋說：「畏獸謂威（猛）之獸，可以辟除邪魅，祛去不祥，圖鑄像物，謂諸譎詭異狀者通曰物，此物即畏獸是矣。」〔註34〕貢布里希認為原始人「製像」（imagemaking）的目的，就

〔註28〕左丘明：《左傳·宣公三年傳》，線裝書局，2007 年，第 198 頁。

〔註29〕馬昌儀：《從戰國圖畫中尋找失落了的山海經古圖》，載《民族藝術》2003 年第 4 期。

〔註30〕湖北省博物館編：《曾侯乙墓》，文物出版社，1989 年，第 41 頁。

〔註31〕張君房：《雲笈七籤》卷一百「紀傳部」，齊魯書社，1988 年，第 543 頁。

〔註32〕李澤厚：《美的歷程》，天津社會科學出版社，2001 年，第 53 頁。

〔註33〕楊景鸘：《方相氏與大儺》，《史語所集刊》第 31 本，轉引自李豐楙：《神化與變異：一個「常與非常」的文化思維》，中華書局，2010 年，第 162 頁。

〔註34〕饒宗頤：《「畏獸畫」說》，收入《澄心論萃》，上海文藝出版社，1996 年，第265～267 頁。

在於保護他們免受自然力量的危害，是用來施行巫術的〔註 35〕。

但把《山海經》理解為一部「備百物，知神奸」的圖畫文獻〔註 36〕卻是錯誤的或不全面的，因為這僅僅是《山經》的內容，《海經》和《荒經》中不但沒有「畏獸」，而且都是瑞獸，《海外經》《海內經》《大荒經》及最後的《海內經》四部分表現的是道家或方士理想中的世界。

道家特別是後來的道教，與儒家有很大的不同，儒家重視禮樂文明，有強烈的華夏中心主義優越感，但在道家和後來的道教想像中，美好的世界都在遙遠的山海之外，方士們心目中的仙境或在西方崑崙，或在蓬萊三島和十洲。《史記·封禪書》記述，「自威、宣、燕昭使人入海求蓬萊、方丈、瀛洲。」齊威王、齊宣王、燕昭王都曾派遣方士追尋海上「三神山」。秦皇漢武都迷信方士，追求海上神山奇藥。所以，《海外南經》中有身生羽毛的羽民國，有長壽不死的不死民。《大荒南經》中有不死之國。《海內北經》寫到崑崙梯幾而戴勝杖的西王母。那裏到處是珍禽異獸，如《海外南經》和《大荒南經》描寫帝堯、帝嚳、文王、舜與叔均的葬地，有熊、羆、文虎、蜼、豹、象、離朱、視肉、文貝、離俞、鴟久、鷹等各種異獸。《海內經》寫「都廣之野，后稷葬焉。爰有膏菽、膏稻、膏黍、膏稷，百穀自生，冬夏播琴。鸞鳥自歌，鳳鳥自舞，靈壽實華，草木所聚。爰有百獸，相群爰處。此草也，冬夏不死。」《海外西經》寫諸夭之野，「鸞鳥自歌，鳳鳥自舞。皇卵，民食之；甘露，民飲之：所欲自從也。百獸相與群居。在四蛇北。其人兩手操卵食之，兩鳥居前導之。」這裏的國民能驅使豹、虎、熊、羆，或乘龍騎鳳，呈現出人與自然的和諧景象，後來道經和小說中的仙境基本就是這些元素組成的。另外，毛色變白也是一個「物老成精」的標誌，是祥瑞之物，《抱朴子·對俗》中說：「千歲之鳥，萬歲之禽，皆人面而鳥身，壽亦如其名。虎及鹿兔，皆壽千歲，壽滿五百歲者，其毛色白。熊壽五百歲者，則能變化。狐狸豺狼，皆壽八百歲。滿五百歲，則善變為人形。鼠壽三百歲，滿百歲則色白，善憑人而卜，名曰仲，能知一年中吉凶及千里外事。如此比例，不可具載。」〔註 37〕俄國學者康定斯基認為，白色象徵著生而黑色象徵著死，這基本是任何一個民族對色彩共同的感受。黑白兩

〔註 35〕〔英〕貢布里希：《藝術發展史》，范景中譯，天津美術出版。社 1988 年，第 18 頁。

〔註 36〕過常寶：《論上古動物圖畫及其相關文獻》，載《文藝研究》2007 年第 6 期。

〔註 37〕葛洪著、王明校釋：《抱朴子內篇校釋》，第 41～42 頁。

色都是沉默的，他們象徵著生死之間的距離〔註38〕。所以，白色是長壽成仙之徵，《山海經》中寫到很多白鹿、白虎、白猿、白蛇等異獸，體現的都是神仙觀念。總之，《山海經》中寫到的殊方異域，就是道家所描述的「至德之世」，《莊子·馬蹄》中描繪道：「故至德之世，其行填填，其視顛顛。當是時也，山無蹊隧，澤無舟梁；萬物群生，連屬其鄉；禽獸成群，草木遂長。是故禽獸可係羈而遊，鳥鵲之巢可攀援而窺。夫至德之世，同與禽獸居，族與萬物並，惡乎知君子小人哉！同乎無知，其德不離；同乎無欲，是謂素樸，素樸而民性得矣。」〔註39〕莊子反對矯飾仁義、濫用禮樂、賣弄智巧，認為這些都不合於自然之道，《海經》《荒經》中寫到的眾多小國就是道家理想中的「小國寡民」，那裏的人民生活簡樸，與鳥獸同居，無憂無慮，順其性情，自然而然。《山海經》中的海外荒絕世界就是後來道教神仙世界的雛形，因而為道教所借用，並在後世的傳播和接受中道教化。

三、《山海經》的道教化

由於《山海經》中寫到遠國異民、珍禽異獸以及不死藥、不死樹、不死草、不死國、不死民等，與道教的彼岸世界——仙境契合，因而受到道教的重視，對當時道教的知識構建產生了深遠影響。周天和五年（570年），甄鸞上《笑道論》，內稱陸修靜道書《經目》止有一千二百二十八卷，本無雜書、諸子之名，「而道士今列二千餘卷者，乃取《漢藝文志》目八百八十卷，為道之經論。」〔註40〕其中就有《山海經》。北周武帝時，玄都觀道士上《玄都經目》，正式將《山海經》一書收入道教經目。

李豐楙在考察《說文》中對「種」、「類」、「生」、「產」四字的解釋後指出：

> 對於生命的繁衍、生殖現象，諸如種、類與生、產和變、化等關鍵字的出現，顯示人類為了理解世界、為了統一觀物的經驗，使之能夠條理化、系統化，於是經由語言文字的創製、運用，逐漸對於自身所生存的客觀世界進行了概念的掌握。在仰觀俯察之際，初民發現紛繁的動植物飛潛都有其形狀、位置，並從經驗中不斷地累

〔註38〕〔俄〕康定斯基：《康定斯基論點線面》，中國人民大學出版社，2003年，第50～51頁。

〔註39〕莊周：《莊子》，中華書局，2010年，第143頁。

〔註40〕甄鸞：《笑道論》，《大正藏》第52冊，中國臺北新文豐出版公司，1983年，第152頁。

積其觀察心得，然後加以系統分類、組織，概括為對於存在世界的
認知印象〔註41〕。

王充概括為「因氣而生，種類相產」。〔註42〕古人關於「種類」、「生產」的
概念，是他們認識宇宙萬物的方法。他們面對紛繁複雜世界中的芸芸眾生，試
圖對某些物種進行歸類，從中尋繹出宇宙生化、運行的規律。《山海經》認為世
間萬物就是由「生」「化」而產生的，「生」有生育、生長等意思，如「有木生
山上，名曰楓木」為生長之意，「帝俊生季釐，故曰季釐之國」中的「生」則有
後裔之意。而「化」則為「變化」的意思，如女媧之腸化為神，夸父之杖化為
鄧林、蛇化為魚婦、帝女死後化為瑤草等。可見「生」、「化」有「常」與「非
常」之別。孫詒讓注《周禮・春官・大宗伯》中「以禮樂合天地之化，百物之
產，以事鬼神」句時指出：賈逵疏謂「化產共為一者，以其化與產類相似」是
錯誤的，「化」是「變」之意，指改變舊形，如田鼠化為駕雀，雉化為蜃蜃等；
而「生其種曰產」，如卵生、胎生及草木但如本者〔註43〕。非類相生是不正常的，
《論衡・自紀篇》云：「夫氣無漸而卒至曰變，物無類而妄生曰異，不常有而忽
見曰妖，詭於眾而突出曰怪。」〔註44〕《漢書》云：「凡草木之類謂之妖。妖猶
夭胎，言尚微。蟲豸之類謂之孽。孽則牙孽矣。及六畜謂之禍，言其著也。及
人，謂之痾。痾，病貌，言浸深也。甚則異物生，謂之眚；自外來，謂之祥，祥
猶禎也。氣相傷，謂之沴。沴猶臨莅，不和意也。」〔註45〕《搜神記》卷十二
云：「雀之為蛤也，蜄之為蝦也，不失其血氣，而形性變也。若此之類，不可勝
論。應變而動，是為順常；苟錯其方，則為妖眚。故下體生於上，上體生於下，
氣之反者也；人生獸，獸生人，氣之亂者也；男化為女，女化為男，氣之貿者
也。」非類相生突破了種類的限制，《山海經》中禹父化為墠渚、蛇化為魚婦、
炎帝之女化為精衛等，都是不同種類的東西相生，是非常態的。在農業社會，
安土重遷的農民習慣於日出而作、日落而息的常態生活，從而形成了守成的心
理，對變化尤其是猝變很不適應，甚至感到驚懼，認為打破常態、對正常的秩
序會產生衝擊和威脅，因而將這些反常的現象視為妖異。干寶認為妖異的產生

〔註41〕李豐楙：《神化與變異：一個「常與非常」的文化思維》，第48頁。
〔註42〕王充著，劉盼遂集解：《論衡集解》卷二《幸偶第五》，北京古籍出版社，1957
　　　　年，第68頁。
〔註43〕阮元校刻：《十三經注疏》卷十八，中華書局，1980年，第763頁。
〔註44〕王充著，劉盼遂集解：《論衡集解》卷二《幸偶第五》，第590頁。
〔註45〕班固：《漢書》卷二十七中，中華書局，1964年，第1353頁。

是由於「氣亂」，《搜神記》中描述了大量「非類相生」的現象，如婦人產動物、動物產人、人和馬生角，等等，都違反了正常的法則。儒家認為「氣亂」是朝政失當在自然和社會的反應，所謂「國之將亂，必生妖孽」，但道教卻通過觀察大量這些非類相生、變形異體的現象後，由此認識到在自然生命終結後，有的動物可以通過變化、突破種類的限制而獲得再生。由於當時人認為這些現象都是真實的，並予以合理化，「因而成為一種生命可以否定生物種類的固定性而轉化的信念，並被引申用以思索人是否也可能以『化』來延續生命。」〔註46〕

　　《山海經》中器官和肢體異常的神人和怪獸是建立在觀察現實生活中基因變異而導致畸形的人和動物之上的，但先民對這種現象不能加以科學解釋，認為器官和肢體越多，生命力就越旺盛，力量就越強大；而器官或肢體的數量蛻化直至喪失，又是蟬蛻成仙的表徵。漢末仲長統《見志詩》中「飛鳥遺跡，蟬蛻亡殼，騰蛇棄鱗，神龍喪角」〔註47〕之語，表達的就是這個意思，他們認為器官和肢體是一種累贅，經過修煉，蛻化回歸生命的原初狀態，此即《莊子》中中央帝王渾沌故事的寓意，很多民族都有關於獨眼龍、獨角獸故事的流傳。而畸形的人和動物又能使人產生恐懼感，宗教正源於對自然力的恐懼。羅馬人盧克萊修說：「恐懼造成最初的神」。馬雷特以為，宗教的發生由於事物的神聖的觀念，在原始人看來，凡反常的不可思議的現象都有神聖的性質，易於引起崇拜〔註48〕。博克認為客體的崇高和主體的崇高感均來自於恐懼，「凡是能以某種方式適宜於引起苦痛或危險觀念的事物，即凡是以某種方式令人恐怖的，涉及可恐怖的對象的，或是類似恐怖那樣發揮作用的事物，就是崇高的一個來源。」〔註49〕所以秦漢時期有「聖人不相」的說法，讖緯中的帝王和聖人都與《山海經》中的神人一樣有異相。

　　凡是成精的異獸，不管是瑞獸還是惡獸，都有壽命長、能變化的特點，故而成為道教崇拜之物，成為驅邪之物。漢代墓葬中的很多鎮墓獸都來自《山海經》，漢王延壽《魯靈光殿賦》描繪魯王靈光殿壁畫云：「圖畫天地，品類群生，雜物奇怪，山神海靈」〔註50〕。東漢馮儒久墓門扉畫像中的人面虎乃《山海

〔註46〕 李豐楙：《神化與變異：一個「常與非常」的文化思維》，第60頁。
〔註47〕 范曄：《後漢書》卷四十九《仲長統傳》，中華書局，1965年，第1645頁。
〔註48〕 轉引自林惠祥：《文化人類學》，商務印書館，1991年，第219頁。
〔註49〕 〔英〕伯克：《論崇高與美》，引自朱光潛《西方美學史》上卷，人民出版社，1997年，第237頁。
〔註50〕 蕭統：《文選》，中華書局1977年版，第177頁。

經‧中山經》中的「其狀如人面虎身，其音如嬰兒，是食人」的「馬腹」。桓帝建和元年（147 年）武氏東闕正闕身南面畫像，畫面第二層中間有一三頭人面的怪獸，右面有一八頭八面、虎身蹲踞的怪獸，是《大荒東經》中的水神天吳。墓主或造墓者不但希望這些怪獸能夠驅惡辟邪，還希望它們能夠引導魂靈通向仙境。另外一些怪獸則成為祥瑞之物，如山東新泰市西柳莊出土漢代「人首蛇身畫像」，就是根據《大荒西經》中蛇化魚的描寫而繪製，又添加了羊和兔，以示吉祥。1973 年河南南陽臥龍區王寨墓出土東漢「升仙圖」，墓門北門楣，右一人手持牛角呼號奔走，其後飛廉作回首狀，一羽人兩手持物，將騰躍於飛廉之上，後有高聳的山峰，上面有一隻玄龜爬行，畫左有一狀似馬而頭上有獨角之神獸，乃《北山經》中的神獸「疏」。《山海經》中的一些著名的神祇也演變為道教神仙，如西王母、女媧、羲和等；《山海經》中的一些植物如桃木、扶桑等，則成為道教的驅邪靈物。

結論

綜上所述，我們可以得出結論：《山海經》的地理敘事是一種政治修辭，是在華夏中心主義觀念的影響下，以現實地理為基礎，加上空間想像而構建的權力版圖。《山海經》中各篇目的內容或有所不同，或有所側重，《山經》是一部向山行的人們介紹如何辨識神奸、趨利避害的巫書；而《海經》《荒經》主要描寫遠國異民、神話故事和古帝王譜系，反映了道家或方士對聖域的想像和追求，是後來道教仙境的雛形。而《山海經》中有關「生」「化」的生命觀及對神人與怪物的形塑，對後來道教知識譜系的建構產生了重要的影響。

附錄二　圖文環路：明清小說插圖前置對閱讀的影響

　　據黃永年先生研究，宋元話本小說已有正文前插圖〔註1〕，如元刊《全相三國志平話》封面上就有一幅「三顧茅廬」圖，不過元至明中葉，小說插圖主流的是建陽本的上圖下文式和圖嵌文中式，至嘉靖、萬曆間，出版中心向江南地區轉移，隨著小說閱讀群體的變化，書籍製作逐漸把圖像與正文分開，有的是放在文末，如浙圖抄本《後紅樓夢》、日本尊經閣藏《隋唐兩朝史傳》，但比較罕見，通常是將圖像置於正文前，圖像的輔助閱讀功能開始讓位于文人的「案頭珍賞」。入清後，這種插圖形式逐漸演變為流行的款式。

　　將小說文本由原來的圖文一體切割為圖像和文本兩部分，對讀者原有的閱讀習慣和閱讀方式產生了深刻影響。第一，置於正文前的圖像，不僅具有闡釋文本、促進小說傳播等功能，而且在藝術上具有預敘功能，讀者藉此可提前或多或少知道一些文本的內容；第二，正文前圖像對讀者的繼續閱讀會產生刺激、懸念、引導等作用，「通過這種方式，圖像與文字相分離所帶來的延遲，在閱讀過程中造成一種對未知的渴求，這種欲望所帶來的效果其實與文本中每章常見的結語如『欲知後事如何，且聽下回分解』是相似的。」〔註2〕就是說，正文前插圖可以製造閱讀期待，吊起他們的胃口，這樣，圖像譜和語言文

〔註1〕參見黃永年：《記修綆山房本〈宣和遺事〉》，《文史存稿》，三秦出版社，2004年，第427～428頁。

〔註2〕何穀理：《明清插圖本小說閱讀》，劉詩秋譯，生活·讀書·新知三聯書店，2019年，第237頁。

本就同樣成為不可剝離的整體，圖像譜可視為語言文本的副文本；第三，以前的閱讀是由文而圖，或文圖同時進行，現在是由圖而文，或「圖—文—圖—文」的不斷循環，從而改變了讀者的閱讀過程和審美體驗。

正文前的插圖方式，已引起一些學者的關注。宋莉華曾指出明清小說正文前插圖對文本情節和人物形象有提示與說明、刻畫和展示作用〔註3〕，不過她沒有展開論述。張玉勤集中論述過古代戲曲卷首插圖或折前插圖的預敘作用，指出「由於這些插圖大都是對曲文中的重要情節、戲曲中的關鍵角色等的圖式化反映，因而相對于後面的文本敘事而言，圖像敘事便成為一種『預敘』。作為一種預敘，戲曲插圖『提前進入了故事的未來』，既召喚著讀者進入戲曲故事語境，又引領和規定著讀者的閱讀行為，這使得讀者從一開始便處於一種閱讀期待之中，閱讀的魅力大大增強。」〔註4〕但他研究的是戲曲圖像，與小說畢竟是兩種不同的文體。可見這一論題有進一步討論的空間。

一、正文前插圖的形式

在明清小說刊本中，正文前的插圖形式豐富多樣，筆者在此以上海古籍出版社 1994 年出版的《古本小說集成》為樣本進行統計分析。

正文前插圖的位置在總目前後，絕大部分在總目之後，少量在總目之前，如翠娛閣刊本《遼海丹忠錄》、崇禎本《鼓掌絕塵》、順治間《醒名花》、乾隆間《鬼谷四友志》等。還有的圖像放在每卷（回）之前，如李卓吾評本《水滸傳》、崇禎本《近報叢談平虜傳》、杭州大學藏《海上花列傳》等。插圖形式主要有三大類：

（一）人物像

即畫家為小說中的主要人物畫像，集中置於正文前，但其形式又比較複雜，主要有下面幾種情況：

1. 題署姓名的圖像

如山東大學藏《草木春秋演義》、乾隆同文堂《東漢演義》、觀文堂書屋《說唐後傳》、文錦堂《升仙傳》等，以上是獨像，清末受說唱文學插圖的影響，變為數人合像。未題署姓名的人物像比較罕見，如一也軒本《爭春園》。

〔註3〕參見宋莉華：《插圖與明清小說的閱讀及傳播》，《文學遺產》2000 年第 4 期。
〔註4〕張玉勤：《預敘與時空體：中國古代戲曲圖文本的敘事藝術》，《文藝理論研究》
2011 年第 2 期。

有的姓名題署以人系事，使人物像具有敘事性，如芥子園《混唐後傳》（只
有唐太宗一人有像贊），人物像題為：「太宗遊地府」「魏征斬龍王」「薛仁貴
平遼」「武皇后稱尊」「江妃泣雪梅」「明皇游月宮」「安祿山造反」「高力士
脫靴」等，把小說中的主要故事都抽繹出來了，按時間先後排列，成為全書
的綱目。

2. 人物像和人名、圖論共處一頁之中

　　清初以後，正文前插圖的數量越來越多，並多配有圖論〔註5〕。圖論一般
是詩詞和曲文等韻語，或請名家題寫，「詩句書寫皆海內名公巨筆，雖不輕標
姓字，識者當自辨焉」〔註6〕；或選用前人著作，「繡像每幅皆選集古人佳句，
與事實符合者，以為題詠證左。妙在個中，趣在言外」〔註7〕。以隸、楷、草、
篆等多種字體書寫，雖不易辨認，但圖像的裝飾性效果得到強化。人物圖論寫
在畫的空白處，以與圖像的平衡，一般在圖像上部，如繡文堂本《白圭志》、
寶華樓本《粉妝樓》、經綸堂本《綠牡丹全傳》等；有的將圖像和像贊隔開，
上論下像，如富桂堂本《繡球緣》、紫貴堂本《趙太祖三下南唐》、會元樓板《瓦
崗寨演義》等。

3. 人物像與圖論分頁

　　如明末刊本《殘唐五代史演義》、大連圖書館藏《鐵花仙史》、丹桂堂《鋒
劍春秋》、乾隆本《南史演義》等。一般 A 頁圖 B 頁贊，敦厚堂本《狐狸全傳》
比較特殊，雲鴛仙子、鳳簫公主、玉面仙姑三人共享一贊，因為她們都是九尾
狐轉世。

　　圖論的式樣也富於變化，多數寫在方形圖內，但也有三角、圓月等形狀的，
光緒寶文堂本《永慶升平》的圖論有的寫在果桃、包袱、花瓶，茶壺、葫蘆等

〔註5〕學界一般稱為「像贊」。「像贊」起源於漢廷為表彰忠臣烈士而圖繪其像於壁，
　　　　配上讚語，以述德顯功，但後來「贊」演變成中性詞，如清李漁《奈何天·
　　　　慮婚》中闕裡侯雲？「近來有個作孽的文人，替我起個混名，叫做『闕不全』，
　　　　又替我做一篇像贊，雖然刻毒，卻也說得不差。」可見「闕不全」的像贊寫得
　　　　「刻毒」，不是頌詞。其次，明清小說插圖中人物像和故事圖都有贊，而「像
　　　　贊」之稱偏於人物畫。基於此，本文取雄飛館主人《刊刻英雄譜緣起》中「回
　　　　各為圖，括畫家之妙染；圖各為論，搜翰苑之大乘」之意（參見丁錫根《中國
　　　　歷代小說序跋集》，人民文學出版社 1996 年版，第 147 頁），統稱為「圖論」。
〔註6〕《蠶史凡例》，齊東野人：《隋煬帝蠶史》，《古本小說集成》第三輯，上海古籍
　　　　出版社，1994 年，第 69 冊，第 9 頁。
〔註7〕《蠶史凡例》，《隋煬帝蠶史》，《古本小說集成》第三輯，第 69 冊，第 7 頁。

上面。蝴蝶樓刻本《警貴新書》圖論寫在器物、果品上。這些其實具有了副圖和裝飾的功能。還有的圖論有署名、圖章等。乾隆本《西遊真詮》的人物像也具有敘事性，如李老君面前有一個丹爐，表示老君在煉仙丹；魏征左手抓飛鳥，暗敘魏征諫唐太宗的故事。

（二）故事圖

即將小說中最精彩的故事情節視覺化，一般都有圖目，無圖目的如葉敬池梓本《新列國志》，但比較少見。有的每篇、卷、回配一圖，有的二圖，在圖形上或一頁一圖，或一頁分上下兩圖，中間以橫線隔開。主要有三種形式：

1. 無圖論的故事圖

如傅惜華藏本《西湖二集》、明末金衙梓《禪真後史》、明末本《今古奇觀》、明刊本《東西晉演義》、四雪堂本《隋唐演義》、內閣文庫本《剿闖小說》等。

2. 有圖論的故事圖

就是每幅故事圖配上一頁圖論，如鐘伯敬批評本《水滸傳》、佐伯文庫本《照世杯》、人瑞堂本《隋煬帝豔史》、大連圖書館藏《五色石》等。圖論一般寫在方框內，葉敬池本《石點頭》、大連圖書館藏《春柳鶯》則寫在月形圖內。

3. 有主、副圖的插圖

在明末，人物繡像中開始出現了具備一定象徵意義的錦欄，使圖像更加美觀，並且具有象喻作用，富於詩情畫意；啟、禎之後，錦欄又演化為「副圖」，即在繡像正圖之外額外附加圖像，入清後直至康熙年間，帶副圖的繡像逐漸增多，已成繡像之一體〔註8〕。副圖有秦磚漢瓦、鐘磬鼎彝、刀劍法器、書硯琴瑟等物品；就畫種而言，有山水花卉、飛禽走獸、異石仙草等，主要起隱喻、象徵、抒情、烘托、美化等作用。有人物像帶副圖者，如芥子園本《鏡花緣》、蝴蝶樓藏板《警貴新書》，相對較少；有故事圖帶副圖者，如消閒居本《十二樓》、康熙刊本《玉嬌梨》、名山聚刊本《女開科傳》，順治刊本《平山冷燕》、崇禎本《西遊補》等。主、副圖的圖型也是形狀不一。

（三）人物像兼故事圖

就是在人物像後有故事圖。如道光富經堂本《混元盒五毒全傳》、敬文堂

〔註8〕參見毛傑：《中國古代小說繡像研究》，華東師範大學 2014 年博士論文，第49頁。

本《殺子報》等，上海中西書局石印《金台全傳》（人物像是二人合像）等。
還有幾部小說比較特別，如清江堂本《大宋中興通俗演義》、萃慶堂本《咒棗記》、九如堂《韓湘子全傳》總目前後分別有嶽飛、薩真人、韓湘子、唐僧像，後面或接故事圖，或為文中插圖，出像的都是小說中的第一號主人公。鐘伯敬批評《水滸傳》總目後第一幅是「梁山聚義」圖，總括全書思想內容，後面是故事圖。存仁堂刊本《杜騙新書》回目後有一幅「燃犀照怪」圖，圖左右一聯云：「九族多妖一點犀光照破，心靈有覺百般騙局難侵」。圖下是兩人在燃犀，最下是水怪。以圖點明創作目的。《征播奏捷傳》前面則是一幅播州地形大圖，因為播州楊應龍恃天險與官軍對抗，因而這幅圖既使讀者對兩軍對戰的形勢了然於心，又能製造懸念，激發讀者的閱讀興趣。

　　總體而言，《古本小說集成》總共收錄宋元明清小說四百二十八種，據筆者粗略統計，明清小說中，正文前插圖中有人物像六十幅、故事圖五十二幅、人物和故事兼有的圖五幅，共計一百一十七幅。考慮到該書收有宋元小說和大量無插圖的小說，由此可知正文前插圖小說所占比例之大，其數量和流行程度遠遠超過上圖下文式和圖嵌文中式。由此也可糾正我們以前認為「繡像」就是「人物像」的誤解，從統計可以看出，人物像與故事圖的數量大致相等。

　　圖像編序也有一定的講究。小說作者、圖繪者和文本的編纂和出版者，通過圖像形制、位置等製作方式和排列方法，以表現他們對小說中人物及其關係的理解，從而在一定程度上影響讀者對小說的接受和想像。關於人物像的排序邏輯，毛傑總結出尊卑、善惡、主次、人物關係親疏、出場時間先後排序的五條規律。他進一步指出：這些規律雖然都是關乎圖像編創的行為，但實際上已部分地具備了判斷、解釋、評價、言理等文學批評活動的特質〔註9〕。如四雪草堂本《封神演義》的人物像排序，道教祖師排在世俗帝王之前，表現道教地位之崇高。妲己和申公豹排在最後，可見編者在排序時也考慮到了道德的因素。嘉慶本《希夷夢》大力表彰忠臣義士，正文前圖像按道德、功名排序，位於前列的韓通、李筠兩人都是殉周的忠烈之士，他們後面的閭丘仲卿、韓速等，則是在複周失敗後逃亡海外建立功業的義士。但通過圖像編排，讀者還可從中找出一些有關文本內容的蛛絲馬跡。如美國印第安那圖書館藏《綠野仙蹤》主線始終圍繞著忠奸鬥爭而進行，正文前人物插圖次第為火龍真人、冷于冰、嚴嵩、嚴世蕃等。小說開始，就寫冷於冰參加科考與嚴嵩結怨，後出家修道，繼

〔註9〕參見毛傑：《試論中國古代小說插圖的批評功能》，《文學遺產》2015 年第 1 期。

續以推翻嚴嵩為己任，經常大鬧嚴府，鼎力支持與嚴嵩抗爭的忠臣，在扳倒嚴黨的政治鬥爭中發揮了關鍵作用。插圖將火龍真人師徒與嚴嵩父子放在一起，可見深得作者之匠心，抓住了小說忠奸鬥爭的主線。廣百宋齋本《七俠五義》中人物插圖先後有宋仁宗、李太后、陳林、寇珠、郭槐、包公、顏春敏、公孫策等人，乃按照「狸貓換太子」案之形成及案破後仁宗母子團圓的結局而編排。胡士瑩藏本《鐵冠圖》前面的插圖分別是崇禎、皇后、太監王承恩、孫傳庭、閻如玉、李自成等人肖像，最後一幅是吳三桂。小說圍繞著李自成造反、崇禎自縊、吳三桂借清兵復仇、李自成敗死順序進行敘事，不過編者把崇禎帝像放在最前，又釋放出崇禎自縊的信息及對其行為的嘉許，因而是圖像之中的圖像預敘。總之，書籍編纂者通過圖像的精心編排，建構人物之間的關係，從而使讀者能夠藉此大體把握小說的主體框架。故事情節則按照時間發生的先後順序排列。

二、正文前插圖的預敘手段與功能

正文前圖像及其圖論、圖注、圖目等，既是畫家等作者對小說內容的高度提煉和概括，也是主要人物形象的展示，即何穀理所說的「敘述文本的視覺綜述」（《明清插圖本小說閱讀》，第231頁），也是一種預敘手段，它們發揮著中介的作用，讀者可以通過這些圖像等，預知有關語言文本的一些信息。蕭雲從《離騷圖像序》云：讀者「展卷未讀其詞，先玩其像矣」〔註10〕，在「玩其像」的過程中，讀者得以知曉小說的部分內容，並產生持續閱讀的動力，即魯迅先生所說的「即能只靠圖像，悟到文字的內容」〔註11〕。下面我們從人物像和故事圖兩個方面進行闡述。

（一）人物像

有學者認為，在人們對插圖欣賞性的追求下，人物像「雖然也能引起讀者的興致，但對情節的理解幾乎沒有什麼用處，插圖成了擺設」〔註12〕。事實並非如此，因為畫家是小說接受鏈的起點，他以圖像的形式呈現自己的閱讀體驗，而不能脫離小說語言獨自創作，是對語言文本的模仿。吳承恩《狀元圖考·

〔註10〕 蕭雲從：《離騷圖像序》，蕭雲從、門應兆繪，王承略校釋：《離騷全圖》，山東畫報出版社，2003年，第296頁。

〔註11〕 魯迅：《「連環圖畫」辯護》，《南腔北調集》，人民文學出版社，1973年，第24頁。

〔註12〕 汪燕崗：《古代小說插圖方式之演變及意義》，《學術研究》2007年第10期。

凡例》云：「圖者，像也，像也者象也。象其人亦象其行。」〔註13〕就是說，畫家以形寫神，遷想妙得，刻畫出人物的形貌和內心世界及其行為，「意態生動，鬚眉躍然見紙上」〔註14〕，讀者不但可以據此把握小說中的人物形象特徵，而且加深對與其相關的故事情節的理解（當然，一些繪製低劣、僅略具人形或因襲、盜用的人物像除外）。如四雪草堂本《封神演義》中正文前老子、鴻鈞老祖、元始天尊、燃燈道人等像背後都有圓光，表示道行最高，是道教神仙等級的標誌。燃燈佛背劍，坐在蓮花座上，清虛道德真君站在蓮花之上，都體現出佛道融合的思想。九如堂本《韓湘子全傳》卷首湘子像，雙丫髻，戴道冠，著道袍，身背寶劍，抱魚鼓，拿拂塵，站立側視。畫家將一個既欲遁世而又眷顧人間的修道者形象立體展現出來，既表現出對其性格特點的精准把握，又揭櫫出警世度人的小說主題。

有的人物畫沒有圖論和圖注等，這對畫家的技藝和讀者的理解能力都是考驗，但古代畫技深受相術觀念的影響，他們善於將人物的性格特徵等信息隱藏于圖像的符碼之中。元人王繹在《寫像秘訣》中就指出「凡寫相須通曉相法」〔註15〕，認為人物形貌繪製應依據相法。因而古代肖像畫形成了一定的程式，宋康與之《昨夢錄》中記一畫工言：「前驅賤役也，骨相當瞋目怒髯，可比騶馭；近侍清貴也，骨相當清奇寵秀，可比台閣；至於輦中人，則帝王也，骨相當龍姿日表，可比至尊。」〔註16〕郭若虛《圖畫聞見志》卷一《敘製作楷模》中論釋更詳，和尚、道士、帝王、夷人、書生、武士、隱士、貴戚、鬼神、士女、農夫等各式不同身份地位的人，其形貌和表情都有固定的畫法〔註17〕。這樣，相術知識就成為解碼人物畫的一把鑰匙。美國漢學家文以誠深諳其中壺奧，他指出：「表示肖像的漢字，由一值得注意的人字偏旁和另一部分組成，後者意指圖像，或是地上之物上所呈現的天上的圖案花紋。因此，該字或許暗

〔註13〕吳承恩：《明狀元圖考》「凡例」，王春瑜：《中國稀見史料》第 1 輯第 4 冊，廈門大學出版社，2007 年，第 151 頁。

〔註14〕王韜：《新說西遊記圖像》「序言」，朱一玄、劉毓忱：《〈西遊記〉資料彙編》，中州書畫社，1983 年，第 271 頁。

〔註15〕王伯敏、任道斌主編：《畫學集成（六朝—元）》，河北美術出版社，2002 年，第 795 頁。

〔註16〕《筆記小說大觀》第六編第三冊，中國臺北新興書局有限公司，1983 年，第 1790 頁。

〔註17〕參見郭若虛著，俞劍華注釋：《圖畫見聞志》卷一，江蘇美術出版社，2007 年，第 15～17 頁。

示肖像表達了由上天所賦予的外貌，可與相術中的命相分析過程聯繫起來進行闡釋。」〔註18〕因此，人物畫的外貌特徵就是一種修辭，具備隱性敘事功能，由於明清時期相術知識在社會上相當普及，讀者基本可以通過人物的形貌特徵與畫家進行交流。比如帝王像，觀文書屋刊《說唐演義全傳》中的唐高祖（圖1）、紫貴堂刊《趙太祖三下南唐》中宋太祖（圖2）、道光鷺江刊《平閩全傳》中宋仁宗（圖3）、富桂堂刊《繡球緣》和文德堂刊《海公小紅袍全傳》中萬曆帝等，外貌特徵高度相似，皆龍眉鳳目，鼻准高聳，是標準的帝王像。唯《說唐演義全傳》中的隋煬帝（圖4）例外，雖眉清目秀，但精神委頓，地閣狹窄，暗示他晚年命運悲慘。

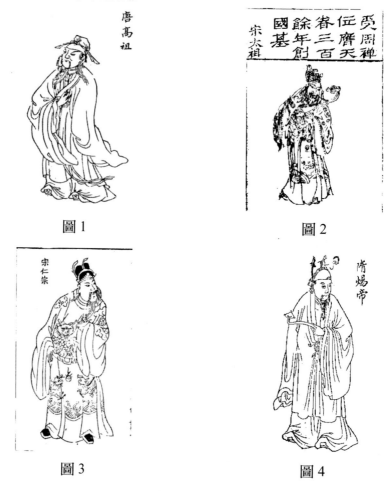

圖1

圖2

圖3

圖4

〔註18〕〔英〕柯律格：《明代的圖像與視覺性》，黃曉娟譯，北京大學出版社，2011年，第118頁。

　　宰輔大臣的相貌也大致雷同，如咸豐本《結水滸傳》中的魏輔梁和張叔夜（圖5），美國印第安那圖書館藏本《綠野仙蹤》中的曹邦輔和徐階、清義林堂《忠烈全傳》中郭子儀等，皆天庭飽滿，地閣方圓，方面大耳，腰圓背厚，乃位極人臣之征。文官如美國印第安那圖書館藏本《綠野仙蹤》中林潤（圖6）和鄒應龍、芥子園本《混唐後傳》中李白（圖7），還有天寶樓刊《群英傑》中范仲淹等，都是眉清目秀，乃相書所謂聰明過人、以文章鳴世的文人之相。

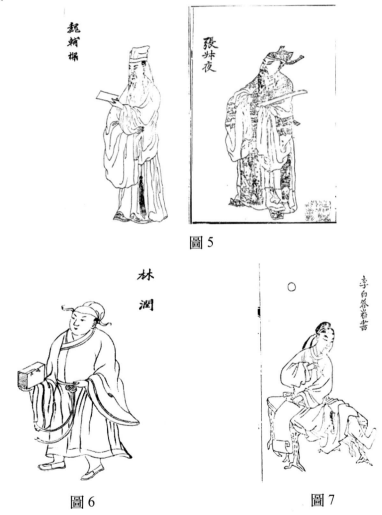

圖5

圖6　　　　　　　　　　　　　圖7

　　《綠野仙蹤》中嚴世蕃右手握扇，鷹嘴鼻，賊眉鼠眼，一望而知乃陰險奸惡之徒（圖8）。胡士瑩藏本《鐵冠圖》中的李自成獐頭鼠目，眉毛交連，須髯

如戟（圖9）。明末刊本《殘唐五代史演義》中的黃巢地閣尖窄，一臉橫肉，亂紋逆眉，額窄瞋目（圖10）。

圖8　　　　　　　　　圖9　　　　　　　　　圖10

寶文堂《永慶升平》中的張廣聚鷹鉤鼻，眼睛斜視，口尖唇薄（圖11）。翰選樓刊本《警富新書》中的林大有目露凶光，滿面橫紋（圖12）。等等，皆是兇惡叛逆、不得善終之相。乾隆本《綠野仙蹤》中鄒繼蘇尖嘴猴腮，形容猥瑣（圖13），他是個腐儒，自信學富五車，說話三句不離詩經。苗禿子（圖13）天庭雖不算太小，但地閣窄狹，兩片薄唇，相術所謂好撥弄是非者。他原是世家子弟，但家道中落，雖為府學秀才，卻淪為幫閒篾片，引誘溫如玉吃喝嫖賭。大家閨秀一般相貌端莊，眉目如畫，櫻桃小嘴，所謂「女子口小兮，聰慧智良」〔註19〕。總之，人物外貌特徵是其命運結局的詮釋，讀者可以通過人物肖像特徵，預判出像主的身份、地位、性格乃至命運結局等。

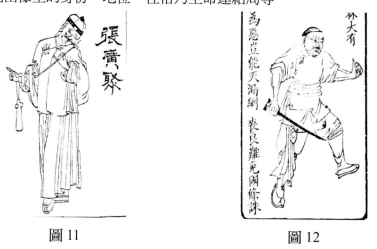

圖11　　　　　　　　　　　圖12

〔註19〕顧頡：《相術集成》，重慶出版社，1993年，第169頁。

圖 13

　　清道光年間以後，小說中人物插圖呈現出戲曲化的傾向。人物肖像主要參考戲劇生、旦、淨、醜的各類扮像、臉譜及服飾，藉戲劇人物造型使故事人物先行「亮相」，觀眾一般可以在翻閱之初就通過這些熟悉的元素而非人物面部表情就先行識別、理解和欣賞戲曲人物，取得人物形象的塑造效果。如廣百宋齋本《續小五義》中的襄陽王（圖 14）和寶文堂本《大明正德皇遊江南傳》中甯王（圖 15），頭飾都有兩根雁翎，表示他們的侯王身份和作戰勇猛。文德堂刊《海公小紅袍全傳》中楊豹（圖 16）腰大膀粗，豐頤大口，目如朗星，佩劍，背插靠旗，是將軍形象。而寶文堂本《永慶升平》中八卦教徒侯起龍大花臉，背後插數把飛刀（圖 17），是奸人形象。總之，畫家和刻工依靠範本定式快速製作出圖像，多數讀者都擁有這種知識儲備，可以根據人物的服飾、臉譜等，大致判斷出他的身份地位和性格特點，推導出其人生結局，因而也是畫家的一種預敘手段。

圖 14

圖 15

圖 16　　　　　　　　　　　　　圖 17

　　然而，因為圖像含義比較晦澀，容易產生意義遊移，除非是大眾熟知的人物，如不借助文字，一般觀眾難以進入畫家的敘事語境，進而影響圖像的敘事效果，因此很多圖像會配上圖論、圖注、圖目等輔助性文字，對圖像的內容指向加以規制，並對圖像起到補充說明、渲染烘托的作用，明代沈灝《畫塵》中所謂「題與畫互為注腳」〔註20〕。後結構主義者所關注的現象是意義的不穩定性和多樣性及圖像的製作通過諸如加標籤或其他「圖像文本」方式來試圖控制這一多樣性，制止圖像意義的無止境流動〔註21〕。讀者通過人物像與圖論等互文，便能獲取更多的信息。如繪文堂刊《白圭志》劉忠圖論：「夢得白圭日，張宏惡滿時，一番無頭案，執法令人奇。」小說寫張宏見財起意，毒死兄弟張博，對外謊稱他無疾辭世，張博家人不察，反信任張宏，請他主持家事，張宏貪污而致富。後來福建巡撫劉忠，夜夢城隍神告知張博被害原由，才將張宏繩之以法。讚語向讀者預告了劉忠因夢勘破張宏謀殺案的故事。大連圖書館藏《鐵花仙史》中王儒珍肖圖論：「留春無計愁絕風雨人，歸吒利押衙，何處直待桂枝高折，得問藍橋仙路。」小說寫王悅之子王儒珍與蔡其志之女蔡若蘭在繈褓時就締結婚姻，但王儒珍父母去世後家道中落，蔡其志悔婚，欲將女兒改嫁夏元虛。陳秋麟便用李代桃僵之計，將蔡若蘭娶進家門保護起來，等儒珍考取功名時，讓他與若蘭完婚，後來有情人終成眷屬。這首贊詞，用沙吒利和古押衙的典故，暗示在王儒珍無力婚娶時，得到俠客的幫助，待金榜題名後，終於如願以償。圖論常用詩詞曲賦等韻語寫成，言短意賅，含義朦朧，因而可以製造出一種敘事張力，使讀者產生懸念，吊起他們的胃口，促其繼續進行探案

〔註20〕周積寅：《中國畫論輯要》，江蘇美術出版社，2005 年，第 557 頁。
〔註21〕參見〔英〕彼得·伯克：《圖像證史》，北京大學出版社，2008 年，第 252 頁。

式閱讀。有些人物畫題名也有這一作用，如上舉芥子園刊《混唐後傳》中人物畫題名，讀者串聯在一起，就是這部書的提綱，可以據此瞭解該書的故事梗概。芥子園《鏡花緣》中人物像除圖論外，還有人物簡介，補充了小說語言文本中沒有寫到的很多信息，使讀者對人物有了更充分的瞭解。

（二）故事圖

故事圖是選取小說中最精彩、最生動的故事情節視覺化，是小說內容的高度提煉和濃縮，因此，讀者通過這些圖像，可以瞭解小說中的主要故事情節。一般來說，章回小說每回出圖一至二幅，一般情況下都有圖目，有的取回目中的一句，有的是自撰。圖像主要用來展示對應文字所敘之內容，圖目既是對該回內容的概要，也是對插圖所繪內容的提示，是文本和圖像的中介。因而讀者根據該回的故事圖和圖目，就能預先知曉該回的主要內容和故事情節。但一幅畫是將一個時點從時間序列中分離出來，表現的是將瞬間變為永恆的效果，無法構成敘事，但每個瞬間的聯合就可以形成一個完整連貫的時間序列。最短的序列是一頁上下兩圖，中間用線條分開，分別繪製兩個故事情節，旁邊有圖目，可視為一種圖像並置手法。把原本在不同時間點上發生的事件放置在同一張畫幅上，將系列互有關聯的圖像連綴起來，變成「圖像鏈」，又能使凝固的時間流動起來，借助讀者的想像，較為完整地展演文本故事。而圖目、圖論等又可以錨定圖像意蘊，引導讀者在理解作品的過程中不致脫軌。如清初刊本《今古奇觀》中的插圖，第五卷《杜十娘怒沉百寶箱》上圖描繪李甲結識杜十娘的情節（圖18），下圖是杜十娘怒沉百寶箱。畫家抓住杜十娘生命中的兩個重要節點進行圖繪，以最簡潔的方式展現杜十娘的悲劇人生。第二十三卷《蔣興哥重會珍珠衫》（圖19）上圖描繪的是王三巧在門前懸望，盼望丈夫回家的情景，下圖描繪的則是蔣興哥與妻子團圓的畫面，這兩幅圖組合在一起，就形成了故事的深層演變邏輯，即正因為蔣興哥夫妻彼此有愛，後來團圓才顯得順理成章。而天德堂刊《武穆精忠傳》一葉繪製兩回中的兩個故事場景（圖20），每葉圖旁題寫回目中的一句，使得故事更有連貫性。更多的故事圖可以次第綴成「圖像鏈」，就像影視劇一樣，實現圖像空間化和敘事時間性的完美結合，構成一個具有完整故事序列的「圖像小說」。如果把圖目連接起來，就是這部小說的故事提要，如明刊本《皇明中興聖烈傳》正文前故事圖圖目有：魏進忠開賭場、魏進忠嫖蕭靈群、忠賢客氏設逆謀、崔呈秀賣官收賄、士民私祝楊漣生還、械系忠良入獄、扭魏忠賢至阜城店、聖天子覃恩回訖、忠良啟用佐聖明。

天許齋《新平妖傳》正文前故事圖圖目是：處女下山、猿神布霧、太醫辨脈、則天幽遇、聖姑認弟、楊春點金、張鸞遇永兒、關聖斬狐、左瘸闡法、永兒傳法、胡洪窺術、于吉獻鼎、任吳受法、太尉舍錢、七聖續頭、王則買軍、處女闡劍、三遂平妖、潞公奏凱。清白堂刊《大宋中興通俗演義》、內閣文庫本《剿闖小說》、清初寫刻本《七曜平妖傳》、嘉慶本《雷峰塔傳奇》等皆如此。讀者在圖目的引導下，能在想像中使靜止的圖像活動起來，從而較為完整地勾畫出整部書的內容。

王朝聞先生在談到「連續畫」的創作時指出：連續畫之連續性形成，主要是依靠畫頁與畫頁之間，在情節上的呼應。每一幅當然應該有承上啟下、一波末平一波又起的錯綜複雜的戲劇性，「也正如章回小說那樣，一方面，它要集中地敘述事件的某一環節，一方面，它又要在解決了一個小矛盾時，和新的矛盾交叉；在『要知後事如何且聽下回分解』之前，預示事件的未來。」〔註22〕這樣就對讀者產生非看下去不可的吸引力，就像章回小說「強迫」你再聽下回分解。如李甲因貪色而梳攏杜十娘，王三巧對蔣興哥的記掛等，都預示著後面的結局，「圖像小說」的前後幅畫之間的關係更是如此，環環緊扣，前一幅畫的情節又預伏了後一幅或後面畫的情節。

圖18　　　　　　圖19　　　　　　圖20

有些故事圖還配有圖論，常集名家詩句為之，如人瑞堂刊《隋煬帝豔史》四十幅插圖的詩句大部分選自唐詩，其內容是對圖中場景或事件的呼應。第一回寫隋文帝帶酒幸宮妃，借王昌齡詩「火照西宮知夜飲，分明複道奉恩時」以諷刺；第四十回司寫宇文化及縊死隋煬帝、誅殺朝臣後，又被竇建德所殺。後

〔註22〕王朝聞：《連續畫的連續性》，簡平編《王朝聞集》第1卷，河北教育出版社，1998年，第201～202頁。

來李世民提兵至江都，見迷樓繁華奢侈，遂命焚之，火經月不息，集唐人句「壯麗一朝盡，繁華千載空」抒發感歎。這類圖論是一種批評方式，對人物或事件進行評論，與各種紋飾一起營造出詩情畫意的氛圍，書寫字體又富有藝術性，增加了美觀效果，不但給讀者提供某些文本信息，而且把他們帶進一種複雜的美學體驗中。

三、前置插圖中副圖的文學意義

　　從清初開始，有的人物像或故事圖還增添了一幅副圖，對於副圖的作用，有學者認為「除作為點綴之用，與插圖應有的功能毫不相干」〔註23〕。其實，主圖與小說內容的關係比較顯豁，而副圖雖擺脫了對故事文本的依賴，形式比較自由，但與主圖和小說文本仍有比較隱晦的關係，具有隱喻、象徵等藝術功能，對拓展故事情節發展，完善人物形象塑造，深化小說的思想內涵等具有重要作用。

　　前文已論及，主副圖有兩種組合方式，有的副圖中有圖論等文字，或只題署器物名，有的沒有任何文字。副圖主要有以下幾種作用：

　　第一，副圖與主圖互文，意思相同，就像繪畫皴染法，副圖使主圖的意思更為突出和明瞭。如崇禎刊本《七十二朝人物演義》中的插圖，其中卷五《孔文何以謂之文也》（圖21）寫孔文設法為女兒孔姞擇婿，他看中了風流瀟灑、位高權重的太叔疾，無奈他已娶兩妻，孔文子設法使他出了結髮之妻，娶了孔姞。主圖繪太叔疾與孔姞拜堂成親的場景，副圖是一隻合巹杯，表示兩人終結連理。

圖21

〔註23〕元鵬飛：《論明清的戲曲刊本插圖》，《雁北師範學院學報》2007 年第 3 期。

　　消閒居本《十二樓・合影樓》敘管提舉、屠觀察二人比鄰而居，但心性各別，互不來往，院中築起高牆將兩家隔開。屠觀察兒子珍生，管提舉之女玉娟，從水面窺見對方影子，互生愛慕。兩人隔牆對話，荷葉傳情，經過一番曲折，終成眷屬。副圖是一個同心結，上面題詩兩首。大連圖書館藏《麟兒報》寫退居林下的幸尚書，偶然發現賣豆腐的廉小村之子廉清聰明過人，賞識之餘將女兒許配于他，但幸夫人嫌門不當戶不對，欲將女兒改聘戶部主事之子貝錦。幸小姐堅決不同意，便女扮男裝出逃，被禦史毛羽收留，毛羽誤以為幸小姐是男子，很欣賞她的才華，欲招她為婿。副圖繪一隻蜂正在采蜜，上面又有一隻蝴蝶（圖22），比喻幸小姐已許配給廉清，但又有貝錦和毛小姐等追求者。後來毛羽假意要幸小姐和女兒和詩，以考核「幸公子」的才學，結果幸小姐和毛小姐看完彼此作品，惺惺相惜，「做了文字相知，妳貪我愛」，幸小姐與毛小姐成親時，真相大白，同歸廉清。副圖繪兩隻雌鴛鴦，交嘴相親（圖23），比喻幸小姐和毛小姐兩人的關係。

圖 22　　　　　　　　　　　　　　　　　圖 23

　　第二，副圖是主圖故事的延伸。如筆耕山房本《宜春香質》月集講溫陵才子鈕俊「進入男國，高中狀元，後被立為皇后。但又歷經磨難，最終遇佛，為其去除六欲，被送入烈火輪中」。他驚醒後，方知是南柯一夢，遂棄家修道。主圖繪鈕俊夢中場景，副圖是一柄拂塵，並有圖論，謂鈕俊被一陣罡風吹入風火輪中而悟道成仙（圖24）。「拂塵」在這裡暗示鈕俊遁入空門的結局。又如《麟兒報》寫廉小村夫妻年至半百而未生育，後因施捨化為乞丐的葛仙翁，受葛仙翁指點，選了一塊風水寶地葬母，其後廉妻忽懷孕，生下廉清。副圖是一

個吐氣的蠶（圖25），蠶即蛤蜊，該回題目首句雲「陰功獲報老蚌生珠」，副圖不但坐實「老蚌生珠」這個比喻，還預示廉清將來卓犖不凡。當然，也有個別主圖與副圖時序顛倒的情況，如《七十二朝人物演義》卷四十《若太公望》，主圖繪西伯迎接姜子牙進府中的場景，副畫則是子牙在磻溪釣魚用的綸竿和蓑笠，兩幅畫形成鮮明對比，闡釋子牙命運發跡變泰的情節轉折，但在時間上，副圖應在前。

圖24

圖25

　　第三，進一步豐富人物的形象。芥子園本《鏡花緣》都是博古圖，契合小說炫才博物的總體風格。如麻姑像（圖26），主圖麻姑左手持花，眼睛注視著花朵。圖中有麻姑姓氏、事蹟及「秉性敦睦，為人排難解紛，大能和事」的性格特點的介紹。副圖是一個酒罈，上面寫著四句詩，「爪長搔背癢，口苦破情癡」見《神仙傳》，寫麻姑降蔡經家，蔡經見其長爪，心想若能用之搔背就好，王遠立即知道他的內心想法，以鞭抽打蔡經。酒罈罈蓋處插一拂塵，暗示麻姑「破情癡」度人的神仙身份，因為世上有名目繁多的麻姑酒品牌，因而酒罈也可以作為麻姑的象徵。這樣就進一步補充了小說中沒有寫到的一些內容，完善了麻姑的形象。在這類插圖中，主圖與副圖及配置的圖論、圖注、器具、圖章等各種元素渾然一體，相得益彰，彼此互釋、互補，進一步豐富了敘事文本的意蘊，使人物形象更為豐滿，也使讀者獲得了更多的文本信息。

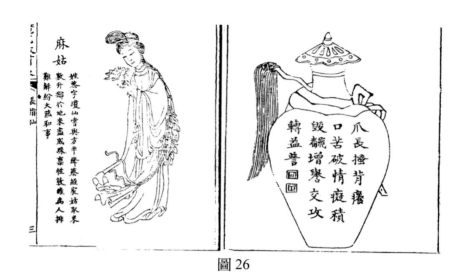

圖 26

　　畫家通過副圖的象徵、隱喻功能，刻畫人物的性格特點，描摹其內心世界。如名山聚刊本《女開科傳》寫余夢白等仿朝廷科舉儀節，邀眾妓入場試詩，分別授予狀元、榜眼、探花等名。「大光頭棍」柳貌猍告發他謀反，察院發兵包圍妓院拿人，余夢白等三才子聞風逃走，三名妓女被逼跳水，各得救，後分別與意中人團聚。主圖繪官兵搜查妓院情景，副圖則繪一枝古梅，上面一隻飛翔的老鷹，有欲啄花之勢（圖 27），象徵惡棍對妓女的摧殘。消閒居本《十二樓·歸正樓》寫騙子貝去戎騙得財物，隨手撒漫，贈與妓女等，那些嫖過的妓女都思念他。貝去戎有次去南京風月場中，遇見曾經資助過的妓女蘇一娘。蘇一娘原是蘇州城內一個隱名接客的私窠子，只因丈夫好賭，把家產蕩盡，逼她接客。貝去戎贈以數百金，叫她自此好好過日子。誰想丈夫得了銀子，不久又賭得精光，竟把她賣入娼門，貝去戎見了這些光景，不勝淒惻，設法為她贖身，蘇一娘出家修行，貝去戎自此也改邪歸正。副圖是一個瓶子，瓶口周圍有許多裂紋（圖 28）。瓶的下面寫有圖論，大意是說妓女一般善於表演，但蘇一娘不同，他見到貝去戎時留下的是「滴出自心頭」的真情之淚。「瓶」暗喻妓女之心難測，「裂紋」則象喻蘇一娘再見到貝去戎時的心情。

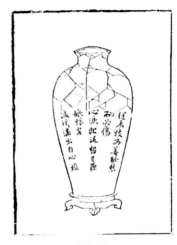

圖 27　　　　　　　　　　　　　　　圖 28

又如順治刊本《平山冷燕》第四回寫皇上在玉尺樓考校夏之忠、蔔其通和山黛等六人詩文，十歲的女孩山黛力壓群儒奪冠。主圖分兩部分，以樹木自然隔開，上面繪比試情景，下面只見一人騎馬飛奔，可能是信使，因為之前竇國一參奏山黛父親造假，故有皇帝親自考核一事，導致山府上下都很緊張，急切想知道比試消息。副圖繪製蘭花（圖 29），而這種象徵關係在文中曾暗示過，如描繪山黛「生得美如珠玉，秀若芝蘭，潔如冰雪，淡若煙雲」。在考較詩文之前，又先考較過書法，首先就是真書《猗蘭操》。在這裡，繪者顯然是用蘭花象喻山黛，讚美她一枝獨秀和高潔的情操，以物喻人和品人。

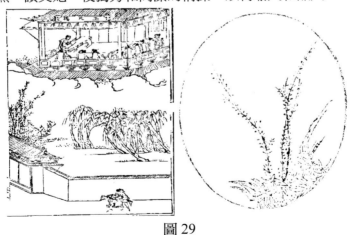

圖 29

康熙刊本《玉嬌梨》第三回寫楊禦史為兒子向太常正卿白玄求親被拒而懷恨在心，遂向朝廷舉薦白玄為使節，去虜庭迎回太上皇。此去路途遙遠，生死

未卜，白玄只有獨女紅玉，他擔心自己走後，弱女遭人毒手，於是將女兒託付給好友吳翰林，囑他擇一佳婿報命。主圖繪白玄與女兒淚別、吳翰林在一旁勸解的場景，副圖是一叢含苞欲放的茶花（圖30）。茶花又名曼陀羅花，是佛教中的吉祥花，既象徵白紅玉，又帶有吉祥如意的美好祝願。第十七回、第二十回等回的副圖都是竹子，分別象徵蘇友白的品格及對他們夫妻生活節節高的美好祝願。

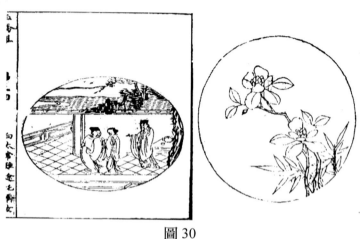

圖30

第四，副圖還有調侃、諷刺等作用。如蝴蝶樓刻本《警貴新書》寫寡婦張鳳姐與嫂子陳氏，與曾任戶部主事的葉蔭芝私通苟合。主圖是姑嫂兩人合像，副圖是兩顆熟桃，圖上寫著「也難親上加親了」評語。因為桃具有性暗示的功能，畫家以之象喻張鳳姐姑嫂兩人與葉蔭芝的不正當關係，諷刺她們的關係上已「親上加親」。葉蔭芝主僕像的副圖則是幾枝荷花，一枝最高的荷葉上寫著「戶部銜頭誰不羨」，下面一枝矮小的荷葉上，有只向上仰望的烏龜。荷葉暗示葉蔭芝雖地位顯赫，但不久就會枯萎；烏龜則象徵那些羨慕他的人。

第五，進一步深化小說的主題思想，這以崇禎本《西遊補》中的副圖最為典型。而且與上述小說不同，《西遊補》中的副圖青竹帚、寶鏡、驅山鐸、綠玉等物件，都是小說中曾提及的，皆具有象徵性的寫意功能。趙紅娟教授已注意到「青竹帚」就是「情竹帚」，寓意「掃情悟道」；紅線象徵「情絲」，行者被紅線所縛，意味著被情魔所困〔註24〕。此說甚是，很多副圖都表現出濃郁的佛道色彩，如「青竹帚」有36根齒，道教認為竹是感北斗星精所生，其結構

<hr>

〔註24〕 參見趙紅娟：《〈西遊補〉十六幅插圖的寓意與特徵》，《明清小說研究》2020年第2期。

「合於道」，因而道士常模仿竹的生理機制進行修煉。佛道都崇拜鏡子，道教是驅邪靈物，佛教象徵虛空，夢與鏡，乃是一種虛幻之感，是心與情的投影，如劉伯欽所說「你在別人世界裡，我在你的世界裡」。悟空歷經迷惑和掙扎，終得虛空主人點醒，殺死鯖魚，重回本我。作者以此表現世間一切不過是鏡中幻象，萬物皆空。所以，副圖中的青竹帚、寶鏡、驅山鐸都是幻像。小說末尾寫行者被狂風吹入舊時山路，回到唐僧身邊，只見鯖魚精正在誘惑唐僧，悟空將它打殺，然後去化飯，忽見桃花畔有一人家，靜舍中間坐著一個師長，聚幾個學徒，在那裡講書，正講著一句「範圍天地而不過」，至此全書結束。插圖主圖繪虛空主人喚醒欲開打的悟空，副圖是一冊簡書，與師長的講解呼應，意謂世間萬事皆入漁樵閒話（圖 31）。因而在《西遊補》中，副圖主要起抉發小說思想寓意的作用。

圖 31

　　當然，還有一些純粹起裝飾作用的副圖。總之，主圖是寫實性的，繪製的是文本中的故事情節；副圖是抒情性的，產生一種詩意的美感。主圖與副圖的關係與一般的「語—圖」關係不同，是「圖—圖」互文。副圖通過花草木石等傳遞寓意，這些物體的隱喻性，拓寬了意義邊際，圖形的多樣化又增加了趣味性。在讀圖時，讀者的想像力和內在的情感即刻被激發，從而進入更為開闊高遠的詩意化空間。按照索緒爾的說法，隱喻一般是「聯想式的」，它探討語言的「垂直」關係；而轉喻從本質上講一般是「橫向組合的」，它探討語言的「平面的」關係〔註25〕。羅鋼也指出：

〔註25〕參見〔法〕特倫斯・霍克斯：《結構主義和符號學》，瞿鐵鵬譯，上海譯文出版社，1987 年，第 77 頁。

隱喻，就其本質而言，是詩性的，因此一部敘事作品可以通過隱喻來豐富、擴大、深化文本的詩意內涵，從某種意義上說，作品是作者從時間中贏取的空間，隱喻是在垂直軸，也就是選擇軸和聯想軸上發生，選擇軸實際上也就是空間軸，被選擇出來的字詞佔據了某一特定空間，而它的存在，又暗指著那些與其相似但未被選擇的不存在，這種暗指激發讀者的聯想，引導他去搜尋，捕捉隱藏在意象裡的種種言外之意，韻外之致，於是在無形中便大大豐富了作品的意蘊。〔註26〕

這樣，在圖像營構的隱喻世界中，小說插圖本實現了時空延展和深度敘事，意蘊更加豐富，文本得到增殖，進而深化讀者對文本的理解。

四、正文前插圖與閱讀路徑的變化

近代蔣吟秋在《小說之良友》一文中談其個人拿到小說道：

> 必先觀封面及插圖，次觀目錄，又次觀編輯余談、編輯瑣言或編輯室燈下等等，又次觀小品補白，又次觀雜作，又次觀短篇，末乃及長篇。〔註27〕

顯然，這只是他按照常理描述的閱讀順序，事實可能遠比他想像的複雜。因為歷史上只有很少讀者留下他們的文字閱讀經驗，大部分讀者的閱讀行為我們都無從知曉。所以，圖像置於小說正文前如何影響讀者的閱讀路徑，我們目前只能靠「合理想像」，大概不外乎這麼幾種情況：第一，有些追求純粹視覺欣賞的讀者，或已經閱讀過語言文本的讀者，他們只把插圖當作藝術品欣賞，而不會閱讀語言文本；第二，不排除有人讀圖後，覺得已經接收到了足夠的文本信息，不願再繼續進行文本閱讀；第三，一些讀者在圖像預敘信息的「誘惑」下，繼續進行閱讀，並在閱讀過程中反復進行文圖融合，形成跨媒介的「圖文環路」。我們討論的就是第三種情況。

上圖下文和圖嵌文中插圖本，因為「語—圖」處於同一頁面或前後頁的位置，讀圖導致語言文本停滯的時間非常短暫，讀者幾乎是同時接收「語—圖」信息。而圖像集中置於小說正文前，則使得圖像和文字不能同時觀看，讀者首先集中閱讀到的是圖像，這些圖像又集束了語言文本的重要信息，讀者一次性完成接收，不會導致語言文本閱讀的停頓。讀者獲取信息的多少，不但取決於

〔註26〕羅鋼：《敘事學導論》，雲南人民出版社，1994年，第14頁。
〔註27〕黃霖編：《歷代小說話》，鳳凰出版社，2018年，第13冊，第5257頁。

讀者個人資質，而且取決於圖像製作者或圖論等寫作者的技巧。精美的插圖會吸引讀者，促使他繼續下面的閱讀，並在閱讀過程中發揮導引作用。圖像表現得越是含蓄，就越會給讀者產生許多「不確定」和「意義空白」，圖像預敘製造懸念，使讀者心中產生強烈的好奇，從而激發他們的閱讀興趣和文學想像，讀者帶著迫切的心情，不由自主地進入語言文本世界，進行「深度閱讀」。

　　但是，無論是圖像還是圖論、圖注、圖目等不同文類，體現的都是他人對語言文本的理解，具有鮮明的個人色彩，因而對讀者來說，他閱讀圖像時接收的其實是經過圖像、圖論等不同作者處理過的文本第二手信息。而由於讀者的生活經驗和審美水平不同，對文本的理解也會各色各樣，千差萬別，所以，王朝聞先生曾指出小說插圖具有「相對獨立性」和「必要的從屬性」兩重屬性〔註28〕，即繪者不會亦步亦趨地直接照搬文本，而會根據自己的理解和意圖對文本進行創造，同時又必須服從文學原作，成為文學作品的輔助者，兩者相互依存。這樣，小說插圖融入了畫家本人的思想感情和閱讀體驗，可能與小說語言文本中的描寫有所出入，不僅會出現圖文契合，還會有圖略于文、圖溢于文，甚至圖文不符等情況。筆者這裡以正文前插圖為例，有時圖像的內涵比語言文字的表現更為豐富，如李卓吾評本《水滸傳》寫洪太尉「盤坡轉徑，攬葛攀藤」上山見張天師，歷經猛虎、大蛇驚嚇後，終於看見一個倒騎在黃牛上、橫吹鐵笛的道童，告訴他天師已乘鶴駕雲去了東京。太尉尋舊路下山後，龍虎山道士告訴他那個牧童其實就是天師。該回插圖的右上角，天師坐在懸崖上打坐，他俯瞰人間，表示他無所不知，暗示牧童就是他的化身；圖像中部右邊是騎牛的牧童，最下面是正在問詢的洪太尉，兩人隔著一座橋（圖32）。圖像通過天師、牧童和洪太尉的位置以及山崖、溪橋等，表達了比文字描寫更為豐富的內涵，即道教的試煉主題和度人思想，天師以虎、蛇「試探太尉之心」，但洪太尉「有眼不識真師」，「河流」和「橋樑」在道教中是度化的象徵，洪太尉與道童隔橋而談，暗喻洪太尉沒有道緣，未能度化。有的則圖略于文，如《韓湘子全傳》第二回寫韓湘生下後日夜啼哭，聽到漁鼓聲才止哭，韓家請呂道人來看看，「鄭氏在屏風後面，抱孩兒遞將出來」，道人以手摩韓湘頂門，說了幾句話，孩兒即止哭。但此後韓湘「似癡呆懵懂，泥塑木雕的一般」，其父憂愁而亡。呂洞賓又化做算命先生，為湘子算命；接著，鐘離權又化作一個相面的先生，來為湘子看相。可見，按文字描寫，應該包含看病、算命和看相三個情節，圖像將

〔註28〕參見王朝聞：《適應與征服》，江西人民出版社，1983 年，第 139 頁。

這三個故事情節融於一圖，只見韓愈站在門口接待到來的呂、鐘，門內鄭氏正在往外窺視（圖33）。如果不看文字敘述，讀者會產生圖像描述的是同一件事的錯覺。

圖 32　　　　　　　　　　　　　　　圖 33

　　有的則文圖不完全契合，如《鐘伯敬批評水滸傳》第十二回插圖，左圖繪在天漢州橋上，牛二正做出搶奪寶刀的動作，楊志躲避，橋下和樓上有三人正在看熱鬧（圖34）。但按小說中所寫，牛二出現後，兩邊的人都跑入河下巷內躲避，樓上沒有看客，是楊志殺死牛兒後，叫來坊隅眾人一起去官府自首。插圖作者顯然對語言文本進行了改造。右邊圖論詠「汴京城楊志賣刀」，進一步說明楊志因盤纏用盡，事急無措，不得不賣掉祖傳寶刀，這是圖像所難以表達的，「言不盡意」和「立象以盡意」形成互補互動之勢。

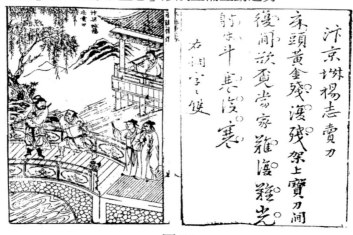

圖 34

　　小說的文圖關係學界已有精彩的論述，在此不贅述。總之，這樣就決定了讀者不可能渾淪吞棗將圖像、圖論等作者提供的信息照單全收，法國當代歷史學家米歇爾·德·塞托認為，一個文本，或顯或晦，總是想向自己的受眾傳達一些意圖，但讀者可能的閱讀反應卻千姿百態，這樣就形成了一種張力。對於一個文本，有受容和認同，就一定有調整和偏離，甚至抗拒。〔註29〕讀者在接收第二手信息時，也不會是完全被動的，他會通過相術、臉譜等文本外在互文及「圖—論」「圖—注」「圖—目」和「圖—圖」之間的文本內在互文，進行綜合判斷，預先獲得有關語言文本中的一些信息。特別是後來閱讀語言文字時，發現圖文不符後，又可能會重新反復比對。這樣就改變了讀者的審美發生路徑，由原來的從文字到圖像改變為從圖像到文字、再從文字到圖像之間反復來回轉換的閱讀，即周憲先生所指出的「從文字到圖像，再從圖像到文字，來回的轉換把閱讀理解轉換成視覺直觀。」〔註30〕趙憲章先生對此闡述甚詳：

> 　　相對文字文本的閱讀而言，插圖被首先看到、被首先玩味屬於視覺優先性使然，從而影響甚或牽制受眾生成怎樣的閱讀心象；閱讀之後往往又有插圖的回想、回看與回味。於是，小說敘事的閱讀理解過程，同時也就是插圖被觀看與其「回想」「回看」與「回味」的過程。這一過程當然是可逆的、反復的、互文與互滲的，特別是對於那些深沉而「耐讀」的作品而言。〔註31〕

　　當讀者看到與正文前圖像對應的敘事片段時，會喚醒和激活原先的讀圖記憶，早先讀圖形成的文本圖式與現在語言文本閱讀產生的體驗互相激蕩，讀者可能會強化或修正原先形成的讀圖體驗，在多層次互文、往復回旋之後，最終重構自己的文本圖式，形成自己的閱讀體驗。這樣，對那些尤其是「耐讀」的小說作品而言，閱讀就變成一個複雜的過程。所以，讀者在閱讀之初，就通過圖像預知和面對著未來將要發生的事件，又在接下的語言文本閱讀時、或未來事件真正到來時，通過「語—圖」頻繁轉換之間，重溫這一人物或事件，反復品味和深思小說的藝術魅力。在圖像、圖論、圖注、語言文本等多個作者中，及其與文本的多重相互指涉中，不斷印證，「協同生產」，從而增加了小說敘事的內涵和魅力，深化讀者對小說的理解和思考，促使簡單的信息接收昇華為審美活動，「從文字

〔註29〕轉引自戴聯斌：《從書籍史到閱讀史》，新星出版社，2017年，第156頁。
〔註30〕周憲：《「讀圖時代」的圖文「戰爭」》，《文學評論》2005年第6期。
〔註31〕趙憲章：《小說插圖與圖像敘事》，《文藝理論研究》2018年第1期。

到圖像，再從圖像到文字，如此曲折往還，或許還能撞擊出些許有意思的『思想火花』」〔註32〕。這裡也可借用伊瑟爾的閱讀「遊移視點」概念來進行解釋〔註33〕，讀者在圖像、圖注、圖論、語言文本等多個不同視點間移動，這種遊移既有正向前行的，也有反向後移的。在每個視點上都會形成對文本的一定認識，同時又形成對文本新的期待。隨著閱讀過程的推進，來自於上一個視點的記憶會作為背景複現於新的視點閱讀中。這樣，「過去」「未來」在遊移視點不斷轉換視角的過程中交替呼應，以此確保新舊視野在閱讀中保持鮮明的連貫性特徵。若發現對文本的新認識與先前的舊認識存在抵牾，讀者就可能修正、甚至顛覆原先的認識，轉而形成一種新的觀念。這樣，曾經的視點影響、制約著新視點的形成，而新視點又是對之前視點的補充和修正。每一閱讀瞬間都是延伸與記憶的辯證運動，並且與過去（正在不斷消退的）視野一道構成或喚起一個未來視野，讀者在想像的回溯考察中不斷地「滾雪球式」地彙聚形成對文本的總體意義，最終形成自己的閱讀體驗，實現審美超越，生成作品的意義。

結論

書籍是歷史文化的產物，其製作、流傳和使用都隱約體現了社會、政治、文化背景和變遷。受制于印刷技術，宋元話本的插圖較為簡率，主要起閱讀輔助作用。至萬歷時，由於印刷技術的進步，圖像製作越來越精美，加上李贄、袁宏道等文人的大力提倡，通俗小說的地位得到大幅提高，讀者群體發生了變化，部分文人士大夫也參與其中。日本學者磯部彰《明末〈西遊記〉主體性受眾的相關研究——論明代「古典白話小說」的讀者層》以及《論讀書人對〈西遊記〉的接受——論它與明代後期各文藝的關係》兩篇文章，收集了當時上層知識分子閱讀《西遊記》的有關資料。從《金瓶梅》早期傳播來看，讀者中也有很多名士。因而書坊主不得不改變書籍製作策略，迎合讀者趣味的變化。葉德輝在《書林清話》中，就提到《隋煬豔史》《水滸傳》《隋唐演義》《三國志演義》等小說的插圖乃「名手所繪，鐫工絕等」〔註34〕。這些插圖作為繪畫藝術，可供文人把玩，美術欣賞的因素超過了圖文關係，正如《隋煬帝豔史·凡例》

〔註32〕陳平原：《看圖說話》，三聯書店 2003 年，第 11 頁。
〔註33〕參見〔德〕沃爾夫岡·伊瑟爾：《閱讀活動——審美反應理論》，金元浦、周寧譯，中國社會科學出版社，1991 年，第 141 頁。
〔註34〕參見葉德輝：《書林清話》卷八《繪圖書籍不始于宋人》，中華書局，1999 年，第 218 頁。

所言：「一展卷，而奇情豔態勃勃如生，不啻顧虎頭、吳道子之對面，豈非詞家韻事、案頭珍賞哉！」〔註35〕當然，圖像前置的形成或許非止一端，也不能排除為裝訂簡便等原因。然而，也並非如一些學者所說，出版商完全是為迎合文人士大夫「案頭珍賞」之趣而將圖置於正文前，這樣做獲利有限，還不如單獨出版小說畫冊。筆者認為，小說正文前插圖兼顧了文人和識字不多的人的興趣和經濟狀況，所以才廣受社會各階層的歡迎。井上進《中國出版文化史》第十五章詳細調查了書籍的價格，標示出每冊、每百頁的價格，得出結論說，明末書籍的價格較之以前特別低廉〔註36〕。這樣，就使得下層百姓也有條件購買。

其次，從小說發展而言，明末以後小說創作逐漸文人化，其結果是，書寫方式由原來重視故事性轉變為以人物形象刻畫為主，如《儒林外史》《紅樓夢》等小說的故事性都不強，《聊齋志異》中還有性格性小說、散文小說等，所以程國賦先生指出：「明代通俗小說插圖從全像到繡像的轉變體現出小說插圖功能的轉換，即由配合小說文字閱讀、增強對情節的理解發展到注重刻畫人物言行、性格，從此可以看出，明代通俗小說創作觀念的變化以及通俗小說創作的成熟，即由敘述故事為主過渡到重視人物，由刻意於情節性的描繪到注重意韻和境界，講求詩畫結合。」〔註37〕

圖像與正文分離，使得小說分成兩個相對既獨立又有內在關聯的敘事部分，改變了讀者與文本、讀者與作者之間的互動模式。正文前置圖像與論、注、目等形成多層次、多向度的互文網絡，不但或多或少透露出某些文本信息，而且構建了一種閱讀懸念，激發讀者持續閱讀的興趣。讀者通過這些圖像，可以對文中將要發生的故事有個大致的瞭解，並帶著興趣繼續閱讀，從而促使讀者由圖像等作者傳輸的「二手信息」的接收過渡到由語言文本作者傳輸的「一手信息」的承接；而當讀者翻至卷前回看圖像，與語言文本反復比對，印證、強化或修改、重構先前的閱讀圖式時，便最終使「二手信息」和「一手信息」的融合，完成審美昇華，在跨媒介圖文環路對話和多層級往復回旋互文閱讀中，真正臻於「參互成文，含而見文」的境界，深化對文本的理解，延展了藝術欣賞空間，共生一種時空融合的審美效應。這一課題對研究古代小說的藝術特點、古代小說的文本建構和閱讀史都具有重要意義。

〔註35〕《豔史凡例》，《隋煬帝豔史》，《古本小說集成》第三輯，第 69 冊，第 6 頁。
〔註36〕參見〔日〕大木康：《明清江南的出版文化》，周保雄譯，上海古籍出版社 2014 年版，第 47 頁。
〔註37〕程國賦：《論明代通俗小說插圖的功用》，《文學評論》2009 年第 3 期。

附錄三　存思・神思・臥遊：道教修習技術與藝術審美的會通轉化

　　存思，又叫存想、存神，是一種獨特的宗教體驗，以冥想或幻覺的主觀形式發生。司馬承禎《天隱子》釋云：「存，謂存我之神；想，謂想我之身。」〔註1〕謂道士修煉時集中意念，觀想體內外諸神，以與神明溝通，得授真道而成仙。修行者的意念穿透一切時空障礙，通過感官「看」世界，使不可見之物可視化或可見之物內視化，「積精所感，萬物盡應」，〔註2〕腦海浮現所謂「內景」，梁丘子釋云：「景者，象也。外象論即日月星辰雲霞之象，內象論即血肉筋骨藏府之象也。」〔註3〕顯然，這是一種精神活動，米歇爾稱之為「精神圖像」，乃一種特殊圖像。〔註4〕存思術早在漢代就已流行。〔註5〕在《太平經》中就記有懸像存思之法，如卷十八至三十四中說：「使空室內傍無人，畫像隨其藏色，與四時氣相應，懸之窗光之中而思之。上有藏像，下有十鄉，臥即念以近懸像，思之不止，五藏神能報二十四時氣，五行神且來救助之，萬疾皆愈。」〔註6〕道教認為，人體內各種臟器皆有神守護，但這

〔註1〕張繼禹：《中華道藏》第26冊，華夏出版社，2010年，第36頁。

〔註2〕陶弘景原著、（日）吉川忠夫、麥穀邦夫校注：《真誥校注》卷二，朱越利譯，中國社會科學出版社，2006年，第49頁。

〔註3〕張君房：《雲笈七籤》，蔣力生校注，華夏出版社，1996年，第197頁。

〔註4〕〔美〕米歇爾：《圖像何求？——形象的生命與愛》，陳永國、高焱譯，北京大學出版社，2018年，第12頁。

〔註5〕參見姜生、馮渝傑：《漢畫所見存思術考——兼論〈老子中經〉對漢畫的文本化繼承》，《復旦學報》2015年第2期，12～21頁。

〔註6〕羅熾：《太平經注譯》，西南師範大學出版社，1996年，第27頁。

些神喜歡外出遊玩，若不及時回歸，會對人體造成傷害。因此，按四時之節氣，將不同的神像懸掛于窗邊，人臥而存想諸神，諸神回歸，人所患疾病即霍然而愈。存思初階從面對圖像、熟記容貌入手，要求圖像製作質量上乘，《老君存思圖十八篇並敘》云：「妙相不可具圖，應感變化無定。無定之定，定在心得；心得有由，由階漸悟；悟發之初，先睹玉貌。」〔註7〕修習到一定程度後，便可擺脫圖像，只要心存默想，眼前聖真便「仿佛有形」，久之愈加清晰，「存思分明，令如對顏」。〔註8〕

　　創於東晉中期之上清派，集道教存思之大成，其存思手段有二：一是誦經。如上清派奉之為「仙道之至經」的《上清大洞真經》，以歌訣形式敘述存神之法，道徒依次誦讀，每日存思一神，神靈就會相繼降臨其身中各「戶」，即身體的某一部位。人身得諸神鎮守，即可「開生門」、「塞死戶」，飛升成仙。二是入靜。上清派把入靜息慮看作是存思的前提，所以主張存思時密處靜室，摒除雜念，身心澄明。有時借助燃香、服藥、念咒等輔助手段，使存思者儘快進入迷幻狀態，眼前仿佛出現平時常想影像，「這種幻影的出現並不是雜亂無序的，而是受某種潛在的欲望支配的，人們儘管不能有意識地去把握它，指揮它，但它始終表現著人們意識深層所蘊積的動機與欲念。一個誠篤地相信道教又天天幻想掙脫生理與物理世界的鎖鏈，盼望長生羽化的人，在長時間的苦苦想像下，這種幻覺很可能就在他『存想思神』時不期而至。」〔註9〕

　　存想體現出道教的宇宙結構觀，即人身與天地對應同構。《呂氏春秋》云：「天地萬物，一人之身也，此之謂大同。」〔註10〕《抱樸子內篇》又云：「一人之身，一國之象也，胸腹之位，猶宮室也。四肢之列，猶郊境也。骨節之分，猶百官也。神猶君也，血猶臣也，氣猶民也。」〔註11〕《太上靈寶五符序》云：「人一身形，包含天地，日月北斗，璿璣玉衡，五嶽四瀆，山川河海……竹木百草，無所不法也。」〔註12〕存思內景並不僅止於身體內部的洞徹朗照，更需要與整個外在大宇宙產生同質性聯結，進而與自然天道同化，才能成真成神，

〔註7〕張君房：《雲笈七籤》，蔣力生校注，華夏出版社，1996年，第246～247頁。
〔註8〕張君房：《雲笈七籤》，蔣力生校注，華夏出版社，1996年，第260頁。
〔註9〕葛兆光：《想像力的世界——道教與唐代文學》，現代出版社，1990年，第140頁。
〔註10〕呂不韋：《呂氏春秋集釋》，許維遹集釋，中華書局，2009年，第283頁。
〔註11〕葛洪：《抱樸子內篇校釋》卷十三，王明校釋，中華書局，1985年，第326頁。
〔註12〕《道藏》第6冊，文物出版社、上海：上海書店、天津：天津古籍出版社，1988年，第321頁。

因而這些內景圖像「混合了真實與想像、具象與抽象」，〔註13〕從而形成一整套隱喻式的圖像語法，通過符號或形象的組合製造視覺效果並傳遞思想理念，如宇宙的最高處大羅天是玉京山所在地，那裡有元始天尊的宮殿，與人的頭部對應。道經中的人鳥山是人間仙境的象徵，南朝道經《玄覽人鳥山經圖》中說人鳥山名稱很多，「總號玄覽」。這些山「有人之象，有鳥之形，峰巖峻極，不可勝言。……玄達之思，閉目見之，周覽既畢，行之有征。妙氣既降，肉身能飛，久煉得妙，肉去妙充。其翔似鳥，山遊三界之外，其神真人，入宴三清之中。」〔註14〕即謂修煉成功後，人就能像鳥那樣翱翔，飛入仙界。宋代內丹經典《修真太極混元圖》中《海中三島十洲之圖》，將仙島繪製成人體內臟的形式，圖中上方分別是上、中、下三島，下面是紫府，最下是「塵世福地」，皆以一條蜿蜒的線條連接。塵世「如人之腹，福孽因果，如人造化五行，止得安樂長生而已。三島如人肘後三關，棄穀升仙，非五行之效，當飛金晶，先補泥丸，髓實骨健，自可升騰。」〔註15〕三島是人體內氣脈循環的三個重要關卡。「紫府」是煉氣成神、棄穀升仙後到達的第一站。道教同樣將洞天福地看成是與人體一樣的有機體，大地裡的洞穴如人體內氣脈，相互貫通。六朝時期《紫陽真人內傳》云：「真人曰：天無謂之空，山無謂之洞，人無謂之房也。山腹中空虛，是為洞庭；人頭中空虛，是為洞房。是以真人處天、處山、處人，入無間，以黍米容蓬萊山，包括六合，天地不能載焉。唯精思存真，守三宮，朝一神，勤苦念之，必見無英、白元、黃老在洞房焉，雲車羽蓋既來便成。真人先守三一，乃可遊遨名山，尋西眼洞房也，此要言矣。」〔註16〕通過「思」「遊」活動，體內小宇宙的腑臟器官與體外大宇宙的自然地理渾然混一。《抱樸子》中記鄭隱告訴他的學生葛洪自己存思守一時云：

　　吾聞之于先師曰：一在北極大淵之中，前有明堂，後有絳宮；巍巍華蓋，金樓穹隆；左罡右魁，激波揚空；玄芝被崖，朱草蒙瓏；白玉嵯峨，日月垂光；曆火過水，經玄涉黃；城闕交錯，帷帳琳琅；龍虎列衛，神人在傍。〔註17〕

〔註13〕〔美〕黃士珊：《圖寫真形：傳統中國的道教視覺文化》，祝逸雯譯，浙江大學出版社，2022 年，第 12 頁。
〔註14〕《道藏》第 6 冊，文物出版社、上海：上海書店、天津：天津古籍出版社，1988 年，第 696 頁。
〔註15〕張繼禹主編：《中華道藏》第 19 冊，華夏出版社，2010 年，第 727 頁。
〔註16〕《道藏》第 5 冊，文物出版社、上海：上海書店、天津：天津古籍出版社，1988 年，第 546 頁。
〔註17〕葛洪：《抱樸子內篇校釋》卷十三，王明校釋，中華書局，1985 年，第 324 頁。

　　這段文字包括了人物、山水、建築、草木、動物等，其實都是存思中的隱語，但像一幅壯麗的山水畫卷，給人以強烈的視覺衝擊力。大約東晉年間的上清經書《洞真太上紫度炎光神玄變經》中，存思的空間更為廣闊，它從東方近處的「山川城郭」，到九萬里之外的山川、草木、禽獸、胡老以及東嶽仙官。三年苦思後才能換到下一個方向，待「靜念存思天下四方萬里之外」，「山林草木、禽獸人民、玄夷羌胡、傖老異類，皆來朝拜己身」。〔註18〕

　　顯然，存思與文學想像極為相似，因而對古代文論和創作產生了巨大影響。劉勰《文心雕龍‧神思篇》描述文學想像道：「文之思也，其神遠矣。故寂然凝慮，思接千載；悄焉動容，視通萬里；吟詠之間，吐納珠玉之聲；眉睫之前，卷舒風雲之色；其思理之致乎！故思理為妙，神與物遊。神居胸臆，而志氣統其關鍵；物沿耳目，而辭令管其樞機。樞機方通，則物無隱貌；關鍵將塞，則神有遁心。是以陶鈞文思，貴在虛靜，疏瀹五藏，澡雪精神。」文末「贊曰」：「神用象通，情變所孕。物心貌求，心以理應。」〔註19〕強調文學構思時的「虛靜」狀態，「神與物遊」，「物無隱貌」，「疏瀹五藏，澡雪精神」，身心淨化，想像充盈，孕生妙文。陸機《文賦》中也說：「收視反聽，耽思傍訊。精騖八極，心游萬仞。」〔註20〕由此視之，魏晉六朝時期存思已由一種道教修煉方法內化為藝術思維。審美想像不受時空限制，也不受真實與虛象的束縛。由於道教天人同構的思維，存思又多採用臥姿，常用山水畫卷或存思所見多有山水圖景，這樣，又衍生出「臥遊」這個概念。它們涉及山水詩畫的創作、審美和遊賞等諸多問題，很值得進行深入研究。

一、創作活動

　　山水畫最初是作為神仙像的襯景而出現的，存思所用畫像和存思所見圖景，很多就是山水圖景，《道藏》中載錄的《大洞九天圖》《山水穴寶圖》《海中三島十洲之圖》等，就是形象化的山水圖，因此，中國古代山水畫與道教有密切的聯繫，後世山水畫作，特別是仙境圖，都或多或少受到道教觀念的影響，幾乎形成了一個模式。

〔註18〕《道藏》第18冊，文物出版社、上海：上海書店、天津：天津古籍出版社，1988年，第555頁。

〔註19〕劉勰：《增訂文心雕龍校注》卷六，黃叔琳注、李詳補注、楊明照校注拾遺，中華書局，2000年，第369～370頁。

〔註20〕陸機：《文賦譯注》，張懷瑾注，北京出版社，1984年，第22頁。

　　從舊署柳宗元《龍城集》中的記載考察，存思術至唐代已發展為一種法術。文中描寫開元六年八月望日夜，道士鴻都客「作術」，攜唐明皇飛入月中遊玩，見到廣寒宮中瓊樓玉宇和仙人，後「忽悟，若醉中夢回爾」。〔註21〕此事在唐鄭棨《開天傳信記》、盧肇《逸史》、宋王灼《碧雞漫志》卷三《異人錄》等書中皆有記載，只是道士名字不同。段成式《酉陽雜俎》卷二中的翟天師也擁有這一巫技，他「曾于江岸與弟子數十玩月，或曰：『此中竟何有？』翟笑曰：『可隨吾指觀。』弟子中兩人見月規半天，樓殿金闕滿焉。數息間，不復見。」清人王韜《淞濱瑣話》卷二《煨芋夢》寫居仲琦遇女仙，女仙臨別其一鏡曰：「子持此以照四大洲，纖悉畢見，大地山河，頃刻一轉，雖在一室，可作臥遊，此所以報也。」〔註22〕此也應是存思術之流亞。由此推知，藝術家和作家描述某地，不必親身到達，可借助存思，讓意念飛臨，所謂「思接千載」，「視通萬里」，然後眼前就會出現此地幻景。在中國繪畫和文學史上，不乏作者從未到過該地而創作出名作的例子，如東晉顧愷之曾畫有《雲臺山》，並撰有《畫雲臺山記》。今畫雖不存，但劄記保存在唐張彥遠的《歷代名畫記》中，由記可推知，畫的內容是張道陵在雲臺山「七度門人」的故事。雲臺山位於四川省蒼溪縣、閬中市之交界地帶，是道教二十四治之下八治第一，東晉時，四川先後出現成漢、譙蜀等政權，不在東晉版圖內，顧愷之沒有去過，他應是通過存思想象雲臺山而構擬。劄記中有云：

　　……夾岡乘其間而上，使勢蜿蜒如龍，因抱峰直頓而上。下作積岡，使望之蓬蓬然。凝而上，次複一峰，是石，東鄰向者峙嶠峰，西連西向之丹崖，下據絕澗。畫丹崖臨澗上，當使赫巇隆崇，畫險絕之勢。天師坐其上，合所坐石及蔭。宜澗中桃傍生石間。畫天師，瘦形而神氣遠，據澗指桃，回面謂弟子。……中段，東面丹砂絕□及蔭，當使巇□高驪，孤松植其上。對天師所壁以成澗，澗可甚相近，相近者，欲令雙壁之內，□愴澄清，神明之居，必有與立焉。可於次峰頭作一紫石亭立，以象左闕之夾高驪絕□，西通雲台以表路，路左闕峰，似岩為根，根下空絕，並諸石重勢，岩相承，以合臨東澗。其西石泉又見，乃因絕際作通岡，伏流潛降，小複東出，下澗為石

〔註21〕柳宗元：《河東先生龍城錄》，《叢書集成新編》第82冊「文學類」，新文豐出版公司，1985年，第59頁。
〔註22〕王韜：《淞濱瑣話》，《筆記小說大觀》第一編第三冊，新興書局有限公司，1986年，第1393頁。

瀨，淪沒於淵。所以一西一東而下者，欲使自然為圖。雲台西北二面，可一圖岡繞之。上為雙碣石，象左右闕。石上作狐遊生鳳，當婆娑體儀，羽秀而詳。軒尾翼以眺絕澗。後一段赤，當使釋弁如裂電，對雲台西風所臨壁以成澗，澗下有清流。其側壁外面，作一白虎，蹲石飲水，後為降勢而絕。〔註23〕

據《晉書》記載，顧愷之曾運用法術得到自己喜歡的女孩，〔註24〕其所著《啟蒙記》中又多記巫術故事，陳錚由此斷定顧愷之是精通「通靈術」的道徒。〔註25〕筆者認為是可信的，這可以幫助我們更好理解他繪製《雲臺山》的經過。

山水題材的文學創作與之同理，作者雖沒有親歷其地，但可借助想像，或以畫卷為道具進行創作。如東晉文人孫綽創作的《遊天臺山賦》，據《文選》五臣注云：「孫綽為永嘉太守，意將解印，以向幽寂。聞此山神秀，可以長往，因使圖其狀，遙為之賦。賦成，示友人范榮期。榮期曰：『此賦擲地，必為金聲也。』此山在會稽東南也。」〔註26〕可見孫綽沒到過天臺山，而是據圖而神遊，寫出了這篇名賦。《游天臺山賦》雲天台與方丈、蓬萊「皆玄聖之所遊化，靈仙之所窟宅。」其中云：

睹靈驗而遂阻，忽乎吾之將行。仍羽人於丹丘，尋不死之福庭。苟台嶺之可攀，亦何羨於層城？釋域中之常戀，暢超然之高情。被毛褐之森森，振金策之鈴鈴。披荒棒之蒙籠，陟峭崿之崢嶸。濟棲溪而直進，落五界而迅征。跨穹窿之懸磴，臨萬丈之絕冥。踐莓苔之滑石，搏壁立之翠屏。攬柏木之長蘿，援葛之飛莖。雖一冒於垂堂，乃永存乎長生。必契誠於幽昧，履重險而逾平。

既克濟於九折，路威夷而修通。恣心目之寥朗，任緩步之從容。蘇萋萋之纖草，蔭落落這長松。窺翔鸞這裔裔，聽鳴鳳之邕邕。過靈溪而一濯，疏煩不想於心胸。蕩遺塵於旋流，發五蓋之游蒙，追羲農之絕軌，躡二老之玄蹤。

陟降信宿，迄於仙都。雙闕雲竦以夾路，瓊台中天而懸居。朱閣玲瓏于林間，玉堂陰映于高隅。彤雲斐玉以翼欞，皎日炯晃於綺疏。八桂森挺以凌霜，五芝含秀而晨敷。惠風佇芳于陽林，醴泉湧溜于陰渠。建木滅景於千尋，

〔註23〕陳傳席：《六朝畫論研究》，天津人民美術出版社，2006 年，第 69 頁。

〔註24〕房玄齡等：《晉書》卷九十二，中華書局，1974 年，第 2405 頁。

〔註25〕陳錚：《身份的認定——六朝畫家與道教》，南京藝術學院博士論文，2012 年，第 49 頁。

〔註26〕劉志偉：《文選資料彙編·賦類卷》，中華書局，2013 年，第 358 頁。

琪樹璨璨而垂珠。王喬控鶴以沖天，應真飛錫以躡虛。馳神轡之揮霍，忽出有而入無。〔註27〕

作者描寫了自己神遊天臺的過程。孫綽是著名的玄言詩人，深受道教的影響，他在《庾亮碑》中提出「以玄對山水」的觀點。〔註28〕「玄」指玄遠、玄妙、不可言說的道。

從《畫雲臺山記》《遊天臺山賦》看來，作者所構想的雲臺山地貌特徵與當時道教的仙境觀念完全相同。因此，他們的創作雖依靠想像，但作者累積的知識和生活經驗也發揮著潛在作用。上清派的創始地在句容茅山，據《真誥》記載，東晉時為避戰亂，上清派仙真許黃民奉經入剡，受剡人馬朗、馬罕兄弟供養，授予《上清經》。馬朗後成為上清派第五代宗師，天臺山遂成僅次於茅山的上清派聖地。自東晉南遷，南方大量的喀斯特地貌溶洞被發掘，成為人們躲避戰亂和瘟疫的理想場地，因而上清派發展出洞天福地說，《搜神記》《幽明錄》中「劉、阮天臺」和顧愷之畫、孫綽賦中描繪的天臺山，都呈現出這種地貌特徵。魏晉時期的地理博物小說，其中海外仙山敘事，也多是作者根據存思冥想而完成的，如《十洲記》中十洲，東方朔自稱曾「隨師主履行，比至朱陵扶桑蜃海冥夜之丘，純陽之陵，始青之下，月宮之間，內遊七丘，中旋十洲。踐赤縣而邀五嶽，行陂澤而息名山。臣自少及今，周流六天，廣陟天光，極於是矣。未若淩虛之子，飛真之官，上下九天，洞視百萬。北極勾陳而並華蓋，南翔太冊而棲大夏。東之通陽之霞，西薄寒穴之野。日月所不逮，星漢所不與。其上無複物，其下無複底。」東方朔顯然不可能周遊十洲，是其「師主」帶他「內遊」「洞視」所見。唐代詩人劉禹錫也深信道教，其《董氏武陵集序》雲「片言可以明百意，坐馳可以役萬景」，〔註29〕《秋日過鴻舉法師寺院便送歸江陵詩引》說得更清楚：「能離欲則方寸地虛，虛而萬景入；入必有所泄，乃形於詞。因定而得境，故皦然以清；由慧而遣詞，故粹然以麗。」〔註30〕論述了文學構思時主體觀照與冥想的過程，他的著名詩作《金陵五題》就是這樣創作出來的，詩前序云：「餘少為江南客而未遊秣陵，嘗有遺恨，後為曆陽守，

〔註27〕　蕭統：《文選》第十一卷，李善注，上海古籍出版社，1986 年，第 493、496～498 頁。

〔註28〕　劉義慶：《世說新語校箋》，徐震堮校箋，中華書局，2001 年，第 339 頁。

〔註29〕　劉禹錫：《劉禹錫全集編年校注》卷十四，陶敏、陶紅雨校注，中華書局，2019 年，第 1569 頁。

〔註30〕　劉禹錫：《劉禹錫全集編年校注》卷二，第 250 頁。

跂而望之，適有客以《金陵五題》相示，迺爾生思，歘然有得。他日友人白樂天，掉頭苦吟，歎賞良久，且曰石頭詩云：『潮打空城寂寞回』，吾知後之詩人不復措詞矣，餘四詠雖不及此，亦不孤樂天之言爾。」〔註31〕可見劉禹錫並未去過金陵，是靠文學想像完成的。北宋時期，滕宗諒重修岳陽樓，請當時遠在鄧州的范仲淹著文以記，考慮到范仲淹從未游過岳陽樓，滕宗諒寄去《洞庭晚秋圖》作為參考。於是，范仲淹觀圖而臥游岳陽樓，寫出了舉世聞名的《岳陽樓記》。據陳師道《後山詩話》記載：當時著名文人尹洙認為《岳陽樓記》「用對語說實景」，乃「《傳奇》體」。〔註32〕《傳奇》是唐裴鉶所著小說集，尹洙指出《岳陽樓記》運用了小說筆法，可謂目光犀利。因為范仲淹並未到過洞庭，記中所寫乃是作者想像的產物。然而，「洞庭」在道教中隱喻人的腹部，范仲淹的家鄉太湖洞庭山在魏晉時期就是著名的仙山，而在宋代，湖北洞庭又盛傳呂洞賓的故事，所以，儘管范仲淹沒有親歷洞庭，但他平時的知識積累和生活經歷仍可幫助他在進行文學想像時發揮作用。

在藝術想像活動中，人的思緒不受時間與地域的限制，可以置身於虛擬的山水自然中，「看到」或「聽到」作品中被再現的對象。所以英國學者貢布裡希表示不解：「中國藝術家不到戶外去面對母體坐下來畫速寫，他們竟用一種參悟和凝神的奇怪方式來學習藝術」。〔註33〕在中國文學史上，這類紀遊詩很多，如唐許渾通過朱審的《天臺山圖》臥游，寫作《送郭秀才游天臺》一詩：

> 雲埋陰壑雪凝峰，半壁天臺已萬重。
>
> 人度碧溪疑輟棹，僧歸蒼嶺似聞鐘。
>
> 暖眠鸂鶒晴灘草，高掛獼猴暮澗松。
>
> 曾約共遊今獨去，赤城西面水溶溶。

詩前序言：「余嘗與郭秀才同玩朱審畫《天臺山圖》，秀才因游是山，題詩贈別焉。」許渾在觀《天臺山圖》後，意念隨郭秀才一起同游天臺，進而描繪出天臺上的雄麗景色，清人許培榮箋注稱「令人臥遊不盡矣」，「而赤城仙境已不啻親歷矣。」〔註34〕

〔註31〕劉禹錫：《劉禹錫全集編年校注》卷六，第671頁。

〔註32〕陳師道：《後山詩話》，影印文淵閣《四庫全書》集部，第417冊，商務印書館，1983年，第286頁。

〔註33〕〔英〕貢布裡希：《藝術的故事》，范景中譯，廣西美術出版社，2008年，第150～153頁。

〔註34〕許渾：《丁卯集箋注》卷五，羅時進箋注，中華書局，2012年，第382～383頁。

　　這類詩作在文學史上很多，是一種既同又不完全同于傳統「題畫詩」的詩體。范成大天性喜歡「臥遊」，如「十年境落臥遊夢，摩挲壁畫雙鬢凋」（《小峨眉》）、「兩山父老如相問，一席三椽正臥遊」（《送劉唐卿戶曹擢第西歸》）。他甚至熱衷收集名山奇石，當不能親臨實地遊覽時，便以收藏的奇石作臥遊。他藏有安徽潛山天柱峰的奇石，並作《天柱峰》詩，描繪天柱峰「一峰巉絕擎玉宇」的壯麗景色。作者詩前小序雲，天柱峰本在衡山，「自黃帝時即以灊山輔南嶽，漢氏因之，遂寓其祭於灊天柱山。」〔註35〕因南宋失去了對安徽靈壁的控制，所以詩人往往對通過「南宋的靈壁石書寫蘊含著故國之思及恢復之志。」〔註36〕因此，范成大筆下一柱擎天的天柱峰，在某中國程度上就寄寓他恢復故土的願景。又如陸游《道石》三首，詩前序云：「吾家舊藏奇石甚富，今無複存者，獨道石一尚置幾案間，戲作。」其三云：

　　　　誤因祿米棄尊罏，一落塵埃底事無。

　　　　布襪青鞋雖興盡，此峰聊當臥遊圖。〔註37〕

　　陸游以靈壁石為臥游中介，創作了三首詩以追懷故土。總之，南宋詩人創作的此類臥遊詩，體現出濃厚的「戀地情結」。因山河破碎，很多遺民失去了故土，他們只有通過臥遊，在夢裡重回家鄉，以這種方式慰藉心靈，表現出他們濃郁的愛國情感。南宋滅亡以後，據元袁桷《王深甯先生四明七觀》雲，王應麟就「臥遊詩書之圍，視不逾幾席」，透露出他深沉的亡國之痛。

二、審美活動

　　觀象神思既是一種創作方法，也是一種澄懷味象的審美活動，類似於西方哲學家伯林特的介入美學理論。在伯林特看來，傳統藝術欣賞將作品當作對象，造成主客對立，而介入美學則強調美學欣賞，「和所有的體驗一樣是一種身體的參與，一種試圖去擴展並認識感知和意義可能性的身體審美。」〔註38〕在進行美學欣賞時，身心一體，主客融合。這種思想，其實南朝時期宗炳提出的「臥遊」就已充分體現。《宋書‧宗炳傳》云：

〔註35〕范成大：《范石湖集》卷二十五，富壽蓀注，上海古籍出版社，1981 年第 348 頁。

〔註36〕李貴：《靈壁興替：宋代文學中的小縣鎮與大時代》，《文學遺產》2018 第 6 期，85～99 頁。

〔註37〕陸遊：《劍南詩稿校注》卷二十三，錢仲聯校注，上海古籍出版社，1985 年，第 1699 頁。

〔註38〕〔美〕阿諾德‧伯林特著：《生活在景觀中——走向一種環境美學》，陳盼譯，湖南科技出版社，2006 年，第 163 頁。

> （宗炳）好山水，愛遠遊。西陟荊、巫，南登衡嶽，因而結宇
> 衡山，欲懷尚平之志。有疾還江陵，歎曰：「老疾俱至，名山恐難遍
> 睹，唯當澄懷觀道，臥以遊之。」凡所遊履，皆圖之於室，謂人曰：
> 「撫琴動操，欲令眾山皆響」。〔註39〕

畫家宗炳愛好遠遊，曾結廬衡山，後因老疾不能行遠，因而將所遊過的名山，繪成畫卷，「臥以遊之」。宗炳在《畫山水序》中曾道：

> 夫聖人以神法道，而賢者通；山水以形媚道，而仁者樂。不亦幾
> 乎？餘眷戀廬、衡，契闊荊、巫，不知老之將至。愧不能凝氣怡身，
> 傷貼石門之流，於是畫象布色，構茲雲嶺……夫以應目會心為理者，
> 類之成巧，則目亦同應，心亦俱會。應會感神，神超理得。雖複虛求
> 幽岩，何以加焉？又神本亡端，棲形感類，理入影跡。誠能妙寫，亦
> 誠盡矣。於是閒居理氣，拂觴鳴琴，披圖幽對，坐究四荒，不違天勵
> 之藂，獨應無人之野。峰岫嶢嶷，雲林森眇。聖賢暎于絕代，萬趣融
> 其神思。余複何為哉，暢神而已。神之所暢，孰有先焉。〔註40〕

「臥」與「遊」本是一靜一動兩種對立的行為，宗炳將二者合一，打通了藝術與哲學的壁壘。山水畫完成「妙寫」後，當觀者的目光落在畫上，心靈隨之感應，於是「閒居理氣，拂觴鳴琴」，澄澈其心，接著「披圖幽對，坐究四荒」，洞徹朗照，「萬趣融其神思」，最終達到「暢神」的境界，體味出山水中所蘊涵的自然之道。正如宗白華先生所說：「人類這種最高的精神活動，藝術境界與哲理境界，是證生於一個最自由最充沛的深心的自我。這充沛的自我，真力彌滿，萬象在旁，掉臂遊行，超脫自在，需要空間，供他活動。」〔註41〕觀者「以玄對山水」，使主體之「神」即審美的主觀心理與山水詩畫中的「道」融為一體，從而體悟到生命之道，獲得審美快感。這樣，道家哲思與藝術之道，在有無虛實之間互生轉化，所以貢布裡希指出，「東方的宗教教導說，沒有比正確的參悟更重要的了。參悟就是連續幾個小時沉思默想某一神聖至理，心理確定一個觀念，以後抓住不放，從各個方面去反復觀察。」〔註42〕「以玄

〔註39〕沈約：《宋書》，中華書局，1974年，第2279頁。

〔註40〕宗炳：《畫山水序》，俞劍華：《中國畫論類編》，上海人民美術出版社，1986年，第583頁。

〔註41〕宗白華：《美學散步》，上海人民出版社，1981年，第65頁。

〔註42〕〔英〕貢布裡希：《藝術的故事》，范景中譯，廣西美術出版社，2008年，第150頁。

對山水」與後來的參禪非常相似。

劉勰《文心雕龍・明詩》中說「莊老告退，而山水方滋」，其實並不符合事實，魏晉時期，老莊思想已深入滲透進當時的山水作詩中，朱光潛、林文月主張山水詩是繼承遊仙詩，王瑤認則為是由玄言詩衍變而來，〔註43〕總之都與道家、道教思想有關。詹福瑞先生指出：「自然景物和人之間形成的主客體交流，常使玄學純粹的抽象思辨轉化為一種特殊的個人體驗，形成當時士人生活與詩歌創作中同步的『玄風的生活化』趨勢。」〔註44〕玄言詩往往依託自然景色而寄玄趣，胡明先生指出，玄言詩「披了山水外衣」，「即用山水岩泉、林瀨雲溪彩繪塗抹」〔註45〕為基本特徵。後來以謝靈運為代表的山水詩同樣如此，黃節先生曾指出謝靈運之詩，「其所寄懷，每寓本事；說山水則苞名理。」〔註46〕因此，當主體不是以審美的方式，而是以哲學的方式進入，期望以由表及裡的體悟，「屢借山水，化其鬱結」（孫綽《三月三日蘭亭集詩序》），達到「得意忘象」的精神超越境界。

如宗炳那樣，因為喜愛曾經遊歷過的山水，將其繪製成圖，以供臥遊的例子不勝枚舉，如宋陳允平《日湖漁唱・疏影》中「收拾歸來，寫作臥遊屏幅。」乾道七年（1171年），范成大出知靜江府（今廣西桂林）兼廣西經略安撫使。淳熙二年（1175年），又受任為成都路制置使、知成都府。淳熙四年（1177年），范成大離任返回臨安。他後來作《丙午新正書懷十首》，其十中云：「閑展兩鄉圖畫看，臥遊何必減深登。」〔註47〕范成大晚年懷念桂林、成都，將其繪成圖，元日對畫臥遊並作詩記之，以表對兩地節物鄉情的依戀。清鄭虎文《吞松閣集》卷十三《題同年張有堂宗伯澄懷臥遊圖四首有序》中也記張有堂足跡幾遍天下，性嗜山水，「其少所讀書處及生平經歷名勝，皆圖於冊，凡若干幅，題曰『澄懷臥遊圖』，自為詩若記，以書其後，而貌小照於圖首，賜杖立焉。」〔註48〕此外，

〔註43〕王國瓔：《中國山水詩研究》緒言的綜述，中國臺灣聯經出版事業公司，1986年，第3～4頁。

〔註44〕詹福瑞：《南朝詩歌思潮》，河北大學出版社，2005年，第36頁。

〔註45〕胡明：《謝靈運山水詩辨議》，《古典文學縱論》，遼海出版社，2003年，第368頁。

〔註46〕黃節：《謝康樂詩注》自序，中國臺灣藝文印書館，1987年。

〔註47〕范成大：《范石湖集》卷二十五，富壽蓀注，上海古籍出版社，1981年，第363頁。

〔註48〕鄭虎文：《吞松閣集》，《四庫未收書輯刊》第10輯第14冊，北京出版社，1997年。

還有詩人由於激賞畫中美景，又無法到達實地，只能觀畫而臥遊。如楊萬里《跋葛子固題蘇道士江行圖》詩：「江行圖上指君山，寄語煙波不用看。烝水買船歸雪水，全家搬入畫圖間。」吳師道《山水小幅》之「江南八月九月，人在詩中畫中。」錢宰《千里掀篷圖》：「可憐有夢長縈繞，曾記將身入畫圖。」等等，皆記述了詩人臥游畫中的虛擬性審美體驗。

詩人由於觀畫臥遊，繼又產生創作衝動。如北宋王詵因反對王安石變法，被貶斥到河北地區達三年之久。神宗去世後，他重返京城，創作了《煙江疊嶂圖》，繪崇巒疊嶂陡起於煙霧浩渺的大江之上。蘇東坡在王定國處看到這幅畫後，在畫上題寫《書王定國所藏煙江疊嶂圖》詩一首，此後蘇軾和王詵為此畫反復唱和。蘇軾由觀賞畫而臥遊畫境，喚起自己在黃岡「幽絕處」五年生活的回憶，又借題發揮，抒發人生的感慨。有意思的是，王定國也曾受「烏台詩案」的牽連，被貶謫到嶺南。所以《煙江疊嶂圖》引起了三人的共情，表達了他們「不知人間何處有此境，徑欲往買二頃田」的遁世情懷。數百年之後，明人王世貞又臥游《煙江疊嶂圖》，創作《題王晉卿煙江疊嶂圖蘇子瞻歌後仍用蘇韻》，詩中云「臥遊齋頭一展看，恍若身對湘巫眠」，表達對污濁之世的厭倦和林泉之境的嚮往。元祐元年（1086 年），高太后聽政，罷黜新黨，蘇軾被召還朝，授以翰林學士，蘇軾看到掛于學士院中堂郭熙所繪《春江曉景》，作《題郭熙畫秋山平遠》詩云：「我從公游如一日，不覺青山映黃髮。為畫龍門八節灘，待向伊川買泉石。」描寫自己臥遊畫卷的體驗，寄託渴望買石造園，歸隱洛陽的林泉志趣。這些賞畫體驗，都折射出「烏台詩案」後蘇軾心境的變化。李彭在觀米芾《金山圖》時，觸動昔年遊覽金山的記憶，寫下《賦米芾所畫金山圖》，其中云：「楚狂澹墨掃絹素，澄神臥遊知處所。」還有人由於觀畫而經歷了一段奇特的精神漫遊，形成「臥遊小說」。如唐小說《纂異記》（《太平廣記》卷七十四《陳季卿》）中寫江南士子陳季卿屢試不中，滯留京城十載。一日往青龍寺訪僧不遇，偶然結識南山翁。季卿望著東壁上的「寰瀛圖」尋找江南路，感慨道：「若能自渭至河洛，泳于淮水，濟于長江，然後到家，即使功名未就，也滿足了。」終南山翁笑道：「不難不難。」於是讓僧童折取階前竹葉，做成竹葉舟，置於圖中渭水之上，對季卿說：「您只要注目此舟，就能如願，但到家後切勿久留。」季卿凝視小舟，恍然若登舟，自渭及河，沿途而下，一路上訪遊寺廟，作詩題詞。旬余至家，見到妻子兄弟，並題詩於書齋，然後登竹葉舟而返。待回到青龍寺，仿若如夢，僧尚未歸，終南山翁已去，陳季卿回

到旅館。兩月後，陳妻從江南來京，說是季卿已經厭世，特意來尋訪他，並稱某月某日季卿曾回家，題詩猶在，陳季卿這才知道他回家之事不是做夢。後來季卿中進士後，辟穀不食，入終南山而去。在這篇小說中，陳季卿為追逐功名，滯留京城十載，極度思念親人，南山翁讓他面壁注視「寰瀛圖」，在存思中完成回鄉之旅，並由此悟道。又如《聞奇錄》（《太平廣記》卷二百八十六《畫工》）寫唐進士趙顏于畫工處得一軟障美人圖，趙顏對畫工說：「從沒見過如此漂亮的婦人，如何使她成為活人？我想娶她為妻。」畫工說：「我的畫都是神品，畫中的美人名『真真』。你只要晝夜不停地呼叫她的名字，連續百日，她就會答應，她答話後以百家彩灰酒灌之，必活。」趙顏如法行之，畫上美人果然活了，與趙顏為妻，後生一子。三年後，友人見之，謂為妖，贈趙顏神劍斬之。真真泣曰：「妾南嶽地仙也，無何為人畫妾之形，君又呼妾名，既不奪君願，君今疑妾，妾不可住。」說完，攜其子走上軟障，畫面恢復如初，只是增加了一個孩子。在這個故事中，趙顏愛上畫中美人，因而進入幻夢狀態，娶其為妻，滿足了性幻想。元末長篇小說《三遂平妖傳》第一回受其啟發，寫胡員外買來一幅仙畫，掛於密室，夜深更靜之時，燒香點燭，請仙女下來吃茶。胡妻發現後一怒之下燒毀畫卷，紙灰湧進其口中，自此有孕。這些描寫都有心理依據，胡員外家中巨富，但未有兒女，在強烈的生兒育女願望驅使下，幻想與畫中美人幽會。又如清代小說集《醉茶志怪》卷二《畫妖》，寫王某床頭懸美人畫一軸，筆墨精巧，粉黛如生。王一夕外出，其妻對燈獨坐，見畫中美人走下，狀如投繯，旋轉不休。王妻嚇得大叫，其夫歸後得知投畫於火。後數日，忽夢美人手扼其喉，王某驚醒，自此患病而亡。文末醉茶子曰：「粉黛如生，呼之欲下，真令人誇丹青筆妙，而想念真真也。」可見這篇小說是受到趙顏故事的啟發而創作的。王某床頭懸掛美人畫，其妻必生嫉妒之心，因而出現幻像。程麟《此中人語‧畫中人》也是寫陶仲子與畫中狐女結婚生子的故事。總之，這些小說中的構思，既受到存思術的影響，但又有可信的心理學作為支撐。觀賞者先是進入畫中世界，畫中人又進入現實世界，最終又回到畫中世界，似假似真，如夢如幻。

　　古代有「詩畫本一律」之說，張舜民說：「詩是無形畫，畫是有形詩」。〔註49〕孔武仲《宗伯卷》錄《東坡居士畫怪石賦》中有「文者無形畫，畫者有形文」。〔註50〕詩文與繪畫藝術的表達方式有著相通之處，皆以意象的感知語境，

〔註49〕王雲五：《畫墁集附補遺》，商務印書館，1936年，第8頁。
〔註50〕陳元龍：《歷代賦匯》，江蘇古籍出版社，1987年，第425頁。

傳遞作者的精神寄託。文學語言經過欣賞主體感知、移情、想像等心理機制的協同作用，轉化為視覺性圖像。如陸游《小閣納涼》雲「莫遣良工更摹寫，此詩端是臥遊圖。」就是說，讀者通過這首詩，可以臥游風情月白的寂靜秋夜。黃庶在《送劉孟卿遊天臺雁蕩二山》中云：「此行詩是圖畫畫山筆，歸日借我目一遊。」將詩比作畫筆，讀詩可「目一遊」。方嶽《跋人會稽詩卷》云：「予未嘗絕胥濤而東，得功甫詩，真可臥遊。」〔註51〕方嶽沒有看過浙江潮，通過張功甫相關詩臥遊浙江潮。

由此可見，「臥遊」審美須由作者與觀者協同配合才得以生成，「臥遊」所見已非真山真水或畫中山水，而是人與文藝作品二者交融所生的具有虛擬性的「意境」。北宋郭熙在《林泉高致》提出：「不下堂筵，坐窮泉壑，猿聲鳥啼，依約在耳，山光水色，滉漾奪目」。〔註52〕「依約」、「滉漾」都指明這種圖像是虛幻的，與現實世界不是重合的，是一種藝術化的自然圖景。高啟《床屏山水圖歌》云：「楚山修竹瀟湘水，似有清猿忽啼起。」吳鎮《畫竹》：「忽見不是畫，近聽疑有聲。」視覺與聽覺、嗅覺等聯通，產生虛擬感知體驗。這樣，自然山水圖景就被重塑，成為有靈性的藝術化的自然。因此，中國詩畫創作實踐，特別強調「象外之象」、「韻外之致」，審美實踐「舍形悅影」。〔註53〕清人方士庶《天慵庵筆記》說：「山川草木，造化自然，此實境也。因心造境，以手運心，此虛景也。虛而為實是在筆墨有無間……。故古人筆墨具見山蒼樹秀，水活石潤，於天地之外別構一種靈奇。即或率意揮灑亦皆煉金成液，棄滓存精曲盡蹈虛揖影之妙。」〔註54〕藝術家在將「實景」轉化為「虛景」的創作過程中，「煉金成液，棄滓存精」，從而形成有靈性的自然圖景，這樣，神聖的儀式在「臥遊」的過程中被內化為一種審美心理。在此傳統的觀照下，「臥遊」藝術審美範式「生動而深刻地闡釋了中國藝術之精神——將身之形與心之神合而為一在藝術之中，通過將自我交付于水墨世界這一途徑，悟得宇宙人生的大道。」〔註55〕實現審美超越。

〔註51〕方嶽：《秋崖集》卷三十八題跋，《中國基本古籍庫》，第 397 頁。

〔註52〕郭熙：《林泉高致》，楊無銳注，天津人民出版社，2018 年，第 40 頁。

〔註53〕梅清：《黃山十六景圖冊》之三，見《梅清畫集》，天津人民美術出版社，2008 年，第 24 頁。

〔註54〕盧輔聖：《中國書畫全書》，上海書畫出版社，2009 年，第 454 頁。

〔註55〕劉心恬：《「臥游」及其蘊含的中國藝術精神》，《藝術科技》2017 年第 10 期，第 219 頁。

三、旅遊活動

　　古代由於受交通、戰亂或經濟條件等限制，有些人只有通過畫作或文學作品而「臥遊」。如宋雲谷禪師因晚年腿腳不便，但又十分嚮往聞名天下的瀟湘美景，因而請人繪製《瀟湘臥遊圖》。金李俊民也有「如今腳力那千里，水墨中間只臥遊」的感歎。明張鳳翼《臥遊》詩：「濟勝已無垂老具，臥遊隨處是名山。」這樣，「臥游」從宋代開始，就逐漸由一種藝術審美方式蛻變為一種特殊的旅遊行為，這是存思術最終世俗化的過程。

　　北宋畫家董逌未至山陰，通過臥游《蘭亭圖》，追慕六朝時山陰道上佳境。陳振孫則手書《洛陽名園記》，「與《東京記》《長安河南志》《夢華錄》諸書並藏而時自覽焉，是亦臥遊之意雲爾。」〔註56〕呂祖謙晚年病臥家中，摘錄前人紀游作品彙集成書，名之為《臥遊錄》，以供自覽。呂祖謙門人王深源曾提及《臥遊錄》的編纂緣故云：

　　　　太史東萊先生，晚歲臥家，深居一室，若與世相忘。而其周覽
　　　　山川、收拾人物之意，未能已也。因有感于宗少文臥遊之語，每遇
　　　　昔人記載人境之勝，輒命門人隨手必之，而目之《臥遊錄》，非直以
　　　　為怡神玩志之具而已。……觀此，則先生故國之念，未嘗一日去心。
　　　　臥遊之意，抑又深遠矣。〔註57〕

　　王深源言呂祖謙編《臥遊錄》不只是「怡神玩志之具」，而是飽含未嘗一日去心的「故國之念」。宋元易代之際，周密晚年寓居杭州時，也曾仿照呂祖謙編纂《澄懷錄》二卷、《續澄懷錄》三卷等供自覽。

　　明中後期隨著商業經濟的繁榮，陽明心學的提倡，市民階層的崛起，文人士大夫和一般平民百姓都崇尚生活享受，旅遊之風也蓬勃興起，「臥游」作為一種特殊的旅遊方式而受到推崇。何良俊曾說：「正恐精力衰憊，不能遍歷名山，日懸一幅於堂中，擇溪山深邃之處，神往其間，亦宗少文臥遊之意也。」〔註58〕胡應麟《石羊先生小傳》中說自己因常年多病，於是「繪圖齋壁，綴詩其上，曰『臥遊室』以自遣」。〔註59〕袁中道更是在當年宗炳家居的江陵三湖邊，新築臥游居。董其昌《兔柴記》說自己嘗置畫於案頭，「日夕游於枕煙廷、

〔註56〕陳振孫：《直齋書錄解題》，中華書局，1985年，第249頁。
〔註57〕呂祖謙：《臥遊錄》，《叢書集成新編》第二十四冊哲學類。新文豐出版公司，
　　　　1985年，第84頁。
〔註58〕何良俊：《四友齋叢說》，中華書局，1997年，第255頁。
〔註59〕胡應麟：《少室山房集》卷八十九，上海古籍出版社，1993年，第655頁。

滌煩磯、竹裡館、茱英洪中。」〔註60〕文人還常用「臥遊」命名畫集或山水詩文集。如沈周的《臥遊圖》、李流芳的《江南臥遊冊》與《西湖臥遊圖》、陳繼儒的《臥遊清福編序》、王鐸的《西山臥遊圖軸》與《家山臥遊圖軸》、程正揆的《江山臥遊圖》等。

這樣，「臥遊」開始商業化，為行遊者提供旅遊知識、旅行指南的書籍大量刊行，形式豐富多彩。

或是將前代的山水遊記作品摘錄重新編輯。如楊慎欲將《水經注》所載，編輯《臥游錄》：

> 《水經注》所載事，多他書傳未有者，其敘山水奇勝，文藻辨麗，比之宋人《臥遊錄》今之《玉壺冰》豈不天淵？予嘗欲抄出其山水佳勝為一帙，以洗宋人臥遊錄之陋未暇也。〔註61〕

楊慎因種種原因，未能完成此書，後來梅鼎祚編纂《玄對》，在《序》中稱：

> 楊用修極愛《水經注》，敘山川奇勝，文辭辨麗，嘗欲鈔出，以一洗宋人《臥遊錄》之陋，而未暇也。予甚感其言，甲寅夏五，梅雨浹旬，頗饒晝晏，屬從子勸條摘酈注之所稱奇麗者，因及諸書，偕徐甥穆如，更廣之芟蕪撮勝訖於六朝，以存古之遺唐無與焉，凡三卷，題之玄對，本孫興公語也。〔註62〕

可見他收集的資料更為豐富，此類作品還有徐昭慶《會心編》、陳皇士《皇士臥遊記》、田大有《臥遊錄》、趙爾昌《元壺雜俎》等。

或是專門將名山勝水繪成畫卷以供「臥遊」。如陳繼儒為閔景賢編《臥遊清福編》作序言，王公貴族那種前呼後擁旅遊方式十分庸俗，有辱于「遊」字，因而他讚賞將五嶽編成畫卷，以供「隱君子」臥游，可以避開那些「冠劍車騎貴人」。〔註63〕這類書配有精美的插圖和圖詠，以滿足消費者的需求，如何良俊所言：「名山遊記，縱其文筆高妙，善於摹寫，極力形容，處處精到，然於語言文字之間，使人想像終不得其面目。不荷圖之縑素，則其山水之幽深，煙

〔註60〕董其昌：《容台集‧文集》卷四，邵海清點校，西泠印社出版社，2012年，第278頁。
〔註61〕楊慎：《丹鉛餘錄》卷十七，鷺江出版社，2014年，第119頁。
〔註62〕梅鼎祚：《鹿裘石室集》卷四，《四庫禁毀書叢刊》集部58，北京出版社，1997年，第213頁。
〔註63〕陳繼儒：《晚香堂集》卷三，《四庫禁毀書叢刊》集部66冊，第581頁。

雲之吞吐，一舉皆在。」〔註64〕這種插圖本旅遊書籍，因能兼顧無力旅行的讀者，因而大受追捧。何鏜《名山記》、顧元鏡《九華山志》、俞瞻白《五嶽臥游》、龔黃《六嶽登臨志》等皆是此類著作。

　　或是專門的地域性旅遊書籍，如不著撰者的《湖山勝概》是西湖旅遊指南，書後陳昌錫跋云：「庶閱茲編而結想湖山者，不出戶庭，湖光山色在幾席間矣，豈不當古之臥遊乎？」〔註65〕朱之蕃辭官後，回到家鄉金陵，寄情山水，與焦竑和顧起元等一起吟詩唱和。他編輯的《金陵圖詠》，載錄金陵景點40個，由陸壽柏繪畫，朱之蕃配詩詞，並對景點變化予以介紹，書後還附有陳沂《金陵古今圖考》和《金陵雅遊編》。編者在序言中強調此書「聊足寄臥遊之思」的功能。此外還有田汝成《西湖遊覽志》、高應科《西湖志摘粹補遺奚囊便覽》等。戴澳還親自到實地考察，證實《勝遊編》中所述，他在《靈岩四洞紀遊》云：

> 靈岩四洞，僻在婺源萬山中，人多不知其奇，即雅好問奇者，多不能至。余君子余，嘗與若兄無，且裹糧扶歸，精蒐其勝，或炬而入，或揭而從，或梯而升，或縋而下，一草一石，皆途殊觀，至奧極幽，具標靈跡，如《勝遊編》所述。〔註66〕

　　明萬曆三十七年（1609年）楊爾曾編撰的《新鐫海內奇觀》，是一部大型的旅遊叢書，收錄精心繪製的風景名勝圖130多幅，並配以生動文字。鄭振鐸曾說：「明人輯名山遊記者有都玄敬（穆）、何振卿（鏜）諸人，而其書皆不附圖。名山記之有圖，蓋自爾曾此書始。……此書『說』皆出爾曾手筆，不類他書之專集昔人遊記也。」〔註67〕《新鐫海內奇觀》之所以對圖像、文字編纂特別考究，其重要原因是要發揮該書的「臥遊」功能。楊爾曾聘請三位文化名人陳邦瞻、葛寅亮、方慶來為該書作序，序中皆強調：「臥遊者不出戶庭，暢出情於畫圖之外；行遊者按圖窮致，而山川之奇不至湮沒於當局」。〔註68〕因此《新鐫海內奇觀》在選材時，嚴格把握文本的「可臥遊性」。由於《新鐫海內

〔註64〕何良俊：《四友齋叢說》，中華書局，1997年，第257頁。

〔註65〕李娜：《〈湖山勝概〉與晚明西湖的藝術風尚》，《浙江學刊》2011第6期，62～68頁。

〔註66〕戴澳：《靈岩四洞紀遊》，《杜曲集》卷八，《四庫禁毀書叢刊》，集部第71冊，第292頁。

〔註67〕鄭振鐸：《西諦書話》，生活・讀書・新知三聯書店，1983年，第250頁。

〔註68〕楊爾曾：《新鐫海內奇觀》，《續修四庫全書》史部第721冊，上海古籍出版社，2002年，第341頁。

奇觀》的成功經驗，加之文化消費市場的刺激，這類圖書被大量編創。它擺脫了傳統輿圖方志的局限，「語—圖」互文的樣式豐富了文學的表現形式。這些旅遊圖書在創作動機上徹底完成了從「豁之己目」向「傳之同好」的轉變，「臥遊」的通俗化、商業化的企圖十分明顯。吳門畫派創始人沈周晚年創作的《臥遊圖》冊，一共十九開，除去引首和題跋，其餘十七開為仿倪山水、杏花、秋葵、秋柳鳴蟬、平坡散牧、秋景山水、芙蓉、秋山讀書、秋江釣艇、菜花、江山坐話等。《臥遊圖》使臥遊在創作和欣賞視角上使審美思想發生了轉變，從題材上，沈周的臥遊圖冊不再局限于自然山水，而是廣泛涉及到了花果、禽、畜、蟲等多種題材，擴大了臥遊者、臥遊對象的範圍，具有鮮明的世俗特色，迎合了市民的審美趣味，體現出臥游已從原來的士人群體走入尋常百姓家。

　　明代旅遊圖書的興盛，也刺激了明清旅遊小說的創作。如描寫西湖故事的小說集《西湖二集》（可能還有《一集》），湖海士在序中云：「蘇長公云：『杭州之有西湖，如人之有眉目也。』而使眉目不修，張敞不畫，亦如葑草之湮塞矣。西湖經長公開浚，而眉目始備；經周子清原之畫，而眉目益斌。然則周清原其西湖之功臣也哉！即白、蘇賴之矣。」〔註69〕序者稱周清原是傳播西湖文化的功臣，這些小說當然可以作為人們臥遊西湖之用。清代東谷老人在另一部西湖小說專輯《西湖佳話》的序中說得更清楚：「今而後有慕西子湖而不得親見者，庶幾披圖一覽，即可當臥遊雲爾。」〔註70〕至晚清，文人王「臥遊」的對象又由明代的山水花鳥轉向青樓等疆域，王韜的《海陬冶遊錄附錄》專記晚清上海的風月豔事，作者開篇便道：

　　　　餘浮海至粵。自此遂與隔絕，其中素飲香名。夙推豔質，以翹
　　舉于花國而領袖于群芳者，惟有得之耳聞而已……作重來之崔護，
　　人面難尋聊述所知，以供臥遊。〔註71〕

　　1892 年，韓邦奇創辦《海上奇書》小說期刊，該書內容為《太仙漫稿》《海上花列傳》《臥遊集》三部分。其中《海上花列傳》也是寫上海青樓故事，《臥遊集》則擇取以往小說中可喜可詫之事，萃為一編以供讀者臥游，有插圖，內容不僅涉及各地風土人情、奇聞異術，甚至包括海外西洋景觀，以滿足讀者的獵奇心理。但類似晚明時期《新攜海內奇觀》這類精心編創、圖文並茂

〔註69〕周清原：《西湖二集》，浙江人民出版社，1981 年，第 210 頁。
〔註70〕古吳墨浪子：《西湖佳話序》，華夏出版社，1997 年。
〔註71〕玉鈫生：《海陬冶遊附錄》，《香豔叢書》，人民文學出版社，1992 年，第 5685
　　　　頁。

的大型旅遊圖書幾乎絕跡。晚清名儒俞樾《曲園三耍》中的《勝遊圖》和《西湖勝遊圖》，還將旅遊遊戲化。

除上述旅遊書籍及發揮旅遊功能的小說外，明清時期同樣有其他臥游文學作品，如陳繼儒《陳眉公集》卷四《送僧》：「臥遊同汝到天臺，瀑布懸崖百道來，夢裡泉聲還撼夢，不如真個到天臺。」卷六《紀遊稿引》：「今虛懷觀道，不杖不履，千岩萬壑縮地於掌之上使汝觀，詩益多，則余之臥遊者日益廣」。〔註72〕清沈濤在《匏廬詩話》卷中中說自己極愛元人高房山題畫詩中「氣外無出路，水聲中有人家」二語，「嘗屬姊氏採石女史畫一橫幅，臥遊其間，他日擬於此境，營苙裘未知能如願否也。」〔註73〕納蘭性德《水調歌頭・題》中也有「此生著幾兩屐，誰識臥遊心」之句。但隨著科學技術的進步，交通越來越便利，臥游文學創作呈衰竭之勢。

結論

以冥目遊觀的方式完成對體內小宇宙和身神的視覺化顯現，這是實現身體內部超越性的一種途徑，具有鮮明的宗教神秘色彩。

有學者指出，「臥遊」深層文化根源是「巫史傳統」。〔註74〕李澤厚認為，「在巫術禮儀中，內外、主客、人神渾然一體，不可區辨。特別重要的是，它是身心一體而非靈肉二分，他重活動過程而非客觀對象。」〔註75〕這是很有見地的。筆者認為，「神思」「臥遊」直接受到上清派存思術的影響，而上清派又受到巫風的浸潤，創教者楊羲、華嶠等，或是巫師，或出身于巫師家庭。深層文化根源則可追溯到老莊哲學。莊子提出「齊物論」，認為萬物渾然一體，並且在不斷向其對立面轉化。他在《逍遙遊》中描繪了「乘雲氣，禦飛龍，而游乎四海之外」的「神人」形象，即為最早的「臥遊」。他的「心齋」「坐忘」等理念，指自由而尚虛、外求而內省的過程。莊子在《人間世》中認為，要達到這種境界，須完成自外而內的視覺轉向，令官能體感內聚於心：「瞻彼闋者，虛室生白，吉祥止止。夫且不止，是之謂坐馳。夫徇耳目內通而外於心知，鬼

〔註72〕陳繼儒：《陳眉公集》，《續修四庫全書》集部第1380冊，第54、78頁。
〔註73〕張寅彭：《清詩話三編》第七冊，上海古籍出版社，2014年，第4581頁。
〔註74〕劉心恬：《「臥游」及其蘊含的中國藝術精神》，《藝術科技》2017年第10期，第219頁。
〔註75〕李澤厚：《由巫到禮釋禮歸仁》，生活・讀書・新知三聯書店，2015年，第12頁。

神將來舍。」〔註76〕「內通」意味著以向內探求達到身心和諧融洽的完滿狀態，「虛室生白」正是「內通」的隱喻表達。而孔子也「強調巫術禮儀中的敬、畏、忠、誠、莊、信等基本情感、心態而加以人文化、理性化，並放置在世俗日常生活和人際關係中，使這生活和關係本身具有神聖意義」。〔註77〕可見，「存思」、「臥遊」這個範疇融合了儒釋道三家的哲思文化內蘊，這種精神調動感官的體驗模式，是中國傳統藝術審美意境獨特的呈現方式和生成機制。其「入畫性」特徵有別於西式「如畫性」的自然審美模式。〔註78〕貢布裡希曾言，西方風景畫所用繪畫語言的形式與意義之間是連續的而非斷裂的，畫家所繪即為觀者所見，觀者所見直接指引觀者所想，所以，「我們不易再去體會那種心情，因為我們是浮躁的西方人，對那種參悟的功夫缺乏耐心和瞭解」。〔註79〕因為古代中國相反，臥遊審美的虛構性，使藝術再現及現實物象在觀者心中實現了身份屬性及存在狀態的對等，藝術再現及其所繪對象的現實物象這兩個層面之間的距離，在受眾的審美接受過程中被消融，二者之間的斷裂得以修復，觀者得以在想像中由現實世界進入作品的世界，從而實現審美超越。

〔註76〕 莊周：《莊子集釋》，郭慶藩集釋，中華書局，2012 年，第 155 頁。

〔註77〕 李澤厚：《由巫到禮釋禮歸仁》，生活·讀書·新知三聯書店，2015 年，第 31 頁。

〔註78〕 劉心恬：《「臥游」及其蘊含的中國藝術精神》，《藝術科技》2017 年第 10 期，第 219 頁。

〔註79〕 〔英〕E.H 貢布裡希：《藝術的故事》，范景中譯，廣西美術出版社，2008 年，第 150 頁。

後　記

　　2015 年，本人獲批國家社科基金項目「道教圖像與中國古代小說關係研究」，於 2022 年 8 月順利完成，等級良好。本書就是在結項成果的基礎上，進一步修改、完善而成。由於本課題涉及宗教，在大陸出版手續比較繁瑣，因而交與花木蘭文化出版社。

　　本課題涉及文學、宗教、繪畫等眾多學科，而本人又學殖荒落，在完成本書的過程中備嘗艱辛，因而不足之處自然難免。但本課題的研究，在國內外尚屬拓荒性的工作，本書從道教圖像大視野著眼，深入闡釋其與古代小說之間的複雜關係，由此歸納和總結出中國文學圖像學的若干民族特點，對文學圖像學研究不無借益。這是差可自慰的。

　　本書部分內容曾作為課題前期成果在下列一些刊物上發表過：

　　1.《論道教上清派存思術對宋前小說創作的影響》，《文藝理論研究》2016年第 3 期。

　　2.《論圖讖與古代小說》，《清華大學學報》2020 年第 1 期，《新華文摘》2020 年第 8 期論點摘錄，人大複印資料 2020 年第 9 期全文轉載。

　　3.《論道教畫傳》《文學研究》2019 年第 1 期。

　　4.《「竹林七賢」之「竹林」發微》（第二作者劉利），《江蘇師範大學學報》2020 年第 6 期，人大複印資料 2021 年第 3 期全文轉載，《文學研究文摘》2021年第 2 期摘編 6 千字。

　　5.《古代小說螺女故事形態、傳播路徑及文化闡釋》（第二作者萬思蔚），《明清小說研究》2022 年第 2 期。

6.《論宋前道教小說中的仙境敘事與圖像的互文關係》（第二作者萬思蔚），《重慶三峽學院學報》2017 年第 2 期。

7.《論老子文學形象的演變》，《嘉興學院學報》2017 年第 5 期。

8.《魏晉六朝小說中仙境書寫的南方地理特徵及其道教文化淵源》（第二作者萬思蔚），《關東學刊》2016 年第 6 期。

9.《權力版圖與方士想像中的聖域：論〈山海經〉》，《中國小說論壇》第一輯，2021 年。

10.《明代文言小說〈斬蛟記〉作者考》，《文獻》2016 年第 1 期。

11.《圖文環路：明清小說插圖前置對閱讀的影響》，《文學遺產》2024 年第 1 期。

另外，附錄三《存思・神思・臥遊：道教修習技術與藝術審美的會通轉化》一文的二作是周霄博士。

最後感謝項目結項評審專家提出的寶貴的修改意見，感謝花木蘭文化事業有限公司編輯的辛勤勞動！

萬晴川
2023 年 7 月 14 日